Seuls les vivants

LOU BERNEY

Seuls les vivants

Traduit de l'anglais (États-Unis) par
JULIETTE FLORRIN

HarperCollins
NOIR

Titre original :
THE LONG AND FARAWAY GONE

Ce livre est publié avec l'aimable autorisation de HarperCollins Publishers, LLC, New York, U.S.A.

HARPERCOLLINS FRANCE
83-85, boulevard Vincent-Auriol, 75646 PARIS CEDEX 13
Tél. : 01 42 16 63 63

www.harpercollins.fr

ISBN 979-1-0339-0836-4 — ISSN 2551-0096

Pour Rick.

Bingham

Août 1986

En été, saison de la sortie du blockbuster hollywoodien, Bingham arrivait au travail le matin à 8 heures et repartait bien après minuit. Il s'octroyait une seule pause, pour le dîner, à 18 heures – trente minutes de belle et bienheureuse solitude qu'il passait garé près du lac, à manger des tacos de fast-food en écoutant le clapotis de l'eau sur la berge d'argile rouge.

Enfin, à moins qu'il ait une situation de crise à gérer, c'est-à-dire presque à chaque fois. Pas plus tard qu'aujourd'hui par exemple, à six heures moins cinq, une mémé en Cadillac avait embouti la benne à ordures derrière le cinéma. Bingham avait traversé le parking au pas de course et découvert la grand-mère en train d'appuyer furieusement sur le klaxon et de lancer des regards noirs à la benne. Le klaxon, au lieu de simplement klaxonner, jouait la musique de « Boomer Sooner », le cri de guerre de l'équipe de football de l'université d'Oklahoma.

— M'dame ! s'était écrié Bingham. Vous êtes blessée ? Il faut qu'on appelle un médecin ?

La vieille semblait saine et sauve. La Cadillac, un tank, n'avait pas une égratignure. En revanche, le flanc de la benne était comme plié de rire.

— C'est inacceptable ! lui avait lancé la grand-mère en le regardant de travers. Intolérable !

Évidemment. Pendant la séance de l'après-midi à tarif réduit, elle s'était plainte qu'il manquait des bonbons à la menthe dans le paquet qu'elle avait acheté à la buvette. Elle s'était plainte que les cendriers du hall étaient sales. Elle s'était plainte que le son du film était trop fort, qu'il faisait trop froid dans la salle, que le son n'était plus assez fort.

Bingham s'efforça de prendre un air grave, contrit, déterminé à faire en sorte que justice soit rendue. Mais quelle justice exactement le gérant du cinéma le Pheasant Run pouvait-il rendre ? Il supposa que la mamie avait accidentellement passé la première au lieu de la marche arrière avant d'appuyer sur le champignon.

— Ce parking est un piège mortel ! dit-elle.

La chaleur de la journée irradiait en vagues de l'asphalte, de la benne à ordures défoncée et du pare-brise en fusion de la Cadillac. Bingham avait passé toute sa vie, soit trente ans, à Oklahoma City, et il ne se souvenait pas d'avoir vécu un été aussi chaud.

Il tira sur le col de sa chemise, mais cela ne fit que laisser entrer davantage de chaleur. Et la pression sur son nœud de cravate lui donna l'impression que quelqu'un lui marchait sur la glotte.

— M'dame, si vous veniez à l'intérieur, il fait plus frais et…

Des ricanements fusèrent derrière lui. Il regarda par-dessus son épaule et vit son équipe du soir au grand complet – sa brigade de choc de caissières et d'ouvreurs paresseux, laxistes et irrespectueux – agglutinée sur l'escalier de sortie de la salle numéro 2. Bingham pouvait presque sentir le bourdonnement de leur délectation. Rien ne les excitait plus que de flairer la possibilité d'une humiliation, si possible la sienne.

— Vous n'avez rien de mieux à faire, là ? leur lança Bingham. Comme balayer le hall ou essuyer la vitrine des confiseries ou réapprovisionner les présentoirs de nachos ? Comme peut-être, pour une fois, faire votre boulot ?

— Monsieur Bingham, commença O'Malley.

O'Malley, l'odieux connard qui, malgré les lettres d'avertissement répétées, roulait les manches de sa veste de travail orange au-dessus de ses coudes comme s'il jouait dans *Miami Vice*. Qui arborait son habituelle et commode expression d'innocence angélique (yeux écarquillés) et d'amusement fourbe (un quasi-sourire).

— Vous savez, je ne crois pas qu'on pourrait trouver autre chose de mieux à faire, *là*, monsieur Bingham.

Ce qui provoqua une nouvelle salve de ricanements.

La vieille marmonna quelque chose que Bingham ne comprit pas. On aurait dit : « Vous jouerez à la marelle, monsieur. »

Vous jouerez à la marelle, monsieur ?

Puis elle passa brusquement la marche arrière, manqua lui écraser le pied, et s'éloigna.

Il était maintenant minuit et quart. Bingham n'avait pas encore eu le temps de dîner, et il était loin d'en avoir fini pour la soirée. Les derniers clients de la dernière séance étaient partis, les portes avaient été fermées derrière eux, mais les audits horaires l'attendaient, ainsi que les chiffres bruts, le planning de la semaine suivante et une pile de bons de commande de l'épaisseur d'un annuaire téléphonique.

La quantité de paperasse requise par la gestion d'un cinéma générant aussi peu de revenus ne cessait de l'étonner. Le Pheasant Run, un duplex exigu à la dérive dans un océan d'impressionnants multiplexes neufs, était situé tout au bout d'un centre commercial fantomatique – trop petit, parking à la capacité limitée, aucune enseigne importante – et à moitié vide depuis la faillite de l'industrie pétrolière en Oklahoma, quatre ans plus tôt, à l'été 1982. Monarch Entertainment, qui détenait le Pheasant Run, était elle-même une chaîne régionale aux perspectives économiques plutôt lugubres.

Comme si j'étais bien placé pour parler de perspectives économiques lugubres, songea Bingham.

Il travaillait chez Monarch depuis l'âge de seize ans. D'abord ouvreur, il était devenu assistant du gérant, puis gérant. Pourtant, son salaire était encore si minable qu'il ne pouvait toujours pas se payer un appartement convenable, ou une voiture avec une transmission qui fonctionne normalement, ou un chirurgien-dentiste pour extraire cette dent de sagesse qui, les mauvais jours, lui donnait l'impression qu'on lui enfonçait une vis en bois dans la mâchoire.

Il lança un regard vers l'écran de surveillance sur son bureau. Le moniteur, une image noir et blanc floue de la taille d'un cadran de montre, ne servait pas à grand-chose. Bingham n'aurait même pas su dire si c'était O'Malley ou son assistant junior qui bâillait aux corneilles, négligemment appuyé contre la billetterie, alors qu'il aurait dû travailler. L'angle de la caméra était si restreint qu'elle ne filmait qu'un petit coin du hall, laissant complètement sans surveillance le reste du cinéma. Où se tramaient actuellement Dieu seul savait combien d'infractions au code de l'employé Monarch.

Quelques semaines plus tôt, Bingham avait découvert une bouteille de whisky Evan Williams à moitié vide cachée derrière les cartons de la réserve. À son époque, on attendait la fin de la journée de travail pour se bourrer la gueule, et on le faisait dans le parc derrière le centre commercial, pas dans le cinéma.

Bingham soupçonnait ses employés de piquer des affiches, de se peloter au dernier rang des salles pendant les pauses, d'utiliser les cabines téléphoniques du hall pour leurs appels personnels, et de laisser entrer gratuitement la moitié des habitants d'Oklahoma City. Pour couronner le tout, ils avaient fait fuir le seul employé convenable qu'il avait dégoté cet été, un gamin poli et obéissant qui avait étudié à Cassidy, le meilleur lycée privé de la ville.

Bingham avait cuisiné tous les employés au sujet de la bouteille d'Evan Williams. Personne n'avait craqué, pas même l'assistant junior d'O'Malley. C'était le bébé de la bande, seize ans d'après sa candidature, quinze plus probablement. Bingham espérait qu'il serait le maillon faible.

Mais l'assistant junior avait presque réussi à parfaire l'expression angélique et fourbe dans laquelle son maître excellait. « Je sais pas d'où ça sort », avait-il dit.

Une heure plus tôt, Bingham traversait le hall quand le téléphone public s'était mis à sonner. L'assistant junior d'O'Malley avait répondu, mais Bingham s'était rué sur le combiné pour le lui arracher – rare victoire.

— Donne-moi ça.

L'assistant junior avait haussé les épaules.

— C'est votre ami, Pet Shop Boy.

— Donald ? avait demandé Bingham.

Donald était son copain timbré qui travaillait à l'animalerie au premier étage du centre commercial. Il laissait toujours derrière lui une traînée de copeaux de cèdre, le genre dont on remplit les cages des hamsters.

— Qu'est-ce que tu veux, Donald ?

— Écoute, y a un groupe qui joue au Land Run ce soir. Laisse tomber le boulot et rejoins-moi.

Bingham se demandait parfois comment Donald pouvait ne serait-ce que traverser la rue sans se faire percuter par un bus.

— Je ne peux pas « laisser tomber le boulot », Donald. Je suis le gérant de ce cinéma.

— C'est les nouveaux U2. Pour une fois, fais-moi confiance.

D'après Donald, tous les groupes qui jouaient au Land Run étaient les nouveaux U2.

— Au revoir, Donald.

Bingham avait raccroché. O'Malley avait tout entendu. Évidemment.

— J'avais comme l'impression que les appels personnels n'étaient pas autorisés sur les cabines du hall, avait-il dit.

Non, Bingham ne pouvait décidément pas l'encadrer. Cet odieux connard. Et il ne pouvait pas encadrer l'assistant junior mineur d'O'Malley, qui le suivait comme un chien-chien en remuant la queue. Il ne pouvait pas encadrer les autres ouvreurs, Tate et Grubb, tous les deux fainéants et cons comme des balais. Il ne pouvait pas non plus encadrer une seule des caissières ou des filles de la buvette, Melody, Janella, Theresa et Karlene.

Karlene déménageait à Hawaï à la fin du mois d'août. Elle avait mis de l'argent de côté pendant tout le lycée. Elle était carrément excitée. Elle était carrément surexcitée. Elle allait travailler dans un hôtel et prendre des cours de biologie sur les dauphins à l'université et apprendre à faire du surf, et et et.

Karlene ! Écrase deux secondes avec Hawaï, tu veux !

Le mois d'août était toujours un cauchemar pour les embauches. Chaque été, les employés fraîchement diplômés du lycée quittaient le cinéma et passaient à autre chose. Et Bingham ? Chaque été, fidèle au poste, il se démenait pour remplir le planning. Avec une nouvelle fournée d'ados envoyés sur cette terre dans le seul but de lui pourrir la vie.

Il commença à faire les emplois du temps de la semaine suivante. Ce qu'il détestait le plus chez O'Malley – et il y avait beaucoup réfléchi –, c'était son éternel petit air suffisant. Comme s'il avait déjà gagné la partie. Comme si aucune carte ne pouvait plus le surprendre.

Bingham, à dix-huit ans, avait eu la même attitude. Aujourd'hui, il n'en revenait pas de toutes les surprises que la vie planquait dans sa manche. Attends voir, connard.

Quelqu'un frappa. Sûrement O'Malley. Pour l'informer que les ouvreurs avaient fini de réapprovisionner le stand de la buvette alors qu'ils n'avaient probablement même pas commencé. Bingham alla à la porte. Il se rendit compte qu'O'Malley, ou son assistant junior, avait réussi à retourner l'œilleton. Encore une fois. Hilarant.

Il ouvrit la porte et se retrouva nez à nez avec un homme qu'il ne connaissait pas. Quelque chose clochait avec son visage – ses traits étaient aplatis et écrabouillés, comme un grand brûlé, comme si sa peau avait fondu.

La seconde suivante, Bingham comprit que le gars portait un collant sur la tête. Il tenait un fusil.

Derrière lui, il y avait un autre homme. Celui-ci portait un masque en caoutchouc – Freddy Krueger dans *Les Griffes de la nuit*, mais sans le chapeau mou.

Bingham fut surpris de constater que cela faisait longtemps qu'il n'avait pas eu vraiment peur. Une peur qui vous tord les boyaux et vous fait gonfler le cœur en vous donnant l'impression d'avoir de nouveau cinq ans, alors que votre cousin vous plonge la tête sous l'eau dans la piscine du YMCA pendant que vous vous débattez et balancez des coups de pied.

— Bouge pas, dit le premier type.

Il le repoussa dans le bureau du bout de son fusil. Le motif craquelé et délavé de son T-shirt jaune pâle représentait une moto-cross avec un pot d'échappement crachant des flammes, surmontée des mots : « On se casse ! »

— Combien d'autres personnes travaillent ici ce soir ?

Bingham essaya de réfléchir. Il avait besoin de s'asseoir. L'atmosphère du bureau était étouffante, acide de sueur. La sienne ? La leur ? Il n'arrivait pas à comprendre comment les deux types avaient pu entrer. Il avait verrouillé lui-même les portes de devant. Et les sorties des salles.

— Combien ? brailla le type au masque de Freddy Krueger.

Il était remonté à bloc, sautillant sur la pointe des pieds en agitant son arme vers Bingham. Son pistolet ressemblait à un six-coups de déguisement de cow-boy – en plus gros, et ce n'était pas un jouet.

— Cinq, répondit Bingham.

O'Malley, l'assistant junior d'O'Malley, Grubb, Melody, Karlene. Et Theresa.

— Attendez. Six.

— Et le projectionniste ? demanda le premier type.

Chaque fois qu'il remuait la bouche, il aspirait le tissu du collant qui se creusait bizarrement.

Bingham secoua la tête.

— Non. Harry… il est déjà rentré chez lui.

Le premier type se retourna vers le masque de Freddy Krueger.

— Regroupe-les.

Freddy Krueger salua son partenaire d'un mouvement de son pistolet. Il s'apprêtait à partir.

— Attendez ! cria Bingham.

Le type au fusil eut l'air surpris. Ou c'était peut-être juste un effet de la lumière sur le collant en nylon.

— Quoi ?

— Vous n'avez pas besoin d'eux, dit Bingham. Ils ne se rendront même pas compte que vous étiez là.

— Ferme-la.

— C'est moi que vous voulez, non ? Je vais vous filer l'argent et vous pourrez vous en aller. Je vous donnerai ce que vous voulez.

Le type au fusil se tourna vers son partenaire.

— Tu as entendu ? Je t'ai dit de les regrouper.

Freddy Krueger tourna les talons. Bingham fit un pas en avant et lui prit le bras.

— Allez, ce ne sont que des gosses. Vous n'avez pas à...

Le type au fusil retourna son arme et lui asséna un coup de crosse dans la poitrine. La douleur lui coupa le souffle, comme si son sternum était fendu en deux. Il recula en titubant.

— Ouvre le coffre, dit le type en lui enfonçant le canon du fusil dans les côtes. Tout de suite.

Bingham s'accroupit en chancelant et replia le coin de la moquette du bureau. Il souleva le couvercle métallique du coffre-fort, la sueur lui dégoulinant dans les yeux. L'homme au fusil, debout dans son dos, respirait au-dessus de lui. Bingham composa la combinaison. Il tendit le sac des dépôts de nuit, lourd des recettes du week-end.

— On y va, dit le type.

Il fit traverser le hall à Bingham. Pendant peut-être deux secondes, le temps de trois pas, quelqu'un dans la galerie commerciale, près de la fontaine, aurait pu les repérer à travers les portes vitrées du cinéma.

Si les lumières du hall n'avaient pas été éteintes, et elles l'étaient. Si la galerie commerciale n'avait pas été déserte, et elle l'était.

Le seul autre endroit ouvert tard le week-end, c'était le club de jazz à l'étage, mais même ce bar fermait à minuit. Bingham se demanda ce qui était arrivé à Otis, le vigile de nuit du centre commercial, avec sa coupe afro de mac et sa Lincoln Continental violet disco. Il était peut-être ligoté quelque part. Ou peut-être juste en train de piquer un roupillon dans sa Lincoln, comme à son habitude.

Le type au fusil poussa Bingham en haut de l'étroit escalier menant à la cabine de projection. Les ouvreurs et les serveuses de la buvette s'y trouvaient déjà, alignés face contre terre entre les projecteurs, les mains liées dans le dos avec de la corde. Le type au masque de Freddy Krueger allait et venait, pointant son arme vers eux en criant : « Bang ! Bang ! » Il ricanait comme un dément et portait désormais son masque relevé sur la tête, tel un chapeau mou.

Assis sur le plan de travail contre le mur le plus éloigné, un troisième braqueur observait une bande de film 35 mm à la lumière. Il avait complètement enlevé son masque, une tête de pirate chauve avec un bandeau en caoutchouc sur l'œil. Posée à côté de lui, molle et dégonflée, la tête fixait l'espace de son œil vide.

La cabine était étrangement silencieuse. Comme s'ils se trouvaient sous l'eau, écrasés par le silence. À l'exception du braqueur qui braillait « Bang ! Bang ! » et d'une fille de la buvette qui pleurait sans que Bingham soit capable de savoir de qui il s'agissait.

Le braqueur au fusil arracha le collant de sa tête.

— Allonge-toi, dit-il à Bingham. Face contre terre. Les mains dans le dos.

Bingham se glissa au bout de la rangée, entre Karlene et le projecteur de la salle numéro 2. Il appuya sa joue contre le sol. Le ciment était incroyablement sale, vingt années de graisse de machine, de raclements de semelles de chaussures et de cendres étalées provenant des deux paquets de Camel que Harry fumait à chaque service.

Karlene lui faisait face, assez proche pour qu'il puisse la toucher. Elle avait les yeux vitreux, le menton gluant de larmes et de morve. Ce n'était pourtant pas elle qu'il entendait sangloter.

— Tout va bien se passer, Karlene, chuchota-t-il tandis qu'un des braqueurs lui ligotait les mains dans le dos. Tu vas adorer Hawaï.

— Bang ! dit le masque de Freddy Krueger, juste derrière Bingham.

Bingham ferma les yeux, ignorant la chaleur liquide et collante qui se répandait sous lui. Ce n'était pas comme si le sol pouvait être encore plus sale…

Il s'efforça de visualiser le visage de sa fille. Tiffany, six ans, était le résultat de dix minutes de cafouillage alcoolisé lors d'une de ses rares nuits chômées. La mère de la petite travaillait au Land Run, c'était une des videuses pas commodes qui vérifiaient les cartes d'identité et présentaient de temps à autre les musiciens au micro. Quand Bingham avait appris qu'elle était enceinte, il avait proposé de l'épouser. Elle s'était contentée de le dévisager avec une expression qui disait : *T'es pas un peu cinglé ?*

Bingham voyait très peu sa fille. La mère de Tiffany faisait sauter ses rares droits de visite au gré de ses humeurs. Il avait prévu d'engager un avocat afin de voir la petite plus souvent, à condition d'arriver à mettre un peu de fric de côté. Il ne voulait pas que la gosse grandisse en se demandant qui était cet étranger en costume minable qui lui apportait de temps en temps une poupée Patouf, et qui sentait toujours le pop-corn brûlé.

— Non, dit la voix d'O'Malley près de l'autre projecteur. Non, attendez une seconde, écoutez !

— Ta gueule, lança le braqueur au fusil.

Il y eut un bruit sourd.

La serveuse qui sanglotait sanglota de plus belle. Theresa ou Melody. Le plan de travail craqua quand le troisième braqueur se leva. Il murmura quelque chose aux autres, que Bingham ne comprit pas. Un de ses partenaires répondit en chuchotant. Murmure, murmure, murmure – encore et encore, un peu comme les bulles qui remontaient du fond de la fontaine de boisson à l'orange.

Bingham comprit soudain ce que lui avait lancé la vieille en Cadillac sur le parking. Ce n'était évidemment pas : « Vous jouerez à la marelle, monsieur. »

« Vous aurez de mes nouvelles, monsieur. » Voilà ce qu'elle avait dit.

Ce qui paraissait plus logique. Elle avait sans doute prévu d'appeler la direction pour se plaindre.

Je vous en prie, songea Bingham. *Faites-vous plaisir.*

Les braqueurs cessèrent de chuchoter. Bingham entendit des pas. Il sentit quelque chose de froid et de dur appuyer légèrement sur sa nuque.

Les larmes coulaient sur les joues de Karlene, dévalant le long de son nez avant de s'écraser sur le sol crasseux.

— N'aie pas peur, Karlene, murmura Bingham. Tout va bien se passer. Ferme les yeux. Tu es à Hawaï. Sur une plage de sable doré, les vagues battent le rivage, la brise est parfaite. Tu vis la vie dont tu as toujours rêvé.

Wyatt

CHAPITRE 1

Octobre 2012

La Lexus s'arrêta à la station Shell, à quelques dizaines de mètres devant lui. Wyatt, prudent, s'engagea sur un parking en gravillons derrière le garage Flamingo. Il ne voulait pas faire peur à Bledsoe. Sur le Strip, avec la circulation – une douzaine de files de taxis, de bus et de Chevy Aveo de location vrombissantes qui faisaient du touche-touche –, on pouvait presque s'asseoir sur la banquette arrière d'un type sans que celui-ci s'en rende compte. Contrairement à Koval Lane, qui longeait l'arrière des hôtels et qui, une heure avant le changement d'équipe de l'après-midi, était déserte. Mieux valait garder ses distances pour passer inaperçu.

Au-dessus de la rue, l'échangeur grondait et tremblait. Wyatt observa Bledsoe passer sa carte American Express à la station-service. Il ne put retenir un sourire. Bledsoe faisait tout de manière théâtrale. Passer sa carte de crédit, savourer ses noix de Saint-Jacques poêlées, traverser un casino. Avec panache. Même quand il croyait que personne ne le regardait.

La Lexus et la Black AmEx étaient sûrement des signes avant-coureurs. Au cours des dix-huit derniers mois, Bledsoe avait eu trois retards de paiement sur le contrat de leasing de la voiture. Il s'était pris deux mille dollars de frais sur sa carte de crédit. Ça pouvait vouloir dire quelque chose. Ou n'importe quoi. Ou rien du tout.

Bledsoe travaillait au Caesar Palace et avait posé sa candidature pour un poste important au Mirage : vice-président senior des ventes et du marketing. Là-bas, on l'adorait. On adorait le MBA à Wharton, les trois années passées au Caesar, les deux années avant à la Citibank. On adorait son regard neuf, son mandarin courant (une troisième année à l'étranger) et son panache. Mais jusqu'à ce que Wyatt rende son rapport, le Mirage ne lui proposerait même pas de ramasser les morpions dans les filtres des jacuzzis.

Wyatt le suivait depuis deux semaines et, jusque-là, il n'avait rien à signaler.

Bledsoe se levait tous les matins à 8 heures, le point du jour selon les standards de Vegas. Il descendait dans la salle de gym de son immeuble pour courir six kilomètres et demi sur le tapis de course. Flexions, abdos, squats. Puis il se douchait, il se passait du gel dans les cheveux, et il draguait la fille – menue, blonde, à frange – qui donnait un cours de hot yoga à 9 heures.

Sur la route du Caesar, il faisait un arrêt chez Starbucks pour y prendre un *venti americano*, lait à part, le premier des trois qu'il boirait avant midi. Il travaillait avec les clients jour et nuit, riait, leur tapait dans le dos et se contentait globalement de répandre le panache Bledsoe autour de lui. Il prenait son seul vrai repas de la journée vers 17 heures au grill de l'hôtel, où il rattrapait le retard de ses mails et draguait la fille – menue, blonde, à frange – qui lui apportait ses noix de Saint-Jacques et sa salade de tomates anciennes, huile et vinaigre à part.

Après le déjeuner, Bledsoe sortait faire quelques courses. Il récupérait des vêtements au pressing. Il allait acheter du gel pour les cheveux. Il faisait le plein d'essence. Il rapportait un lecteur Blu-Ray détraqué chez Best Buy ou bien se rendait à la boutique Pottery Barn de Rampart Commons. Il draguait la fille qui vendait des lunettes de soleil au kiosque. Comment avez-vous deviné ? Elle était menue. Elle était blonde. Elle avait une frange.

Oh ! oui, on pouvait dire que Bledsoe savait ce qu'il aimait. Mais pourquoi, dans ce cas, sa petite amie était-elle une grande rousse athlétique et sans frange ? Pourquoi son autre petite amie était-elle une brune bien en chair, sans frange ?

C'était un mystère. Ou peut-être pas. L'expérience de Wyatt lui avait permis de constater que les gens désirent souvent ce qu'ils n'ont pas. Ou, si vous préférez une perspective encore plus triste, qu'ils ont souvent ce qu'ils ne désirent pas.

À trente ans, le type paraissait avoir coché toutes les cases. Le boulot, la voiture, deux petites amies très attirantes avec lesquelles il parvenait à jongler sans qu'aucune des deux ne découvre l'existence de l'autre, une penderie bourrée de costumes Tom Ford. Une garçonnière de luxe entièrement vitrée, au sommet de la tour Veer, au beau milieu du Strip.

Wyatt se livra à une brève introspection pour savoir si tout cela – le fait qu'un gamin, onze ans plus jeune que lui, conduise une Lexus à 80 000 dollars et gagne trois fois son salaire – l'agaçait secrètement.

Il décida que non. Il avait ce qu'il voulait, il désirait ce qu'il avait. Une Honda Accord de quatre ans en bon état et payée. Des costumes J.Crew qui lui allaient parfaitement. Une maison avec trois chambres, petite mais confortable. La maison presque entièrement payée, elle aussi. Et il travaillait à son compte, ce qui signifiait qu'il choisissait ses missions. Il ne serait peut-être jamais riche, mais il ne se retrouverait jamais non plus à faire les cent pas dans une station-service Shell à consulter ses mails, sa messagerie vocale et ses SMS pour la énième fois, suant à grosses gouttes pendant qu'une entreprise décidait de son destin professionnel.

Wyatt bâilla. Combien de temps fallait-il pour faire le plein d'une Lexus ? Eh bien, voilà, il savait maintenant précisément combien de temps il fallait pour faire le plein d'une Lexus.

Il mentionnerait les deux petites amies dans son rapport, mais on était à Vegas, et Bledsoe était officiellement célibataire. On pourrait être déçu, au Mirage, d'apprendre qu'un potentiel vice-président des ventes et du marketing d'un casino de Vegas n'avait qu'une seule petite copine. On pourrait même douter de son panache.

Les sociétés qui engageaient Wyatt afin qu'il se renseigne sur des candidats avant d'imminentes et importantes embauches s'intéressaient à la drogue, au jeu et aux problèmes d'argent. Elles s'intéressaient aux orientations sexuelles, mais seulement si le candidat ou la candidate s'efforçait de les garder secrètes.

On tapota à la vitre. Un vigile lui lança un regard noir. Costaud, la cinquantaine bien tapée, sanglé dans un uniforme marron sur marron. Le regard noir était apparemment plus pour la forme qu'authentique.

Wyatt descendit sa vitre en souriant.

— Bonjour, monsieur l'agent, dit-il.

Le vigile pinça les lèvres, son regard noir devint plus authentique.

Wyatt ne comprenait pas – c'était le mystère de sa vie – pourquoi tant de gens supposaient d'emblée qu'il jouait au petit malin. Des gens qu'il n'avait jamais vus, qui ne le connaissaient ni d'Ève ni d'Adam, qui, à moins d'être extralucides, ne pouvaient avoir aucun indice signalant que, oui, il arrivait à Wyatt de jouer au petit malin.

C'était l'histoire de sa vie, du plus loin qu'il s'en souvienne. La prof faisait l'appel, il répondait « Présent » et toute la classe se mettait à rigoler. La prof secouait la tête en serrant les mâchoires.

Wyatt espérait que quelqu'un lui expliquerait un jour comment on pouvait jouer au petit malin rien qu'en répondant « Présent ». Ou bien en disant à un vigile : « Bonjour, monsieur l'agent. »

— C'est un parking privé, monsieur. Réservé au personnel du Flamingo. Je vais vous demander de déplacer votre véhicule.

Wyatt tendit la main par la fenêtre.

— Wyatt Rivers. Ravi de faire votre connaissance.

Le vigile continua de lancer son regard noir, mais la main de Wyatt ne bougea pas et, finalement, il céda et la lui serra.

Wyatt croyait sincèrement dans le pouvoir civilisateur de la poignée de main, ou du vrai contact visuel, ou tout simplement dans le fait de reconnaître l'existence fondamentale de la personne devant vous.

Cela n'arrivait pas si souvent. Les gens étaient dans leur monde. Ils marchaient dans leur sommeil. Ils échangeaient de vagues plaisanteries, des demi-regards et il était rare qu'ils soient, quand on y pensait vraiment – quand on faisait l'appel –, réellement *présents*.

— Je suis détective privé, expliqua Wyatt. J'enquête sur M. Panache, là-bas, à la station-service Shell. Avec du gel dans les cheveux, vous voyez ? Le Mirage voudrait l'embaucher aux ventes et marketing. Pour le moment, il paraît blanc comme neige. Quelques bosses à sa carte de crédit, mais c'est tout. Et deux petites amies assez sérieuses avec lesquelles il jongle, mais le Mirage s'en fout.

Le vigile, passant d'un pied sur l'autre, releva le menton. Il s'efforçait de savoir si Wyatt disait vrai et si oui, dans quel but.

Wyatt partait du principe que si on n'avait rien à perdre à dire la vérité, mieux valait la dire. La vérité est en général plus intéressante qu'un mensonge.

— Y a beaucoup d'argent à se faire ? finit par demander le vigile. Quand on est détective privé ?

— Pas mal. Mais ce n'est pas toujours aussi glamour et excitant que de regarder un homme faire le plein de sa Lexus.

Le vigile se gratta le cou. Wyatt repéra une lueur amusée dans ses yeux, furtive comme un poisson qui file, attrapant un instant la lumière. Du genre : *Tu veux qu'on parle de glamour et d'excitant ? Je suis le type qui regarde un type qui regarde un type faire le plein de sa Lexus.*

Bledsoe avait enfin fini. Il raccrocha le pistolet et Wyatt sortit son portefeuille.

— Voilà ma carte, dit-il au vigile. Appelez-moi si vous êtes vraiment intéressé. Je vous dirai quelles formations valent la peine.

Le vigile prit la carte de visite.

— Merci beaucoup, répondit-il, confus.

Wyatt remonta sa vitre et s'engagea sur Koval Lane, trente mètres derrière la Lexus. Bledsoe remonta la rue puis tourna à l'ouest dans Sands Avenue, traversa le Strip et rejoignit l'I-15.

Wyatt n'eut aucun problème à le suivre. Pour un type qui faisait tout avec panache, sa conduite s'avérait décevante. Il respectait la limitation de vitesse, il s'arrêtait aux feux orange, il mettait son clignotant avant de tourner ou de changer de file.

Cela signifiait-il quelque chose ? N'importe quoi ? Rien ?

Wyatt le rattrapa à Rampart Commons, au kiosque de lunettes de soleil, où il discutait avec la blonde menue à frange. Bledsoe traversa ensuite la rue et entra chez Pottery Barn. Wyatt en profita pour s'asseoir sur un banc et appeler Laurie. Il tomba directement sur la messagerie.

— Salut, je suis à Rampart Commons, et je me suis dit, tant qu'à faire, je vais acheter une bricole à ma chérie. Une bricole dont on pourrait profiter tous les deux, si tu vois ce que je veux dire, toi et moi dans l'intimité du boudoir. Alors je suis allé chez

Victoria's Secret, et tiens-toi bien : ils n'ont pas un seul truc qui me va. Tu y crois ? Rien de flatteur en tout cas. Du coup, je pense que je vais me rabattre sur un presse-citron de chez Williams-Sonoma. Après réflexion, je suis sûr qu'on saura lui trouver un usage original au…

Bledsoe sortit de Pottery Barn et se dirigea vers le parking. Wyatt coupa la communication mais ne le suivit pas.

Pottery Barn. Pottery Barn ? Deux fois en une semaine ?

Wyatt lui-même n'avait rien contre Pottery Barn. Il aimait leurs catalogues gais et ensoleillés, les fauteuils club en cuir et les tables de ferme du Nantucket. Il avait d'ailleurs des vues sur une de ces tables.

Mais Bledsoe ? Wyatt n'était jamais entré dans sa garçonnière au-dessus du Strip, mais tout ce qu'il savait sur ce type plaidait résolument en faveur de robinets design, de comptoirs en granit provenant d'une carrière spéciale en Italie et d'un canapé bas épuré aux coussins en titane brillant.

Malgré tous ses efforts, Wyatt n'arrivait pas à faire coïncider le tout : une table de ferme de chez Pottery Barn dans une garçonnière ? Au sommet d'un gratte-ciel haut de gamme comme le Veer ?

Bledsoe monta dans sa Lexus. Wyatt le laissa partir. Il sortit son téléphone, programma le chronomètre sur 2 minutes, traversa la rue et entra chez Pottery Barn.

— Bonjour ! Je peux vous aider ?

L'employée qui accueillit Wyatt à la porte était brune et taillée comme un petit tonneau. Wyatt jeta un regard alentour. Aucune des autres vendeuses n'était blonde ou menue. Pas de frange en vue.

La bonne explication est souvent la plus simple – le rasoir d'Ockham – mais pas toujours. Sinon, ce ne serait pas drôle. Et Wyatt n'aurait plus de boulot.

— Je regarde juste, répondit-il. Mais je ne suis pas sûr de ce que je veux. J'ai l'impression que je ne saurai pas ce que je cherche avant de tomber dessus. Ça vous arrive à vous aussi ?

— Parfois, oui. Bien sûr. Je comprends tout à fait.

— Et je finirai peut-être par ne tomber sur rien du tout. C'est le côté frustrant de ce genre d'approche.

Il repéra un vendeur debout près des bibliothèques. Petite vingtaine, cheveux courts, coupe soignée. Une chemise à manches longues avec les poignets bien boutonnés.

Peut-être portait-il une chemise à manches longues parce qu'il faisait frais dans la boutique. Le rasoir d'Ockham. Et c'était vrai, il *faisait* frais à l'intérieur. Ou peut-être ses bras étaient-ils couverts de tatouages.

Ses bras tatoués signifiaient-ils quelque chose ? N'importe quoi ?

Probablement rien. Mais c'était tout ce que Wyatt avait, et il était en mesure d'affirmer que Bledsoe ne venait pas ici deux fois par semaine pour regarder des tables de ferme ou draguer des filles brunes bâties comme des petits tonneaux.

Le Mirage voulait Bledsoe. Ils voulaient que le rapport de Wyatt soit irréprochable. Mais seulement si la cible l'était aussi.

— Vous m'excusez ? dit-il à la fille.

Il atteignit les bibliothèques au moment où le minuteur de son iPhone émettait un carillon.

Wyatt fit mine de consulter le numéro et de répondre à un appel.

— Bledsoe ! Mon frère !

Le vendeur, qui cachait ou pas ses tatouages, jeta un regard vers lui avant de détourner aussitôt les yeux. Puis il l'observa de nouveau.

Wyatt regretta presque que cela s'avère aussi facile.

— Ouais, dit Wyatt à son téléphone. J'y suis. Je croyais qu'on était censés se retrouver là. Tu es où ?

Il regarda autour de lui et fit mine de remarquer pour la première fois le vendeur aux manches longues.

— Oui. Je crois que oui... D'accord.

Wyatt rangea son téléphone et examina plusieurs rayonnages jusqu'à ce que le vendeur s'approche de lui.

— Salut, mec, dit tranquillement Wyatt. Tu es le gars de Bledsoe ? Moi, c'est Josh.

Le vendeur lança un rapide regard alentour pour s'assurer qu'il n'y avait personne.

— Qui ? demanda-t-il. Il ne m'a rien dit.

— Écoute, j'ai un souci. Tu peux me dépanner ou pas ?

— Je vais l'appeler.

— Comme tu veux.

Le vendeur sortit son téléphone sans quitter Wyatt des yeux avant de le remettre presque aussitôt dans sa poche.

— T'as besoin de combien ? demanda-t-il.

Et Wyatt sut – étincelle de victoire, pincement de compassion – que Bledsoe pouvait dire au revoir au Mirage.

Wyatt

CHAPITRE 2

Wyatt badigeonna le saumon d'huile d'olive pendant que Laurie préparait les gin-tonics.

— Après tout ça ? demanda-t-elle en apportant les verres. Après ce message de dix minutes, tu ne m'as même pas rapporté un presse-citron ?

— J'étais trop occupé à passer un deal pour quinze grammes de cristaux de meth.

— Tu n'en as pas vraiment acheté, j'espère ?

Wyatt but une gorgée. Le gin-tonic était parfait. Et la lumière était parfaite – un doux crépuscule du désert qui nimbait les montagnes d'un bleu-gris tendre. Laurie, ses pieds bruns nus et les cheveux détachés après une journée de bureau, était, elle aussi, parfaite.

— Non. Le dealer de Bledsoe n'avait pas la marchandise sur lui, et je lui ai dit que je n'avais pas le cash. Alors il va passer avec ses potes motards. On devrait peut-être laisser la lumière du porche allumée pour leur indiquer l'adresse.

Laurie sourit. Elle n'eut même pas besoin de vérifier qu'il plaisantait. Cela faisait longtemps qu'elle ne se donnait plus cette peine.

Wyatt avait dit au dealer qu'il reviendrait dans une heure avec le liquide. Le type attendait peut-être encore. Wyatt éviterait Rampart Commons pendant un temps. Il devrait acheter sa table de ferme de chez Pottery Barn sur Internet.

Il attira Laurie contre lui pour l'embrasser. Elle avait mangé des amandes saupoudrées d'ail, mais elle avait quand même bon goût. Après un seau de bière et une douzaine d'ailes de poulet épicées, après un rot, même au réveil – cette fille avait toujours bon goût.

— Et toi ? demanda-t-il. Ta journée a été chargée ?

— Ne me lance pas sur le sujet.

Laurie était directrice générale d'une organisation à but non lucratif qui avait un pied dans tous les domaines, du logement à prix abordable aux refuges pour chiens. Laurie s'intéressait à tout – toutes les maisons à loyer abordable, tous les croisements de rottweiler.

— C'est le problème de ce monde, déclara-t-il. Tu le sauves aujourd'hui, et demain il s'est remis dans la merde. Comme une Kardashian.

Il déposa le saumon sur le gril. Laurie s'assit et posa ses pieds sur la table de pique-nique. Elle sirota son gin et remua les orteils en le dévisageant.

— Aaah, fit-elle.

— Ah ?

— C'est *absôlument* délicieux.

Elle le faisait pour lui, l'accent bien marqué de Boston, parce qu'il mordait toujours à l'hameçon. Il mordait toujours à l'hameçon parce que ça la faisait rire. Et son rire était comme une drogue. Il ne pouvait pas vivre sans.

— Arrête un peu, dit-il en s'asseyant en face d'elle. Tu n'es pas de Dorchester. Tu viens des bas-fonds de Cambridge.

— Je suis de Brookline.

— Oh ! désolé. Des bas-fonds de Brookline.

— Tu es de San Diego. Qu'est-ce que tu en sais ?

— J'en sais que tu serais bien la première fille métisse de profs de fac épiscopaliens de toute l'histoire de Dorchester.

Elle rit en remuant de nouveau les orteils vers lui avec insistance. Il obéit et lui massa le pied. La chaleur de sa peau, la pulsation de la veine sous son pouce – il se serait satisfait de rester assis là jusqu'à la fin des temps, jusqu'à ce que son corps se change en os, en cuir et en poussière, rien qu'à la contempler de l'autre côté de la table, sous les étoiles qui scintillaient le long du bord déchiqueté des montagnes plongées dans le noir.

— Voilà à quoi je pense, dit-il. L'Inde. L'Inde ou la Thaïlande, un endroit comme ça. On se marie sur la plage, à la pleine lune, avec un chamane pour maître de cérémonie. Un chamane ? C'est bien comme ça qu'on les appelle en Inde ? Sur la plage, avec des lémuriens qui chantent dans les palmiers au milieu des noix de coco.

Elle but une autre gorgée de gin avant de poser son verre et le fixa. Il était en général assez simple de lire en elle, la naïveté des expressions de son visage, chaque pensée, chaque émotion explosant comme autant de bulles à la surface. Mais il y avait des exceptions – comme à ce moment-là.

Il lui prit l'autre pied, et l'instant passa.

— C'est *absôlument* merveilleux, fit Laurie avant de se remettre à rire.

Wyatt avait établi ses quartiers sur Harmon Avenue, au premier étage d'un open-air où l'on trouvait des boutiques et des bureaux. Un centre commercial, en somme, mais chic, avec des murs couleur pêche fraîchement enduits, pas de bureau de change ni de salon de massage, et un restaurant familial qui servait les meilleures nouilles birmanes de la ville. Le bureau de Wyatt, situé entre un optométriste et un cabinet de comptabilité H&R Block, était une ancienne boulangerie qui avait fait faillite quelques années plus tôt. L'odeur de glaçage à gâteaux flottait encore dans l'air.

Wyatt aurait pu travailler chez lui – comme beaucoup de détectives privés indépendants –, mais les loyers étaient bas à Vegas et il appréciait d'avoir son propre bureau. L'espace, les habitudes, la... quel était le contraire de la solitude ? Peu importe, il aimait ça aussi. La devanture était vitrée. Les comptables de chez H&R Block lui adressaient toujours un signe de la main quand ils sortaient passer leurs appels privés.

En emménageant, Wyatt avait gratté la finition pop-corn du plafond et passé de l'enduit à la taloche pour donner de la texture aux murs avant de repeindre. Il avait arraché le carrelage bas de gamme pour le remplacer par des tapis berbères, acheté de beaux meubles et de jolis éléments pour les toilettes. Tous les mercredis, une ancienne strip-teaseuse gentiment rêveuse lui livrait des fleurs dans une camionnette – sa société s'appelait Flower Child – et elle remportait les fleurs fanées.

Certains clients étaient surpris à leur première visite. Ils s'attendaient à ce qu'un détective privé officie dans un bureau sordide au-dessus d'un bar sordide, qu'il porte un imperméable taché, qu'il garde un .38 et une bouteille de mauvais alcool planqués dans le tiroir du bas de son bureau.

Wyatt ne possédait pas d'arme. Quant au tiroir de son bureau, il contenait un chargeur de portable de rechange et une boîte de cartes mémoire pour son Nikon DSLR.

Ce matin-là, la pièce sentait le glaçage à gâteaux et les fleurs fraîches de frangipanier qui flottaient dans un bol d'eau, livrées la veille par Flower Child. Wyatt ouvrit son ordinateur portable et finit de rédiger le rapport Bledsoe. Il se sentait toujours un peu nerveux quand il bouclait une affaire. Il ne tenait pas en place.

Comme à l'époque où il était journaliste, au moment de rendre un papier. Le truc chouette dans la presse quotidienne, c'était qu'il y avait toujours un autre article à venir – on n'avait pas le temps de se poser. C'était pareil dans son job de détective.

Deux nouveaux clients potentiels avaient appelé plus tôt dans la semaine : un mari qui soupçonnait sa femme de le tromper, et une femme qui soupçonnait son mari de la tromper. Wyatt se demanda quelles étaient les chances que cette femme ait une liaison avec l'autre mari. Une sur dix mille ? Il nota intérieurement de soumettre cette proposition à son pote du bureau des paris sportifs du Luxor. À Vegas, on pouvait parier sur n'importe quoi.

Il s'apprêtait à appeler le mari suspicieux quand la porte du bureau s'ouvrit. C'était Gavin. Wyatt faillit en tomber de son fauteuil.

— Ouh là, fit-il.

Gavin s'occupait de la sécurité et de la surveillance du Mirage. Il lui avait confié l'enquête sur Bledsoe, ainsi qu'une douzaine d'autres missions au cours des deux dernières années. Mais quand Gavin avait du travail pour Wyatt, c'était souvent – non, *toujours* – Wyatt qui allait voir Gavin, et pas le contraire.

Gavin parcourut le bureau du regard.

— Ce n'est pas ce que j'imaginais.

— Tu imaginais du sordide, dit Wyatt. Une bouteille de mauvais alcool dans le tiroir du bureau.

— J'imaginais des tableaux.

Gavin laissa tomber sa carcasse dans le fauteuil en face de lui.

— De la merde gay prétentieuse. Des impressionnistes français, des ombrelles dans le parc.

— Dit le type qui porte une cravate avec des licornes dessus.

Gavin releva le bout de sa cravate pour l'examiner.

— Ce sont des chevaux de course.

— Des chevaux de course de gay.

Gavin réfléchit.

— Ouais, dit-il en laissant retomber la cravate. C'est ma fille qui me l'a offerte. J'ai un service à te demander.

— Je t'écoute.

— Ne fais pas ton petit malin.

Ne fais pas ton petit malin ? Wyatt secoua la tête, incrédule. C'était véritablement le mystère de sa vie.

— Dis-moi comment demander « Je t'écoute » peut me faire passer pour un petit malin ?

— Ce service, c'est un boulot, reprit Gavin en jetant un nouveau regard sur sa cravate. Tu peux doubler ton tarif habituel en plus de bénéficier de ma gratitude éternelle.

— Pour le Mirage ?

— Pour moi, répondit-il avec une grimace.

— Ça me va.

— Petit malin. C'est du gâteau. C'est moi qui te fais une faveur.

Wyatt, avec un gentil sourire, attendit que Gavin grimace une nouvelle fois.

— La fille – la nièce ou la cousine de ma femme, peu importe – est convaincue qu'elle a besoin d'un détective privé. Et ma femme m'a convaincu de lui en trouver un. Tu vois où je veux en venir ? C'est un sacré numéro, je te le dis tout de suite.

— Dans ce cas, je commence quand ?

— Et elle vit à Omaha. La nièce de ma femme.

— Tu veux que j'aille à Omaha ?

— Juste un jour ou deux. Pour la rencontrer. L'écouter obligeamment. Tu fais… ce que bon te semble. Tu passes quelques coups de fil, tu fouines à droite à gauche. S'il y a matière à fouiner, ce dont je doute. Mais tu vois, tu es le gage de bonne volonté qui fera qu'elle lâchera ma femme qui ensuite me lâchera.

— Il n'y a pas de détective privé à Omaha ?

— Tu as écouté ce que je te disais ?

— D'accord, d'accord.

Oui, il avait écouté. Il trouvait simplement agréable de voir Gavin se tortiller sur son siège et grogner de mécontentement. C'était la première fois qu'il le voyait ainsi. Et probablement la dernière.

— La fille s'appelle Candace. Candace Kilkenny. Elle vient de Vegas. Il y a deux mois, elle était à son boulot, elle préparait des cocktails au Wynn, quand elle a reçu un appel. De nulle part, un avocat. Il lui a annoncé qu'elle héritait d'une salle de concert à Omaha.

Wyatt, qui prenait des notes dans le bloc à spirale qu'il gardait toujours dans la poche de son pantalon, haussa un sourcil.

— Quelle est la partie qui te surprend ? demanda Gavin.

— Tout.

Gavin hocha la tête.

— Ouais. Eh bien, ça a aussi surpris la fille. Un héritage ? Une salle de concert ? Omaha ? Elle a cru que c'était une arnaque, mais non, tout ça est réglo. C'est un de ses clients réguliers, un vieux qui prenait l'avion trois fois dans l'année pour jouer un black-jack à dix dollars. Tu vois le genre. Il s'avère qu'il l'a couchée sur son testament.

— Au propre ou au figuré ? demanda Wyatt.

La question était plus ou moins sincère, mais Gavin lui adressa un regard noir et l'ignora.

— Candace ne connaît personne à Omaha. Elle a une gamine de cinq ans. Elle n'a jamais bossé dans une salle de concert, encore moins à la direction artistique. Alors devine ce qu'elle fait ? Elle déménage à Omaha pour reprendre une salle de concert.

— Pourquoi a-t-elle besoin d'un détective privé ?

— Elle s'est fourré dans la tête qu'une personne mystérieuse la harcèle mystérieusement.

— Comment ça ?

— Je n'en sais rien. Je m'en fiche. Je soupçonne surtout cette fille d'avoir une imagination débordante. Tu sais ce qui m'intéresse dans tout ça ?

— Ça me vient. Attends une seconde.

— Ce qui m'intéresse, c'est que ma femme me lâche la grappe.

— Voilà.

Wyatt fit semblant de noter, lentement, soigneusement, puis il referma d'un coup son calepin.

Omaha ne faisait pas vraiment partie des endroits qu'il avait envie de visiter avant de mourir, et l'idée d'être séparé de Laurie, même pour quelques jours, ne l'enchantait pas. Mais Gavin lui donnait pas mal de boulot, et c'était un brave type. Wyatt pourrait peut-être convaincre Laurie de l'accompagner à Omaha. Une escapade romantique et exotique.

— Autre chose ? demanda Wyatt.

— Sa gamine est mignonne, d'après ma femme.

Gavin sortit une feuille de papier pliée de la poche de sa veste et l'ouvrit en la secouant. Il rentra le menton, souleva les lunettes de son nez.

— Je n'arrive pas à croire que j'aie besoin de double foyer. Je refuse de l'admettre. La gamine s'appelle Lily. Et attends. C'est Oklahoma, et pas Omaha. Oklahoma City. Je n'ai pas le nom de la salle de concert, mais je te fais confiance, tu es capable de résoudre ce mystère.

— Tu connais cette vieille blague ? À propos des steaks à Omaha ?

— J'ai l'impression que je ne vais pas tarder à l'entendre.

— Puisque tu insistes, dit Wyatt avant de se lever. Donne-moi juste une seconde.

Il se rendit aux toilettes, où il s'enferma. La pièce tournait autour de lui. Mais lentement, comme si, dans les trente secondes après la première secousse du manège – *Oklahoma City, pas Omaha* –, tout n'avait bougé que d'un millième de centimètre. Le vertige du ralenti.

Juste après son arrivée à San Diego, Wyatt avait rencontré un surfeur qui, au bout de quelques bières, se lançait dans des envolées sur le pouvoir fondamental et écrasant de l'océan, sur le fait qu'on lui devait notre respect, mon pote. Sans doute – mais Wyatt avait une idée bien à lui sur la question. Si tu veux respecter le pouvoir de l'océan, commence par rester hors de l'eau.

C'était sa philosophie concernant le passé : laisse-le comme il est. Il s'y était tenu et avait mené une vie heureuse. Une vie sans se noyer, sans se briser sur les rochers, sans être emporté vers un horizon vide.

On saisissait une bouffée d'un certain parfum en traversant le casino du Bellagio et on continuait de marcher. On entendait à la radio quelques mesures de « If She Knew What She Wants » des Bangles et on changeait de station. On vivait dans le temps présent, hors d'atteinte.

Mais Wyatt avait déjà dit à Gavin qu'il lui rendrait ce service. S'il essayait de faire marche arrière maintenant, il lui demanderait pourquoi.

Wyatt passa en revue les mensonges dont il pourrait se servir. Il savait que Gavin n'en goberait aucun.

Le goût du café du petit déjeuner encore dans la bouche, il but dans ses mains pour se rincer. Puis il retourna s'asseoir à son bureau.

— C'est un type d'Omaha qui part en voyage d'affaires à New York. Le type qu'il doit rencontrer l'emmène dîner. Ils commandent des steaks. Des steaks incroyables. De l'aloyau premier choix vieilli. Mais cher – c'est New York, après tout.

Gavin finit de rédiger un chèque qu'il déchira de son carnet.

— Pour une semaine, c'est le double de ton tarif plus les frais. Tu n'iras pas dire que tu travailles uniquement pour mes beaux yeux.

— Le type d'Omaha dit : « Vous savez, si on était à Omaha, ces steaks ne coûteraient que dix dollars. » Le type de New York le regarde et lui répond : « Ouais, mais on serait à Omaha. »

— C'est pour ça que c'est toi qui y vas, pas moi, fit Gavin en se levant. Oklahoma. Merde. Qu'est-ce qu'il y a à Oklahoma ? Le vent qui balaie les plaines. Bon voyage.

Genevieve

Septembre 1986

Debout et en sueur, Genevieve regardait le type préparer des tacos indiens. Tous les trois ou quatre tacos, il marquait une pause pour s'exploser un bouton blanc avant de se sentir le bout des doigts.

Voilà qui résumait assez bien la définition de l'enfer dans lequel Genevieve était plongée : coincée à garder sa petite sœur à la foire d'Oklahoma par mille degrés à l'ombre dans la puanteur de la bouse de vache émanant des enclos à bétail, si épaisse qu'on avait l'impression de la goûter, avec le type des tacos qui s'explosait des boutons blancs comme s'ils allaient passer de mode.

Oh ! et tout ça en étant complètement clean. Juste au cas où l'enfer ne serait pas assez infernal.

Sans drogue. Sans drogue ?

Genevieve transpirait, ses cheveux comme morts sur ses épaules, le mascara dégoulinant. Elle regarda M. Tacos s'exploser un autre bouton. Elle aurait aimé que quelqu'un lui rappelle, s'il vous plaît, pourquoi elle avait choisi ce jour entre tous pour suivre le conseil de Nancy Reagan.

Non à la drogue !

Genevieve, hé, on en parle ?

Non !

Sa petite sœur, Julianna, avait atteint le bout de la file d'attente pour les tacos. Elle se retourna vers Genevieve en souriant. Et elle attendit. Qu'est-ce que cette idiote fabriquait ? Il fallut une seconde à Genevieve pour comprendre que sa sœur portait ses lunettes de soleil préférées, ses Vuarnet à monture en bois.

Morveuse !

Genevieve lui adressa un doigt d'honneur. Julianna abaissa les Vuarnet et haussa un sourcil, tel Tom Cruise dans *Risky Business*. Genevieve refusa de sourire – en vain. Cette andouille la faisait marrer. Même quand elle lui tapait sur les nerfs. Surtout quand elle lui tapait sur les nerfs.

Genevieve se disait que c'était une sorte de don. Un talent de survie encore plus utile que d'être belle ou intelligente ou n'importe quoi d'autre.

Elle observa Julianna payer son taco en se demandant si sa sœur serait un jour jolie. Pour l'instant, à l'âge de douze ans, cinq de moins que Genevieve, elle avait juste l'air de la bouffonne qu'elle était. Un peu mignonne, sans doute, mais – avec ces angles bizarres et ces parties dépareillées – comme un mignon ptérodactyle. Parfois, elle regardait Julianna et songeait : *On n'en sait rien, elle va peut-être grandir en même temps que ses jambes et faire tourner quelques têtes.* Puis d'autres fois : *Non, tenez-vous prêts à voir arriver cette fille dégingandée à tête de cheval, une rigolote qui épousera un gentil gars ennuyeux de dix centimètres de moins qu'elle.*

Genevieve avait toujours été jolie, mais elle n'était devenue vraiment belle que pendant l'été avant d'entrer au lycée. In extremis, et quel soulagement bienvenu. Parce que Genevieve n'était pas intelligente, et qu'elle n'avait pas ce don de faire marrer tout le monde. En tout cas, personne d'autre que sa crétine de petite sœur.

Qui rit comme une baleine quand Genevieve se pencha en avant pour examiner le taco en demandant :

— Est-ce que c'est aussi fadasse que ça en a l'air ?

— Après, je veux aller voir les monstres, déclara Julianna quand elle eut fini de rire.

C'est ça, pensa Genevieve, *alors que je n'ai pas pris la moindre ligne ? Tu rêves.*

— C'est toi, le monstre. Rends-moi mes lunettes de soleil.

— Oooh. Je suis tellement sexy. Tout le monde me regarde. On ne peut pas me quitter des yeux. C'est moi, *Genevieve*, minauda Julianna avec un accent français et un petit déhanchement coquin.

Genevieve réprima un sourire. Elle reprit ses Vuarnet et les mit sur son nez. Avec – une seconde plus tard, alors que Julianna s'apprêtait à mordre dans son taco – un petit déhanchement coquin qui fit rire sa sœur comme une baleine.

Deux étudiants BCBG en polos Izod observaient Genevieve depuis le stand des caramels. Elle ôta ses Vuarnet qu'elle coinça entre ses dents – par la branche des lunettes – pendant qu'elle tirait ses cheveux en arrière et les attachait avec un chouchou. Juste pour regarder les deux étudiants la regarder. Voilà. Elle aussi avait un talent caché.

Les étudiants avaient souvent de la bonne came. Dommage qu'aujourd'hui elle ne soit pas en bons termes avec la drogue.

Non ! Je ne t'entends pas, drogue ! Lalalalalala !

— Ta bouche est trop grande pour ta tête, lança Genevieve à sa sœur. T'as plus qu'à espérer que ta tête grossisse, ou tu vas ressembler à un de ces serpents qui peuvent se décrocher la mâchoire pour engloutir une antilope ou d'autres trucs énormes.

— Alors je pourrai rejoindre les monstres. Tu te rappelles papa et Stan ?

Stan était l'homme le plus petit du monde, il mesurait à peine un mètre mais était parfaitement proportionné, une vraie poupée. Il était assis sous une tente, sur une chaise minuscule, au centre d'un ring saupoudré de sciure et délimité par une corde. Les gens se tenaient derrière la corde pour le regarder. Un jour, le père de Genevieve et Julianna les avait emmenées le voir. Il avait partagé son pop-corn avec Stan en lui demandant ce qu'il pensait de Gerald Ford.

Leur tante disait de leur père qu'il se faisait des amis partout.

Mais impossible que Julianna se rappelle cette anecdote. Genevieve n'avait pas neuf ans quand leur père était mort dans un accident de voiture, ce qui signifiait que sa sœur en avait à peine quatre.

— Tu ne peux pas te souvenir de Stan. Tu étais trop petite.

— Si. Je me rappelle que papa et Stan ont parlé de politique.

— Tu te rappelles juste que je te l'ai raconté.

— Non ! Je me souviens de papa.

— Écrase !

Genevieve fut prise d'un accès de rage explosive, chauffée à blanc, sortie de nulle part. Elle s'empara d'elle un instant, puis disparut si vite qu'elle n'en fut que spectatrice, comme si elle s'était trouvée trop près d'un train passant à toute vitesse qui avait aspiré tout l'air de ses poumons.

Elle jeta un regard à Julianna et se sentit coupable. Elle aurait voulu lui expliquer : *Ce n'est pas toi. Enfin, en gros. C'est toi et pas toi. C'est toi, oui, parce que tu as douze ans et que tu ne devrais pas avoir besoin d'une baby-sitter pour t'emmener à la foire.* À l'âge de sa sœur, Genevieve faisait les quatre cents coups dans la rue avec ses amis. Elle achetait des bidons de soda dans lesquels ils ajoutaient du rhum bas de gamme. Mais Julianna était la fille chérie de leur maman – surtout après ce qui était arrivé le mois dernier, dans ce cinéma à l'autre bout de la ville –, laquelle ne l'aurait pas laissée sortir de la maison sans une escorte policière. « Ma fille chérie, si quelque chose lui arrivait, je n'aurais plus qu'à », etc.

Et si quelque chose arrivait à Genevieve ? Elle n'en ferait apparemment pas un drame.

Leur mère ne voulait pas laisser Julianna aller à la foire. Mais Julianna avait supplié et supplié, et elle avait fini par céder. « Je te fais confiance », avait-elle averti Genevieve, ce qui voulait évidemment dire le contraire.

Elle ne faisait plus confiance à Genevieve depuis l'amende pour conduite en état d'ivresse, l'année passée. Depuis la fois où elle l'avait surprise en train de fumer de l'herbe à quatorze ans. Depuis sa naissance, en fait.

— Tu me rends folle, lança Genevieve à sa sœur. C'est de la torture. C'est comme être torturée par un nazi qui sent les Jolly Rancher à la pastèque.

Julianna gloussa et lui donna un coup de tête dans l'épaule, comme un chiot. C'était tellement simple avec elle. Elle pardonnait, oubliait, et l'arc-en-ciel emplissait de nouveau l'azur. Cela mettait Genevieve hors d'elle. Julianna aurait dû lui rétorquer d'aller se faire foutre. Elle aurait dû lui dire : *Va te faire foutre, espèce de sale grande sœur égoïste et mal lunée.*

Genevieve avait envie de mordre quelqu'un. C'était la chaleur et la puanteur de bouse de vache. La puanteur de la graisse rance des nems et des gaz s'échappant des groupes électrogènes tandis qu'elles remontaient l'allée des stands d'alimentation en direction des attractions de la fête foraine. C'était ça – ah oui, au fait – *la vie sans la drogue.*

Elle aurait donné n'importe quoi, en cet instant précis, pour un seul rail de neige blanche et pure. Elle frissonna rien qu'en songeant à l'allumage, à la montée, au monde soudain enchanté d'un scintillement de fée Clochette.

Howard, soi-disant expert en la matière, lui avait avoué que le fait de dire non à la drogue et à l'alcool ne devenait pas plus simple avec le temps, pas vraiment. Le besoin ne s'atténuait jamais. Howard prétendait qu'il avait toujours le goût de sa première gorgée de scotch.

« Ça ne devient même pas un peu plus facile ? avait demandé Genevieve.

— Peut-être un petit peu », avait-il répondu.

Howard qui n'était jamais le dernier pour raconter des conneries. Il n'aurait pas pu trouver mieux ?

Julianna, excitée, tourna dans l'allée de la fête foraine. Genevieve se mit à râler. Elle regrettait de ne pas avoir accepté un week-end de boulot supplémentaire chez Sonic. Servir au drive-in pour trois francs six sous, c'était toujours préférable à ça.

Bon, peut-être pas. Mais c'était quasi du pareil au même.

Allez, Genevieve. Sois raisonnable. Ferme ton clapet deux secondes, tu veux ?

Pas de drogue !

À la minute où Genevieve sortirait diplômée du lycée – dans sept mois, et elle comptait –, elle fuirait Oklahoma City, sauterait dans un avion et quitterait Dodge. Elle irait en Californie. Ou à New York. Peut-être en Thaïlande, où elle avait entendu dire que les gens allumaient des lampions en papier qui s'envolaient et flottaient dans la nuit. N'importe où, du moment que c'était très, très loin.

— Oooh ! fit Julianna.

— Oooh ! fit Genevieve. Quoi ?

— On joue au jeu du ballon !

Le jeu du ballon était une course. Avec un pistolet, on faisait gicler de l'eau dans la bouche d'un clown en plastique. Si votre ballon éclatait en premier, vous remportiez un prix. Des Panthères

Roses en peluche pendaient aux chevrons du stand, tels des morceaux de viande.

— J'ai une idée ! dit Genevieve.

— Quoi ?

— On n'a qu'à pas le faire et faire comme si.

— S'il te plaît ! S'il te plaît, s'il te plaît, s'il te plaît ?

— Donne-moi un Jolly Rancher.

Un péquenaud coiffé d'un grand chapeau de cow-boy remporta la première course. Genevieve déboursa deux dollars de plus, et elles retentèrent leur chance. Cette fois-ci, Julianna gagna. Elle se mit à pousser de petits cris aigus en sautant partout. Le forain qui tenait le stand sortit un porte-clés Pac-Man et annonça que si elle gagnait à nouveau, elle pourrait l'échanger contre des lots plus importants.

— Tricheur, tricheur, tricheur, chantonna Genevieve à l'intention du forain.

Il était bien plus âgé qu'elle, proche de la trentaine mais sexy d'une manière un peu sale, les cheveux longs comme un hippie, très bronzé, des yeux bleus et un faux diamant à l'oreille. Un tatouage de serpent s'enroulait sans fin sur son avant-bras musclé.

— C'est celui qui y est qui le dit, répondit-il avec un sourire en faisant se balancer le porte-clés à son index.

— Vous avez dit la phrase à l'envers, monsieur le tricheur, contra Genevieve.

— Tu n'en sais rien.

— Va te faire voir chez les Grecs.

Elle donna une chiquenaude dans le porte-clés afin qu'il tourne autour du doigt du forain qui éclata de rire, et Genevieve songea que c'était peut-être la sensation la plus agréable qui soit – cesser, ne serait-ce qu'une seconde, de penser à la drogue.

Mais imagine un peu le matos auquel ce forain hippie sexy et crado doit avoir accès. T'es con ou quoi ?

— Genni ! cria Julianna, qui trépignait sur place. Je veux faire une autre partie !

— Sinon quoi, tu vas te faire pipi dessus ?

— Genni ! Allez ! S'il te plaît !

Genevieve se tourna vers le forain.

— Si ma petite sœur ne gagne pas une Panthère Rose, il est fort possible qu'elle se fasse pipi dessus ici même. Tu es officiellement averti.

Le forain dévisagea Genevieve. Il prit tout son temps, de manière très sexy, puis bâilla, puis s'étira, puis décrocha une des Panthères Roses en peluche.

— Hé ho ! se plaignit le péquenaud qui avait remporté la première course. C'est pas juste !

Le forain se tourna d'un coup – *paf !* – et le fixa d'un air si crépitant de menace que Genevieve s'attendait à ce que les ampoules multicolores sur le stand bourdonnent et s'éteignent.

L'autre cligna des yeux. Et ce n'était pas non plus une mauviette. Il détourna le regard, puis glissa de son tabouret et s'éclipsa. Genevieve l'entendit marmonner quelque chose dans sa barbe, mais seulement quand il fut à bonne distance.

Le forain se retourna vers Genevieve en souriant. C'était officiel : Julianna n'était plus la seule fille au jeu du ballon sur le point de mouiller sa culotte d'excitation.

— Hé, fit le forain. On va faire la fête après. À la tombée de la nuit, derrière les caravanes. Ça te dit de passer ?

— On verra, répondit Genevieve.

Elle attrapa Julianna par le poignet pour l'éloigner du stand. Julianna serrait sa Panthère Rose dans ses bras comme si elle venait de donner naissance au petit Jésus. Genevieve attendit qu'elles soient presque au bout de l'allée avant de se retourner. Sans surprise, le forain sexy la regardait.

Genevieve avait commencé à fumer de l'herbe à quatorze ans. Tout le monde le faisait. Qui ne fumait pas d'herbe dans les fêtes ? Ou pendant les pauses à son boulot de merde chez Baskin-Robbins, le seul endroit en ville où on n'avait pas besoin d'avoir seize ans pour travailler. On pouvait mentir sur son âge pour trouver des boulots ailleurs – beaucoup le faisaient –, mais pourquoi s'enquiquiner ? Ces boulots étaient tout aussi merdiques.

L'herbe, c'était bon mais ennuyeux. Avec les cachetons, Genevieve avait l'impression d'être vulgaire et lente. La cocaïne, en revanche – oh, purée. On lui en avait fait goûter la première fois à seize ans, à une fête d'étudiants où elle s'était incrustée avec sa copine Lacey. Genevieve n'avait jamais rien ressenti d'aussi fort que cette première montée.

Hé, coucou la Terre !

La plupart des humains normaux, comme sa copine Lacey, pouvaient consommer de la drogue le week-end ou en soirée puis reprendre leur vie ordinaire. Genevieve, apparemment, n'était pas un être humain normal.

Merde. Les conneries qu'elle avait faites quand elle était défoncée. Et toujours sans regret.

Mais pourquoi rejeter la responsabilité sur la drogue ? D'après sa mère, Genevieve n'avait jamais rien regretté. Elle ne s'était jamais préoccupée que de sa petite personne.

Mais dans ce cas, elle aimerait bien qu'on lui explique pourquoi elle avait quasiment élevé Julianna toute seule après la mort de leur père. Elle lui avait préparé le petit déjeuner, le dîner, elle lui avait donné le bain. Julianna en permanence accrochée à elle comme si elle était une espèce de tumeur, bien après être devenue trop grande pour que Genevieve la porte sur la hanche.

Pendant que leur mère travaillait toute la journée et sortait toutes les nuits avec ses copines, parvenant seulement à se traîner à la maison pour hurler à Genevieve que la lessive n'était pas faite.

C'est tout Genevieve, ça, dirait leur mère si elle pouvait l'entendre aujourd'hui. *Tout tourne toujours autour de toi, hein ?*

— Genni ?

— Quoi ?

La nuit tombait. Assises sur le trottoir devant l'arène de rodéo, elles contemplaient les couleurs des attractions qui s'embrasaient. Genevieve se sentait couverte de poussière et de crasse, fatiguée. Mais avec ce soleil couchant, cette lumière veloutée, la fraîcheur de la brise et les couleurs étonnantes des manèges – les contours durs du monde, comme ceux de Genevieve, paraissaient un petit peu plus doux.

— J'ai peur du lycée.

— Tu ne vas pas au lycée avant deux ans, abrutie.

— Je sais.

Genevieve savait. Elle entendait les cris dériver depuis les attractions, la mauvaise musique metal, les cliquetis et les sifflements assourdis des manèges.

— Écoute, dit-elle à Julianna. Le lycée, c'est comme tout. Ça craint. Mais tu survivras.

Genevieve ne voyait pas en quoi sa réponse était censée réjouir sa sœur, mais Julianna sourit et arracha un lambeau de barbe à papa rose. Elle était insatiable.

Howard avait conseillé un jour à Genevieve d'écouter ses anges gardiens, et les bons. Genevieve n'était pas sûre de comprendre ce qu'il entendait par là. Y avait-il des anges bienveillants et d'autres encore plus ? Ou bien certains ne l'étaient-ils pas du tout ? L'idée était un peu inquiétante quand on prenait le temps d'y penser.

Justement, sa copine Lacey se dirigeait vers elles avec deux autres filles que Genevieve reconnut vaguement. Elles devaient être serveuses au bar du nouveau Marriott, sur la voie rapide.

— Le monde est petit, lança Lacey avec un sourire suffisant.

— La ville est petite, plutôt, corrigea Genevieve.

— Salut, Lacey, dit Julianna.

Genevieve reconnut qu'il était plus probable qu'elle soit le mauvais génie de Lacey plutôt que l'inverse. Depuis qu'à dix ans, elle avait piqué un paquet de Kool au petit copain de sa mère, Genevieve avait pris la responsabilité d'une grande partie de leurs égarements. La mère de Lacey avait conseillé à sa fille de se tenir à l'écart de Genevieve peu de temps après leur rencontre en primaire. Elle n'aimait pas trop les Mexicains, ni même les Blanches qui, comme la mère de Genevieve, avaient épousé un type qui était en partie mexicain. « De la racaille du Sud. » Genevieve avait entendu la mère de Lacey dire ça de la sienne. Mais excusez, non seulement il y avait pas mal de jolis quartiers dans le Sud, mais jusqu'à l'année passée, Lacey avait habité à trois pâtés de maisons de chez Genevieve.

— T'es coincée avec la morveuse ? demanda Lacey avec un petit sourire.

Lacey aurait préféré crever plutôt que de se retrouver dans une situation aussi embarrassante. En compagnie de sa petite sœur à la foire, un samedi soir. Les cheveux raplapla et le mascara dégoulinant.

Ses pupilles étaient dilatées. Les serveuses, tout aussi défoncées, mâchaient du chewing-gum trop vite et gloussaient sans raison. Les trois filles arboraient un maquillage sexy irréprochable, comme les filles robots dans le clip « Addicted to Love ».

Ouais, bon, je suis quand même mieux que toi, et je le serai toujours. Genevieve garda cette réflexion pour elle et demanda :

— Tu te rappelles quand on a entendu ta mère dire à ta tante que ma mère était de la racaille des quartiers sud ? Et que vous habitiez genre à trois pâtés de maisons de chez nous ?

Lacey la regarda, bouche bée. Trop difficile de suivre quand on était défoncée.

— Si je… quoi ?

— Laisse tomber.

— On va se balader vers les manèges. Tu veux venir ? Y a de la place dans le traîneau du Père Noël.

Clin d'œil. Le traîneau du Père Noël, neige, cocaïne. Pigé ?

Julianna ne réagit pas. Elle avait décidé d'ignorer Lacey puisque Lacey l'ignorait. Elle mangeait de la barbe à papa et en jetait des morceaux à un moineau qui les picorait.

Lacey avait de la bonne came. Genevieve le savait. Pourquoi avait-elle décidé, précisément aujourd'hui, de dire non ?

Elle secoua la tête.

— Tu es vraiment nulle, lança Lacey.

Les robots-serveuses et Lacey s'éloignèrent en se pavanant. Genevieve eut envie d'éclater en sanglots.

— Elle est toujours tellement méchante, dit Julianna.

— Je suis plus méchante qu'elle.

— Mais tu es ma sœur.

— Tu vois ? La vie, ça craint.

— Pourquoi tu pleures, Genni ?

— Je ne pleure pas. C'est toute cette stupide poussière dans l'air. Ça me fait couler les yeux.

La poussière, d'accord, mais aussi la sensation d'être sens dessus dessous. Elle aurait voulu courir après Lacey et sa drogue. Est-ce qu'un petit rail serait vraiment la fin du monde ? Elle n'avait rien pris de toute la journée. Ça comptait sûrement.

Il fallait qu'elle fasse quelque chose. Il fallait qu'elle fasse quelque chose tout de suite ou bien elle allait réellement se mettre à courir après Lacey.

On ne pouvait pas juste rester planté là sans rien faire. Howard lui avait expliqué tout ça. Tu fais voler des maquettes d'avion ou tu joues au golf ou tu fais du point de croix jusqu'à avoir des crampes dans les doigts. N'importe quoi pour ne pas sombrer.

— Écoute, Juli.

— Quoi ?

— Je vais aller à la fête. Quelques minutes seulement. Celle dont ce type parlait.

Quand elle était inquiète, Julianna ressemblait à un personnage de dessin animé. *Quoi ?!*

— Le type louche à la course de ballons ?

— Écrase. Juste un quart d'heure. D'accord ? Il faut simplement que je me tire d'ici une minute.

Julianna faisait tourner la queue de sa Panthère Rose, encore et encore, autour de son doigt.

— Il commence à faire nuit, Genni.

— Ne fais pas ta trouillarde. Il y a bien un million de personnes ici.

— Un million de personnes louches.

Ce qui était vrai. Au coucher du soleil, les familles abandonnaient les attractions et des bandes de voyous débarquaient, des groupes de filles délurées. *La racaille des quartiers sud*.

— C'est pour ça que je ne veux pas que tu bouges de là, déclara Genevieve. D'accord ? Juste un quart d'heure.

Julianna détourna les yeux. Elle haussa les épaules, hocha la tête.

Genevieve se sentit coupable, un peu. Mais elle serait de retour avant la nuit. Les caravanes de forains étaient tout près, juste derrière les attractions. Et Genevieve se ferait pardonner. Elle emmènerait Julianna au centre commercial le lendemain. Ou au Fun Skate. Ou aux deux. Et une journée à la fête foraine, plus une Panthère Rose en peluche, c'était déjà pas mal, non ?

Genevieve voulait simplement oublier la drogue un moment. Et sa mère, et sa vie. Elle voulait rire et draguer, sentir la chaleur se dégager d'un sale hippie sexy quand il la zyeutait. S'il lui proposait de la drogue, elle dirait non. C'était aussi simple que ça.

Elle se leva, fouilla dans la poche de son jean, trouva son dernier billet de dix dollars et le laissa tomber sur les genoux de Julianna.

— Je me demande si tu es encore capable d'avaler quelque chose, espèce de ventre à pattes, mais ne te gêne pas.

— D'accord, répondit Julianna qui refusait toujours de la regarder.

Bon sang.

Genevieve se dit que sa sœur avait douze ans, elle n'était plus un bébé. Il ne faisait même pas encore nuit, il y avait des millions de personnes tout autour, et Genevieve ne s'absenterait qu'un quart d'heure.

Tout se passerait bien.

Elle s'accroupit et serra rapidement Julianna dans ses bras.

— Je reviens tout de suite. Et on se barrera de Dodge.

Julianna

CHAPITRE 3

Octobre 2012

Un des seuls souvenirs précis que Julianna avait de cette époque, c'était la séance avec la voyante. Octobre 1986, le salon de la petite maison sur la 27e Rue sud-ouest, à côté d'Olie. La voyante portait une robe noire vaporeuse et un anneau d'argent à chaque doigt, y compris aux pouces. C'était avant qu'on porte des bagues aux pouces, qu'on en porte à Oklahoma City tout du moins, et ses longs cheveux étaient teints dans un noir profond artificiel, presque violet. Elle pensait visiblement faire son effet, mais ça tombait un peu à l'eau. Le haut de ses bras était boutonneux, on voyait ses racines grises. Elle tenait une boutique qui s'appelait Brise de Lune, dans une partie décrépite de Classen Boulevard, où elle vendait des boules de cristal new age et des attrape-rêves en plumes.

— Oui, oui, disait la voyante.

Assise sur le canapé, les yeux clos, elle se balançait d'avant en arrière.

— Je vois, je vois.

— Qu'est-ce que vous voyez ? murmura Carol en se rapprochant.

Carol, la voisine, était à l'origine du rendez-vous. Elle avait toujours été assez sympa avec leur mère mais, après ce qui était arrivé, elle s'était donné pour mission de devenir sa meilleure amie. Carol s'était trouvé le boulot de ses rêves.

— Je la vois, dit la voyante. Elle est en vie.

— Genevieve est en vie ! s'exclama Carol.

— Je sens l'océan. Je la vois. Elle sourit.

Leur mère était restée impassible, le visage détendu et lourd, comme une goutte d'eau tremblant à la bouche du robinet. Carol lui pressa la main.

— Genevieve sourit !

— J'entends les vagues, je vois…

Carol, qui en faisait des tonnes, retint sa respiration en attendant la révélation suivante. La voyante éternua.

— Pardon, dit-elle. Ces fichues allergies.

Ou plutôt la quantité d'huile de patchouli dont elle s'était tartinée.

Qui d'autre était présent ce matin-là ? Leur tante Nancy, le petit ami de la voyante, qui avait un ventre énorme et se déplaçait avec une canne. Et Joe, le mari de Carol. Il se tenait à l'écart, adossé au mur, les bras croisés.

C'était une journée pluvieuse et froide. De temps à autre, le vent projetait une gerbe de pluie contre la fenêtre du salon et Julianna sursautait. Elle était assise en tailleur sur le plancher poussiéreux, juste en dessous de la vitre.

Les bras boutonneux, les racines grises la laissaient sceptique. Julianna et Genevieve étaient souvent passées en voiture devant sa boutique pourrie sur Classen Boulevard. Pourtant, elle disait sentir l'océan, entendre les vagues, et sa voix était claire et nette, comme le tintement du verre sur le verre.

Le canapé était en velours rouge délavé. Le meuble, comme la maison, avait appartenu à leur grand-mère. Julianna, Genevieve et leur mère avaient emménagé là à sa mort, à l'été 1983. La maison sentait l'humidité, les planchers étaient voilés, le quartier pas terrible, mais c'était déjà un cran au-dessus de leur location précédente.

La maison comportait un sous-sol aménagé aux murs lambrissés et au sol en lino, isolé par deux portes et une volée de marches étroites et raides. Genevieve avait aussitôt revendiqué l'endroit. Elle y avait traîné son matelas, ses cartons de disques, son maquillage. Pour la première fois de sa vie, Julianna avait sa chambre à elle, mais elle passait le plus clair de son temps en bas avec sa sœur.

Le canapé en velours rouge de grand-mère. Tu t'en souviens ? Tu te rappelles le lino du sous-sol ? Tu te rappelles qu'on était allées au magasin pour les supplier de nous donner les carrés de moquette qu'ils utilisaient comme échantillons ? Chaque carré d'une couleur différente, d'un type différent de moquette. Tu racontais une histoire à propos de la moquette usée, une blague cochonne marrante, mais je ne m'en souviens pas.

Quand la voyante annonça que Genevieve rentrerait bientôt à la maison, Joe fronça les sourcils.

— Oh ! fit Carol. Vous avez entendu ?

La mère de Julianna était toujours impassible. Carol se pencha vers elle pour lui presser une nouvelle fois la main.

En y repensant, Julianna se demandait si Carol croyait vraiment ce que la voyante disait ou si elle était tout simplement paumée. Elle considérait peut-être l'espoir, qu'il soit mince ou faux, comme une sorte d'aliment nécessaire, comme les cookies, les tamales et les gratins au jambon avec de la croûte aux cornflakes qu'elle apportait tous les jours depuis la disparition de Genevieve.

Joe, son mari, n'était pas paumé. Julianna le comprenait aujourd'hui. Il lisait la douleur dans les yeux de sa mère.

— C'est Noël, dit la voyante en se balançant d'avant en arrière. Et Genevieve marche vers…

— Ça suffit, déclara Joe avec calme mais suffisamment fort pour que la voyante tourne la tête.

— Chéri, l'avertit Carol.

Le petit ami de la voyante remua. Il paraissait cloué dans son fauteuil sous son ventre énorme.

Joe était mécanicien dans une station-service. Il avait toujours du cambouis dans les creux et les bosses des jointures de ses doigts. À l'époque, il avait paru très vieux à Julianna alors qu'il n'avait probablement que la quarantaine, à peine quelques années de plus qu'elle aujourd'hui.

— Ça suffit, répéta-t-il avant de réfléchir et d'ajouter : Merci.

La voyante leva une main, cinq anneaux en argent, et inclina la tête. Elle se leva du canapé, marqua une pause pour éternuer une deuxième fois, puis sortit dans un tourbillon théâtral de tissu noir vaporeux. Son petit ami se traîna derrière elle en s'appuyant sur sa canne.

Une autre gerbe de pluie fit craquer la fenêtre. Julianna avait des fourmis dans la jambe.

À cet instant-là, elle avait détesté Joe. Elle aurait aimé que la femme puisse leur décrire sa sœur remontant l'allée à Noël.

Le lendemain, ou peut-être quelques jours plus tard, les deux enquêteurs étaient passés. Carol et son mari étaient toujours là – ou encore là – ainsi que tante Nancy, et la pluie n'avait pas cessé. Julianna était assise, en tailleur, sur le plancher poussiéreux. La petite maison sentait l'humidité et le ragoût au jambon.

Trois semaines étaient passées depuis la disparition de Genevieve à la foire. Le plus jeune et le plus sinistre des enquêteurs apprit à leur mère que les policiers faisaient encore tout leur possible pour la retrouver. Ils continuaient de suivre chaque piste potentielle.

Joe comprit où ils voulaient en venir.

— Rien ? demanda-t-il. Vous n'avez rien du tout ?

L'enquêteur le plus vieux, Fitch, s'éclaircit la voix mais ne répondit pas. L'expression de leur mère demeurait indéchiffrable.

— Ce n'est pas possible, dit tante Nancy.

— C'est bon signe, non ? demanda Carol au bout d'une seconde, en regardant l'un après l'autre les visages autour d'elle. S'il n'y a aucune preuve que quelqu'un… C'est plutôt une bonne nouvelle. Cela veut dire que Genevieve… cela veut peut-être dire qu'elle n'a pas été… peut-être qu'elle a juste… elle pourrait juste être… partie toute seule ! En Californie, vers l'océan.

— C'est possible, répondit Fitch avec prudence. Malgré tout, malheureusement, comme nous vous l'avons déjà expliqué…

— Nous enquêtons en supposant qu'il y a eu acte criminel, déclara son jeune et sinistre partenaire.

Car pour quelle raison Genevieve, si elle était partie de son plein gré, aurait-elle laissé en plan la voiture ? Son sac à main ? Sa petite sœur ?

La police avait découvert la vieille Cutlass stationnée là où Genevieve et Julianna l'avaient laissée, dans le pré qui servait de parking en cas d'affluence, non loin du pavillon Made in Oklahoma. On avait retrouvé son sac, vide, dans un fossé à cinq cents mètres de la foire. Un vigile avait découvert Julianna assise devant l'arène des rodéos, aux alentours de minuit, plus de trois heures après le départ de Genevieve, après qu'elle lui avait assuré qu'elle revenait tout de suite.

— Mais vous n'avez aucune *certitude* qu'il y a eu acte criminel, insista Carol. Vous n'en êtes pas *sûrs*.

Mais ferme-la ! avait pensé Julianna. *Ferme-la !* Ce devait être à ce moment précis qu'elle avait cessé de détester Joe pour détester Carol.

— Non, madame, avait répété le jeune et sinistre enquêteur. On va continuer de suivre toutes les pistes possibles.

Les enquêteurs se doutaient-ils déjà, trois semaines après la disparition de Genevieve, qu'ils ne la retrouveraient pas, que son corps ne serait jamais découvert et que, vingt-six ans plus tard, personne n'aurait aucune idée de ce qui avait pu lui arriver ? Probablement. Julianna comprenait aujourd'hui ce que les deux enquêteurs avaient compris alors : la foire d'Oklahoma – avec ses milliers de visiteurs, ses armées de camelots et de techniciens, tous ces élèves de lycées agricoles et ses forains itinérants – n'était pas l'endroit où il fallait disparaître. L'échangeur vers l'Interstate-40 se trouvait à moins de deux cents mètres de la porte sud de la foire. On pouvait quitter la fête à minuit et être à Albuquerque pour le petit déjeuner. Ou à Memphis. Ou n'importe où.

Et c'était en 1986. Avant les téléphones portables, avant les distributeurs de billets et les caméras de sécurité partout, quand les gens payaient encore en espèces l'essence, les courses et les fast-foods.

— Rappelle-toi ce que Bronwyn a vu, dit Carol à leur mère.

Bronwyn, la voyante. Carol serra la main de leur mère dans la sienne.

— Raccroche-toi à ça, Eileen.

Elle n'obtint pas de réaction. Les enquêteurs partirent. Julianna se rappelait la pluie, la pluie, la pluie. Cet automne-là, on aurait dit qu'il avait plu tous les jours pendant des semaines. En novembre, elles regardèrent le match de football Oklahoma-Nebraska à la télé. Les joueurs dérapaient et glissaient sur le terrain boueux.

Après la disparition de Genevieve, la relation de Julianna avec sa mère changea. Comment aurait-il pu en être autrement ? Elles n'avaient pas seulement perdu Genevieve mais également une partie essentielle de ce qu'elles étaient. La moindre conversation à table était épuisante, trop lourde à porter.

Comment ça s'est passé à l'école ?

Bien.

Elles auraient peut-être fini par s'éloigner de toute façon, comme cela arrive souvent entre parents et enfants. Julianna eut treize ans et devint une adolescente. Sa mère étudiait pour obtenir son permis d'agent immobilier. Julianna partit à la fac. Sa mère rencontra un homme, un bricoleur qui pensait qu'il pouvait tout réparer et, un an plus tard, après la rentrée de Julianna à l'école d'infirmières, sa mère et cet homme s'installèrent en Californie. La mère de Julianna l'appela pour l'informer du déménagement, un appel de courtoisie. Julianna lui souhaita d'être heureuse. La conversation de trente secondes fut épuisante.

Sa mère mourut en 2004. Julianna prit l'avion pour se rendre aux obsèques, une petite cérémonie dans un cimetière de la banlieue de Los Angeles, à la lisière d'Inland Empire. Quand elle déposa des fleurs sur la pierre tombale, le sentiment de perte qu'elle éprouva lui était familier depuis longtemps déjà.

Aujourd'hui, Julianna pensait à la voyante parce que la nouvelle anesthésiste, celle qui venait de Russie, portait un anneau d'argent au pouce.

— Je crois que tout est bon, dit-elle à Julianna en lui redonnant le dossier et en remarquant qu'elle regardait sa bague. Tu aimes ? C'est un bijou ancien. Qui me vient de ma grand-mère.

— C'est très joli.

L'anesthésiste s'éloigna en faisant couiner ses baskets. Julianna détestait ce son. Elle détestait les plafonniers qui diffusaient une lumière vive et froide et les sachets de perfusion qui pendaient tels des organes gras et brillants aux potences pareilles à des colonnes vertébrales de squelette. Le toucher huileux de la mousse désinfectante et les boîtes de gants en latex de différentes tailles. Small, medium, large, extra-large, 2XL.

En gros, Julianna, infirmière, détestait les hôpitaux. N'était-ce pas ironique ?

Elle détestait surtout les parties de l'hôpital conçues pour faire oublier que l'on se trouvait dans un hôpital. Le bois blond, les prairies fleuries dans des cadres. Comme pour dire : *N'est-ce pas là un endroit accueillant et joyeux ? Un endroit où vous n'avez aucune raison d'avoir peur ?*

Autrefois, les hôpitaux n'essayaient peut-être pas à ce point de dissimuler ce qu'ils étaient : des endroits où on souffre et où on meurt.

Elle travaillait au sous-sol, en salle de réveil. L'ironie là encore. Pour Julianna. Et pour une grande partie des patients qui y échouaient.

Genevieve aurait sûrement fait une blague au sujet des différentes tailles de gants en latex. Julianna pouvait presque l'entendre.

Pauvre gars, il rentre pour un examen de la prostate et le médecin fait claquer une paire de gants 2XL.

— Oh ! infirmière !

La vieille dame du lit numéro 9. Elle avait appelé Julianna quatre fois au cours de la dernière demi-heure.

— Comment vous sentez-vous, madame Bender ?

— Je suis casse-pieds, hein ? Mais il fait tellement froid ici.

— Vous n'êtes pas casse-pieds. Vous avez bien fait de m'appeler.

Julianna sortit une autre couverture du placard et l'étendit sur Mme Bender. Le chirurgien avait enlevé une grande partie de ce qui restait de son colon, mais les yeux bleus de la vieille dame étaient vifs et son regard féroce.

— Mon fils est revenu ?

— Pas encore, répondit Julianna.

Le fils : dégarni, sans élégance, costume de bonne qualité mal porté, une expression comme s'il venait de ravaler un renvoi. Cela faisait trois quarts d'heure qu'il était sorti pour passer un appel rapide. Il avait traité Julianna comme une serveuse. Ce genre de comportement ne la surprenait plus.

Julianna prit la main de Mme Bender et la pressa doucement.

— Vous avez de très beaux yeux.

— Et vous donc, répondit-elle en affichant un sourire malicieux. Mais oui. J'ai été une beauté autrefois.

— Vous avez brisé des cœurs ?

— Pas suffisamment, si vous voyez ce que je veux dire, fit-elle en adressant un clin d'œil à Julianna. Gardez ça en tête.

— Je tâcherai de ne pas oublier, répondit Julianna avec un sourire.

— Mon fils, vous savez, il est célibataire depuis peu. En d'autres mots, il est disponible.

Elle observa la réaction de Julianna, toujours avec ce petit sourire malicieux.

— Je sais, je sais que vous êtes bien trop charmante pour lui. Je peux le dire parce que c'est mon fils et que je l'aime. Pourquoi mentirais-je ? La vie est trop courte.

— Je suis certaine qu'il sera bientôt de retour, dit Julianna.

Mme Bender acquiesça. Elle ferma les yeux quand elle fut prise de nausée.

— Profitez tant qu'il fait beau, murmura-t-elle. Profitez tant qu'il fait beau. Profitez tant qu'il fait beau.

Julianna sortit de la chambre et tira le rideau. Elle vit Donna débouler au coin du couloir avec son uniforme magenta et ses tennis couinantes.

— Tu as fini dans dix minutes, c'est ça ?

On sentait la nicotine sous son parfum.

— Oui, répondit Julianna.

— On va boire des coups. On veut faire exploser notre taux d'alcool. T'en dis quoi ?

— Que c'est aussi tentant que ça en a l'air.

— T'es pas marrante.

— Vraiment pas.

Donna lui asséna une tape sur les fesses avec son porte-bloc et s'éloigna en faisant couiner ses tennis.

Vous auriez vu ma grande sœur, madame Bender.

Vingt-six ans après, c'était toujours la première réaction de Julianna quand quelqu'un lui disait qu'elle était jolie. Chaque fois que quelqu'un – ça arrivait – lui disait qu'elle était sexy, qu'elle était charmante, qu'elle était belle, dans un bar, sur la plage, dans l'habitacle d'un Dodge Ram, enlève ta culotte, chérie.

Tu me trouves belle, mais tu aurais vu ma grande sœur.

C'est gênant. Quand ton premier petit ami te caresse la joue et se penche pour t'embrasser, tu éclates en sanglots.

Genevieve serait morte de honte. Elle l'aurait reniée illico. Genevieve aurait dit : *Juli, espèce d'abrutie, c'est* toi *qui me donnes envie de chialer.*

Tu veux savoir ce que c'est, être belle ? Un jour, Genevieve avait baissé ses lunettes de soleil, juste ça, et un type qui passait à moto avait dévié et manqué se casser la figure.

C'était Genevieve. C'était sa façon d'abaisser ses lunettes. Sa façon d'être.

Elle disait que cela la rendait folle que Julianna puisse être aussi abrutie. « Et comme ça, j'ai l'air d'une abrutie ? » demandait Julianna.

Elle livrait alors sa version de la scène de danse de Kevin Bacon à la fin de *Footloose*, et Geneviève s'enfouissait le visage dans le coussin du canapé, pliée de rire.

Le premier petit copain de Julianna, en troisième année de lycée, n'avait pas compris pourquoi elle avait éclaté en sanglots. Il n'avait fait que lui caresser la joue et se pencher pour l'embrasser, en lui disant qu'elle était la plus jolie fille qu'il connaissait.

Sa queue-de-cheval serrée lui donnait toujours la migraine avant la fin de son service, et elle arracha l'élastique pour libérer ses cheveux tout en se dirigeant vers le parking. Elle parcourut le long trajet jusque chez elle, empruntant Western Avenue plutôt que Broadway Extension, et s'arrêta pour acheter de quoi dîner chez Whole Foods. Le magasin se trouvait non loin de l'ancien pont de chemin de fer, celui que les lycéens couvraient de graffitis à chaque saison de matchs de foot. Cela faisait des années que la ville l'avait démoli afin d'allonger Classen Boulevard. Julianna ne se rappelait pas ce qui avait été rasé pour faire de la place à Whole Foods, même si le magasin n'avait pas plus de six mois. Un immeuble, peut-être ?

Le paysage de la mémoire était ainsi. Ce qui était proche paraissait parfois lointain, et le lointain juste sous nos pieds.

Julianna remplit sa barquette biodégradable de poulet tikka massala, de riz basmati et de brocolis à l'air peu engageant. Un type qui se servait en même temps qu'elle secoua la tête avec un joli sourire.

— Les brocolis, carrément, dit-il. Vous êtes plus courageuse que moi.

Elle lui sourit et passa aux lentilles.

— Le massala a l'air bon, reprit le type.

— Excusez-moi, dit-elle en passant le bras devant lui pour prendre un couvercle en carton.

Il avait des cheveux roux et sentait le savon. Elle supposa qu'il avait dans les trente-deux ans. Six de moins qu'elle. Pantalon kaki bien repassé, chemise bleu clair. Il devait travailler pour un des grands fournisseurs d'énergie, Chesapeake ou Devon.

Quand Julianna était enfant, on les appelait encore les « industries du pétrole et du gaz ». Il y avait une vieille baraque en briques, au coin de la 63e Rue et de Western Avenue, à l'endroit où les locaux de Chesapeake se trouvaient aujourd'hui. La baraque, selon leur mère, était une maison pour les mauvaises filles. « Pour les filles *débiles*, disait Genevieve à Julianna. Elles ne connaissent pas les capotes ? »

Julianna riait, bien qu'elle n'ait que dix ou onze ans à l'époque et ne soit pas vraiment sûre de savoir ce qu'était une capote. Ou ce qui faisait précisément qu'on était une « mauvaise » fille. Elle avait craint qu'on envoie Genevieve dans la grande maison sur Western Avenue, puisqu'elle buvait de la bière, séchait les cours et sortait la nuit pour aller retrouver ses amis. Une fois, elle était rentrée soûle d'une fête, et leur mère avait piqué une crise.

Le type contourna Julianna et remplit sa barquette.

— Vous êtes médecin ?

Il avait probablement deviné que non à son uniforme, mais il espérait sans doute la flatter.

— Infirmière.

— C'est chouette.

— Parfois, oui.

— Ce n'est pas comme à la télé, hein ? Comme dans la série.

— Je ne sais pas. J'en doute.

— Ce n'est pas très glamour, quoi.

— Le glamour est une denrée rare.

— Je m'appelle Ryan, au fait.

Elle se demanda si Ryan de chez Chesapeake ou bien Devon, avec ses cheveux roux, son beau sourire et son air confiant, draguait souvent des femmes chez Whole Foods. Julianna devait-elle se sentir flattée ? Il y avait trois autres femmes devant le présentoir. L'une portait une alliance, l'autre était moins attirante que Julianna, la dernière un peu plus.

— Julianna, dit-elle.

— Je ne suis pas très à l'aise dans ce genre de situation.

C'était censé être désarmant, et ça l'était presque.

Julianna afficha son plus beau visage de soignante, soucieux et compréhensif.

— Vous n'êtes pas très à l'aise pour choisir votre dîner ?

Deux femmes, celle avec une alliance et celle plus attirante que Julianna, ne cessaient de leur jeter des regards en coin, s'attardant au-dessus des bacs de soupe afin de pouvoir observer la scène.

Le type lui adressa encore son beau sourire. Il paraissait sincère et doux. Les week-ends, il devait jouer au golf, avec une visière Oklahoma University et une veste brodée du logo du Oak Tree Country Club.

— Vous aviez prévu de manger ici ? On pourrait se prendre une table.

— Allons chez vous, répondit Julianna.

Pendant une fraction de seconde, toutes les louches restèrent suspendues en l'air.

Ils s'embrassèrent un moment sur le parking, près de la voiture de Ryan. L'esprit de Julianna divaguait. Deux adolescentes passèrent près d'eux en gloussant. Elle n'avait pas eu de rapports sexuels avec un homme depuis sa brève aventure printanière avec un des cardiologues de l'hôpital, six mois plus tôt. Six mois ! Genevieve aurait été horrifiée. *Espèce d'abrutie !*

Elle imaginait que Ryan aux cheveux roux serait bon au lit, sans imagination mais appliqué. Il embrassait bien. Une partie d'elle le désirait et une autre non. C'était à jouer à pile ou face, vraiment. Elle l'embrassa, attendant de voir de quel côté la pièce retomberait.

— Waouh, dit-il quand ils finirent par se séparer.

— Tu embrasses bien.

— Toi aussi.

Elle commença à s'éloigner.

— Attends, tu devrais... Je vais te donner mon adresse ou tu veux monter en voiture avec moi ?

Elle s'arrêta et se retourna pour le dévisager.

— Tu pensais que j'étais sérieuse ? demanda-t-elle en adoptant de nouveau son expression soucieuse et compréhensive. Non, franchement ?

De retour chez elle, elle réchauffa le poulet tikka massala qu'elle mangea devant son ordinateur portable. Elle avait découvert la page Facebook : « Vous vous souvenez quand, à Oklahoma City... » C'était incroyablement banal. Quelqu'un postait : « Vous vous souvenez du parc d'attractions de Springlake sur Eastern Avenue ? », et quelqu'un d'autre répondait : « Oui ! Avec les montagnes russes en bois ! »

Mais Julianna mettait un point d'honneur à lire les nouveaux posts tous les jours. On ne savait jamais ce qu'on pouvait trouver, ni où, alors il fallait continuer à chercher. Encore et toujours. Elle en était convaincue.

Wyatt

CHAPITRE 4

Le vol pour Oklahoma City atterrit avec dix minutes de retard. Wyatt prit la passerelle et déboucha sur un terminal qui ne ressemblait en rien à ses souvenirs. L'ancien aéroport était exigu au point de rendre claustrophobe, mal éclairé, avec des plafonds bas et des sols qui paraissaient descendre à l'infini, quelle que soit la direction qu'on prenait. Les plafonds du nouveau terminal semblaient s'envoler. Les murs étaient en verre et en pierre claire, et Wyatt était quasiment aveuglé par la lumière d'un matin d'octobre limpide et bleu qui filtrait au travers.

Les temps changent, se dit-il. De toute évidence, Oklahoma City n'était pas restée pétrifiée dans l'ambre pendant vingt-six ans, retenant sa respiration en attendant son retour. La vie continuait. Sa vie à lui avait continué. Il fallait qu'il se reprenne.

Il se rendit au comptoir de location de voitures. L'employée d'Avis consulta son permis de conduire. Wyatt avait légalement changé son nom de famille à l'âge de vingt et un ans et laissé tomber son prénom. La photo de l'homme sur le permis n'avait rien à voir avec le garçon qu'il avait été, il le savait. Malgré tout, il se crispa. La femme avait la quarantaine, elle était suffisamment âgée pour le reconnaître.

— Vous avez cru que j'étais George Clooney, c'est ça ? demanda-t-il. Dites-moi la vérité.

La femme sourit et reposa le permis pour entrer ses coordonnées dans l'ordinateur.

— C'est simplement que je n'avais pas encore vu les nouveaux permis de conduire du Nevada, dit-elle.

— Je le savais. C'est le côté sauvage et le… quoi, qu'est-ce qu'il y a ?

Cette fois, elle avait éclaté de rire. Wyatt se détendit. *Tu vois ? Ça fait vingt-six ans. Reprends-toi.*

Il traversa le parking, jeta son sac sur le siège avant d'une Altima noire et appela le numéro que Gavin lui avait donné.

Pas de réponse, pas de messagerie vocale. Wyatt fronça les sourcils et consulta sa montre. Toute la matinée, il avait nourri le minuscule espoir qu'il pourrait boucler l'affaire Candace Kilkenny en quelques heures et être rentré pour dîner. On a bien le droit de rêver, non ? Mais cela faisait moins de quinze minutes qu'il avait atterri, et il tombait déjà sur son premier os. Il était 10 h 45. Il devrait être de retour à l'aéroport à 16 heures au plus tard afin d'attraper le dernier vol pour Vegas.

Il sortit son ordinateur portable de son sac et lança une recherche inversée sur le numéro de Candace Kilkenny. Coup de bol, le numéro était un fixe et, coup de bol supplémentaire, le fixe correspondait à une adresse juste au sud du centre-ville, à cinq minutes de l'aéroport. Wyatt cessa de froncer les sourcils. La flamme de l'espoir se raviva.

Depuis l'I-40, il eut son premier aperçu de l'horizon familier du centre-ville, trapu et carré, tassé sur la prairie comme s'il chevauchait une tempête. Son estomac se noua. Le grand dôme bleu du ciel lui était aussi familier. Après avoir passé la majeure partie de sa vie adulte dans des villes comme San Diego,

Pittsburgh, Oakland et Vegas, Wyatt avait oublié à quel point le paysage était plat à Oklahoma City. Les couchers de soleil – quand les nuages s'accumulaient sur l'horizon et que les couleurs éclataient – pouvaient être grandioses.

Les couchers de soleil, les couchers de soleil, les couchers de soleil. Son estomac se contracta une nouvelle fois, mais il n'en tint pas compte. Un gratte-ciel flambant neuf, deux fois plus haut que les autres, paraissait appartenir à une autre cité, un autre monde, un avenir différent.

Il s'éloigna du centre en tournant vers le sud sur Walker Avenue et commença à chercher l'adresse. Contrairement à l'aéroport, cette partie de la ville n'avait pas été remise à neuf pendant son absence. De vieux bâtiments commerciaux en briques aux fenêtres condamnées, un atelier de carrosserie dans ce qui paraissait être une ancienne église, une église hispanique dans ce qui paraissait être un ancien restaurant drive-in, des terrains vagues envahis de mauvaises herbes blanchies par le soleil.

Wyatt se rendit compte que l'adresse qu'il essayait de trouver était celle du Land Run, tout au bout du pâté de maisons.

Le Land Run ? C'était *ça*, le club dont Candace Kilkenny avait hérité ?

À l'époque, le Land Run était une institution, le meilleur et généralement le seul endroit en ville pour voir les groupes de rock indé que les stations de radio locales ne passaient jamais. The Beat Farmers, The Replacements, Lone Justice. Pour eux, c'était l'étape obligatoire entre Dallas et Kansas City, entre Memphis et Phoenix. La rumeur courait – Wyatt ne savait pas si elle était vraie – qu'une fois qu'on avait joué au Land Run, on pouvait y boire gratuitement à vie.

Il n'était que rarement parvenu à se faufiler dans les concerts. Sa fausse carte d'identité, à quinze ans, était lamentablement bidon, et le Land Run employait les physionomistes les plus coriaces de la ville. Des filles sexy et dures qui te poignardaient de leur regard noir jusqu'à ce que tu craques, que tu reprennes ta fausse carte merdique et que tu repartes dans la nuit, la queue entre les jambes.

Wyatt revoyait encore sa carte comme si c'était hier – un permis de conduire provisoire du Connecticut sur du papier cartonné vert, avec le nom, l'adresse et la date de naissance d'un inconnu écrits à la main à l'encre bleue. Le document n'avait même pas été plastifié.

Il se gara de l'autre côté de la rue. Le Land Run occupait un bâtiment en briques marron de deux étages déjà miteux en 1986. Dans les années 1940, l'immeuble avait accueilli une bibliothèque. Certains équipements étaient restés en place après la fermeture. Wyatt se rappelait les meubles à fiches devant un mur près de la scène. La tradition voulait que chacun grave ses initiales avec une clé de voiture dans le bois de cerisier.

La grande enseigne sur la façade proclamant *Le Land Run !* était toujours là, ses lettres cursives éclairées au néon posées dans un abreuvoir en métal. Juste en dessous, sur la marquise, de grosses lettres amovibles en plastique rouge et translucide semblaient briller dans la nuit quand l'enseigne était allumée.

MUSIQUE LIVE ET BIÈRE FRAÎCHE
VENDREDI : RED MEANS RUN
SAMEDI : DADDY'S SOUL DONUT

Les lettres en plastique pesaient une tonne, surtout les majuscules, les *M* et les *S*. Wyatt pouvait presque en sentir encore le poids dans ses mains. Il écarta ce souvenir et sortit de la voiture. Comme la grande porte en bois noire était verrouillée, il cogna dessus une fois. Puis une autre.

— Foutez le camp ! lança une voix étouffée depuis l'intérieur. On n'ouvre pas avant 17 heures.

Wyatt frappa à nouveau.

— Connard ! fit la voix.

Wyatt sortit son téléphone et composa le numéro. Après deux sonneries, une femme décrocha.

— Si c'est vous le connard à la porte, je ne vais pas vous répéter ce que je vous ai déjà dit.

— Gavin m'a prévenu que vous étiez un numéro, je me demande bien pourquoi, répondit Wyatt.

Elle raccrocha. Quelques secondes plus tard, un verrou glissa et claqua, et la grande porte noire s'ouvrit, soufflant au visage de Wyatt quarante ans de bière éventée et de sueur mélangée à du parfum.

— Salut ! lança la femme qui venait d'ouvrir. Je croyais que c'était juste un connard.

— J'aime penser que je suis plutôt un branleur.

— C'est vous, le détective ? demanda-t-elle en le dévisageant d'un air dubitatif. Vous ne ressemblez pas à un détective privé.

— Et vous, vous ne ressemblez pas à une Candace Kilkenny.

Loin de là. Elle avait la peau couleur cannelle et des cheveux noirs rassemblés en une queue-de-cheval qui soulignait des yeux en amande encore plus noirs. Wyatt lui donnait vingt-trois, peut-être vingt-quatre ans.

— Ah bon ? Sans déconner ? dit-elle.

Les poings sur les hanches, jambes écartées, elle se tenait tel un colosse chevauchant le monde du haut de son mètre soixante.

Wyatt l'appréciait déjà.

— Tout le monde me demande si je suis une fiancée thaïlandaise commandée par correspondance, et moi je réponds : « Allez vous faire foutre ! J'ai grandi en Arizona ! Je suis une vraie racaille de *trailer park*, cent pour cent américaine ! Je n'ai jamais mis les pieds en Thaïlande, pas depuis mes six mois en tout cas ! Alors, qu'on me foute la paix ! »

— Je suis ravi que nous ayons pu mettre tout ça au clair. J'avais le sentiment que cela faisait obstacle entre nous.

— Je m'attendais à un grand type costaud. Comme Gavin. Gavin peut mettre des coups de pied au cul s'il le faut, ça se voit tout de suite.

— Hé, répondit Wyatt. Je fais un mètre quatre-vingt-trois. Presque un mètre quatre-vingt-cinq, en fait. Je suis en forme. Et qui vous dit que je ne suis pas capable de botter un cul à l'occasion ?

— J'ai des doutes.

Elle lui tâta le biceps sans ménagement.

— Quoique.

— Je m'appelle Wyatt. Wyatt Rivers.

— Wyatt Rivers.

Même son nom semblait la laisser sceptique.

— Vous voulez une bière ? Entrez.

Elle le précéda à l'intérieur. Les meubles à fiches étaient toujours là. Ainsi que la scène, le vieux bar cabossé, la verrière Art déco qui n'avait probablement jamais été lavée et le balcon branlant qui, vingt-six ans plus tard, paraissait toujours sur le point de s'effondrer. Des affiches de concert couvraient le moindre centimètre carré de mur disponible.

Wyatt s'assit sur un tabouret bancal au bout du bar pendant que Candace tirait de la bière.

— Je veux installer une cuisine, dit-elle. Juste une petite pour préparer des burgers, ce genre de trucs, pour qu'on puisse ouvrir le midi. Vous imaginez ce qu'on pourrait se faire avec tous ces gens qui travaillent dans le centre ?

Wyatt prit sa bière et remarqua une affiche du concert de Hüsker Dü sur le mur derrière Candace. 1er mai 1986. Son estomac se tordit, plus violemment cette fois. Il consulta sa montre. Le dernier avion pour Vegas décollait à 16 heures.

— Gavin a dit que quelqu'un vous harcelait, déclara-t-il en sortant son bloc-notes.

— Quelqu'un me harcèle carrément !

— Excusez-moi. Que quelqu'un vous harcelait carrément. Racontez-moi.

— Ça a commencé il y a peut-être trois semaines. Je suis venue travailler et tous les fûts de bière derrière, les vides, étaient renversés. Quelqu'un les avait fait rouler partout sur le parking. Deux jours plus tard, rebelote !

Candace attendit. Wyatt attendit. Si ça se résumait à « l'affaire des fûts de bière vides renversés », les chances qu'il puisse prendre l'avion de 16 heures pour Vegas avaient considérablement augmenté.

Candace lui asséna un coup dans le sternum de sa petite main couleur cannelle par-dessus le comptoir. La douleur fut étonnamment vive.

— Arrêtez ça ! dit-elle.

— Que j'arrête quoi ? Je suis tout ouïe.

— Ce que vous faites avec vos sourcils.

— Mademoiselle Kilkenny, dit-il en gardant un œil sur sa main au cas où elle déciderait de le frapper encore une fois. Ce n'est pas parce que vos fûts de bière…

— Je sais, je sais. Et appelez-moi Candace. Ce n'est pas seulement les fûts de bière. Il y a autre chose. D'accord ? Quelques jours plus tard, quelqu'un est grimpé sur l'enseigne – ma grande enseigne sur la façade – et a changé les lettres de place. Il y avait écrit des trucs du genre « Touche ma bite » et « Surprise anale ». Le lendemain, les gens qui passaient en voiture ont klaxonné toute la journée, jusqu'à ce que je sorte pour aller voir. Et il y en avait un autre, « Délice de tarte aux poils ».

Wyatt s'efforça de contrôler ses sourcils.

— Je vois.

— Vous savez à quel point ça a été pénible de monter là-haut avec l'échelle pour remettre toutes ces lettres à leur place ? Déjà que je dois grimper tous les dimanches pour changer le nom des groupes. Mais ça s'est reproduit chaque soir pendant une semaine ! Et le pasteur de l'église plus bas dans la rue, eh bien, il a appelé pour se plaindre. Il croyait que j'avais transformé l'endroit en boîte de strip-tease ou je ne sais quoi.

— Vous avez contacté la police ?

— Pour eux, c'était des gamins. Apparemment, il y a des gangs dans le coin. Les Machinchose des quartiers sud. Les Southside Locos. Ils ont dit que j'avais de la chance de ne pas avoir de graffitis de gangs qui me sortent du cul.

— Je ne me risquerais pas à imaginer qu'il s'agit là d'une paraphrase.

Depuis quand y avait-il des gangs latinos à Oklahoma City ? Ou bien y en avait-il toujours eu et Wyatt avait été un ado des quartiers nord trop naïf pour le savoir ?

Et d'ailleurs, depuis quand y avait-il autant de gens travaillant dans le centre-ville, susceptibles d'affluer au Land Run si Candace ouvrait le midi ? Quand Wyatt avait quitté Oklahoma City, vingt-six ans plus tôt, le centre était désertique. Des boules d'herbes sèches roulaient dans la rue principale, toutes les sociétés quittaient le centre pour les zones de bureaux au nord, dans les banlieues.

— Et donc les policiers m'ont envoyée bouler quand je les ai appelés à propos de la merde d'oiseau, dit Candace.

— La merde d'oiseau ?

— C'était la semaine dernière. Je suis sortie du travail et ma voiture était couverte de merde d'oiseau. Je veux dire carrément couverte ! On ne voyait même plus les fenêtres ! On aurait dit une grosse friandise, ces friandises blanches que je déteste.

— Des Divinity, dit Wyatt qui ne les aimait pas non plus. Mais, mademoiselle Kilkenny – Candace...

Elle lui donna un nouveau coup. Il n'avait pas vu sa main bouger.

— Non ! Je sais ce que vous allez dire. Non ! La voiture garée juste à côté de la mienne était tout ce qu'il y a de plus propre. Et la voiture de l'autre côté aussi. Comment vous expliquez ça ?

Wyatt but une longue gorgée de bière. Candace s'était probablement garée sous un arbre plein d'oiseaux. C'étaient probablement des gamins qui avaient redisposé les lettres de l'enseigne. Et c'était probablement le vent, balayant les plaines, qui avait éparpillé les fûts vides.

C'était le genre d'affaires que Wyatt prenait au début de son activité, parce qu'il n'avait pas le choix. Des mini-schnauzers perdus, des querelles de maisons de retraite et, une fois, un vieux prêtre défroqué convaincu que la mafia lui avait collé un contrat sur le dos à cause d'une confession qu'il avait recueillie – en 1968.

Oh ! et dans ce genre de cas, personne ne payait en temps et en heure. Personne ne payait la totalité de ce qui était dû. Le mini-schnauzer essayait de vous mordre, et le vieux prêtre défroqué n'arrêtait pas de poser la main sur votre cuisse.

Wyatt but une autre gorgée de bière. Gavin paierait plein pot, il y veillerait.

— Alors selon vous, qui pourrait faire ce genre de choses ?

À part le vent, les oiseaux et les Southside Locos.

— Et pourquoi ? précisa-t-il.

Candace dévisagea Wyatt avec curiosité, comme si elle se demandait comment il arrivait à lacer ses souliers tous les matins.

— Si je le savais, je n'aurais pas besoin de vos services.

Touché. Wyatt tourna la page de son bloc-notes.

— Vous avez donc hérité de cet endroit ?

— Oui, de M. Eddy, répondit-elle. Un papy, très gentil. Et il me faisait rire avec ses blagues.

Elle expliqua que M. Eddy avait l'habitude de venir à Las Vegas quatre ou cinq fois par an pour jouer au black-jack. Il avait traversé un mauvais divorce quelques années plus tôt et n'avait pas d'enfants. Esseulé, il préférait la compagnie des croupiers et des serveuses au black-jack en lui-même. Chaque fois que Candace prenait sa pause, il l'invitait à dîner à la cafétéria et lui racontait sa vie.

— Vous savez qu'une fois, il a dû virer Elvis Presley ? dit-elle. Elvis donnait un gros concert à Oklahoma, pas longtemps avant sa mort, dans l'ancienne salle du centre-ville. Après, il est venu au Land Run parce qu'il avait entendu dire qu'on y jouait de la bonne musique. Il a commencé à s'en prendre aux Sooners, et il y a quasiment eu une émeute. M. Eddy racontait qu'il avait failli faire dans son froc. Il avait une vingtaine d'années à l'époque et sa mère, qui tenait la salle, n'était pas là.

Wyatt se livra à un petit calcul. Elvis était mort en 1977 ou 1978.

— M. Eddy avait la petite cinquantaine quand il est décédé ? Et ça fait de lui un papy ?

— Bien sûr.

Candace lui sourit, un grand éclair blanc contrastant avec sa peau cannelle.

— Je n'ai que quarante ans, dit Wyatt.

— Et vous faites un mètre quatre-vingt-cinq. C'est noté.

— Alors, M. Eddy et vous…

— Il n'y a pas eu de sexe !

On aurait dit qu'elle avait accumulé les points d'exclamation dans une seule phrase. *Il ! N'y a ! Pas ! Eu ! De ! Sexe !*

— D'accord, d'accord. Je n'insiste pas.

— Vous avez l'esprit mal tourné. C'est vrai qu'à votre place, je penserais sans doute la même chose. Mais on était juste amis. Peu importe ce que le frère de M. Eddy peut penser. M. Eddy m'obligeait toujours à commander des légumes à la cafétéria, parce que c'était bon pour moi. C'était ! Un ! Gentil ! Petit ! Papy !

— Peut-on cesser de dire que c'était un papy, s'il vous plaît ?

— J'ai été tellement triste quand j'ai su qu'il était mort. Je me demandais où il était passé. Il a eu une rupture d'anévrisme. Et quand j'ai appris qu'il m'avait légué cet endroit…

Elle mima sa réaction d'alors en entrouvrant les lèvres, le regard fixe et vide, comme si elle venait d'être témoin d'une apparition de la Vierge Marie scintillant près des meubles à fiches de l'ancienne bibliothèque.

— … j'ai failli faire dans mon froc, moi aussi, conclut-elle.

— Mais de joie.

— Oui. Bouclez-la. Je veux dire par là que c'était la première fois qu'il m'arrivait quelque chose d'aussi bien.

— Parlez-moi du frère de M. Eddy.

Candace grogna, puis le grognement se changea en soupir, et le soupir en sifflement.

— N'en dites pas plus, commenta Wyatt.

— Il veut que je vende le Land Run. J'ai refusé. Je lui ai dit non je ne sais combien de fois ! Il n'arrive pas à se fourrer dans le crâne que je ne veux pas vendre.

— Et pourquoi ne voulez-vous pas vendre ?

— Je ne sais pas. D'accord, l'endroit est un peu dégueu, mais…

Elle marqua une pause pour jeter un regard autour d'elle.

Wyatt pivota sur son tabouret et l'imita. Dans l'ensemble, le Land Run était en assez bon état. C'était un bouge, mais un bouge qui n'avait pas tellement changé en vingt-six ans. Tout le monde ne pouvait pas en dire autant.

— Mais il est à vous, dit-il.

— Oui !

Elle s'assura qu'il ne se moquait pas d'elle avant de continuer :

— Oui. Le Land Run est à moi. Et les affaires marchent bien. C'est dur, on n'imagine pas à quel point. Je ne dors que quatre heures par nuit. Mais c'est moi la patronne.

Le frère de M. Eddy. Wyatt nota cela dans son calepin et l'entoura.

Candace leva les yeux vers le balcon.

— Tu peux descendre dire bonjour. Il ne te mordra pas. Et s'il essaie, mords-le deux fois plus fort.

Wyatt leva les yeux. Une fillette, la gamine mignonne de cinq ans dont Gavin lui avait parlé, l'observait entre les barreaux de la rambarde du balcon. Elle avait la peau pâle, des yeux bleus et une tignasse de boucles blondes emmêlées.

— Où l'avez-vous volée ? demanda Wyatt.

Candace éclata de rire.

— Elle tient de son père. Sauf pour le caractère, Dieu merci.

Gavin n'avait pas mentionné le père. Candace ne portait pas d'alliance.

— Il est dans le coin ? Son père ?

— Brandon ? Non. Je l'ai largué. Ça fait deux ans qu'on est divorcés. Il est allé s'installer à Hawaï il y a quelques mois. Il envoie… Attendez.

Elle sortit un carton de derrière le comptoir et fouilla dedans puis tendit une carte postale à Wyatt. Une plage dorée, des vagues bleues soyeuses, des danseuses de hula.

— Il en envoie une à Lily tous les huit jours.

— C'est gentil.

— Non. Il veut juste que je sache à quel point il mène la belle vie depuis que je l'ai jeté.

Wyatt retourna la carte postale. *Des pensées du paradis ! Ma nouvelle maison est super, juste sur la plage !*

— Vous voyez ? On en reçoit une nouvelle chaque semaine. Il a eu une augmentation, ou il a trouvé un meilleur boulot, ou un nouvel appartement, ou sa nouvelle petite copine australienne est mannequin bikini sur Instagram. Genre.

Wyatt prit conscience que la petite Lily s'était soudain matérialisée à côté de lui. Comme si elle s'était téléportée sans bruit depuis le balcon, tel un vampire. Elle grimpa sur le tabouret à côté de lui.

— Comment tu t'appelles ? demanda-t-elle.

— Wyatt.

Elle réfléchit.

— D'accord.

— Qu'est-ce que tu faisais là-haut, à nous espionner depuis le balcon ?

La fillette lança un regard à sa mère.

— Elle se cachait, dit Candace. Comme un animal, prête à bondir pour vous attraper. *Roarrr !*

— Je n'espionnais pas, dit gravement la petite fille. Je lisais un livre.

— OK, répondit Wyatt.

Lily glissa au bas de son tabouret et se dirigea vers l'escalier menant au balcon en empruntant le chemin le plus sinueux et tortueux possible, faisant le tour de toutes les tables et de toutes les chaises, parfois deux fois de suite. Rien qu'à la regarder, Wyatt avait le vertige.

— Bon, dit Candace, les mains de nouveau sur les hanches, jambes écartées, chevauchant le monde. C'est quoi, votre plan ?

Wyatt

CHAPITRE 5

Wyatt commença par interroger les employés du Land Run au fur et à mesure qu'ils arrivaient pour leur service. Candace disait que tout le monde l'adorait, mais il avait l'intention de le vérifier.

La barmaid s'appelait Dallas – la petite trentaine, un débardeur qui laissait voir ses épaules et ses bras couverts de tatouages sophistiqués. Elle apprit à Wyatt que la nouvelle propriétaire avait augmenté les salaires.

— Y lui arrive de s'mettre en pétard, dit Dallas. Mais j'ai pas à me plaindre.

Son accent de l'Oklahoma, qui détonnait avec ses tatouages et l'anneau d'argent dans sa narine, surprit un peu Wyatt. Mais pourquoi cela détonnerait-il ? *Les temps changent.*

— Et les clients ? demanda Wyatt. Il y a eu des problèmes récemment ?

Elle réfléchit avant de secouer la tête.

— Non. Rien de mémorable.

Rien de mémorable.

Le videur, un Noir gigantesque qui se faisait appeler Fudge, déclara que Candace était la meilleure chose qui soit jamais arrivée au Land Run. Et pas seulement parce qu'elle l'avait augmenté d'un dollar l'heure.

— Elle, elle fait partie de ces gens qui pigent. Tu vois ce que je veux dire ? Elle sait ce que c'est de rester debout toute la nuit.

— Je vois ce que tu veux dire.

— Elle gère *grave*, dit Fudge en s'assurant que Wyatt le notait bien dans son calepin.

L'odeur de Jonathan, l'ingénieur-son, rappelait l'intérieur d'une pipe à eau et il n'était pas un fan de la nouvelle politique de pauses plus courtes, et moins fréquentes. Malgré tout, Candace se l'était rallié en lui confiant la programmation de la musique qui passait dans la salle avant que les groupes entrent sur scène. Feu Greg Eddy s'était octroyé ce privilège, à la grande frustration de Jonathan.

— Greg était un mec très sympa, dit Jonathan. Aucun doute là-dessus. Mais vous savez quel était d'après lui le meilleur enregistrement pirate de Pearl Jam en 2003 ? Perth, pas Mexico Three. Je vous jure. Celui de Bonner Springs ne figurait même pas sur sa liste. Et il disait qu'il l'*admirait* ? Tu parles.

Ni Fudge ni Jonathan ne se souvenaient d'incidents avec des clients mécontents. Ils ne savaient pas du tout qui pouvait harceler – *carrément* harceler – Candace.

Une fois le personnel interrogé, Wyatt sortit faire le tour du bâtiment. Un carré de goudron craquelé séparait l'arrière du Land Run d'une palissade marquant la limite de la propriété. Sur une pancarte en métal rouillé clouée à la palissade, on pouvait lire : PARKING RÉSERVÉ AU PERSONNEL.

Quatre voitures étaient stationnées. Wyatt devina que la vieille Ford Focus appartenait à Candace. Elle l'avait lavée depuis l'incident mais visiblement pas assez vite, et la fiente d'oiseau avait endommagé la peinture qui avait froncé et pâli à certains endroits.

Wyatt examina l'asphalte autour de la voiture, sans être sûr de savoir ce qu'il cherchait. Quelque chose, n'importe quoi, rien.

Il aperçut une canette de Coca vide écrasée que le vent avait poussée quelques mètres plus loin, contre la palissade. Il s'accroupit pour la ramasser. En dessous, on aurait dit qu'il y avait des grains de sable, ou de riz, ou de… hein ? Wyatt ramassa un grain.

Des graines pour oiseaux. La canette vide posée dessus avait empêché que les graines soient emportées ailleurs et picorées.

Quelque chose, n'importe quoi, rien.

Il retourna à son Altima de location et appela Gavin.

— Je t'avais dit que la fille était un sacré numéro, dit aussitôt Gavin.

— Je lui donne encore un jour ou deux, parce qu'elle m'intimide, et que je l'aime bien, et que j'ai accepté cette affaire. Dans cet ordre. Mais il est probable qu'il n'y ait pas d'affaire. C'est toi qui lui expliqueras ça quand je rentrerai à Vegas.

Silence de l'homme qui calcule ses chances de victoire.

— Très bien, dit finalement Gavin.

— J'ai une question à te poser.

— Je peux t'en empêcher ?

— Qu'est-ce que tu ferais si tu voulais que des oiseaux chient partout sur la voiture de quelqu'un ? Uniquement sur cette voiture, un bombardement de précision.

Wyatt imaginait Gavin remuer dans son fauteuil de bureau, conçu sur mesure pour accueillir confortablement sa masse.

— Je prendrais des miettes de pain, répondit Gavin. Je couvrirais la bagnole de miettes. Ou de graines.

Wyatt hocha la tête. La graine qu'il avait trouvée sous la canette vide ne prouvait rien. Ou peut-être simplement que les gamins qui avaient bidouillé l'enseigne avaient inventé une autre ânerie.

Il composa ensuite le numéro de Laurie. Elle avait l'air essoufflée.

— Je ne te surprends pas en train de coucher avec un autre type, hein ? demanda-t-il.

— Un seul à la fois ? Non.

— Bien. Parce que j'étais sur le point de t'acheter un cadeau.

— J'avais une réunion en bas, et j'ai pris l'escalier pour remonter à mon bureau. Ma forme laisse à désirer.

— Je ne suis pas d'accord. Ta forme est parfaitement désirable.

— En parlant de cadeau, j'attends toujours mon presse-citron Williams-Sonoma. Tu ne m'en voudras pas si, ce soir, ton gin-tonic est moins citronné et donc imparfait.

Wyatt passa son téléphone à son autre oreille.

— On dirait que je vais être coincé ici quelques jours.

— Quoi ? Où ?

— Ici. Je ne te l'ai pas dit ? J'ai pris l'avion ce matin. Un boulot pour Gavin. Un service que je lui rends. C'est lui qui est venu me le demander, figure-toi. Tu aurais dû voir ça.

Un instant, Wyatt pensa que la ligne avait été coupée.

— Non, fit Laurie. Tu ne m'as rien dit. Où es-tu ?

— À Oklahoma City. Le Paris de l'Oklahoma. Je serai de retour jeudi ou vendredi au plus tard. Ou je mourrai en essayant de rentrer, crois-moi.

— Wyatt.

Une autre seconde de silence.

— Quoi ?

— Rien. Je t'aime.

Pourquoi ? se retint-il de demander.

Cette pensée, surgissant de nulle part, l'étonna, comme si elle venait de la tête de quelqu'un d'autre.

— Moi aussi, je t'aime.

Il roula vers le nord : Reno puis Broadway, Broadway puis la 23e Rue nord-ouest. Sur Western Avenue, il passa devant la première église presbytérienne et le cimetière de Fairlawn. Il se rappela qu'O'Malley avait lancé un soir, comme ça, qu'on n'avait rien vécu tant qu'on n'avait pas joué au frisbee après minuit dans un cimetière. Alors après la dernière séance, après avoir vidé les salles et nettoyé la buvette, tout le monde s'était entassé dans les voitures, direction Fairlawn. Ils avaient joué au frisbee jusqu'à ce que les flics les chassent à 1 ou 2 heures du matin.

Le passé avait du pouvoir. Le passé était un contre-courant. Alors, quand on avait un cerveau ou une tête, on ne replongeait pas.

Qu'était-il censé faire ? Acheter un presse-citron à Laurie ? Manger, prendre une chambre dans un hôtel et s'endormir en regardant le sport ? Faire semblant de ne pas être déjà entré dans l'eau, de ne pas être doucement emporté de plus en plus loin du rivage ?

Oui, se dit-il, c'était précisément ce qu'il devait faire.

Mais au lieu de cela – ce serait juste un petit arrêt en tout bien tout honneur, avant d'aller acheter un presse-citron, avant de dîner et d'allumer la télé sur la chaîne sportive –, Wyatt poussa jusqu'au Pheasant Run.

Il était toujours là, au carrefour très fréquenté de la 63e Rue nord-ouest et de May Avenue, et c'était toujours une sorte de galerie commerciale – May Market Plaza, d'après la pancarte. Le bâtiment principal, autrefois deux niveaux de boutiques, abritait désormais un grand magasin de vêtements à prix cassés, le Burlington Coat Factory, et les ailes allongées donnaient directement accès au parking. Il y avait une enseigne de fournitures de bureau, une droguerie, un magasin de chaussures discount.

Le cinéma se trouvait à l'arrière de la galerie, au rez-de-chaussée du bâtiment principal. Wyatt n'avait pas besoin d'entrer pour savoir qu'il ne resterait aucune trace du cinéma. Il savait qu'à l'intérieur, il ne ressentirait rien.

Il se rendit sur le parking, à l'arrière. Les portes de sortie des deux salles avaient été condamnées et plâtrées, mais les marches en ciment et les rampes métalliques étaient toujours là. Wyatt se rappela s'être assis sur ces marches, s'être appuyé contre ces rampes. Pendant les pauses, après les heures de travail, avec O'Malley et Theresa, avec Theresa seulement.

Il se gara de l'autre côté de la rue sans sortir de la voiture. La lumière était plus douce. C'était à cette heure de la journée qu'ils pointaient quand ils étaient du soir, une demi-heure avant la séance à tarif réduit de l'après-midi.

Pendant un long moment, Wyatt avait été incapable de comprendre ce que l'enquêtrice essayait de lui dire. Ses oreilles bourdonnaient encore. Il tremblait. Il était gêné parce qu'il n'arrivait pas à se maîtriser.

Il s'était assis derrière le cinéma. Sur une bande de pelouse entre le parking et la rue, dans le flamboiement des phares des ambulances et des gyrophares de la police. Les pompiers l'avaient déjà examiné. Ils avaient eu du mal à croire qu'avec tout ce sang partout, Wyatt n'en ait pas perdu une goutte. Ils lui avaient enduit les poignets de pommade, là où la corde lui avait entaillé la peau, et on lui avait donné un Valium.

L'enquêtrice s'était accroupie près de lui. Wyatt se souvenait qu'elle portait des chaussures noires d'homme à bouts carrés. Il ne se rappelait pas du tout son visage.

Était-elle jeune ? Vieille ? Était-ce difficile d'être une femme dans un monde d'hommes ? Était-ce pour cette raison qu'elle portait des chaussures d'homme ? Ou bien cela faisait-il simplement partie du code vestimentaire du service ?

Ce que l'enquêtrice n'avait pas arrêté de répéter à Wyatt, ce qu'il n'arrivait pas à comprendre, c'était que toutes les autres personnes présentes dans la cabine de projection étaient mortes. O'Malley avait été tué d'une balle dans la tête. Theresa avait reçu une balle dans la tête. Ainsi que Tate, Melody, Karlene. Et M. Bingham. Tout le monde, sauf lui. Tout ce sang versé et aucun n'était le sien.

Il avait été allongé, face contre terre, entre Theresa et Melody. Les coups de feu tellement forts que ses oreilles avaient bourdonné pendant des jours. Aujourd'hui encore, il n'entendait qu'à moitié de l'oreille droite.

Pourquoi ?

À l'époque, il était trop hébété pour poser cette question. Elle viendrait plus tard. Wyatt s'était contenté de regarder l'enquêtrice avec ses chaussures noires à bouts carrés et il avait secoué la tête en répétant encore et encore : « Hein ? »

Pourquoi ? Une fois que la question viendrait, elle ne s'en irait jamais.

« C'est ton jour de chance », lui avait dit la flic en lui tapotant le genou.

Julianna

CHAPITRE 6

Julianna avait l'intention de faire à dîner pour DeMars – elle lui devait une bonne dizaine d'invitations. Pourtant, quand elle lui téléphona, il répondit qu'il apporterait des travers de porc. Elle connaissait son petit manège. Il voulait fouiner, regarder dans le réfrigérateur, jeter un œil dans la chambre et s'assurer qu'elle faisait son lit.

Elle ouvrit la porte et le serra dans ses bras avant de lui planter un baiser sur la joue.

— Je vous en prie, inspecteur. Allez vérifier dans le frigo. Il n'y a que des fruits et des légumes. Et des serviettes propres dans la salle de bains. Je suis une fille réglo.

Il eut un petit rire.

— On les mange, ces travers de porc ?

Cela faisait plus d'un an qu'elle ne l'avait pas vu, mais il n'avait pas changé. Raide comme la justice, le crâne luisant et brun, un bouc piqueté de gris. Il grisonnait déjà la première fois que Julianna l'avait rencontré, quinze ans plus tôt. Il avait hérité du dossier classé de Genevieve quand le premier enquêteur chargé de l'affaire était parti à la retraite. Il avait hérité de Julianna.

— Je n'arrive pas à croire que Mayla a presque quatorze ans, dit-elle.

Mieux valait ne pas parler boulot quand Charlie DeMars mangeait.

— C'est bientôt son anniversaire. Elle est presque aussi grande que moi.

— Et comment va Angela ? Elle compte les jours ?

— C'est ce qu'elle dit.

— Attends de voir quand tu seras dans ses pattes toute la journée à la maison.

— Pas faux. Et toi ? Y a-t-il des jeunes hommes dans le tableau dont je devrais être tenu informé ?

Cela faisait des années qu'il essayait de la caser avec les fils bien sous tous rapports de ses amis avocats, négociateurs pour des compagnies pétrolières ou architectes. Mais Julianna avait déjà vécu une vraie relation, quelques années après l'école d'infirmières, et cela avait mal fini. Cela avait aussi mal commencé, quand elle avait perdu tout intérêt pour cette histoire avant même que leurs cartons soient déballés. « Julianna, avait supplié Eric. J'ai envie de te comprendre. »

Eric était quelqu'un de bien. Julianna s'en était voulu. Elle avait fait de son mieux. Ils avaient vécu ensemble pendant presque un an avant qu'il finisse par reconnaître qu'il se sentait comme piégé dans un immeuble en feu.

— En ce moment, non, répondit-elle à DeMars.

Il finit ses travers de porc et lui en vola un.

— Alors tu vas bien, à ce que je vois.

— Ça fait un moment que je vais bien maintenant.

— Je sais.

DeMars était sans doute l'homme le plus gentil qu'elle ait jamais connu. Elle aurait aimé passer le reste de la soirée à prendre des nouvelles de ses filles, à parler de golf, de la feinte de départ récemment développée par Kevin Durant. Elle savait que rien ne lui ferait plus plaisir.

— Il se peut que j'aie du nouveau, dit-elle plutôt.

Il ne soupira pas, ne fronça pas les sourcils, ne secoua pas la tête d'un air las.

— D'accord.

— Tu te rappelles la déclaration d'Abigail Goad ?

Abigail Goad était la femme de l'éleveur d'Okeene, la troisième des trois témoins oculaires. Elle avait été la dernière à voir Genevieve avant que celle-ci disparaisse de la surface de la terre.

Genevieve avait laissé Julianna devant l'arène de rodéo à la tombée de la nuit, à 19 h 30 environ. À 19 h 40, le premier témoin – Lacey, l'amie de Genevieve, avec qui elles avaient échangé une demi-heure plus tôt – avait recroisé Genevieve dans l'allée centrale. Le deuxième témoin était un vendeur de corn-dogs. Il avait déclaré à la police qui quadrillait le champ de foire que vers 20 heures, il avait vu une femme correspondant à la description de Genevieve en train de sauter par-dessus une pile de câbles hydrauliques plus bas dans l'allée des manèges puis couper derrière l'attraction Himalaya. Même si, en y réfléchissant, la femme était peut-être blonde et pas brune. Et en y réfléchissant encore plus, c'était peut-être derrière la grande roue, et pas l'Himalaya. Il était peut-être même plutôt 19 h 30. Mis sous pression – Julianna avait lu les notes des flics prises pendant le premier interrogatoire –, le vendeur avait reconnu que, oui, avec l'équipe du stand de saucisses, ils avaient fumé un pétard ou deux plus tôt dans la soirée et que, oui, il était possible que cela ait altéré ses souvenirs.

Mais Abigail Goad, le dernier témoin, avait été précise et factuelle. Elle avait vu Genevieve à l'autre bout du champ de foire, dans l'allée des restaurants, là où se concentraient la plupart des stands d'alimentation. Elle avait donné à la police une description détaillée de sa tenue : un jean, des tennis, un T-shirt blanc BORN IN THE USA. Abigail Goad avait remarqué en particulier le T-shirt parce que, ce matin-là, le *Daily Oklahoman* avait publié une lettre adressée au rédacteur en chef du journal disant que le rock and roll était la musique du diable et que la loi devait interdire à Bruce Springsteen de venir jouer dans l'Oklahoma.

Abigail Goad se rappelait aussi l'heure précise, quelques minutes avant 21 heures. Elle allait retrouver son mari et ses fils sous la Tour de l'Espace. Ils étaient allés voir les voitures de collection pendant qu'elle se promenait dans le pavillon Made in Oklahoma.

— Tu te rappelles qu'Abigail Goad a déclaré que Genevieve parlait à un type avec un chapeau de cow-boy ? demanda Julianna.

— Elle a dit qu'elle était *peut-être* en train de parler à un homme avec un chapeau de cow-boy, corrigea DeMars.

— *Peut-être*, d'accord.

Julianna posa son ordinateur portable sur la table. Elle fit défiler la page Facebook « Vous vous souvenez quand, à Oklahoma City… » jusqu'à ce qu'elle trouve la photo. Elle cliqua dessus pour l'agrandir.

— Regarde.

DeMars se pencha en avant. La photo avait été prise de nuit. Au premier plan, une femme dans la trentaine, illuminée par le flash, souriait en mordant dans un pâté impérial. Derrière elle, il y avait un stand d'alimentation et une pancarte sur laquelle était écrit en lettres rouges censées ressembler à des caractères chinois : YUM YUM FOO !

La légende disait : *On mange à la foire ! 20 septembre 1986.*

— C'est là qu'Abigail Goad a vu Genni, dit Julianna. Dans l'allée des restaurants. Je me souviens de ce stand chinois.

Elle se rappelait surtout l'odeur. Graisse chaude, viande brûlée, gingembre et ail. Pour le dîner, elle avait eu envie de porc frit à la sauce aigre-douce, baignant dans une sauce orangée à l'aspect radioactif alléchant, avant de changer d'avis à la dernière minute et de prendre un taco indien.

— D'accord, dit DeMars.

— Regarde de plus près.

Elle savait qu'il avait déjà vu le type avec le chapeau de cow-boy. Au bord du cadre, dos à l'appareil photo, il faisait la queue devant le stand de barbecue, près du chinois.

— Juli, dit DeMars. Arrête.

— La moitié des types à la foire portaient des chapeaux de cow-boy. Non ? Et on ne sait pas à quelle heure cette photo a été prise. On ne sait même pas quel soir. La légende peut être fausse.

La foire avait duré onze jours, du jeudi 18 au dimanche 28 septembre 1986. Genevieve avait disparu le samedi 20. La police avait commencé les recherches le mardi.

— Écoute juste ce que j'ai à dire. Et si cette photo avait vraiment été prise le soir du 20 ? Et si la femme qui l'a postée en avait d'autres ? C'est possible, non ? Et si, sur l'une de ces photos, on pouvait voir le type de face ?

Julianna n'exprima pas à voix haute le reste de sa pensée : *Et si, sur l'une de ces photos, on la voyait, elle ?*

Au moment de la disparition de Genevieve, les téléphones portables avec appareil photo intégré n'existaient pas. Ils ne feraient leur apparition que vingt ans plus tard. Aujourd'hui, il y aurait des centaines de photos de fête foraine en ligne que Julianna pourrait examiner, des milliers même, chacune horodatée, des multitudes de flashs individuels éclairant tous les coins sombres de cette soirée.

En fermant les yeux, elle pouvait voir ce T-shirt BORN IN THE USA comme s'il était devant elle. Genevieve l'avait acheté à un concert à Dallas, un an avant la foire de 1986. Beaucoup de ses amis écoutaient du metal et disaient que Bruce Springsteen était une tapette. Son bandeau, sa manière stupide de danser sur MTV. Mais Genevieve avait été fan avant qu'il devienne aussi populaire, à l'époque où sa musique était trouble et sombre. Sur la couverture de l'album *Darkness on the Edge of Town*, il était maigre, crasseux et avait le regard hanté. Il aurait pu vivre dans la même rue qu'elles.

— Et alors ? demanda DeMars.

Il voulait dire que même s'ils trouvaient une photo avec le visage d'un anonyme portant un chapeau de cow-boy, ils ne seraient pas en mesure de l'identifier. Abigail Goad était morte en 1988 d'une crise cardiaque, ils ne pourraient jamais vérifier qu'il s'agissait bien de l'homme à qui Genevieve parlait. À qui elle avait *peut-être* parlé.

Julianna refusait de penser de cette manière. Il fallait ouvrir toutes les portes pour voir ce qui se cachait derrière. DeMars, aussi gentil et intelligent soit-il, ne le comprenait pas. Pour lui, ce n'était qu'un job.

— Si ça se trouve, je le reconnaîtrai en voyant son visage, dit Julianna. C'était peut-être quelqu'un que Genni connaissait, ou quelqu'un qu'on a croisé et qui nous a suivies. La femme qui a pris la photo se souvient peut-être de lui.

DeMars passa lentement la main sur son bouc poivre et sel sans répondre. Il avait de grandes mains, de la couleur d'un bois précieux et sombre.

— Je lui ai envoyé un message sur Facebook. À la femme. Mais ça fait une semaine et je n'ai pas eu de réponse. Alors j'ai pensé que tu pourrais peut-être faire quelque chose.

— Juli.

— DeMars…

— Maintenant c'est toi qui vas m'écouter. Tu n'as pas arrêté de parler.

— D'accord.

— On refait ça, je crois, tous les ans ou tous les deux ans.

— Ça quoi ?

Elle avait répondu de façon plus acide que prévu. DeMars fit mine de ne pas le remarquer.

— Tu veux une réponse. Je peux comprendre. Mais il n'y a aucune réponse. Il n'y en aura jamais. Ça fait vingt-six ans. Ta sœur a disparu, et tu es là. C'est la seule réponse qui vaille. Tu es là.

Ils restèrent assis sans rien dire. Julianna referma son ordinateur portable et accorda sa respiration à la lente pulsation verte de la loupiote de veille.

— Oh ! DeMars, dit-elle en souriant. Tu crois que je suis toujours celle que j'étais à l'époque. Mais j'ai changé.

— Très bien.

À certains moments de sa vie, Julianna avait tellement été obsédée par ce qui était arrivé à sa sœur – par le besoin de trouver une réponse – que cela avait failli la dévorer complètement. Aujourd'hui, elle avait une vie, une carrière. Des amis. Des serviettes propres dans sa salle de bains.

Elle se sentit soudain tellement en colère qu'elle eut envie de prendre son ordinateur et de l'exploser contre le mur. Car qui pouvait dire qu'elle ne devait *pas* être dévorée par ce qui s'était passé ? Pas le détective Charlie DeMars, pour qui cette affaire n'était qu'un simple boulot. Qu'il aille se faire foutre.

— Tout ce que je voulais, c'était que tu me rendes un service. Si tu ne peux pas, il n'y a pas de problème.

C'était un excellent flic et il pouvait lire dans ses pensées. Il allait maintenant essayer de la mettre sur la défensive, de la faire monter sur ses ergots. *Tu ne crois pas que je me soucie de tout ça, Juli ? Tu ne crois pas que je me fais du souci pour toi ?*

Julianna ne comprenait pas pourquoi il hésitait.

— Qu'est-ce qu'il y a ? dit-elle.

Il se caressa encore une fois le menton.

— Crowley est réapparu.

— Quoi ?

— Il a été signalé par l'État, alors on me tient au courant. Parce que l'enquête est toujours en cours, officiellement. Comme il a postulé près de Chickasha, ils ont vérifié ses antécédents. Le casino indien du coin.

Julianna fut tellement surprise qu'elle eut l'impression de se retrouver soudain dans un rêve, le genre où on essaie de courir sans parvenir à bouger, où on tente de crier sans pouvoir émettre le moindre son.

Crowley. Christopher Wayne Crowley. Elle n'avait pas pensé à lui depuis des années. C'était le forain qui tenait le stand où elle avait gagné sa peluche Panthère Rose. Dans les jours qui avaient suivi la disparition de Genevieve, il avait été le principal suspect – le seul suspect, en vérité, la seule piste solide. Julianna avait rapporté aux enquêteurs la façon dont il avait dragué sa sœur et l'avait invitée à le retrouver plus tard. À l'époque, Genevieve avait sans doute pensé que Julianna n'avait rien remarqué, trop captivée par sa peluche pour faire attention à ce qui se passait. Julianna, évidemment, n'avait pas raté une miette de la scène.

Crowley avait déjà été arrêté à deux reprises, une fois pour possession de stupéfiants et l'autre pour coups et blessures. Les policiers étaient venus le chercher et l'avaient interrogé pendant des heures. Il avait d'abord nié se souvenir de Genevieve, puis l'avoir invitée à venir dans sa caravane. Il avait fini par admettre qu'il l'avait invitée mais juré qu'elle n'était pas venue. D'ailleurs, cela l'avait déçu.

Les policiers n'avaient trouvé aucune preuve dans la caravane ni dans sa voiture mais étaient convaincus qu'il mentait. Julianna avait lu les retranscriptions officielles de l'interrogatoire. Elle se rappelait une note qu'un flic avait écrite dans la marge. « *Ment comme il respire.* »

Crowley s'en était tenu à sa version. Abigail Goad l'avait innocenté. Elle avait vu Genevieve bien vivante dans l'allée des restaurants à 21 heures. Dix minutes plus tôt, Crowley avait été arrêté dans un 7-Eleven, non loin du champ de foire, alors qu'il essayait de voler un pack de bières. Il avait passé la nuit à la prison du comté.

Adieu l'unique suspect, la seule piste solide.

Deux ans plus tard, il avait été condamné dans une autre affaire de drogue au Tennessee. Julianna avait alors quatorze ans et était en première année de lycée. Elle s'était procuré l'adresse de la prison et lui avait écrit une lettre. Même si Crowley n'avait pas pu assassiner Genevieve, Julianna était persuadée qu'il en savait plus sur ce qui s'était passé cette nuit-là qu'il n'en avait dit à la police. *Ment comme il respire.*

Il ne répondit ni à sa première lettre ni aux autres. Pendant l'hiver 1991, les dernières lui furent retournées avec un tampon sur l'enveloppe mentionnant que le destinataire n'était plus en prison. Fitch, l'enquêteur en charge de l'affaire à l'époque, avait vérifié, à la demande de Julianna. Crowley avait purgé sa peine et été relâché sans condition : pas d'agent de probation, pas d'adresse de suivi, aucune trace.

DeMars avait essayé de retrouver sa piste quand il avait repris l'affaire – chaque fois… eh bien, chaque fois que Julianna implorait, râlait et le harcelait. Lui aussi était revenu bredouille. Tout comme Julianna après ses multiples recherches sur Internet pour localiser Crowley par ses propres moyens. D'après DeMars, l'homme était probablement mort. Il lui avait conseillé de l'oublier, ce qu'elle s'était résolue à faire.

Mais aujourd'hui ?

— Il est ici ? demanda-t-elle. En Oklahoma ?

— Il n'a aucune réponse à nous donner, Juli. Il n'en a jamais eu.

— On n'a qu'à vérifier.

— C'est ce qu'on a fait. Il y a longtemps.

On. La police, les enquêteurs du début, tous ceux pour qui, comme DeMars, cette affaire n'avait été qu'un boulot.

— Quand ? insista-t-elle. Quand Crowley est-il réapparu ?

— Il y a quelques mois.

— Quelques mois, répéta-t-elle en posant ses mains à plat sur la table. Et c'est seulement maintenant que tu…

Julianna prit conscience qu'il n'avait pas eu l'intention de lui en parler. Face à elle, pourtant, il avait dû ressentir un pincement de culpabilité, de pitié, de quelque chose.

Elle hocha la tête.

— Je vois.

— Je lui ai parlé. Je suis allé le voir chez lui. Il a répété ce qu'il avait déjà dit. Il ne sait rien.

— Pourquoi tu ne m'as pas prévenue ?

DeMars ne prit pas la peine de répondre à cette question.

— Où est-ce qu'il habite ?

— Je te l'ai dit. Je lui ai déjà parlé.

— Je veux y aller moi-même.

— C'est une mauvaise idée.

— Où est-il ? Il n'a pas pu obtenir le boulot au casino.

Pas avec deux condamnations et une peine de prison.

— Non, il ne l'a pas eu.

— Tu dois me le dire.

DeMars s'appuya contre le dossier, raide, et releva le menton pour montrer qu'il ne plaisantait pas.

— C'est ce que tu penses vraiment ?

Les gamins des voisins étaient dans la cour, ils couraient avec le chien. On entendait leurs rires, les halètements, des grognements joyeux.

Julianna alla dans la cuisine chercher deux parts de la tarte au citron meringuée achetée à la boulangerie allemande dont DeMars raffolait.

— Ma préférée, dit-il quand elle posa l'assiette devant lui. Regarde-moi ça.

— Je suis désolée. J'ai dépassé les bornes.

Il mangea sa part de tarte en quatre grosses bouchées, puis racla les miettes avec sa fourchette avant de les engloutir elles aussi.

— Tu ne gagneras rien à l'approcher, Juli. C'est un sale type. Fais-moi confiance.

— Je te fais confiance.

— Très bien.

— Et pour la femme sur Facebook ?

— Attends encore une semaine. Si tu n'as pas de réponse de sa part, je verrai ce que je peux faire.

— Merci, DeMars.

Il tendit le bras par-dessus la table et prit la petite main de Julianna dans la sienne. Il se pencha en avant et les plis sur son front se détendirent un peu. C'était une autre de ses tactiques. Jouer au gentil papa.

— Oublie Crowley. D'accord ? Tu es ici. C'est la seule réponse qui vaille. Oublie-le.

— D'accord, répondit-elle en lui pressant la main. Tu as raison. Je te le promets.

Wyatt

CHAPITRE 7

Le père de Wyatt était sévère, dépourvu de tout sens de l'humour. Il enseignait le basket dans un lycée et arborait un crâne complètement chauve. Un jour, le principal lui avait demandé de téléphoner à un joueur de son équipe pour s'excuser d'un incident qui s'était produit pendant l'entraînement. Le père de Wyatt avait jeté un ballon à la tête du gamin. Il l'avait appelé et lui avait dit qu'il était désolé : il visait le gamin d'à côté. La mère de Wyatt avait ri sans que son père comprenne pourquoi. Il l'avait dévisagée comme il le faisait toujours, avec un vague et patient dégoût.

Ce ne fut que lorsqu'il décrocha son boulot au Pheasant Run en septembre 1985, le jour de ses quinze ans, que Wyatt comprit à quel point sa vie avait été jusque-là triste et solitaire.

Lors de son premier jour au cinéma, O'Malley lui avait demandé quel était son groupe préféré. Wyatt avait paniqué. Il avait quinze ans. O'Malley en avait presque dix-neuf. Ils vivaient dans des univers différents.

— Je ne sais pas, avait répondu Wyatt.

— Cool, avait dit O'Malley en hochant la tête. Un esprit ouvert. Je te filerai des cassettes. Approche.

O'Malley lui avait resserré son nœud de cravate, la cravate réglementaire des cinémas Monarch. Elle était en polyester noir, coordonnée au pantalon. La veste était orange.

— Merci, avait dit Wyatt.

— Comment tu t'appelles ? Tu veux des Junior Mints ou des Raisinets ? Voilà la technique. Tu prends un ou deux bonbons, trois max, puis tu remets la boîte dans la vitrine. Ingénieux, non ?

C'était en effet très ingénieux. C'était avant que les boîtes de bonbons soient cachetées ou emballées.

— Michael, avait répondu Wyatt. Je m'appelle Michael Oliver.

— Michael ? Hmmm. Tu as plutôt une tête à t'appeler Heinz.

Ce premier jour, O'Malley lui avait fabriqué un badge sur lequel on pouvait lire « Heinz ». À l'époque, un appareil spécial permettait d'imprimer les lettres sur une bande de plastique adhésif.

— Heinz ! avait lancé Melody en voyant le badge épinglé sur la veste de Wyatt.

Melody était une Noire à l'air farouche, avec les cheveux tressés et des avant-bras musclés, qui gloussait quasiment tout le temps.

— Comme le ketchup ? Qu'est-ce que c'est que ce nom ? Pourtant j'en ai entendu, des noms de mecs blancs pas croyables. Heinz !

— Il est tchécoslovaque, avait gravement expliqué O'Malley. C'est un réfugié politique qui a fui son pays parce qu'il y était persécuté. Sa famille fabrique des saucisses.

— Dans les Sudètes, avait ajouté Wyatt, car ils avaient étudié la Seconde guerre mondiale en cours d'histoire de première année de lycée.

O'Malley avait souri et, en cet instant, Wyatt avait senti – il le sentait encore vingt-six ans plus tard en se rappelant ce moment – qu'il était comme à la maison, comme s'il était enfin arrivé chez lui.

Wyatt n'avait jamais vu de tresses, pas d'aussi près. Il n'avait jamais vu de filles avec des avant-bras pareils. Melody sentait le chewing-gum Strawberry Splash Bubblicious et la graisse de pop-corn. Tous ceux qui travaillaient au cinéma sentaient la graisse de pop-corn. Elle pénétrait dans vos pores comme l'émail sur la poterie.

Ce premier jour, Karlene était à la caisse. Ah, Karlene. Une vraie pipelette. O'Malley surveillait M. Bingham et attendait qu'il s'approche d'elle pour consulter les chiffres des entrées, puis il se glissait près d'eux et posait à Karlene une question censée la lancer. « Hé, Karlene, qu'est-ce que tu as fait pendant ton jour de repos, hier ? » Et il s'éloignait, laissant M. Bingham piégé le temps d'une interminable réponse.

Karlene était grande et bronzée, avec de bons pare-chocs, comme on disait à l'époque, et une cascade de cheveux blond cendré qui la faisait ressembler à ces filles prenant la scène d'assaut dans un clip des Whitesnake. D'après la rumeur, O'Malley avait couché avec elle une fois ou deux avant de sortir avec Theresa. Il refusait de confirmer ou de nier.

« Respecte toujours l'intimité de tes maîtresses », avait-il dit un jour à Wyatt.

O'Malley sortait tout le temps des conneries de cette eau-là. Wyatt ne savait pas où il allait les chercher.

Les caissières et les serveuses de la buvette portaient des uniformes en polyester orange coordonnés aux vestes des ouvreurs. La jupe tombait juste au-dessus du genou, et une fermeture éclair courait sur tout le devant de la robe.

Ces fermetures éclair rendaient fou M. Bingham. Il essayait parfois de faire respecter le règlement officiel des cinémas Monarch, qui stipulait qu'elles devaient être complètement fermées, mais les filles lui riaient au nez. Il faisait chaud dans le stand de la buvette pendant les heures d'affluence, et les uniformes étaient déjà assez moches comme ça – une ado avec un peu d'amour-propre n'aurait jamais ajouté à son embarras en remontant la fermeture éclair jusqu'au cou.

— Une société libre ne peut pas réglementer le décolleté, professait O'Malley.

— Et même si je voulais, je pourrais pas, plaidait Karlene. Mes seins sont trop gros.

Elle avait fait une petite démonstration : monter la fermeture, descendre, monter, descendre.

O'Malley, Wyatt et Grubb regardaient, hébétés. Au bout d'une minute, Janella, postée derrière le stand de bonbons, les avait arrosés avec le pistolet à limonade.

Une fois leur service fini, les filles quittaient leur uniforme en un temps record. Elles le faisaient dans une petite pièce exiguë au bas de l'escalier menant à la cabine de projection, en face du bureau de la direction, où M. Bingham accrochait le planning de la semaine, à côté de la pointeuse et des cartes du personnel.

Karlene enfilait toujours un jean délavé moulant. Elle était bavarde, allumeuse et tactile. Les fois où Wyatt remplissait les machines à hot-dogs, elle lui disait d'arrêter de jouer avec sa saucisse et, quand tout le monde se mettait à ricaner, elle le serrait dans ses bras pour se faire pardonner.

Karlene avait été la deuxième personne, après M. Bingham, à qui les tueurs avaient tiré une balle dans la tête. Ensuite, il y avait eu Grubb, puis Theresa, puis Melody, puis O'Malley. Wyatt, allongé entre Theresa et Melody, aurait dû être le numéro cinq.

Une semaine plus tôt, Karlene avait eu dix-huit ans. Ils avaient fêté son anniversaire après le boulot, dans le petit parc du quartier de l'autre côté de la rue, à l'arrière du cinéma. S'il faisait beau, les employés traînaient sur le terrain de jeux du parc après la dernière séance, à boire, discuter et se passer l'énorme joint que Grubb avait toujours à portée de main. Le soir de l'anniversaire de Karlene, une des autres filles – Wyatt ne se rappelait plus qui – avait apporté un gâteau.

Heinz ! Heinz des Sudètes ! Cela faisait des années que Wyatt n'y avait pas pensé. Melody avait décrété que tous les noms barrés de gars blancs se valaient et, à partir de ce jour, elle avait refusé de l'appeler par son vrai prénom. Grubb, génial et défoncé en permanence, croyait sincèrement qu'il s'appelait Heinz. Karlene l'appelait toujours « mon poussin » ou « mon chou ». O'Malley l'appelait en général Michael, parfois Heinz, parfois « p'tit pote ». Tate disait tout le temps « mon gars », même aux filles. M. Bingham appelait rarement Wyatt par son nom. C'était « toi », ou « toi là-bas ».

Quand M. Bingham avait enfin remarqué le badge que Wyatt portait depuis déjà quelques semaines, il avait supposé assez justement qu'O'Malley se cachait derrière cette infraction au guide de l'employé Monarch et il avait rédigé un rapport. Puis il avait pris Wyatt à part pour le mettre en garde : que ce soit juste ou pas, on serait toujours jugé dans la vie d'après les personnes qu'on choisit de fréquenter.

M. Bingham était un sacré connard, un petit dictateur, zélé et incapable d'éprouver la moindre émotion. O'Malley l'avait surnommé le Petit Bonnet.

Le réveil de Wyatt sonna enfin. Il avait tout juste eu le temps de se brosser les dents quand Candace appela.

— Vous êtes déjà levé ?

— Qui a dit que je m'étais couché ? Je ne compte peut-être pas dormir avant que justice soit faite.

— Mettez-la en veilleuse. J'aimerais qu'on fasse un point.

— Il est 6 heures, Candace.

— Et alors ?

Debout près de la fenêtre, Wyatt regardait le matin se lever et la ligne d'horizon se consumer lentement telle une mèche. Sa chambre se trouvait au dernier étage de l'hôtel. Dans les années 1980, le Marriott de la voie express nord-ouest était l'hôtel le plus chic de la ville, avec la boîte de nuit la plus branchée et le meilleur restaurant. Tate avait prévu, une fois majeur, de se dégoter un boulot de barman dans la boîte de nuit. Il avait entendu dire que les pourboires y étaient fabuleux, mon gars, et les filles, pareil.

— Laissez-moi un jour ou deux, dit Wyatt. Vous serez la première informée quand j'aurai appris quelque chose.

Candace émit la succession de bruits habituels – grognement, soupir, sifflement.

— Je dois préparer le petit déjeuner pour Lily, dit-elle.

— Désolé de vous retarder. Je ne sais pas ce qui me prend.

— Au boulot ! lança-t-elle avant de raccrocher.

Wyatt se doucha, se rasa et s'habilla. Il était trop tôt pour le petit déjeuner – il était encore à l'heure de Vegas –, et il se prépara une tasse de café instantané dans la chambre. En feuilletant son calepin, il trouva le numéro que Candace lui avait donné pour joindre Jeff Eddy, le frère aîné du défunt M. Eddy.

Quand il appela, l'assistante de Jeff Eddy lui répondit qu'elle pourrait peut-être lui caser un rendez-vous dans la matinée. Mais seulement, et elle était claire sur ce point, si elle remuait ciel et terre.

Wyatt se rendit dans le centre en voiture. Une fois sur place, il eut du mal à se repérer. Les immeubles étaient les mêmes, la vieille First National Bank, le palais de justice, les tours de Leadership Square, mais pas les gens. Il y avait du monde partout. Des voitures, des bus, le brouhaha matinal d'un vrai centre, d'une vraie ville. Des hommes en costume, des femmes en tailleur, un flot de piétons à chaque changement de feu. Une file d'attente devant un café branché, au coin de Park et Robinson. Une femme en pantalon de yoga promenant un labrador beige. Des arbres en plein flamboiement automnal le long du terre-plein central. Wyatt réfléchit. Il y avait des arbres dans le centre autrefois ?

Et non, à bien y regarder, tous les immeubles n'étaient pas les mêmes. Il y avait le gratte-ciel en verre scintillant que Wyatt avait repéré en venant de l'aéroport – cinquante ou soixante étages. Une nouvelle bibliothèque énorme, un nouveau stade à la façade de briques. Le vieux Colcord Hotel – une coquille vide quand Wyatt avait quitté la ville en 1986 – avait été rénové, tout comme le Skirvin, aujourd'hui un Hilton. Même les Myriad Gardens ressemblaient aujourd'hui à de vrais jardins et non à la surface d'une lune aride et inhospitalière.

Assis dans sa voiture à un feu rouge, Wyatt tentait de digérer tout cela.

Les temps changent, se dit-il encore une fois. *La vie continue. Reprends-toi.*

Le bureau de Jeff Eddy se trouvait à Leadership Square. Au quatrième étage, Wyatt suivit les flèches en cuivre jusqu'à une porte où était écrit EXPERTISE IMMOBILIÈRE EDDY. Il entra. Derrière le comptoir de l'accueil, une femme le dévisagea d'un air suspicieux. La soixantaine, beaucoup de maquillage et un foulard en soie noué autour du cou, à la française. Les commissures de sa bouche affichaient les rides profondes d'une éternelle renfrognée.

— Oui ? demanda-t-elle, l'air renfrogné.

— Wyatt Rivers. J'ai rendez-vous avec M. Eddy. Vous devez être son assistante. Emilia, c'est ça ? L'épouse de Iago dans *Othello* et le personnage le plus intéressant de la pièce, si vous voulez mon avis. Nous avons échangé ce matin.

Elle se renfrogna encore plus.

— M. Eddy est en ligne. Il vous recevra quand il pourra.

Autrement dit, une fois que la dynamique du pouvoir aura été clairement posée. Dans l'ascenseur, Wyatt s'était demandé si Jeff

Eddy le laisserait poireauter. Il savait désormais quelque chose au sujet de ce type – un petit quelque chose, mais c'était déjà ça – qu'il ne savait pas avant.

Wyatt s'assit sur le canapé. Sur deux des murs de l'accueil étaient accrochées des affiches encadrées d'anciens demi-offensifs de l'université d'Oklahoma et, sur le troisième, de joueurs de basket du Thunder d'Oklahoma City. Il se releva et traversa la pièce pour examiner Billy Sims, le vainqueur du Heisman Trophy, ce qui lui permit de se retrouver tout près d'Emilia. Il était toujours plus efficace d'approcher latéralement plutôt que frontalement quand vous vouliez qu'une personne baisse sa garde.

Billy Sims bondissait au-dessus de deux plaqueurs dans sa tenue écarlate et crème des Sooners. Derrière lui, les gradins s'étalaient comme une mer floue de la même couleur.

— Cheffe de croisière, dit Wyatt sans la regarder.

Un moment passa. L'assistante de Jeff Eddy tourna la tête.

— Je vous demande pardon ?

— Vous avez dû être cheffe de croisière à un moment de votre vie. Dans les années 1980, à l'époque où les paquebots de croisière étaient encore un peu glamour.

Il tourna enfin les yeux vers elle. Elle avait toujours l'air renfrogné, mais son regard avait changé.

— Je me trompe ? demanda-t-il.

Un autre moment passa.

— J'ai été agent de bord, admit-elle.

— Sans blague.

— Comment le savez-vous ?

Elle fit pivoter son fauteuil pour être face à lui.

— Je ne le savais pas. J'ai simplement deviné. À la manière de nouer votre foulard, comme les Françaises. Et avant que vous n'en tiriez des conclusions, je ne suis pas en train de faire mon petit malin.

Un sourire – peut-être – commença à affleurer sur son visage.

Le bureau s'ouvrit et un homme passa la tête dans l'embrasure de la porte. Jeff Eddy. Ne voyant personne sur le canapé, il parut surpris. Puis, jetant un regard vers son assistante, il aperçut Wyatt.

— Entrez, dit-il. Je n'ai pas toute la journée.

— J'aimais beaucoup mon petit frère, mais c'est à peine s'il savait distinguer son cul d'un trou par terre, déclara Jeff Eddy. Ça me fait mal de le dire.

Ça ne se voyait pas. Mais Wyatt hocha poliment la tête. Jeff Eddy avait les joues flasques et la peau brûlée par le soleil. Il devait jouer au golf. Sa silhouette était en forme de poire, tout comme son visage. Derrière lui, les étagères croulaient sous les ballons de foot et les ballons de basket dédicacés – il y avait même une chaussure de basket assez grande pour aller à un géant, dédicacée elle aussi.

— Alors j'imagine que selon vous, léguer le Land Run à Mlle Kilkenny n'était pas une décision avisée ?

Et *ça*, releva Wyatt, ça paraissait vraiment faire mal à Jeff Eddy.

— Une décision avisée ? Écoutez. Greg était un enfant. Il était naïf. Il l'a toujours été. Je l'aimais beaucoup, comme je l'ai dit. C'était mon frère. Mais c'était… eh bien, un vrai crétin.

Wyatt se demanda si le pire dans le fait d'être mort n'était pas de ne plus pouvoir se défendre contre des abrutis comme Jeff Eddy. Mais peut-être que les morts se fichent de ce qu'on peut raconter dans leur dos. Wyatt l'espérait, dans leur intérêt.

— C'est une sacrée basket que vous avez là, dit-il en désignant l'étagère. Si vous me pardonnez cette remarque peu originale.

Jeff Eddy pivota pour la regarder, puis se retourna face à lui sans faire de commentaire.

— Alors elle vous a engagé ? demanda-t-il. La strip-teaseuse ? Pourquoi ?

— Il y a eu une série d'incidents au Land Run. Mlle Kilkenny pense que quelqu'un pourrait la harceler.

— La harceler ? Et elle croit que c'est moi ?

— Elle ignore de qui il s'agit. C'est là que j'interviens.

— Eh bien, ce n'est pas moi, déclara Jeff Eddy en secouant sa tête flasque en forme de poire. Je rêve.

— Elle n'a jamais dit que c'était vous. Et ce n'est pas une strip-teaseuse.

— Excusez-moi. Une ancienne strip-teaseuse.

— Non plus. C'est une ancienne serveuse.

Jeff Eddy désigna la chaussure de basket derrière lui.

— C'est une chaussure dédicacée qui a été portée par Kevin Durant lors de son premier match avec le maillot du Thunder. Tout le monde ici prétend avoir assisté à ce match, mais moi, j'y étais vraiment.

Il leva le menton comme s'il le défiait d'oser affirmer la même chose.

— Pas moi, répondit Wyatt. Je vis à Las Vegas.

— Écoutez, peu importe ce qu'elle faisait avant, elle en voulait à son fric. Je suis sûr et certain qu'elle l'a manipulé pour qu'il lui lègue le Land Run.

— Mais vous n'avez pas contesté le testament ?

Wyatt s'y connaissait suffisamment en succession pour savoir que même si le testament de Greg Eddy était en béton, son frère aurait pu engager des avocats pour geler la procédure pendant des mois.

— Je vais vous dire la vérité. J'aurais dû le faire. Mais à l'époque, j'ai été très affecté que Greg s'en aille comme ça. Vous saviez qu'il n'avait que cinquante-deux ans ? Mon petit frère…

— Que vous aimiez.

— Et je vais vous dire encore la vérité. Je ne voulais pas vraiment ce fichu endroit. C'est un bouge. Ça ne vaut pas un clou. C'est vraiment la dernière chose dont j'ai besoin.

Wyatt attendit que Jeff Eddy pose la question logique. Et comme il ne la posa pas mais jeta un regard impatient à la grosse montre sur son poignet, Wyatt fut obligé de le faire à sa place.

— Alors pourquoi essayez-vous de l'acheter aujourd'hui ?

— Écoutez, c'est un taudis. Mais il est dans ma famille depuis quarante-six ans. Mon frère y travaillait depuis ses quinze ans. Je ne sais pas. Plus j'y pense… je suis peut-être sentimental.

— C'est pour le principe ? suggéra Wyatt.

Jeff Eddy lui avait-il dit une seule chose de vraie ? Wyatt commençait même à douter qu'il ait vraiment assisté au tout premier match de Kevin Durant avec le maillot du Thunder.

— Voilà ! C'est pour le principe ! Vous croyez que l'endroit a de la valeur ? Demandez à votre cliente ce qu'elle en tire les bonnes semaines. Regardez.

Jeff ouvrit un tiroir et en sortit un dossier dont il extirpa une feuille qu'il posa devant Wyatt.

Le rapport de l'assesseur du comté. Le Land Run valait moins que ce que Wyatt avait imaginé. Et il n'avait pas imaginé grand-chose.

Jeff sortit une autre feuille du dossier.

— Voici les transactions comparables pour les locaux commerciaux qui se sont vendus l'année passée dans le quartier.

Wyatt parcourut les chiffres. Par mètre carré, ils étaient encore plus mauvais que dans l'estimation.

— Je peux garder ce document ? demanda Wyatt. Ainsi que l'estimation ?

— Demandez à Emilia qu'elle vous fasse des photocopies.

Jeff Eddy consulta de nouveau ostensiblement sa montre. Un mouvement du poignet, un regard appuyé, un raclement de gorge.

— On en a fini ? demanda-t-il. Je vous ai reçu par courtoisie.

Il se leva. Wyatt l'imita.

— Juste une question, dit Wyatt. Deux, en fait.

— J'ai du travail.

— Tarte aux poils ? demanda Wyatt. Surprise anale ?

Il observa la réaction de Jeff Eddy mais ne constata rien.

— Bordel, mais qu'est-ce que vous racontez ?

Wyatt monta dans sa voiture et se rendit sur la 23e Rue nord-ouest où il trouva du wifi gratuit dans un café bohème, le Cuppies & Joe. L'établissement occupait un ancien pavillon des années 1920. Les nouveaux propriétaires avaient conservé le plan d'origine du rez-de-chaussée – salon avec cheminée, salle à manger, chambres, le tout avec les parquets d'époque. Beaucoup de fenêtres, des meubles vintage dépareillés, des cupcakes faits maison. La jolie fille qui confectionnait les gâteaux sortit de la cuisine, le tablier saupoudré de farine, et servit un mug d'excellent café à Wyatt.

La vieille maison voisine avait été transformée en galerie d'art. Celle d'après était désormais un restaurant branché de grillades.

De l'autre côté de la rue, on apercevait un laboratoire de prélèvements sanguins. C'était la 23e Rue nord-ouest dont Wyatt se souvenait.

Il passa une heure à traîner sur Internet – telle était la vie glamour du détective privé moderne – sans trouver aucun indice qui expliquerait le nouvel intérêt de Jeff Eddy pour le Land Run. Wyatt ne gobait pas toutes ces conneries sur le principe, sur la valeur sentimentale, et il n'aimait pas que l'évaluation fiscale qu'Eddy lui avait donnée date de juin. La dernière transaction comparable remontait au mois d'août, et on était en octobre. Parfois, le meilleur des mensonges, c'était simplement la vérité qu'on avait laissée mûrir trop longtemps sur la branche.

Il sortit et appela la rédaction du *Daily Oklahoman*.

Dans toutes les villes, dans tous les journaux où Wyatt avait travaillé, il y avait toujours eu un vieux grincheux – un reporter ou un rédacteur en pantalon taille haute, les cheveux qui lui restaient rabattus sur son crâne chauve, un monsieur Je-sais-tout aux doigts tachés d'encre et de nicotine qui nourrissait d'anciennes rancœurs et critiquait les articles de tout le monde, qui ignorait les demandes du service du personnel, comme « prière de nettoyer ce bureau bourré à craquer de papier, ce véritable piège à incendie ».

Une femme répondit.

— J'ai une question, dit Wyatt. Dans toutes les villes, dans toutes les rédactions, il y a un vieux grincheux. Vous voyez le genre. Il critique les articles de tout le monde et son bureau est un véritable piège à incendie.

La femme éclata de rire.

— Qui est à l'appareil ?

— Le gars dont je parle connaît la ville. Il la connaît vraiment, de fond en comble, depuis des décennies.

Il était possible, et même probable, que l'espèce se soit éteinte avec l'écroulement de l'industrie de la presse, les licenciements, les départs négociés.

— Je suis détective privé et je ne suis pas d'ici. J'ai besoin d'avoir une connaissance du terrain.

Un moment de silence. La femme avait peut-être raccroché.

— Vous souhaitez sans doute parler à Haskell, dit-elle enfin. Bill Haskell. Ne quittez pas.

Quelques sonneries, puis un clic.

— Quoi ? fit une voix masculine.

Méthode de langue anglaise Strunk & White : omettre les mots inutiles.

Wyatt se présenta et expliqua qu'il travaillait sur une affaire impliquant le Land Run.

— Vous voyez où c'est ?

Haskell grogna.

— Dans le bâtiment de l'ancienne bibliothèque Fenton Spry. Et ?

— On m'a montré des documents prouvant que le bâtiment ne vaut pas grand-chose. Je veux bien croire ce que disent ces documents, mais je ne fais pas confiance à la personne qui me les a donnés.

— Quels documents ?

— L'estimation fiscale et les transactions immobilières comparables. Mais ces chiffres ont déjà quelques mois. Je ne trouve rien en ligne qui ait pu affecter la valeur du Land Run ces derniers temps.

Comme Wyatt pensait que Bill Haskell apprécierait certainement cette partie de sa tirade, il en rajouta une couche.

— Internet, aussi incroyable cela puisse paraître, a ses limites.

Haskell grogna de nouveau.

— Internet Tout-Puissant.

— Vous connaissez l'histoire de John Henry contre la pelleteuse ?

— John Henry meurt à la fin.

— Je ne souhaite pas votre mort, Bill. Mais j'ai pensé que vous pourriez connaître quelqu'un qui connaîtrait quelqu'un qui connaîtrait quelqu'un.

— C'est ce que font les détectives privés ? Demander aux autres d'enquêter à leur place ?

— Je vous invite à déjeuner. Ou à dîner. Le meilleur restaurant en ville. Et oui, c'est souvent comme ça qu'on fonctionne.

Le troisième grognement de Haskell fut le bon.

Wyatt lui donna son numéro de téléphone. Haskell raccrocha sans dire au revoir.

Il était presque midi et Wyatt mourait de faim. Il remonta dans sa voiture et roula jusqu'à Classen Boulevard, au nord de la 23e Rue.

À l'époque, tout le monde appelait ce quartier Little Saigon. Il y avait désormais des panneaux officiels politiquement corrects : QUARTIER ASIATIQUE. La plupart des boutiques portaient toujours des noms vietnamiens. Restaurants de pho, bijoutiers, cabinets d'avocats, agences de voyages et cabinets médicaux spécialisés dans le traitement de la douleur. Une tempête avait arraché le bas d'une des pancartes en plastique. Il n'en restait que la première ligne : DOULEUR PROLONGÉE.

Wyatt choisit un restaurant au hasard. À l'intérieur, les vitres étaient embrumées par la vapeur s'élevant des phos, et la majorité de la clientèle penchée sur son repas était vietnamienne. Deux signes positifs. Le troisième était l'odeur. Le meilleur signe qui soit.

La serveuse apporta à Wyatt un bol de bouillon, de nouilles et de morceaux de hampe saignante avec un gros bouquet de coriandre fraîche, des pousses de soja et des légumes verts à part. Des citrons verts, de la sauce piquante. Wyatt goûta et fut aussitôt aspiré dans une autre dimension, projeté dans un restaurant de pho pareil à celui-ci. Peut-être le même. Qui sait ? En 1985 ou 1986, tous les clients sans exception étaient vietnamiens. Wyatt n'avait jamais goûté une telle cuisine. O'Malley, qui l'avait amené là après un arrêt chez le disquaire Rainbow Records, était comme chez lui. Il donnait des tapes dans le dos et serrait des mains tout en conduisant Wyatt vers une table.

Ils allaient presque toutes les semaines chez Rainbow Records pour échanger des entrées gratuites de cinéma contre des cassettes. O'Malley avait fait connaître à Wyatt The Replacements, The Pretenders, R.E.M. Après la dernière séance, si M. Bingham rentrait chez lui avant que les ouvreurs et les serveuses de la buvette aient fini le ménage, O'Malley grimpait dans la cabine de projection et mettait une cassette dans la sono du cinéma. Il montait le volume si fort que les murs des salles vibraient. Parfois, Karlene et Janella se hissaient sur le rebord étroit devant l'écran et se mettaient à danser. Melody aussi, de temps en temps. Jamais Theresa.

Karlene dansait comme les filles des clips des Whitesnake, ses cheveux blond cendré fouettant l'air autour d'elle. Janella se balançait au son d'un rythme intérieur connu d'elle seule. Melody était une danseuse-née. Theresa observait depuis le fond de la salle et, si Wyatt avait de la chance, elle souriait.

La nuit du braquage, tous attendaient le départ de M. Bingham pour mettre la musique à fond dans les salles. O'Malley les avait rassemblés dans la réserve pour trinquer à la fin du service. C'était une nouvelle tradition qu'il avait lancée, la dernière d'une longue série. Ils buvaient de la vodka dans de grands gobelets en carton. O'Malley, Theresa, Karlene, Melody, Grubb et Wyatt. Melody ne buvait pas mais participait quand même aux festivités. Assise sur une pile de réservoirs de soda vides, elle mastiquait son chewing-gum Bubblicious. O'Malley leur faisait lever leurs gobelets et répéter après lui : « À cette bonne vieille Boston, ville du haricot et de la morue ! »

Wyatt ne savait pas où O'Malley allait chercher toutes ces conneries.

Il tournait le dos à la porte de la réserve quand elle s'était ouverte d'un coup. Le temps qu'il se retourne, il était certain que M. Bingham les avait coincés.

— Bordel ! avait lancé O'Malley.

Grubb, qui s'était levé trop vite, avait perdu l'équilibre. Karlene avait crié. Theresa s'était agrippée au poignet de Wyatt, qui avait compris qu'il se passait quelque chose de grave. Au début, il s'était demandé si le masque de pirate en caoutchouc était censé être une blague.

O'Malley avait été le seul à ne pas perdre les pédales. Il était resté calme.

— Hé, toi, avait-il dit au braqueur au masque de pirate. Sors de là.

Wyatt avait eu du mal à croire qu'il puisse avoir autant de couilles. On aurait pu penser, le temps d'une seconde, que le type allait vraiment sortir de la réserve et refermer la porte derrière lui. Était-il possible qu'il existe un univers parallèle où le braqueur au masque de pirate faisait demi-tour ?

Mais il ne l'avait pas fait.

— Tout le monde dehors, avait-il dit en agitant son arme. On y va.

— Du calme, avait lancé O'Malley, s'adressant à la fois au braqueur et à leur petite bande. OK. Ça va aller. Tout le monde reste cool.

Il était passé en premier. Grubb était venu ensuite, puis Melody. Wyatt avait vu le braqueur reluquer Karlene quand elle était passée, son œil se poser sur elle. Rien qu'un œil – l'autre était dissimulé derrière le bandeau de pirate. Un très mauvais choix de masque pour un braquage.

Dans la cabine de projection, O'Malley avait encore une fois essayé de les sauver.

— Attendez, avait-il dit aux braqueurs en essayant de se libérer de la corde qui lui maintenait les poignets ligotés dans le dos.

Il avait tenté de se retourner et de s'asseoir. Il se croyait vraiment capable de se sortir de toutes les situations.

— Écoutez…

— Ta gueule, avait dit un braqueur, celui qui avait enlevé le collant sur sa tête.

Wyatt ne pouvait pas bouger. Il avait trop peur, ses mains étaient attachées trop serré. Du coin de l'œil, il avait vu le braqueur lever son fusil et poser le canon sur la tête d'O'Malley.

M. Bingham n'avait rien fait, il n'avait rien dit, inutile, comme toujours. Le visage de Theresa était tourné vers Wyatt, mais elle avait les yeux fermés. Wyatt avait fermé les siens, lui aussi. Il sentait le parfum que Theresa portait toujours. On aurait dit que Melody sanglotait, mais en fait, elle priait.

S'ilvousplaîtmonDieus'ilvousplaîtmonDieus'ilvousplaîtmonDieu...

Le premier coup de feu, si incroyablement fort, avait presque été un soulagement. Il avait su que tout serait bientôt fini.

La serveuse était revenue. Elle jeta un coup d'œil au bol puis lança un regard noir à Wyatt.

— Il y a un problème ? demanda-t-elle. Vous n'aimez pas ?

Il sortit son portefeuille et paya l'addition.

— C'est juste que ça fait trop, répondit-il.

C'était trop. Il n'aurait pas dû être là. Il n'aurait jamais dû revenir.

Julianna

CHAPITRE 8

Julianna localisa Ben dans la salle de pause. Sa tenue du jour était d'un bordeaux riche et profond. Presque papal. Il ne manquait plus que le col en hermine. Il discutait avec Donna qui l'écoutait avec grand intérêt. En apparence.

— Ben ?

Il n'appréciait pas qu'on l'interrompe. Son sourire divisa sa barbe – deux rangées de petites dents trop blanches.

— Salut, Julianna. On discutait justement du planning.

— Je ne me sens pas très bien.

— Oh ! fit Donna, pleine de compassion.

Ben continua de sourire à Julianna, dont le service venait juste de commencer. Il n'appréciait pas non plus les imprévus. Pas du tout.

— Je crois qu'il vaudrait mieux que je rentre chez moi, dit Julianna.

Le style de management de Ben s'inspirait des principes de la résistance non-violente. Il était Gandhi, tout sourire et prêt à attendre que les Britanniques s'épuisent et cessent de le battre à coups de crosse de fusil.

— J'ai la diarrhée, précisa-t-elle. *Splash*.

La barbe de Ben finit par se refermer sur ses dents.

— Oh non ! s'exclama Donna.

Elle essayait de l'aider, mais elle en faisait trop.

— Tu as pris de l'Imodium ? demanda Ben.

— Ben. Je ne suis pas sûre d'avoir envie de parler de ma diarrhée. Et toi ?

Il n'y tenait pas non plus. Il prit rapidement une décision.

— Rentre chez toi ! dit-il. Soigne-toi bien.

C'était son idée, maintenant.

Donna envoya un SMS avant même que Julianna soit sortie du bâtiment :

Menteuse.

Julianna lui répondit :

Qui, moi ?

Les soldes ?

Et peut-être une pédicure.

Un mensonge pour couvrir un mensonge.

Le parking était désert, les fenêtres de sa voiture teintées, de sorte qu'elle se changea dans la voiture, sur le siège avant. Elle enfila un jean, un pull. Elle s'aperçut dans le rétroviseur. Genevieve la reconnaîtrait-elle après tout ce temps ? Probablement pas. Quand Julianna regardait de vieilles photos d'elle à dix, onze, douze ans, elle y voyait encore une fillette : les joues rouges, toujours souriante, des cheveux et des yeux couleur miel qui ne cachaient rien à l'objectif.

En revanche, Julianna savait, sans l'ombre d'un doute, qu'elle reconnaîtrait Genevieve. Sa sœur était déjà presque une femme au moment de sa disparition, elle allait avoir dix-huit ans. Les années auraient seulement modifié ses contours. Sa peau serait plus mature. Toutes ces heures qu'elle passait à parfaire son bronzage, tout ce beurre de cacao et cette huile pour bébé. Personne ne l'avait mise en garde. Et elle se serait probablement ramollie à certains endroits, arrondie à d'autres. Mais elle serait toujours canon. Encore plus, même. Elle serait toujours Genevieve.

Julianna essaya de sourire dans le rétroviseur, mais cela n'arrangea rien. Ce n'était plus le même sourire. Sa sœur serait incapable de le reconnaître.

Elle vérifia l'adresse du casino indien sur son téléphone. C'était juste au sud de Norman, en suivant l'I-35. Elle prit à gauche en sortant du parking au cas où Ben serait en train de la surveiller. Ce n'était pas impossible, et il savait qu'elle habitait au nord. *D'accord, Ben, on peut jouer à ce petit jeu.* Elle fit le tour du pâté de maisons et s'engagea sur l'autoroute au niveau de la 5e Rue.

C'était une chaude journée d'octobre, ensoleillée, le ciel très bleu. En fait, Julianna avait conseillé à Genevieve de ne pas bronzer. Elle avait entendu parler de la couche d'ozone et du mélanome en cinquième. Mais quand Genevieve tenait-elle compte des avertissements ? Julianna se rappelait une citation que sa sœur avait dénichée quelque part. C'était devenu son mantra : « Entre deux maux, choisis le plus intéressant. »

Genevieve prétendait que c'était d'Aristote. Ou de Shakespeare. Les versions changeaient. Des années plus tard, Julianna avait découvert que l'auteur de la citation était l'aristocrate écossais débauché fondateur de l'empire du whisky Dewar.

Genevieve serait toujours canon. Elle serait toujours géniale et hilarante. Quand Julianna l'imaginait aujourd'hui – en vie, à quarante-trois ans –, c'était mariée à un type beau et riche de dix ans de moins qu'elle. S'amusant comme une folle.

Il fallut environ vingt minutes à Julianna pour atteindre Norman. Elle dépassa la sortie vers l'université – sa fac, même si une grande partie de ses années d'étudiante se réduisaient aujourd'hui à un léger brouillard. Julianna avait commencé à fumer de l'herbe au cours de sa première année de fac en imaginant que cela pourrait lui sauver la vie. Ça n'avait pas été le cas, mais Dieu sait qu'elle avait essayé. Elle avait tout misé dessus.

Le casino indien se trouvait à cinq minutes au sud, quasiment dans la ville de Chickasha. Julianna ne connaissait pas le nom de la tribu qui possédait le casino. Les Chickasaw ? Ça paraissait une bonne hypothèse. Une des « cinq tribus civilisées » d'Oklahoma. Un nom qui lui avait ôté tout le plaisir de les étudier au lycée.

Le casino était énorme, et son parking encore plus. 10 h 30, un mardi matin, et l'endroit était bondé. Julianna réussit à se garer. Elle n'avait pas de plan, pas vraiment.

À l'intérieur, le casino était tel qu'elle se l'imaginait. Fumée et cliquetis métalliques, des retraités courbés sur les machines à sous qui appuyaient frénétiquement sur les boutons. Elle arrêta une serveuse proposant des cocktails pour lui demander où se trouvait le bureau du personnel. La fille désigna une porte à l'autre bout de la salle.

Un agent de sécurité au visage fermé. Deux portes et un couloir. Julianna se retrouva enfin dans un petit bureau aveugle, en face d'une blonde guillerette dans la vingtaine. Une french manucure, des boucles d'oreilles en perles. Tout le package. *KOC.*

KOC pour « Kappa ou crève ». C'était la devise des filles de la sororité Kappa de l'université d'Oklahoma. La première colocataire de Julianna avait prêté serment.

— Oui ? fit la blonde guillerette. Vous souhaiteriez nous rejoindre ?

Julianna remarqua qu'aucun des employés qu'elle avait rencontrés jusque-là – la serveuse, les agents de sécurité, cette fille – n'avait l'air d'être amérindien. Le casino avait peut-être tellement enrichi la tribu que ses membres n'avaient plus besoin de boulots comme ceux-là.

— Je suis très intéressée, répondit Julianna.

Elle se rappela ce qui avait été noté dans la marge de la retranscription de l'interrogatoire de Crowley : « *Ment comme il respire.* »

— Super ! Vous savez que vous pouvez faire tout ça en ligne ? C'est hyper-simple. Mais c'est encore mieux que vous soyez venue en personne !

Elle chercha un formulaire de candidature. Julianna regarda la rangée de meubles de classement le long d'un mur. Le formulaire de candidature rejetée de Crowley se trouvait peut-être dans l'un d'eux. Et Julianna pourrait mettre la main dessus, à condition de réussir à faire sortir la blonde du bureau pendant quelques minutes. En revanche, si Crowley avait candidaté en ligne, c'était foutu. Il y avait un ordinateur sur le bureau, mais son accès était certainement protégé par un mot de passe.

Crowley était la pièce manquante du puzzle. Il devait savoir quelque chose à propos de ce qui était arrivé à Genevieve. Si lui ne savait rien, alors qui ?

La fille avait cessé de chercher et fixait Julianna en souriant.

— Vous ne vous souvenez pas de moi, n'est-ce pas ? demanda-t-elle.

Julianna s'efforça de la resituer. Elle était trop jeune. Elle avait dû fréquenter l'université bien après elle, au moins quinze ans plus tard. On aurait pu croire qu'elle venait d'obtenir son diplôme. Il y avait cependant quelque chose d'étrangement familier chez elle. Ses yeux vifs. Sa french manucure.

— Je m'appelle Ariel Figg. C'était en mai dernier. J'ai vomi partout à cause de l'anesthésie et vous avez été super-gentille.

— Oh.

L'hôpital, la salle de réveil – pas la fac. Mai dernier. Elle ne voyait toujours pas.

— Oh ! oui, bien sûr…

— J'ai eu une DC. Je ne sais pas trop à quoi ça correspond. Mais le Dr Bazile, je me rappelle qu'il a dit que c'était comme vider un melon à la cuillère. Il essayait de me rassurer, mais j'ai trouvé ça assez dégoûtant.

Dilatation et curetage, une intervention chirurgicale mineure pour nettoyer l'utérus après une fausse couche.

— Le Dr Bazile est un bon médecin, répondit Julianna, ce qui était plus ou moins vrai.

— Je vais bien maintenant. Je suis comme neuve !

— J'en suis ravie.

— Dieu a un projet. Du moins, c'est ce que j'ai toujours entendu dire, ajouta-t-elle en éclatant de rire. Vous êtes chrétienne ? Peu importe. J'ai une autre question.

Julianna la devinait sans peine. Quelles étaient les chances qu'elle tombe sur une patiente ?

— Pourquoi cherchez-vous un boulot ici alors que vous êtes déjà infirmière ? demanda la fille.

Les meubles de rangement le long du mur semblaient ne pas être fermés à clé. Un des tiroirs était à moitié tiré. Julianna pouvait demander un verre d'eau. Cela lui laisserait quelques minutes seule dans le bureau. Elle pouvait répondre que, oui, elle était chrétienne elle aussi, et qu'elle souhaitait rejoindre l'équipe du casino parce qu'elle aspirait à une carrière moins stressante, dont l'investissement émotionnel – créer des liens avec les patients, souffrir en même temps qu'eux – ne soit pas si lourd. *Cela vous dérangerait d'aller me chercher un verre d'eau, s'il vous plaît, Ariel ?*

— Je ne cherche pas de boulot. Je ne veux pas travailler ici.

La fille conserva son expression vive et guillerette.

— Oh ! fit-elle. Ah bon ?

— Je suis venue chercher un renseignement. L'adresse d'un homme qui a postulé ici. C'est le seul moyen que j'ai pour le retrouver.

Julianna hésita, puis décida de voir quels effets la vérité aurait sur cette expression vive et guillerette.

— Il se pourrait que l'homme sache ce qui est arrivé à ma sœur. Elle a disparu il y a vingt-six ans. On n'a jamais retrouvé son corps. Elle a été enlevée et assassinée.

L'expression de la fille ne changea pas. Tout du moins, il n'y eut aucun des changements auxquels Julianna s'était attendue – elle n'avait l'air ni choquée, ni horrifiée, ni gênée. Elle toucha du doigt une de ses boucles d'oreilles en perles, et ses yeux vifs scrutèrent Julianna avec intérêt et curiosité.

— Je réfléchis au projet de Dieu, dit-elle au bout d'un moment.

— OK.

La fille attrapa la souris de l'ordinateur et regarda l'écran.

— Comment s'appelle-t-il ?

— Crowley, répondit Julianna, surprise. Christopher Wayne Crowley.

— Je ne devrais pas faire ça.

La fille releva les yeux et éclata de rire.

— Mais on s'en fout, pas vrai ?

La disparition de Genevieve à la foire avait fait la une pendant une journée environ. Bon, peut-être quelques semaines. À chaque article, le *Daily Oklahoman* publiait sa photo, tirée de l'album de l'U.S. Grant High School datant de l'année précédente. Elle était très belle. Mais Genevieve trouvait qu'elle avait l'air attardée. Elle était convaincue que ses oreilles étaient monstrueusement petites. Ce n'était pas le cas.

— Tu ne trouves pas que mes oreilles sont trop bizarres ? demandait Genni. Tu crois que ça se voit qu'elles sont minuscules ?

Puis elle se tournait vers Julianna en louchant tellement qu'on ne voyait presque plus ses iris, rien que de la gelée humide et blanche. C'était dément. Julianna se mettait à hurler, surtout de rire.

Genevieve, qui était capable de garder une expression impassible même quand elle louchait comme ça, disait alors :

— Qu'est-ce qu'il y a ? C'est mes petites oreilles, c'est ça ?

Oh mon Dieu, tu te rappelles ton poster de Scott Baio ? Tu croyais que je lui avais effacé les yeux. Tu étais furax ! Tu avais douze ou treize ans. Genni loves Chachi, Genni loves Chachi[1]*. J'ai cru que tu allais me tuer. Il a fallu que je te montre que c'était juste des ronds de papier blanc que j'avais découpés et scotchés sur ses yeux. J'avais fait des dizaines d'essais avant de trouver la bonne taille. Il fichait vraiment la trouille ! Tu m'as dit que si le vrai Scott Baio devenait aveugle, ce serait ma faute. Je n'arrêtais pas de pleurer. Tu te rappelles ?*

Genevieve avait une petite télé noir et blanc dans sa chambre au sous-sol. Après *Joanie Loves Chachi*, elles avaient regardé *Charles s'en charge*, *Drôle de vie* et *Au fil des jours*. Julianna avait été dévastée quand *Au fil des jours* s'était arrêté. La série racontait l'histoire de deux sœurs. Julianna était Valerie Bertinelli et Genevieve Mackenzie Phillips.

Julianna avait même suggéré qu'elles s'appellent par les noms des personnages, Barbara pour Julianna et Julie pour Genevieve.

— J'ai une idée ! avait dit Genevieve.

— Genni !

— On n'a qu'à pas le faire et faire comme si !

1. Scott Baio est un acteur, réalisateur, scénariste, producteur et chanteur américain, qui a interprété le rôle de Chachi dans la série *Joanie Loves Chachi*, dans les années 1980. (Toutes les notes sont de la traductrice.)

Un jour, peu de temps après la disparition de Genevieve, Julianna était allée dans la cuisine se préparer du pain à la cannelle pour le petit déjeuner. Les deux enquêteurs étaient là, en train de boire le café. Ils ne l'avaient pas remarquée. Le plus vieux flic tapota du doigt la photo de Genevieve sur le journal devant lui. Julianna l'entendit dire que Genevieve avait un visage qui passait bien.

Peut-être, mais il n'était pas passé pendant longtemps. Genevieve avait presque dix-huit ans quand elle avait disparu. Si elle avait été plus jeune, quatorze ou quinze ans, l'histoire aurait été plus convaincante, plus simple. Mais sa beauté de très jeune femme – son regard franc sur cette photo de l'album du lycée, l'espièglerie de son sourire – n'avait pas joué en sa faveur. Julianna imaginait aujourd'hui ce que beaucoup de gens avaient dû penser en voyant cette photo dans le journal, ou sur les tracts que leur voisine Carol les avait aidées à coller aux poteaux téléphoniques dans toute la ville. Genevieve avait l'air d'une fille qui cherchait les ennuis. Était-ce si surprenant qu'elle les ait trouvés ?

Le fait qu'elle ait grandi dans les quartiers sud, près de Capitol Hill, n'aidait pas non plus. Genevieve était une étudiante peu impliquée, elle ne faisait pas partie de l'équipe des pom-pom girls. Son père : en partie mexicain, disparu. Sa mère : le genre de femme qui épousait un homme en partie mexicain.

Et bien sûr, il se passait toujours quelque chose de nouveau, l'actualité reléguait Genevieve au second plan. Il y avait l'apartheid en Afrique du Sud, le football, le retour de Patrick Duffy dans la série *Dallas* (toute la dernière saison avait été un rêve !). Mi-octobre, les policiers localisèrent les hommes responsables du massacre du cinéma qui avait eu lieu en août, et ils les abattirent au cours d'une fusillade. Pendant des jours, Linda Cavanaugh ne parla que de ça sur KTVY Channel. En novembre, il y eut l'Irangate et un violeur de personnes âgées qui pénétrait dans les maisons de retraite par la fenêtre. En décembre, le violeur fut arrêté. Un accident sur Broadway Extension tua toute une chorale d'église. Genevieve disparut de nouveau, de l'actualité cette fois.

Crowley lui aussi était introuvable. Janvier, février. Les enquêteurs cessèrent de venir pour tenir la mère de Julianna informée. Le jeune flic sinistre se contentait désormais d'appeler pour dire qu'ils exploraient toutes les pistes.

Ce printemps-là, le mari de Carol, Joe, vit Julianna assise sur les marches devant la maison de la 27e Rue alors qu'il rentrait du travail. Il se gara devant chez lui puis se dirigea vers elle, traversant la pelouse où foisonnaient le lamier pourpre et les pissenlits. Les herbes folles étaient superbes à Oklahoma City à cette période de l'année. Joe s'assit à côté d'elle. Son odeur était celle du garage où il travaillait – il sentait le cambouis et les hommes.

« Parfois, la vie n'a pas de sens, dit-il au bout d'un long silence. Tu comprends ? »

Julianna était rentrée dans la maison sans répondre et avait refermé la porte derrière elle. C'était peut-être la dernière fois qu'elle avait parlé à Joe. Carol et lui déménagèrent cet été-là pour s'installer dans le Colorado. Elle apprit plus tard que les enquêteurs avaient considéré Joe comme un suspect possible. Ils avaient envisagé tous les hommes et les ados ayant croisé le chemin de Genevieve. Tous les types du lycée avec qui elle était sortie, tous ses collègues chez Sonic, tous ses voisins. Tous avaient un alibi vérifié. Joe et Carol se trouvaient à Dallas le premier week-end de la foire. Denny, le garçon qui habitait au bout de la rue, était alité avec une cheville qu'il s'était cassée la veille en marquant un essai contre les Titans de Carl Albert.

Mais Crowley avait été le seul et unique véritable suspect, au début en tout cas. Il avait été sur les lieux. Genevieve était partie le retrouver. Il devait bien savoir quelque chose. Le contraire était inconcevable, peu importe ce que DeMars disait.

Crowley, après toutes ces années. Julianna l'avait tellement écarté de ses pensées qu'il avait cessé d'exister pour elle. Et aujourd'hui, soudain, il resurgissait.

Elle prit conscience que ses mains tremblaient. Ses pensées, elles, étaient calmes. Elle voulait simplement lui poser quelques questions. Découvrir par elle-même ce qu'il savait ou pas.

Julianna serra le volant. Elle était garée à quelques numéros de l'adresse que la fille du casino lui avait donnée. Une adresse correspondant à une petite maison pourrie dans un quartier qui l'était tout autant, près de South Robinson, à quelques kilomètres de l'endroit où Julianna et Genevieve avaient grandi. Devant chaque maison, il y avait une voiture posée sur des parpaings, ou une piscine gonflable retournée dans l'herbe, ou un chien efflanqué qui haletait, dressé sur ses pattes arrière derrière un grillage rouillé. Julianna aperçut un vieux chêne magnifique dans une cour. Quelqu'un avait suspendu une balançoire faite d'un pneu à la branche la plus épaisse.

La maison de Crowley n'était ni mieux ni pire que les autres. Les fenêtres étaient obturées par des draps et par ce que Julianna supposait être des sacs imperméables pour déchets verts. Elle ne vit pas de chien.

Elle sortit de sa voiture et verrouilla les portières. Midi, un jour d'école, quasiment personne alentour. Deux hommes bataillaient avec ce qui ressemblait à une pierre tombale qu'ils déchargèrent d'un pick-up et transportèrent à l'intérieur de la maison au vieux chêne. Ils ne lui lancèrent pas un regard.

Elle grimpa les marches en béton craquelé. Inspira, retint son souffle, puis frappa à la porte. Elle attendit, frappa de nouveau. Comme ses mains tremblaient de plus en plus fort, elle les fourra dans les poches arrière de son jean, pour voir. Puis elle les ressortit et croisa les bras sur sa poitrine.

La porte s'ouvrit. Il la regarda de haut.

— Ouais ?

Il était tellement plus vieux, tellement plus gros. Julianna s'était préparée à ce moment, mais ce fut malgré tout un choc. Le gros ventre pendant, le visage marqué et ridé qui s'affaissait, lui aussi. Un bouc gris. Des rouflaquettes et des sourcils broussailleux.

Ses yeux, pourtant, étaient toujours très bleus. Et ses cheveux aux épaules, gras, sombres et striés de gris, repoussés derrière les oreilles exactement comme le jour où il avait tendu la Panthère Rose à Julianna. En observant la réaction de Genevieve.

Il avait vingt-neuf ans à l'époque. Il devait donc en avoir cinquante-cinq aujourd'hui.

— Christopher Crowley ?

Une question stupide. Bien sûr que c'était lui.

— Qu'est-ce que vous voulez ?

Il se balançait d'un pied sur l'autre avec une grimace. Ses yeux bleus alertes, vifs, passèrent sur Julianna puis au-delà – vers la cour, la rue, à droite et à gauche.

Le tatouage de serpent sur son avant-bras n'avait pas bien vieilli. Les lignes s'étaient estompées et brisées, l'encre bleue avait pâli. Un diamant brillait à son oreille droite. Julianna ne se rappelait pas s'il l'avait déjà en 1986.

— Je m'appelle Julianna Rosales.

— Qui ?

— Genevieve Rosales était ma sœur.

Crowley reposa les yeux sur elle. S'apprêta à fermer la porte.

— Je veux juste vous parler.

— Je n'ai rien à dire.

— Je veux juste vous parler, répéta Julianna.

— J'ai tout dit au flic noir.

Elle posa la main sur la porte pour l'empêcher de la fermer.

— Je vous ai écrit des lettres quand vous étiez en prison. Il y a longtemps. Vous n'y avez jamais répondu.

— Enlève ta main. Je le répéterai pas.

Julianna obéit.

— S'il vous plaît. Cinq minutes.

Le regard de Crowley balaya encore une fois la cour, les maisons de l'autre côté de la rue.

— Laisse-moi tranquille, dit-il avant de fermer la porte sans la regarder.

Wyatt

CHAPITRE 9

Wyatt profita d'un feu rouge pour parcourir ses notes. Si quelqu'un essayait de faire chier Candace, il y avait de fortes chances pour que ce soit Jeff Eddy. Il avait un mobile – il voulait qu'elle lui vende le Land Run – et c'était définitivement un abruti.

Mais Wyatt ne le sentait pas. Tout du moins pas encore. En un sens, Jeff Eddy paraissait trop coller au profil idéal.

D'un autre côté, son expérience de journaliste puis de détective privé lui avait appris que la vraie vie est parfois bien plus simple que les scénarios tirés par les cheveux qu'on voit à la télé. Très souvent, le méchant est exactement celui que vous pensiez être le méchant.

S'il y avait un méchant. S'il y avait réellement quelqu'un qui faisait chier Candace.

Son téléphone sonna. Laurie. Il allait répondre quand il se rendit compte que le feu était passé au vert. Les conducteurs derrière lui, des habitants polis d'Oklahoma City, se retinrent de klaxonner. Wyatt fit un signe de la main et s'engagea dans le carrefour.

Son oncle vivait dans un vieux quartier longeant Memorial Park, dans une rue bordée d'arbres et de maisons sur deux niveaux de style Prairie avec de grands avant-toits et des porches imposants. Autrefois, le quartier était l'un des plus recherchés en ville, idéalement situé près de la ligne de tram de Classen Boulevard. Mais à l'époque de Wyatt, le transport scolaire obligatoire avait transformé les zones résidentielles comme celle-ci, chassant tout le monde à l'exception des vieux, des pauvres, et des vieux pauvres.

Aujourd'hui, le quartier retrouvait un certain standing. Pour chaque tas de boue à la carrosserie rafistolée au scotch, on pouvait voir plusieurs modèles Subaru récents. Pour chaque maison affaissée sur ses fondations, il y en avait deux autres, récemment repeintes, avec des allées flambant neuves.

Son oncle, le dernier membre de sa famille à Oklahoma City, habitait toujours dans la maison où il avait grandi avec le père de Wyatt. Elle était encore en bon état. La peinture des volets pelait, mais les massifs débordaient de fleurs.

Pete était assis sous son porche, dans le soleil qui était parvenu à se faufiler sous les avant-toits et entre les colonnes. Il jeta un coup d'œil à Wyatt quand celui-ci sortit de sa voiture.

— Qui c'est ? demanda-t-il.

— C'est moi, oncle Pete. Comment ça va ?

— Mikey ! Hé, mon neveu préféré !

Son seul et unique neveu. Wyatt sourit. D'aussi loin qu'il s'en souvienne, son oncle lui avait toujours fait cette même blague, de cette même voix de baryton. Il se rendit compte que ces retrouvailles étaient le seul moment de son retour à Oklahoma City qu'il n'appréhendait pas.

— Viens par là, Mikey. Laisse-moi te regarder un peu.

Wyatt s'était préparé au choc – cela faisait vingt ans qu'il n'avait pas vu son oncle en vrai –, mais Pete n'avait pas changé. Des cheveux gris en bataille, un visage comme un vieux gant de base-ball retrouvé au grenier – « marqué par le temps » était probablement la manière la plus polie de le décrire. À l'âge de cinquante-cinq ans, Pete en faisait soixante-quinze. Aujourd'hui, à l'approche des quatre-vingts, il avait toujours l'air d'en avoir soixante-quinze. Les épaules en arrière, le menton relevé, et son éternel sourire en coin.

Seule sa main le trahit quand Wyatt la lui serra. Elle ne pesait rien – de l'os, des veines et du papier oignon froissé.

— Je suis dans le coin en ce moment. Je me suis dit que j'irais te dire bonjour.

— Eh bien, entre.

Wyatt le suivit à l'intérieur. Ce n'était pas si terrible – à peine l'équivalent d'un siècle de vieux journaux, de magazines et de publicités empilés dans tous les coins. Pete s'installa sur le canapé. Wyatt s'assit à côté de lui. La maison sentait le déodorant Old Spice et les pieds, ce qui donna envie à Wyatt d'ouvrir une fenêtre. Son père mettait le même déodorant. Il n'en voulut pas à Pete.

— Mikey. Merde alors. Je me souviens de toi alors que t'étais qu'une étincelle dans les yeux de ton père.

— Ça me paraît difficile à croire.

Son oncle savait ce qu'il entendait par là – le père de Wyatt n'était pas du genre à s'attendrir. Pete fit son sourire en coin.

— Comment ça va, oncle Pete ?

Il appelait son oncle une fois par an environ pour lui donner des nouvelles. La dernière fois, c'était… à Noël ? Ou peut-être l'année d'avant ? Wyatt ne savait plus très bien.

— Très bien, très bien. Tu aimes les fleurs devant la maison ?

— Ça en jette.

— L'homo qui vit à côté, il m'a filé un coup de main.

Son oncle baissa le ton d'un air conspirateur.

— On n'aurait pas imaginé.

Wyatt baissa également le ton.

— Quoi, qu'il vive à côté ?

Le rire grondant de son oncle remplissait une pièce comme aucun autre.

— Merde alors, dit-il. Mikey !

Pete avait toujours été l'exact opposé, dans tous les domaines, du père de Wyatt. Il était généreux, gentil, drôle et souvent complètement soûl. Il avait arrêté de boire en 1995, d'un coup, après une réunion aux Alcooliques Anonymes, le lendemain du jour où Timothy McVeigh avait fait sauter le Murrah Federal Building dans le centre d'Oklahoma City. La femme de Pete, Beverly, travaillait dans les bureaux de la Sécurité sociale, sur le côté du bâtiment qui avait encaissé la déflagration principale de l'explosion. Ce matin-là, le 19 avril, elle avait eu besoin de se faire dévitaliser une dent en urgence. Elle se trouvait à l'autre bout de la ville quand la bombe avait explosé.

Beverly était morte en 1999. Pete était resté abstinent. Une fois, il avait confié à Wyatt qu'il resterait sobre toute l'éternité pour rembourser les quatre années supplémentaires qu'il avait pu vivre avec sa femme.

— Je me rappelle, tu étais bosseur, dit Pete. Tu étais le bosseur de la famille. Quand tu avais une idée en tête… Bon sang.

— Moi ? fit Wyatt, surpris.

— Le nez dans le guidon. Tu te rappelles ce que papa disait toujours ?

Le regard de Pete se perdit une seconde. C'était comme observer une voiture déraper sur une plaque de verglas et faire un tête-à-queue.

— Non. Je voulais parler de ton père. C'était lui, le bosseur. Toi, tu es Michael. Je le sais.

— Je sais que tu sais, répondit Wyatt.

Son oncle frotta l'accoudoir laminé du canapé.

— J'ai pas encore perdu la boule. Pas complètement. Toi, tu es détective. Détective privé.

— C'est ça.

— À Tampa, en Floride.

— J'y étais, c'est vrai. Mais je suis à Vegas maintenant, depuis quelques années.

— Et avant ça, t'étais dans le Minnesota. Tu travaillais dans un journal. Et encore avant, quelque part à l'est. Dans le Massachusetts.

— Tu fais ton malin, là.

— Je me rappelle qu'on est allés voir les Harlem Globetrotters.

Wyatt devait avoir huit ou neuf ans. C'était un dimanche morne et gris de février. Mais dans l'enceinte, les couleurs et la chaleur explosaient au visage. Les rires rebondissaient dans tout le stade, comme mus par leur propre volonté.

— J'avais juste assez d'argent pour me payer soit un Coca, soit un paquet de cartes des Globetrotters, dit Wyatt. Tu m'as dit d'acheter le Coca. Quand je suis rentré à la maison, peut-être le soir même, j'ai mis la main dans la poche de mon manteau.

Et il y avait trois paquets de cartes à échanger des Harlem Globetrotters que son oncle avait achetés en douce avant de les glisser dans la poche de Wyatt pendant qu'il regardait ailleurs.

— Je me souviens d'une autre fois, dit Pete. Tu m'as appelé de l'école. Non, je crois que c'est l'infirmière qui a appelé. Je suis allé te chercher et on est partis faire un tour en voiture. On a roulé, on discutait tous les deux. Tu avais presque l'âge de conduire. Je t'ai dit que je te donnerais une leçon dès que tu serais…

Il s'arrêta net quand son souvenir se précisa et qu'il se rappela les circonstances de cette balade en voiture.

C'était en septembre, ou au début du mois d'octobre. Wyatt était retourné à l'école après avoir manqué les deux premières semaines de sa première année de lycée, un mois après ce qui était arrivé au cinéma. Retourner à l'école n'avait pas été si terrible. Personne ne le dévisageait, personne ne chuchotait dans son dos. Les portes des casiers claquaient de la même manière, la craie tapotait de la même façon sur le tableau noir, la brise chaude et narcotique traversait les salles de classe l'après-midi et endormait tout le monde. Wyatt était parfois capable d'imaginer, pendant tout un cours, que tout était exactement comme avant.

D'autres fois, il se demandait comment il était censé rester assis sagement en cours de géométrie. Il se disait qu'il devenait dingue. Un jour, convaincu qu'il était incapable de rester dans sa peau une minute de plus, il avait menti à l'infirmière en disant qu'il avait mal au ventre. Que ses parents étaient à Chicago. L'infirmière avait appelé son oncle pour qu'il vienne le chercher. Et Wyatt avait pu affronter le jour suivant.

— On a fait le tour du lac, puis on s'est arrêtés boire un soda chez Coit, dit Wyatt. Chez Coit ? Oui, je crois bien. Ou bien était-ce au A&W de Wilshire ? Je crois que l'A&W n'était déjà plus là. On buvait dans des verres dépolis, je me rappelle.

Son oncle trouva un fil sur l'accoudoir et tira dessus. Il avait fourré un Kleenex froissé dans la manche de son gilet.

— C'était une période difficile pour toi, Mikey. Je sais.

Quand Pete l'avait déposé chez lui, ce jour-là, il s'était tourné vers Wyatt. Il avait probablement bu, mais ses yeux étaient toujours clairs, sa voix toujours égale, quel que soit son degré d'ivresse. Il avait posé la main sur l'épaule de Wyatt et lui avait dit… Que lui avait-il dit exactement ? Wyatt ne se souvenait pas. Il se rappelait le soda et le verre dépoli, la main sur l'épaule.

Une semaine ou peut-être quinze jours plus tard, le père de Wyatt avait décroché un poste d'entraîneur de basket dans un lycée de la banlieue de San Diego. Le proviseur était un de ses vieux potes de la marine. Ils avaient déménagé début novembre.

Le téléphone de Wyatt sonna. C'était Bill Haskell. Il s'excusa auprès de son oncle et sortit prendre l'appel sous le porche.

— C'est un nouveau PA, dit Haskell.

— Un nouveau pas ?

— Non. Un nouveau PA. *P* majuscule. *A* majuscule. Projet d'agglomération. Des mesures de taxes sur les ventes pour financer des chantiers d'amélioration de l'urbanisme. La plus récente, il y a quelques années, a financé la mise à niveau du stade aux critères de la NBA. Il y en a eu une autre pour les établissements scolaires publics, une pour Bricktown. La dernière mesure est passée avec soixante pour cent des voix.

— Vous savez, Bill, j'ai toujours eu un faible pour les longs préambules.

Haskell grogna.

— Un nouveau projet d'agglo se prépare. C'est ce qu'on m'a dit. Pour l'instant, ça reste discret, il n'y a que quelques personnes au courant. J'ai discuté avec mon contact au bureau du maire, et il a refusé de confirmer ou de nier.

— Ce qui veut dire qu'il confirme.

— Oui.

— Quel est le nouveau projet ?

— Un palais des congrès, un parc, un quartier résidentiel avec de petits commerces.

— Laissez-moi deviner.

— Au sud de Reno. Jusqu'à l'est de Keeler Park.

Wyatt ouvrit Google Maps sur son téléphone. Le Land Run était situé à deux pâtés de maisons de Keeler Park.

— Je vous revaudrai ça, Bill.

Wyatt raccrocha. Voilà pourquoi Jeff Eddy avait changé d'avis aussi brutalement. Si l'argent de la ville venait se déverser dans le quartier pour faire fleurir ce désert, le terrain sous le Land Run fleurirait en même temps.

Il doublerait, voire triplerait de valeur – Wyatt n'en savait rien. Et la prodigalité de cette floraison n'était pas ce qui l'intéressait. Il chercha sur Internet les chiffres de la motion de projet d'agglomération la plus récente. Elle avait bien été entérinée avec soixante pour cent des voix.

Il réfléchit une seconde avant d'appeler le bureau de Jeff Eddy.

— Emilia, j'ai l'impression qu'on s'éloigne, dit-il lorsque l'assistante décrocha.

— Monsieur Rivers, répondit-elle d'une manière qui fit penser à Wyatt qu'il y avait environ trente pour cent de chances que cela ne lui déplaise pas totalement d'avoir de ses nouvelles. En quoi puis-je vous aider ?

— J'ai besoin de parler au patron, s'il vous plaît. Dites-lui que c'est important. Dites-lui que j'ai un énorme scoop.

— Hmmm.

Ou c'était peut-être *Hummph.*

Une seconde plus tard, Jeff Eddy était en ligne.

— Qu'est-ce que vous voulez ?

— J'ai un énorme scoop. Vous n'allez pas y croire, mais apparemment, le Land Run vaut plus que ce qu'on pensait. J'ai découvert qu'une mesure fiscale était en cours d'élaboration, en tout début d'élaboration pour être exact. Je cite ma source. Un gros budget d'urbanisme va être débloqué pour le quartier. Incroyable, non ? J'espère que vous êtes bien assis. Je voulais être le premier à vous l'apprendre.

Wyatt entendit Jeff Eddy respirer difficilement dans le combiné.

— Attendez, reprit-il. Ne me dites pas que vous étiez déjà au courant ? Je me sens un peu stupide, tout d'un coup.

Il y eut un clic puis un bourdonnement. Eddy venait de raccrocher.

Quelques secondes plus tard, le téléphone de Wyatt sonna. C'était Eddy. Wyatt se demanda s'il rappelait simplement pour pouvoir lui raccrocher une seconde fois au nez.

— Écoutez, fit Eddy. Je crois qu'on est partis sur de mauvaises bases, tous les deux.

Son ton était désormais amical et chaleureux, comme une bonne tape dans le dos.

— Vous croyez ?

— Revoyons-nous. J'aimerais vous faire part de quelques informations importantes. Avant que… que tout ça se complique plus que nécessaire, vous voyez.

Wyatt voyait parfaitement.

— Autrement dit, avant que je dise à ma cliente que le Land Run vaut bien plus qu'elle ne le pense ?

Est-il possible d'entendre quelqu'un grimacer ? Wyatt découvrit que oui.

— Non, non, dit Eddy. Ce n'est pas du tout ça. Je veux simplement que vous ayez toutes les informations en main quand vous lui en parlerez. C'est légitime, non ?

— Certainement.

— Hé, j'ai une idée. Vous aimez le football ? Si vous veniez avec moi au match des Sooners demain soir ? J'ai des places VIP au niveau de la ligne des quarante yards.

— En général, je préfère m'asseoir dans les gradins.

Jeff Eddy éclata du rire le plus faux de tous les temps – le billet de trois dollars du rire.

— On se fera un petit barbecue avant, on boira quelques bières pour faire un peu connaissance. Qu'est-ce que vous en dites ? Et en attendant, on met toute cette affaire sur pause.

— Bien sûr, répondit Wyatt. Pourquoi pas ?

Après les coups de feu, Wyatt ne se rappelait plus rien. Il était sourd. Il était aveugle. Il n'avait pas ouvert les yeux avant de sentir des doigts appuyer contre sa carotide et d'entendre quelqu'un hurler dans le lointain : « Celui-là est en vie ! »

Au début, la paupière gauche de Wyatt ne voulait pas s'ouvrir. C'était comme une fenêtre qu'on avait bloquée en la repeignant. Bloquée parce qu'elle avait été repeinte avec du sang. Il entendit une voix dire d'encore plus loin : « Oh merde. Oh merde. Oh merde. »

L'homme d'entretien était arrivé à 7 heures pour nettoyer les toilettes. M. Bingham, qui d'habitude lui ouvrait la porte, n'était pas là. L'homme avait dû aller chercher Disco Otis, l'agent de sécurité. Ce dernier, en jetant un coup d'œil par les portes vitrées, avait remarqué les empreintes de pas ensanglantées qui s'éloignaient de l'escalier menant à la cabine de projection. Il avait appelé la police. Les premiers flics étaient arrivés à 7 h 37, ce qui signifiait que Wyatt était resté allongé dans le noir pendant presque six heures.

Wyatt apprit tout cela plus tard. Pour lui, c'était comme si le temps s'était figé dans la cabine de projection. Il avait entendu le dernier coup de feu, et une seconde plus tard, il avait senti les doigts du flic ou du pompier appuyer sur son cou. Wyatt avait tout d'abord pensé que les doigts et la voix appartenaient à un des braqueurs. Il avait attendu un coup de feu. Prié pour qu'il vienne.

Il se souvenait très peu de ce qui s'était passé ensuite. Quelqu'un avait dû couper la corde qui lui ligotait les poignets dans le dos. Quelqu'un avait dû lui faire redescendre l'étroit escalier de la cabine de projection, lui faire traverser le hall, le faire sortir du centre commercial. L'enquêtrice aux chaussures noires à bouts carrés, peut-être ? Wyatt se rappelait ses chaussures mais pas son visage. Il se rappelait sa voix, douce mais pressante, quand ils étaient assis sur le bout de pelouse derrière les salles de projection, tandis que les gyrophares de la police clignotaient tout autour d'eux.

— Il y a autre chose dont tu te souviens, Michael ? Réfléchis bien, mon grand. Tu ne te souviens de rien ?

Wyatt lui avait dit tout ce qui lui revenait. Il le lui avait répété. Puis les deux enquêteurs de la police criminelle avaient pris le relais. Celui dont Wyatt se souvenait, celui qui était apparemment responsable de l'affaire, était un type âgé avec des cicatrices d'acné. Le détective Siddell. Il avait une voix moins douce que celle de l'enquêtrice.

— Regarde-moi, Michael. Regarde-moi dans les yeux. Est-ce que tu nous dis bien la vérité ?

Il n'avait pas compris. Pourquoi l'enquêteur lui posait-il cette question ? Wyatt, à ce moment-là, était complètement largué.

Il avait décrit les braqueurs, du mieux qu'il avait pu, encore et encore. *Un grand nez, je crois. Une moustache. Des cheveux roux. Ou avec des reflets roux. Je crois. La vingtaine. Ou la trentaine. Des cheveux plus foncés. Des sourcils épais. Une tête de squelette. L'autre était plus grand.*

Wyatt n'avait fait qu'entrapercevoir les deux braqueurs sans leur masque. Il était trop effrayé pour les regarder. Quant au troisième, il n'avait pas vu son visage. Tout ce qu'il avait pu observer, allongé à plat ventre dans la cabine de projection, c'était le visage de Theresa près du sien. Leurs épaules se touchaient. Elle avait les yeux fermés.

Ce qu'il se rappelait ensuite, c'était la chambre à l'hôpital. Puis un transfert vers une autre chambre, et son père était là avec deux autres enquêteurs. Peut-être des agents du Bureau d'investigation de l'État d'Oklahoma. Wyatt s'était rendu compte qu'il avait perdu son nœud papillon noir clipsable. M. Bingham déduisait cinq dollars de la paie quand on perdait son nœud papillon.

Il apprit plus tard que la police l'avait tout d'abord considéré comme suspect. Six morts et lui, miraculeusement indemne. La scène de crime dans la cabine de projection ne tenait debout que si Wyatt était complice. Mais l'hypothèse ne tenait pas debout. Il n'était qu'un gosse âgé de quinze ans, sans antécédents criminels. Et il disait la vérité. Il avait raconté tout ce qu'il savait aux policiers. Ils avaient dû le comprendre assez vite.

Mais pourquoi lui ? Il devait y avoir une raison pour que les braqueurs tuent tous les autres et le laissent en vie.

— Tu vois une explication, Michael ? lui avait demandé le détective Siddell de sa façon un peu bourrue. Tu sais pourquoi tu es encore là alors que les autres sont morts ?

Wyatt n'avait pas la réponse à cette question.

Pourquoi ?

Pensait-il qu'un des braqueurs le connaissait ? Pensait-il qu'une des armes s'était enrayée avant que les tueurs puissent achever leur besogne ? Pensait-il que quelque chose – un bruit en bas, qui sait ? – les avait poussés à s'enfuir ? Pensait-il qu'ils avaient perdu le compte de leurs victimes et cru à tort que Wyatt, couvert du sang de ses camarades, était mort ? Qu'est-ce que les tueurs avaient dit avant de sortir de la cabine ?

Wyatt était incapable de répondre. Il ne les avait pas entendus dire quoi que ce soit avant qu'ils sortent de la cabine. Il avait été sourd et aveugle. Il ne s'était même pas rendu compte que les trois hommes étaient partis.

En octobre, une femme avait appelé la police pour se plaindre de la musique trop forte dans l'appartement au-dessous de chez elle. C'était à l'autre bout du pays, à Kingman, dans l'Arizona. Un adjoint du shérif du comté était intervenu. Il avait frappé à la porte de l'appartement et s'était identifié. Un coup de feu avait fait exploser la porte. L'adjoint, avant de succomber à ses blessures, était parvenu à ramper jusqu'à sa voiture pour appeler du renfort.

Par hasard, un policier de l'État d'Arizona se trouvait à moins d'une minute de là. Il atteignit l'immeuble au moment où les trois hommes tentaient de s'enfuir. Une balle fit exploser son coude droit mais, tenant son arme de sa main gauche, il parvint à immobiliser les trois hommes jusqu'à l'arrivée de deux autres adjoints du shérif du comté. Deux des braqueurs trouvèrent la mort dans la fusillade. Le troisième s'était tiré une balle dans la tête, comprenant qu'il était cerné.

Les enquêteurs découvrirent, sous le canapé de l'appartement de Kingman, la clé d'une chambre d'un motel à Oklahoma City. Le directeur du motel confirma que trois hommes avaient occupé la chambre numéro 7 dans son établissement, le Sooner Be Here, sur l'Autoroute 39, du 29 juin au 16 août. Quand les policiers d'Oklahoma City avaient fouillé le terrain vague envahi de mauvaises herbes attenant au motel, ils y avaient découvert un sac pour dépôt bancaire vide, tacheté de sang séché.

Le détective Siddell, celui aux cicatrices d'acné, avait montré à Wyatt des photos d'identité judiciaire des braqueurs morts à Kingman. Tous les trois avaient fait de la prison quand ils étaient jeunes. À plusieurs reprises.

— Ce sont eux ? lui avait demandé Siddell.

Après cette première nuit et ce premier jour, il était devenu son contact judiciaire privilégié. Tout ce que Wyatt disait passait par Siddell. Tout ce que Wyatt apprenait venait de Siddell.

— Oui.

Il avait fixé les photos des visages étalées sur la table. Il s'était efforcé de comprendre.

— Tu les connais ? Est-ce que leurs noms te disent quelque chose ?

Wyatt s'était de nouveau senti sourd et aveugle. Il ne comprenait pas.

— Non.

Siddell ne lui avait pas demandé s'il en était sûr. Il n'en avait pas eu besoin. Il avait glissé les photos dans une enveloppe en papier kraft.

— Je ne comprends pas, avait dit Wyatt.

Pourquoi les autres et pas moi ?

C'était l'unique question qui restait, mais plus personne n'était là pour y répondre.

— Qui peut comprendre une chose pareille ? avait répondu Siddell.

La balistique avait rapproché deux des armes de Kingman de celles ayant servi dans la cabine de projection. L'affaire était close. Justice avait été rendue.

Pourquoi les autres et pas moi ?

Wyatt était assis au bar du Marriott, devant son ordinateur portable. Quand le barman revint vers lui, Wyatt commanda une assiette de pâtes. Il regarda son verre de scotch vide et marqua un temps d'arrêt, l'air manifestement horrifié.

Le jeune barman éclata de rire. Il le resservit en essayant de jeter un coup d'œil à l'écran de Wyatt, qui tourna obligeamment son ordinateur vers lui.

— Je viens de créer un faux profil Facebook, expliqua-t-il. Ce qu'il faut faire, c'est devenir ami des amis de votre cible en premier avant d'envoyer une invitation à votre cible. De cette manière, la personne acceptera sans y réfléchir à deux fois. Mais vais-je tirer quoi que ce soit d'utile de la page Facebook de Jeff Eddy ? Je n'en sais rien, Andrew. Probablement pas. Il y a une part d'improvisation dans tout ça. Comme quand on joue du jazz.

Le barman eut un sourire hésitant.

— Je suis détective privé, dit Wyatt.

— Sans dec ?

— Sans dec.

Le barman souhaitait visiblement poursuivre la conversation, mais des hommes d'affaires lui faisaient signe.

— Excusez-moi, dit-il avant de s'éloigner.

Il avait l'air sincèrement désolé de partir. Ou peut-être que Wyatt avait juste envie de le croire. Peut-être qu'il ne voulait pas se retrouver seul, pas avant que ses pâtes aient été servies et qu'il puisse se concentrer sur sa nourriture.

En retournant à l'hôtel, Wyatt emprunta May Avenue au lieu de prendre l'autoroute, afin de pouvoir de nouveau passer devant le Pheasant Run. Ou plutôt devant le grand magasin qui l'avait remplacé. L'intérieur de la galerie commerciale avait été conçu à l'époque pour donner l'impression de déambuler à Paris ou à La Nouvelle-Orléans, avec des pavés et des lampadaires, des rambardes en fer forgé le long du premier étage. Juste en face du cinéma, il y avait une fontaine en briques qui n'avait jamais fonctionné.

Parfois, pendant ses pauses, Theresa s'asseyait sur le rebord de la fontaine, la tête appuyée contre le lampadaire à côté, et fumait une cigarette. Wyatt, au guichet, lui faisait des grimaces à travers la vitrine. La caméra du hall raccordée à l'écran de surveillance du bureau de M. Bingham ne montrait que son dos. Si Wyatt faisait suffisamment de grimaces à Theresa, il avait droit à un doigt d'honneur et un demi-sourire.

Wyatt pensa à son oncle. La mémoire était-elle une rivière qui ralentissait avec le temps pour se réduire à un filet d'eau ? Ou bien une maison avec beaucoup de pièces qui disparaissaient peu à peu pour finalement se résumer à une seule pièce dont on était prisonnier ?

Était-ce là le pire qui nous attendait ? Cela dépendait certainement de la pièce où on finissait.

Au début, Theresa l'avait complètement ignoré. O'Malley lui conseillait de ne pas le prendre personnellement. Elle s'intéressait peu aux potins entre les ouvreurs. Tous deux étaient restés en couple pendant presque un an, avec quelques séparations. Ou, comme O'Malley le présentait, avec des périodes ascendantes et descendantes. Wyatt se rappelait la façon dont Theresa posait ses doigts sur l'épaule d'O'Malley quand elle tendait la main vers lui pour prendre de la glace ou un seau de pop-corn. Wyatt se rappelait la première fois qu'elle avait eu le même geste envers lui.

Pourquoi tuer Theresa et pas lui ? Pourquoi O'Malley ? Pourquoi Melody, Karlene, Grubb, M. Bingham, et pas lui ? Pourquoi avaient-ils laissé un témoin – un *témoin oculaire* – en vie ?

Cela n'avait aucun sens.

Le barman revint avec son assiette de pâtes. Wyatt poussa devant lui son verre vide.

— S'il te plaît, Andrew, que cela ne se reproduise plus.

Le lendemain matin, Wyatt fut réveillé par la sonnerie de son téléphone. Il vérifia l'heure – il était plus tard qu'il ne le pensait, presque 8 heures – et le nom du correspondant. Candace, bien sûr. Qui appelait pour une « mise à jour ».

— J'allais vous appeler, dit-il avant qu'elle puisse en placer une. Je consacre ma vie à votre cause.

— La ferme, la ferme, la ferme ! répliqua-t-elle, la voix tremblante de colère. La ! Ferme !

— Que se passe-t-il ?

— D'après vous ? Où êtes-vous ? Rappliquez !

Julianna

CHAPITRE 10

Julianna passa l'après-midi au Starbucks de Nichols Hills. Vers 14 heures, Ben appela pour savoir comment elle allait. Elle s'y attendait. Qu'est-ce qu'il croyait ? Qu'il allait la coincer avec des bruits de fête suspects en fond sonore ?

— Ta diarrhée ?

— C'est toujours une diarrhée, Ben.

— Les électrolytes sont tes amis.

— Les meilleurs en ce moment.

— Bon. Eh bien, prends soin de toi.

Prends soin de toi. Julianna détestait cette expression, comme si c'était un ordre. Tu sais où tu peux te le mettre ? Et si je n'ai pas envie de prendre soin de moi ?

— Oui, répondit-elle. Merci beaucoup de prendre de mes nouvelles, Ben.

Elle raccrocha et se reconnecta à Facebook. Toujours pas de réponse à son message, envoyé huit jours plus tôt. Elle tenta d'imaginer les raisons pour lesquelles la personne qui avait posté les photos de la foire ne réagissait pas. Son message était volontairement anodin et léger. Elle voulait éviter que la femme, une certaine Mary Hilger Hall, pense qu'elle était cinglée.

Salut ! Vos photos de la foire en 1986 sont vraiment chouettes. Sacrés souvenirs ! Vous en avez d'autres ? Tenez-moi au courant, merci !

Mary Hilger Hall ne consultait peut-être que rarement ses messages sur Facebook. Elle était peut-être en vacances. Ou en train de lui scanner d'autres photos.

Julianna cliqua sur son profil pour voir si elle avait été active ces derniers jours. Mais elle avait choisi « Amis seulement » comme paramètres de confidentialité de son compte. Était-il avisé de la demander en amie ? Pourquoi pas ? Qu'avait-elle à perdre ? Elle lui envoya sa demande d'un clic.

Elle se déconnecta de Facebook et ouvrit le fichier de la photo que Mary Hilger Hall avait postée.

On mange à la foire ! 20 septembre 1986.

Julianna zooma sur le type au chapeau de cow-boy. Les pixels gonflèrent et éclatèrent. On ne voyait que l'esquisse d'un nez sous le bord de son chapeau couleur caramel. L'homme détournait légèrement la tête. Comme s'il parlait à quelqu'un près de lui, quelqu'un se tenant juste en dehors du cadre de la photo.

Julianna se souvenait qu'il y avait eu un autre homme au stand en même temps qu'elles. Il portait un chapeau de cow-boy. Marron. Ou noir. Plus tard, Genevieve avait fait un commentaire moqueur sur lui pendant qu'elles se promenaient au milieu des attractions.

Le café de Julianna était froid. Elle alla au comptoir pour qu'on lui remplisse son gobelet sans se rendre compte qu'elle avait coupé la file d'attente, perdue dans son brouillard. Elle s'excusa auprès de la femme qui attendait d'être servie. Une blonde fade à l'air abattu avec un diamant spectaculaire sur son alliance. Nichols Hills était le quartier le plus riche d'Oklahoma City.

La femme sourit, ce qui lui donna un air encore plus abattu.

— Pas de souci, dit-elle.

Encore une expression que Julianna détestait.

Elle alla se rasseoir et ouvrit un fichier Word où elle avait récapitulé la chronologie de la soirée. Abigail Goad avait formellement identifié Genevieve à 21 heures dans l'allée des restaurants. Personne ne l'avait jamais revue depuis.

Il fallait que Julianna sache à quel moment précis la photo de Mary Hilger Hall avait été prise. Et si elle en avait une autre montrant l'homme au chapeau de cow-boy en train de discuter avec une très belle fille aux yeux marron portant un T-shirt BORN IN THE USA.

Le 20 septembre 1986, le soleil s'était couché à 19 h 30. Il avait dû faire complètement nuit à 20 heures. La foire fermait ses portes à 23 heures. L'allée des restaurants se vidait bien avant.

Elle en revenait toujours à Crowley. À 20 h 50, il avait été arrêté au 7-Eleven, tout près du champ de foire. Une heure plus tôt, vers 19 h 45, Genevieve donnait un billet de dix dollars à Julianna en lui assurant qu'elle revenait tout de suite.

Il fallait à peine dix minutes pour se rendre à pied du parking sud du champ de foire, où les forains garaient leurs camions et leurs caravanes, au 7-Eleven de May Avenue. Le magasin n'existait plus aujourd'hui, mais Julianna avait fait le trajet à l'époque. Elle l'avait chronométré. Cela laissait presque une heure dans l'emploi du temps de Crowley. Une heure qu'il aurait pu passer dans sa caravane avec Genevieve.

Il n'y avait aucun doute sur le fait qu'elle était partie le rejoindre. Lacey l'avait vue. Le vendeur de corn-dogs l'avait vue. Et Julianna, à ce moment-là, avait su exactement où Genevieve se rendait et pour quelle raison. Évidemment qu'elle avait su que sa sœur allait se défoncer avec ce type.

S'il avait menti à la police, il devait être au courant de quelque chose. Il connaissait peut-être le nom du type au chapeau.

Julianna entendait la voix de DeMars. *Juli. Tu cherches trop, tu essaies de faire coïncider des pièces qui ne vont pas ensemble.*

Et elle entendait celle de Genevieve. Exactement comme si sa sœur était juste derrière elle à regarder l'ordinateur par-dessus son épaule en faisant cette tête qu'elle faisait souvent, cette tête capable de pétrifier des garçons alors qu'ils essayaient de la draguer sans faire preuve, selon elle, de suffisamment de créativité.

Espèce d'abrutie ! Je ne suis plus là ! Je suis morte ! T'as rien de mieux à faire de ta vie ?

Apparemment non, pensa Julianna.

Ne sois pas furax contre moi, Juli.

Pourquoi je serais furax contre toi, Genni ? À part pour… pour tout, en fait ?

Elle referma son ordinateur portable. Dehors, le soir tombait. Elle consulta sa montre. Où filait le temps ?

Elle avait fait semblant de ne pas comprendre, mais cela faisait longtemps qu'elle était au courant pour la coke. Il y avait des jours et des nuits où Genevieve rentrait tellement euphorique que Julianna ne la reconnaissait pas.

Une fois, elle avait mis une cassette de Sheila E. et poussé le volume à fond.

— Viens, on danse !

Elle s'était mise à tirer sur les poignets de Julianna pour la faire grimper sur son lit. Julianna s'était dégagée et avait coupé la musique pour éviter que leur mère descende au sous-sol et découvre sa sœur dans cet état. Il était plus de minuit.

Genevieve avait dansé et bondi sans musique avant de se laisser tomber sur le dos en explosant de rire. Elle avait tendu un bras, une main vers Julianna, agitant les doigts, cherchant sa sœur dans le vide qui les séparait.

— Je t'aime. Je t'aime, je t'aime, je t'aime.

Julianna était montée dans sa chambre et avait fermé la porte derrière elle.

Quand sa sœur était défoncée, la Genevieve que connaissait Julianna – méchante, rigolote, curieuse, généreuse, têtue, égoïste et férocement loyale – disparaissait. La cocaïne était le pire des tours de magie.

Julianna avait compris depuis longtemps que Genevieve lui préférait la drogue. Elle n'avait juste pas mesuré à quel point. Jusqu'à cette soirée, quand Genevieve l'avait abandonnée pour aller se shooter. Sans y réfléchir à deux fois, sans un regard en arrière.

La foire pouvait être un endroit dangereux. Tout le monde le savait. Comment avait-elle pu la laisser seule, au moment où le ciel passait de l'orange sanguine au noir ?

Julianna avait choisi une barbe à papa rose, pas bleue, parce qu'elle était assortie avec sa nouvelle Panthère Rose. Sa grande sœur s'en serait rendu compte et aurait sonné l'hallali. Elle se serait payé sa tête à n'en plus finir. Elle lui aurait piqué une grosse poignée de barbe à papa et lui aurait dit qu'elle le paierait cher si elle mettait ses mains poisseuses sur les sièges de sa Cutlass en rentrant à la maison.

Mais elle l'avait abandonnée et était partie retrouver le forain. Parce qu'elle le trouvait sexy, parce qu'elle pensait qu'il aurait de la cocaïne.

Ne te mets pas en colère, Juli. Ne reste pas en colère.

Son téléphone sonna. C'était DeMars. Elle laissa l'appel basculer sur la boîte vocale, fourra son portable dans son sac et sortit ses clés de voiture.

La maison de Crowley était plongée dans l'obscurité. Garée au bout de la rue, Julianna ne savait pas si les lumières étaient éteintes ou filtrées par les draps sur les fenêtres. Elle envisagea de se rapprocher discrètement de la maison. Si elle voulait agir, il fallait qu'elle soit prudente. Mais agir pour faire quoi, au juste ?

Avant qu'elle puisse se décider, la porte de la maison s'ouvrit, à peine un clignotement de lumière bleutée quand Crowley sortit sous le porche.

Il se dirigea lourdement vers le pick-up dans l'allée – chaque pas lui coûtant un effort, comme un homme grimpant une colline. Mais aussi comme quelqu'un écrasant tout sur son passage.

Il se hissa dans la cabine de sa vieille Ford, un vrai tas de boue. L'apprêt sur la portière côté conducteur était à nu. Le hayon arrière manquait carrément. Le camion tressaillit quand Crowley démarra. Julianna perçut d'où elle était le cliquetis de mort mécanique imminente.

Le pick-up passa dans un rugissement et elle plongea sous le tableau de bord. Au bout de quelques secondes, elle se redressa, démarra et exécuta un demi-tour serré au milieu de la rue. Elle réussit à repérer le rougeoiement des feux arrière juste avant qu'ils disparaissent. À gauche sur Robinson Street.

Julianna le suivit en restant le plus loin possible en arrière. Crowley conduisait vite, changeait constamment de file, traversait les carrefours en trombe quand le feu orange passait au rouge. Elle se retrouva coincée à un feu tricolore, mais Crowley continua tout droit, et elle put le rattraper.

Ils dépassèrent des immeubles délabrés, des *taquerías*, des magasins de spiritueux et des boutiques de prêteurs sur gages. Crowley s'engagea dans Reno. Au bout de quelques kilomètres, il s'arrêta devant un bar, une grande grange en bois, avec un certain nombre de voitures et de motos sur le parking. The Double R Ranch. Julianna fit deux fois le tour du bloc pour lui laisser le temps de se garer.

Elle avait envie de rentrer et de s'installer, invisible, dans un recoin sombre, afin de l'observer. De voir ce qu'il commandait, comment il le commandait. S'asseyait-il au bar ou à une table ? S'il était au comptoir, il verrait l'entrée par le biais du miroir en face de lui. Il la repérerait à la seconde où elle franchirait la porte.

Ce qui n'était peut-être pas plus mal. Se glisser sur le tabouret près de lui, dire encore une fois : *Je veux juste vous parler.* Lui dire : *Je vais vous parler même si cela me coûte la vie.*

Julianna entendit la voix de DeMars. Elle n'en tint pas compte.

Un nouveau groupe arriva, trois motards barbus et une femme boudinée dans une minijupe en cuir. Elle se glissa derrière eux et entra dans le bar.

L'intérieur était sombre, bondé, et la fumée qui planait dans l'air s'élevait laborieusement jusqu'à la charpente en bois. La musique pulsait. Led Zeppelin, peut-être. Julianna chercha Crowley du regard. Assis au bout du comptoir, il ne regardait pas le miroir derrière le bar mais le verre à shot posé devant lui. Il le tourna, le leva, renversa la tête, laissa l'alcool couler dans sa gorge. Les gestes tranquilles d'un buveur invétéré. Il fit claquer son verre vide sur le comptoir. Le barman apporta la bouteille et lui versa un autre shot.

Il y avait quelques tables libres, mais Julianna aurait été trop visible toute seule. Elle aperçut deux femmes vers le fond de la salle. La quarantaine, ou peut-être la trentaine bien tapée. Leurs visages marqués, affaissés, comme si elles avaient enchaîné les Marlboro toute leur vie.

La rousse leva la tête. Julianna portait un jean et un pull à col en V. Elle détonnait un peu dans un endroit pareil. Juste un peu.

— Je peux m'asseoir avec vous ? C'est ma tournée, dit-elle.

La rousse désigna la chaise vide d'un geste de la main. L'autre femme, ivre, se contenta de la fixer d'un regard vitreux. Julianna interpella la serveuse.

— La même chose. Et pour moi, une bière.

— Laquelle ?

— Peu importe.

La serveuse s'éloigna.

— T'as pas une clope ? demanda la femme au regard vitreux.

— Non, répondit Julianna.

Elle regarda Crowley se verser un autre verre. Il était trop loin, il y avait trop de tables, de monde et de fumée entre elle et lui pour qu'elle puisse voir son reflet dans le miroir. Elle ne distinguait ni le tatouage de serpent à moitié effacé sur son avant-bras ni le diamant à son oreille.

Le tabouret à côté de lui était vide. Il se pencha maladroitement pour s'adresser à la femme assise à la place d'après.

La serveuse revint avec les boissons. Julianna lui donna un billet de vingt en lui demandant d'apporter une autre tournée quand celle-là serait finie.

La femme ivre leva son verre. On aurait dit un mojito.

— Waouh, fit-elle.

Julianna but une gorgée de bière. De la Bud Light ? Ça avait le goût de jus de serpillière sale.

La rousse avait un petit sourire satisfait.

— C'est ton petit copain ou ton mari ? demanda-t-elle.

— Mon petit copain, répondit Julianna. S'il retrouve encore une fois cette pute ici, je les bute tous les deux.

Nouveau petit sourire satisfait.

— C'est lequel ?

— C'est pas tes oignons.

— T'as pas une clope ? demanda encore une fois la copine soûle.

La rousse ramassa son sac à main par terre. Cuir turquoise, strass. Elle l'ouvrit pour montrer son contenu à Julianna : un petit pistolet noir dans un holster assorti au sac à main.

— Mais bon, moi, je me servirais d'un couteau, dit-elle. Un bon vieux couteau de boucher.

Elle reposa le sac sur le sol et éclata de rire. Un rire de papier de verre et de verre pilé.

La femme s'était déplacée à côté de Crowley. Ses cheveux châtains étaient tressés en une natte épaisse qui lui tombait presque jusqu'à la taille. Elle portait une veste en jean et visiblement rien en dessous.

Elle se penchait désormais tout contre lui pour entendre ce qu'il disait. Sa natte remuait chaque fois qu'elle tournait la tête, qu'elle la secouait ou l'agitait au rythme de la musique. Crowley regardait la femme comme il avait regardé son verre se remplir. Julianna fut parcourue d'un frisson.

— C'est lui, là, près de la porte, dit-elle à la rousse en choisissant une table au hasard.

— Hmmm, fit la rousse. Celui avec un air de fouine ? Ou le… Non. Une fille comme toi, je parie que t'aimes bien les gros balèzes, du genre baraqué et pas causant.

— C'est lui.

— Il est mignon. Et il est bien membré ?

— Pourquoi ? demanda Julianna. Tu es la dernière salope d'Oklahoma City à ne pas l'avoir encore sucé ?

La rousse éclata de rire.

Un biker avec une énorme moustache façon morse s'était rapproché. Assis à une autre table, ses copains l'observaient.

— On vous paye un coup à boire, les filles ?

Sa moustache bougeait sans qu'on voie sa bouche en dessous. C'était comme regarder parler une marionnette en chaussette.

— Tu vois pas qu'on a une discussion hyper-intense, là ? demanda la rousse.

— Moi aussi, je peux être hyper-intense, glousse le Morse.

— J'en doute pas une seconde. Maintenant, casse-toi. Si on a besoin de toi, on te sonnera.

Il hésita puis retourna à sa table. La rousse pouvait espérer mieux que lui ce soir. Malgré son air dur, elle était plus attirante que ce que Julianna avait pensé au premier regard. La rousse était probablement d'accord avec ce diagnostic, mais elle n'en était pas encore tout à fait sûre.

— J'ai besoin d'une *putain* de clope, bafouilla l'autre femme.

— Bordel, dit la rousse.

Elle sortit de son sac une unique cigarette cassée, la tendit à sa copine et la lui alluma avec un Bic turquoise. La flamme vacilla. Le bout de la cigarette vacilla.

— Bouge pas, Carla May.

Crowley paya sa note en espèces sans quitter des yeux la femme sur le tabouret à côté de lui.

Où avait-il été ces vingt dernières années, après être sorti de prison ? Qu'avait-il fait ? Est-ce que c'était important ? Julianna voulait surtout savoir où il était passé pendant cinquante-cinq minutes, ce soir de septembre 1986.

— Ce type au bout du comptoir, demanda-t-elle à la rousse. Avec les cheveux longs et le bouc. Tu l'as déjà vu ici ?

— Non. Jamais, répondit la rousse en plissant les yeux.

— Mister Zyeux Bleus, dit la copine bourrée.

Julianna et la rousse la regardèrent.

— Carla May. Cet homme t'aurait fait du rentre-dedans et j'aurais rien su des détails juteux ?

— Il voulait me faire du rentre-dedans, ouais. Il m'a payé un verre l'autre jour, mais c'est tout.

— Il a dit quelque chose ? demanda Julianna.

— Comme quoi ? demanda la femme en fronçant les sourcils.

— N'importe quoi.

— Je me rappelle pas.

Elle fixa la cigarette entre ses doigts, la cendre qui s'allongeait.

— Mister Zyeux Bleus. Je suis allée faire pipi, je suis revenue, et je sais pas où il est passé.

Crowley se leva. Il tendit la main, comme un gentleman, pour aider la femme à descendre du tabouret. Il la suivit jusqu'à la porte, tout près et la dominant de sa taille. Julianna frissonna à nouveau.

En se dépêchant, elle pourrait les devancer. Crowley accepterait peut-être de lui parler cinq minutes, juste pour se débarrasser d'elle. Et il n'apprécierait sûrement pas qu'elle dise à sa copine à la tresse qu'il était un ancien détenu, qu'il avait été le suspect principal dans l'enlèvement et le meurtre d'une adolescente. Mais cela le dérangerait-il vraiment ? Et la fille ? On n'était pas au Starbucks de Nichols Hills.

Juste avant de partir, il s'arrêta pour jeter un regard derrière lui, parcourant rapidement des yeux la grande salle. Une seconde, Julianna fut certaine qu'il l'avait vue. Mais ses yeux passèrent sur elle sans ralentir ni hésiter.

Il posa les mains sur les épaules de la femme et la dirigea vers la sortie.

La serveuse apporta deux mojitos. Les deux types à la table la plus proche se préparaient à faire une approche. Julianna les voyait venir. La rousse aussi.

— Profitez bien de votre soirée, dit Julianna en se levant.

La rousse secoua la tête et éclata de rire.

— Je me demande bien ce que tu manigances.

— Si seulement je savais, répondit Julianna.

La copine bourrée leva son mojito tout frais.

— Waouh.

Julianna

CHAPITRE 11

Julianna suivit Crowley jusque chez lui. Elle se gara à une rue de sa maison, mais plus près cette fois. Il y avait beaucoup d'autres véhicules stationnés des deux côtés de la rue, et le lampadaire ne fonctionnait pas. Crowley ne la remarquerait pas s'il regardait dans sa direction.

Il ne regardait pas. Il mit sa clé dans la serrure mais se retourna ensuite brusquement et poussa la femme contre le montant de la porte. Refermant son poing sur sa natte, il tira dessus comme sur une sonnette. La femme renversa la tête en arrière. Julianna aperçut sa gorge blanche, son sourire blanc.

Elle les observa s'embrasser : lui tirant sur la tresse, elle clouée contre le montant de la porte, son corps poussant et remuant contre celui de Crowley. Il était beaucoup plus grand qu'elle, plus grand et plus lourd. Julianna la vit résister, puis fléchir, et comprit alors que l'autre main de Crowley se trouvait entre les jambes de la femme. Elle avait perdu un de ses escarpins et lui caressait le mollet de son pied nu.

Au bout d'une minute ou deux, ils rentrèrent. La porte claqua derrière eux.

Julianna les imagina trébucher vers le lit, ou vers le canapé, tout en se pelotant. Les boutons-pressions nacrés de la veste en jean de la femme qui sautaient, les mains de Crowley sur ses seins, sa bouche, son poids sur elle.

Julianna se souvint de ce jour, presque au tout début de l'enquête, où les deux détectives déjeunaient debout dans l'allée. Le plus vieux partageait ses frites avec elle – des frites ondulées de chez Braum dans un sachet blanc. Il demandait à Julianna si elle aimait l'école, quels étaient ses cours préférés, quand un flic en uniforme les avait interrompus pour signaler que Schmidt et les autres étaient au boulot – *Schmidt et tous les autres* – et cherchaient des traces de sang et de sperme dans la Cutlass.

Les enquêteurs s'étaient raidis. Le jeune détective à l'air sinistre avait attrapé le flic par le bras et l'avait entraîné à l'écart. Le vieux avait aussitôt demandé à Julianna ce qu'elle choisirait entre les frites et les Tater Tots[1], si elle ne devait en manger qu'une seule sorte pour le reste de sa vie.

« Réfléchis bien. Il n'y a que les imbéciles qui se précipitent. »

Penser qu'il puisse y avoir du sang dans la voiture de Genevieve ne l'avait pas fait flipper. Enfin, si, évidemment, mais elle avait déjà vu du sang. Elle savait ce que c'était. À neuf ans, elle s'était coupé le doigt en ouvrant une boîte de conserve de crème au chocolat. Une autre fois, en maternelle, elle avait vu un petit garçon tomber du haut d'un toboggan. Ses dents étaient rouges quand il avait ouvert la bouche pour pleurer.

Le sang faisait partie de la vie. Mais le sperme. *Le sperme.* Julianna, à douze ans, était toujours le bébé de la famille, protégée par sa mère et, oui, également par Genevieve. Elle n'avait qu'une vague idée de ce qu'était le sperme. Elle savait juste que c'était dégoûtant

1. Tater Tots : pommes de terre râpées et frites.

et sale, que ça fichait la trouille et que ça arrivait pendant le sexe, qui était dégoûtant et sale et qui fichait la trouille.

Du sang *et* du sperme. Cette combinaison avait donné naissance à un sentiment d'horreur qui n'avait fait que croître. Julianna avait fait des cauchemars pendant des semaines, des mois. Certaines nuits, elle se réveillait en regrettant de ne pas être morte.

Cela faisait quarante minutes que Crowley et la femme étaient à l'intérieur. Est-ce qu'ils étaient encore en train de baiser ? Julianna se demanda ce qui se passerait si elle frappait maintenant à la porte de la maison. Il serait énervé, debout, la bite à l'air, mais il se pourrait qu'il soit aussi… *rincé*. Avec de la chance, elle le coincerait au cours de ce bref moment où un homme ne peut que se rendre.

Je veux juste vous parler.

Elle décida d'attendre cinq minutes avant de rentrer chez elle. Une fois les cinq minutes passées, elle se dit qu'elle attendrait cinq minutes de plus. Au bout d'une heure, la porte s'ouvrit. La femme ramassa son escarpin et l'enfila. Elle dut se dépêcher pour rattraper Crowley et grimper dans la Ford à sa suite. Julianna vit, à la lueur des phares, que sa tresse était ébouriffée.

Crowley déposa la femme devant sa voiture, sur le parking du Double R Ranch. L'endroit était encore presque plein. Julianna pensa qu'il allait se garer et retourner boire un verre. Mais il redémarra sur Reno puis prit l'I-44. Il s'éloignait de son domicile. Julianna le suivit. Au point où elle en était…

Au bout d'un moment, le pick-up quitta l'I-44 et rejoignit Lake Hefner Parkway pour se diriger vers le nord. Les beaux quartiers. Nichols Hills se trouvait juste à l'est, Quail Creek plus au nord. Julianna habitait entre les deux, dans le Village, pas aussi chic que ses voisins mais assez sympathique et bien situé. Une partie était plus jolie que l'autre : la maison de Julianna se trouvait à la limite. Elle ressentit un instant une angoisse irrationnelle quand Crowley prit la sortie de Britton Road – sa sortie à elle. Mais il tourna à gauche plutôt qu'à droite, et se dirigea vers le lac.

Pourquoi le lac ? Il était presque minuit et, une fois qu'ils eurent passé les restaurants d'East Wharf, il n'y eut plus que quelques voitures sur la route plongée dans l'obscurité. Elle resta très en retrait, perdant de temps en temps de vue les phares du pick-up puis les retrouvant quand les bois s'éclaircissaient. Le paysage autour du lac – davantage un plan d'eau – était morne quand Julianna était enfant. Mais ces dernières années, la ville avait investi dans des aménagements. Il y avait un hangar à bateaux, des sentiers de promenade et de jogging, beaucoup d'arbres. À la bonne saison, à la bonne heure – au coucher du soleil, quand l'eau reflétait un ciel encore plus profond, encore plus flamboyant –, l'endroit pouvait être superbe. Mais les arbres, pour le moment, emmerdaient bien Julianna.

Crowley tourna à droite à l'embranchement pour longer la rive sud. Puis Julianna perdit définitivement ses phares. Elle pila au milieu de la route et regarda derrière elle. Aucune voiture ne la suivait. Où se rendait-il à cette heure ? Le seul endroit où il aurait pu tourner, c'était au Stars and Stripes Park. Mais le parc était fermé après la tombée de la nuit.

La route était trop étroite pour faire demi-tour et il n'y avait pas vraiment de bas-côté pour négocier la manœuvre. Julianna dut remonter prudemment une côte bordée de broussailles épaisses. Elle avança le nez de la voiture dans les buissons en testant le terrain, puis passa la marche arrière quand elle eut dégagé assez d'espace.

Des phares s'allumèrent d'un coup juste derrière elle. Le pick-up vint se coller tout contre le pare-chocs arrière de sa voiture pour la coincer.

Julianna eut l'impression que son cœur allait exploser. Lentement, elle ouvrit la portière et sortit. Des nuées d'insectes grouillaient dans les phares de la Ford. Elle dut se couvrir les yeux de la main, éblouie.

— Coupez vos phares, s'il vous plaît, cria-t-elle.

Au bout de quelques secondes, ils s'éteignirent. La nuit redevint noire. Il n'y avait pas de lampadaires, la maison la plus proche se trouvait à trois cents mètres au moins. La seule lumière provenait de la lune – à moitié pleine à moitié creuse, Julianna n'aurait su dire. Crowley avait choisi l'endroit idéal. La route du lac était tellement calme de ce côté-là – rien que le bruit des criquets et le vent – qu'elle entendit le sifflement d'un train traversant Britton, à des kilomètres à l'est.

Il descendit de son pick-up et s'approcha lourdement, un rocher roulant vers elle. Julianna avait été spectatrice toute la soirée – elle faisait désormais partie de la pièce. Elle s'obligea à ne pas reculer. Crowley s'arrêta à quelques mètres d'elle et croisa les bras sur son torse.

— Depuis combien de temps tu me suis ? demanda-t-il. Depuis le bar ?

Il se déplaça sur la gauche. Elle pivota pour rester face à lui.

— Je t'ai dit de me laisser tranquille, reprit-il.

— Je veux juste qu'on parle.

— On a déjà parlé.

— Oui, en effet.

Il fit un pas en avant.

— Qu'est-ce que tu caches dans ton dos ? demanda-t-il avec un petit sourire. Une bombe lacrymo ?

Elle tenait son téléphone portable. Elle avait déjà composé le 911. Tout ce qui lui restait à faire, si nécessaire, c'était d'appuyer sur la touche ENVOI.

— Oui, dit-elle.

— Conneries.

Un autre pas sur sa gauche, un autre pas vers elle. Il empestait la fumée froide et la bière. Et autre chose, une odeur tenace mais légère et musquée. Ou c'était peut-être simplement son imagination, puisqu'elle savait ce qu'il faisait une demi-heure plus tôt.

Il aperçut le téléphone.

— On ne peut pas te retrouver avec un portable, dit-il. Tu dois leur dire où tu es. C'est ça que tu vas faire ? « Vite, s'il vous plaît, je suis quelque part près du lac. »

Il était si proche maintenant que Julianna sentait la chaleur qui émanait de lui. Elle comprit, trop tard, qu'il la faisait tourner à dessein afin de pouvoir la coincer contre sa propre voiture. Elle n'avait nulle part où aller.

— Je n'ai pas peur de vous, dit-elle.

— Je t'ai pas demandé si tu avais peur.

— Je veux juste discuter.

— Écoute-moi, dit-il. Écoute-moi bien. Je ne sais pas ce qui est arrivé à ta sœur. J'étais en cellule ce soir-là. Comment je saurais ce qui s'est passé ?

— Je parle de votre emploi du temps avant votre arrestation.

— C'était il y a presque trente ans. J'ai tout raconté à la police.

— Tout ?

Il leva une main et elle tressaillit. Crowley sourit, rapprocha son index des lèvres de Julianna, aussi près que possible, sans les toucher.

— Chut, dit-il.

Julianna vit les phares avant lui. La voiture apparut dans le dos de Crowley puis ralentit avant de s'arrêter. La vitre côté passager s'abaissa et le conducteur, un homme portant des lunettes, se pencha.

— Tout va bien ? demanda-t-il.

— Impec, répondit Crowley.

Le conducteur fixait Julianna en attendant sa réponse.

— Tout va bien, répondit-elle. Merci.

La vitre remonta, la voiture s'éloigna. Crowley recula d'un pas. Prenant conscience, peut-être, qu'il n'avait après tout pas choisi le meilleur endroit.

— Je vous paie un verre, dit Julianna. Cinq minutes. Vous me dites tout ce dont vous vous souvenez. N'importe quoi.

— Fous-moi la paix, répondit Crowley en retournant vers son pick-up. Compris ?

— Je ne vous lâcherai pas, dit Julianna en secouant la tête.

— T'es cinglée.

— Je sais. S'il vous plaît.

Il s'apprêtait à grimper dans la cabine de son camion. Au lieu de cela, il tendit la main dans l'habitacle et ralluma les phares. Julianna ferma les yeux.

— Je peux me payer un verre tout seul.

— Alors qu'est-ce que vous voulez ?

— Tu sais cuisiner ?

— Cuisiner ?

— De la dinde, de la farce. De la farce au pain de maïs. De la purée de pommes de terre et de la sauce. Je sais que c'est pas encore Thanksgiving.

— Vous voulez que je vous fasse à manger ?

— C'est comme ça qu'on conquiert un homme. Je me rappelle même plus la dernière fois que j'ai mangé un repas fait maison.

Julianna s'efforça de déchiffrer son expression. Une lueur de pitié ? De la résignation et de la lassitude ? Ou bien avait-elle encore une fois été manipulée sans s'en rendre compte, positionnée précisément là où il voulait qu'elle soit ? Il était impossible à déchiffrer, c'en était risible. Julianna s'en voulut pour toutes ces personnes qui avaient essayé de lire en elle au fil des années.

— Demain soir, dit Crowley. Donne-moi ton adresse.

Julianna savait qu'une soirée de mauvaises décisions avait conduit au précipice de cette dernière et monumentale connerie. Elle n'entendait plus la voix de DeMars dans sa tête. Cette voix avait renoncé depuis longtemps.

— Et je voudrais une tarte, ajouta-t-il.

Il l'observait pour voir de quel côté elle allait partir, savourant ce moment.

— Une tarte à n'importe quoi, pourvu qu'elle soit sucrée.

Wyatt

CHAPITRE 12

Candace avait expliqué à Wyatt au téléphone que quelqu'un était entré par effraction dans le Land Run pendant la nuit et avait tout retourné. Wyatt comprit en arrivant que c'était littéralement ce qu'elle avait voulu dire.

Tout était à l'envers. Les tables, les chaises et les tabourets, les amplis sur la scène, la caisse et le téléviseur écran plat. Toutes les affiches de concert encadrées – il devait y en avoir cinquante sur les murs – avaient été retournées. Derrière le bar, les becs verseurs avaient été enlevés des bouteilles qui tenaient dorénavant en équilibre sur leur goulot. Des pots d'olives et de cerises à cocktail, des distributeurs de serviettes en papier. Même les silhouettes en métal découpé sur les portes des toilettes, un cow-boy et une cow-girl, étaient tête en bas.

Candace surgit de derrière le comptoir avec une serpillière. Le sol derrière le bar était poisseux d'alcool, Wyatt le sentait maintenant.

— N'allez pas là-bas ! le prévint-elle.

— Je n'ai pas bougé, fit remarquer Wyatt.

— Peu importe. Je viens juste de passer la serpillière. Vous étiez sur le point de marcher dessus.

— C'est fou comme vous me connaissez bien.

Les plafonniers du Land Run et les appliques murales n'étaient pas encore allumés. L'unique lumière provenait de la lucarne au-dessus – un puits de rayons pêche et or, mêlés de poussière, tombait en biais telle une colonne romaine bancale. La lumière se répandant sur Candace faisait penser à un tableau de Rembrandt. Si Rembrandt avait peint une femme américano-thaïe avec des papillons en plastique en guise de barrettes.

— Vous me croyez maintenant ?

— Vous avez déjà appelé la police ? demanda Wyatt.

— Ah, dit-elle au moment où un flic émergea du fond de la salle.

— On dirait que quelqu'un a forcé votre porte arrière au pied-de-biche, déclara le flic. En faisant levier entre la porte et le cadre.

— Vraiment ? dit Candace. Vous êtes certain ?

Soit il ne releva pas le ton sarcastique, soit il choisit de l'ignorer. Il arborait l'expression sereine du type à un doigt de la retraite.

— On a volé quelque chose ? demanda Wyatt à Candace. Il y a des dégâts ?

Candace secoua la tête.

— Je lui ai déjà tout dit. Je ne garde pas d'espèces ici la nuit. Et pas de dégâts en dehors des trois ou quatre cents dollars d'alcool renversés par terre. À moins que vous parliez du temps que je vais devoir passer à remettre ces stupides affiches à l'endroit.

L'alcool renversé était un dommage collatéral, pas le but de la manœuvre, songea Wyatt. Les bouteilles n'auraient pas tenu en équilibre sans qu'on leur ôte leur bec verseur.

Alors, quel était le but ? se demanda Wyatt. Ne rien voler, ne rien détruire. Juste retourner l'endroit.

Le flic s'était approché du mur le plus proche pour examiner les affiches tête en bas.

— Ça doit être une bande d'ados, dit-il. Qui d'autre ferait un truc comme ça ? J'ai jamais rien vu de pareil.

— Monsieur l'agent, fit Wyatt, quand j'étais ado – et peut-être que vous avez eu la même expérience –, me donner la peine de faire un effort était bien la dernière chose qui aurait pu me tenter. Or, il a fallu déployer un sacré paquet d'énergie pour arriver à ce résultat.

— Je vais vous dire le fond de ma pensée, dit le flic en se tournant vers eux. Installez une alarme. Ou prenez un chien. Un gros.

— Mme Kilkenny vous a parlé des autres incidents ?

— Bien sûr, intervint Candace. Et arrêtez de m'appeler comme ça.

— Oui, elle m'a raconté, confirma le flic. Les oiseaux et tout le reste.

Il garda une expression impassible, mais comme les gens qui veulent vous faire comprendre qu'ils gardent un air impassible. Wyatt sentait Candace vibrer près de lui à une fréquence susceptible de faire exploser le verre de la lucarne Art déco au-dessus de leurs têtes.

Wyatt ne pensait pas que le flic était un imbécile. Il veillait juste à ses intérêts propres. Il avait de vrais crimes à résoudre, de vrais criminels à arrêter, et c'est pour cette raison qu'il voyait l'évidence devant lui telle qu'il voulait la voir. Les humains agissent de cette manière par nature. Ils veulent quelque chose et ils se trouvent des raisons pour justifier ce désir. Puis ils se persuadent que les raisons sont venues en premier.

Wyatt essayait de ne pas se comporter ainsi. Il s'efforçait toujours d'écouter l'évidence, même s'il n'aimait pas ce qu'elle lui disait.

— Je vais aller rédiger mon rapport dans ma voiture, m'dame, dit le flic. Vous pourrez en envoyer une copie à votre assurance et ils rembourseront les dommages, au-delà de la franchise et tout ça.

— Attendez, dit Candace. Quoi ? Attendez ! Vous n'allez rien vérifier, je ne sais pas, moi, chercher de l'ADN ou autre chose ?

Le flic jeta un regard à Wyatt pour s'assurer qu'il était lui aussi dans le coup.

— Non, m'dame, dit le flic. Pas dans ces circonstances.

— Alors c'est tout ? Juste un rapport ?

Wyatt posa une main légère sur son épaule avant qu'elle fasse une attaque. D'une manière ou d'une autre, le flic sortirait du Land Run dans les trente secondes suivantes. Mieux valait qu'il les quitte dans de bonnes dispositions.

— Merci beaucoup, monsieur l'agent, dit Wyatt. Nous apprécions votre aide.

— Pas de quoi, dit le flic, qui appréciait d'être apprécié.

Qui n'appréciait pas ?

Après son départ, Candace se tourna pour envoyer un coup de son petit poing brun dans les côtes de Wyatt.

— Nous apprécions son aide ?

— « Vous allez chercher de l'ADN ? »

— Je sais. C'était idiot.

Repassant derrière le comptoir, elle entreprit de passer la serpillière une nouvelle fois.

— Vous n'aviez pas besoin de… de m'attraper. Je n'allais pas lui sauter dessus.

— Disons que ça ne m'a pas sauté aux yeux.

— Vous avez déjà des idées ? Sur celui qui me fait tout ça ?

Wyatt lui parla de la nouvelle mesure fiscale.

— Le Land Run va valoir beaucoup plus que ce qu'il vaut aujourd'hui, dit-il.

— Je m'en fiche ! Je ne veux pas vendre !

— Ce n'est pas ce que je vous demande. Je vous informe juste de la raison pour laquelle Jeff Eddy veut désormais mettre la main dessus.

Candace essuya la sueur de son front du revers de sa main. Elle projeta la sueur loin d'elle.

— Et c'est tout ? Vous y avez passé la journée d'hier et vous n'avez rien trouvé d'autre ?

Wyatt regrettait vraiment de l'apprécier autant. Sans ça, il avait la certitude qu'il serait déjà rentré à Las Vegas.

Il se rendit compte tout à coup que la fille de Candace, Lily, était de nouveau au balcon, pâle et lumineuse dans l'ombre, à l'observer. Il lui adressa un signe de la main. Après un long moment de délibération intérieure, elle répondit. D'un seul doigt, le minimum requis. Puis elle s'évanouit dans le noir.

— Je vais jeter un œil à la porte, annonça Wyatt.

Il passa devant les toilettes et s'engagea dans le couloir menant à la sortie arrière du bâtiment. Cela ne faisait aucun doute : la porte avait été forcée. Le bois de l'encadrement était creusé et éclaté. Il mesura les entailles avec son doigt. Peut-être un pied-de-biche, ou un démonte-pneu. La distinction pouvait avoir son importance. Ou pas.

Il prit une photo de la porte avec son téléphone puis observa le parking. La palissade de deux mètres cinquante courait tout le long de la limite du terrain, depuis la rue à l'est jusqu'à un atelier de carrosserie aux issues condamnées à l'ouest. Wyatt doutait que les auteurs de cette mauvaise blague aient pénétré dans le parking par le côté rue – c'était trop exposé, même tard le soir, avec un lampadaire à seulement quelques mètres de là.

Une des citations préférées de Wyatt à la fac était de Flannery O'Connor. Elle disait, en gros, que l'écrivain ne devait jamais avoir honte de regarder fixement les choses – que rien n'était indigne de son attention.

Ou de celle du détective. Alors, il regarda. Au bout d'une minute, il remarqua que la planche la plus à l'ouest, contre le mur de l'atelier de carrosserie, paraissait légèrement plus basse que les autres.

Wyatt s'approcha et secoua la planche. Elle lâcha. Ainsi que sa voisine. Les clous fixant les planches aux rails horizontaux avaient été délogés, et le rail inférieur lui-même avait été scié – les planches étaient simplement appuyées contre le rail supérieur.

Il s'accroupit, inspira un bon coup et se faufila par l'ouverture dans la palissade. De l'autre côté, une ruelle étroite – pas même une allée, juste un chemin de terre – coupait devant le vieil entrepôt directement derrière le Land Run. Le chemin paraissait avoir été récemment emprunté.

La prestation de cette nuit ne manquait pas d'humour, mais Wyatt soupçonnait que le message en lui-même était sérieux. Ceux qui avaient pénétré dans le bar et retourné intégralement l'intérieur souhaitaient montrer à Candace, au sens littéral comme au figuré, qu'ils pouvaient mettre sa vie sens dessus dessous s'ils le souhaitaient.

Wyatt se faufila à nouveau à travers la palissade avant de retourner dans la salle. Debout sur un meuble à fiches, à droite de la scène, Candace remettait à l'endroit les affiches de concert.

— Vous voulez que je vous aide ? demanda Wyatt.

Elle n'honora pas même sa question d'un regard.

— Je ne vous paie pas pour que vous remettiez ces stupides posters dans le bon sens.

— Vous ne me payez pas du tout, lui rappela Wyatt.

Candace décrocha un cadre de son clou.

U2, 17 février 1982, 20 heures.

— Dallas et Jonathan viennent plus tôt pour me filer un coup de main, dit-elle. Vous, vous devez découvrir Qui ! Me ! Fait ! Chier !

— La personne est passée par la palissade à l'arrière. En longeant l'entrepôt derrière le Land Run. Il ou elle.

— Et pourquoi pas ils au pluriel ?

Peut-être. Ce n'était qu'une intuition. Tout ça – cette attention au détail – ne lui faisait pas penser à une blague collective.

Candace retourna un autre poster.

Tool, 4 décembre 1992.

— Ce n'est pas comme s'il s'agissait d'une avancée énorme, dit-elle.

En effet. Ce n'était qu'une piqûre d'épingle dans le tissu de la nuit. Mais regroupez suffisamment de piqûres d'épingle, et finalement l'aurore transperce le noir.

— Allez, chaton, dit Candace. Je t'emmène à la garderie.

Wyatt prit conscience que Lily était assise en tailleur sur la scène. Elle s'était téléportée depuis le balcon.

— Salut, Wyatt, dit-elle.

— Salut, Lily.

Son téléphone sonna alors qu'il retournait à sa voiture. Laurie. Il avait eu l'intention de la rappeler la veille. Mais il avait bu quelques verres, il était fatigué, il n'aimait pas discuter avec elle quand il n'était pas en mesure de lui accorder toute son attention. Pour Wyatt, c'était le secret d'une belle relation. L'un des secrets. En amour comme dans la vie, il fallait être *présent*.

— Dis-moi ce que tu as mangé au petit déjeuner, dit-il. Dis-moi ce que tu portes. Lis-moi le compte rendu de la réunion la plus ennuyeuse que tu as eue hier.

— Quelle heure est-il où tu es ? demanda Laurie. Tu as une heure ou deux de plus ?

— Une heure. Tu ne peux pas savoir à quel point tu me manques. C'est apocalyptique.

Wyatt vérifia les barres du réseau.

— Allô ?

— Wyatt, dit-elle enfin. Est-ce que tu vas rentrer ?

La question le surprit.

— Quoi ? Si je vais rentrer ? Qu'est-ce que tu racontes ?

— Je ne sais pas.

— Bien sûr que je vais rentrer. Je serai là dans quelques jours, tout au plus.

Elle ne dit rien. Wyatt pouvait imaginer son expression, ses yeux. Cette fraction de seconde, quand la surface voilait les profondeurs, quand il ne voyait plus ce qui se cachait dessous.

— Laurie, pourquoi me demandes-tu ça ?

— Je n'en sais rien, soupira-t-elle. En fait, depuis le début, c'est comme ça que je pense que ça va finir. Je ne saurais pas te l'expliquer. J'ai ce sentiment étrange. Qu'un jour, tu vas simplement partir et que je ne m'en rendrai même pas compte.

— Quoi ? Qu'est-ce que tu racontes, Laurie ?

— Combien de temps est-ce que tu es déjà resté posé au même endroit, Wyatt ? Avant que tu sois obligé de… je ne sais pas.

Cette autre question le désarçonna tellement qu'il ne sut pas comment y répondre.

— Je t'aime. Je veux t'épouser, je te l'ai dit. Je te le répète tout le temps.

— C'est vrai, répondit-elle.

Et Wyatt reconnut ce ton, ce qu'il signifiait. Laurie lui avait fait remarquer plusieurs fois qu'il n'évoquait jamais concrètement la suite de ce qu'ils vivaient déjà. D'après elle, chaque fois qu'ils en discutaient de façon réaliste, il devenait fuyant – une anguille caoutchouteuse et musclée, capable de s'aplatir, de s'allonger et de se faufiler dans la moindre faille de la discussion, si minuscule soit-elle.

Tout ça, c'étaient des conneries.

Wyatt prit son temps. Il savait qu'il devait faire attention.

— Je te l'ai déjà dit, chérie. La raison pour laquelle je n'ai jamais eu de relation durable avant toi, c'est que j'attendais de rencontrer la fille de mes rêves. De te rencontrer, toi. Et j'ai pas mal bougé parce que… allez, Laurie. Tout le monde bouge beaucoup, c'est l'Amérique du XXIe siècle.

— Je me fiche de me marier, répondit-elle. C'est juste que j'ai envie de sentir qu'on est vraiment ensemble quand on est tous les deux. J'ai envie de sentir que tu es *présent*.

— Ce n'est pas le cas ?

— Tu as déjà discuté avec quelqu'un dans une fête ? La discussion est merveilleuse, puis tu te rends compte que la personne en face de toi n'a pas cessé de se rapprocher de la porte depuis le début.

— Laurie, écoute-moi. C'est ridicule.

— Tu ne comprends vraiment pas ?

Wyatt ne tenait pas à avoir cette conversation maintenant.

— On peut en reparler à mon retour. On en parlera autant que tu veux.

— Je veux juste… je veux juste que tu y *réfléchisses*. Vraiment. Que tu réfléchisses à nous.

Comment pouvait-elle le connaître aussi bien sans le connaître du tout ?

— Je n'ai pas besoin de réfléchir à nous.

Puis il ajouta, avant que le silence ne s'étire :

— Mais je vais le faire. D'accord ? Je vais le faire.

Après avoir dit au revoir à Laurie, Wyatt resta assis une minute sur le capot de l'Altima de location. Il n'y avait que quelques nuages dans le ciel. Gamin, il avait entendu dire qu'il y avait plus de jours d'ensoleillement à Oklahoma City que dans presque toutes les autres villes du pays. Il ne savait pas si c'était vrai, mais c'était possible. Même en hiver. Janvier et février pouvaient être froids dans les plaines méridionales, mais il y avait également de longues périodes de ciel bleu vif et éclatant, des températures entre 15 et 21 degrés.

C'était O'Malley, Wyatt s'en souvenait maintenant, qui lui avait raconté qu'il faisait plus beau chez eux que partout ailleurs. Ils traînaient dans le hall, attendant que M. Bingham sorte de son bureau pour prendre aussitôt un air affairé. Le nouvel ouvreur était là aussi, le gosse de riche snobinard qui n'avait tenu qu'un mois avant de partir. Il avait ricané en disant à O'Malley qu'il ne racontait que des conneries. « Où veux-tu en venir ? » avait aimablement demandé O'Malley, et le nouveau n'avait pas su quoi répondre.

Wyatt retourna sur le parking. Il écarta les planches et se faufila de nouveau par la palissade.

L'entrepôt derrière le Land Run paraissait abandonné. Les quais de chargement étaient vides et il y avait des graffitis de gangs partout, des lettres à la typo ballon et des gribouillis démentiels. De l'autre côté du bâtiment, pourtant, plusieurs voitures étaient stationnées. Wyatt trouva une porte et appuya sur la sonnette à côté. Il attendit. Au moment où il allait abandonner, un verrou cliqueta et la porte s'ouvrit sur une cage d'escalier vide. De la musique lui parvenait de l'étage.

Il monta la volée de marches métalliques branlantes qui menait au niveau supérieur de l'entrepôt, un espace gigantesque, aéré et baignant dans le soleil. À l'autre bout de la pièce, un groupe répétait – un batteur, un guitariste et un bassiste grattant sans grand enthousiasme ce qui ressemblait à une version acid rock de « Folsom Prison Blues ». Plus près de Wyatt, une bande d'ados et de jeunes d'une vingtaine d'années, des hippies et des rastas blancs, étaient assis par terre en tailleur. Ils trempaient des bandes de papier journal dans des seaux de colle blanche avant de les déposer sur l'armature en fil de fer d'une tête géante.

Les jeunes ne prêtaient pas vraiment attention à ce qu'ils faisaient et pas du tout à la musique. Ils étaient captivés par ce qui se passait au centre de la salle : un type torse nu, en kilt écossais, s'accroupit avant de se hisser lentement sur ses mains.

— Ouais ! lança un gamin avec des mitaines et un fez de Shriner vissé sur le crâne.

— Hé, Lyle ! appela le guitariste à l'autre bout de l'entrepôt. Va falloir qu'on bosse la voix à un moment ou à un autre, vieux.

Le type en kilt ignora l'appel qui lui était vraisemblablement destiné. Il tendit une jambe, puis l'autre, toujours en équilibre sur ses mains, et replia les orteils.

Lyle. Le kilt, les voix. Wyatt assembla les pièces du puzzle. Le type qui faisait son yoga était Lyle Finn, le chanteur du groupe de rock le plus célèbre d'Oklahoma City, les Barking Johnsons[1]. Ils avaient débuté dans les années 1980, et étaient connus pour leur rock psychédélique, leur jeu de scène planant et l'excentricité de Finn – pas nécessairement dans cet ordre.

Un type sortit d'un bureau et s'approcha de Wyatt.

— Salut. Je m'appelle Dixon, je suis le manager du groupe.

Il avait la quarantaine, portait un pantalon en toile froissé et un polo avec une tache sur le col qui ressemblait à du yaourt à la myrtille. Il avait l'air amical mais légèrement perplexe, comme un père de banlieue qui, en se réveillant un matin, aurait découvert à sa grande surprise qu'il était désormais le manager d'un groupe de rock.

— Wyatt Rivers.

Ils se serrèrent la main.

— Je suis détective privé.

1. Littéralement, les « zizis aboyeurs ».

— Oh. J'ai cru que vous étiez le vendeur de montgolfière.

— C'est une profession ?

— Lyle veut que j'achète un ballon à air chaud. Grandeur nature. Je n'ai pas la moindre idée de ce qu'il compte faire avec. Vous êtes détective privé, disiez-vous ?

— La nouvelle propriétaire du Land Run a quelques problèmes dans son établissement ces derniers temps. Elle m'a demandé d'enquêter.

— Candace ?

— Vous la connaissez ?

— Bien sûr. Elle est cool. Elle a fait jouer quelques petits groupes dont je m'occupe. Quel genre de problèmes ?

Wyatt lui raconta les lettres mélangées, les fientes d'oiseau sur la voiture et l'effraction.

— Hum, fit le manager en fronçant les sourcils.

Wyatt avait remarqué que les baies vitrées du mur sud de l'entrepôt offraient une bonne vue sur l'allée et le parking à l'arrière du Land Run.

— Auriez-vous remarqué quelqu'un ou quelque chose de suspect la nuit dernière ? Ce devait être tard, après la fermeture.

— Non. Je suis parti tôt, vers 17 ou 18 heures. Lyle est resté seul ici hier soir.

— Je peux lui parler ?

— Vous pouvez toujours tenter.

Wyatt ne savait pas ce que c'était censé vouloir dire, mais il suivit le manager jusqu'au centre de la salle où les positions de yoga de Lyle Finn devenaient de plus en plus énergiques. Il espérait que le type portait un boxer ou un slip sous son kilt, parce qu'il n'avait aucune envie de voir son zizi, aboyeur ou pas.

— Monsieur Finn, j'aimerais vous poser quelques questions.

Finn jeta un regard vers Wyatt puis battit des jambes pour se retrouver de nouveau en équilibre sur les mains.

— Ils disent que j'ai le sens des mots, annonça-t-il. Ils, peu importe de qui il s'agit. Le sens des mots. Mais écoute ça. Je dis *sans* les mots. Sans ! Ou *sens*. Comme le poids de l'ancre que tu sens ? Parce que les mots sont des ancres. Ils nous ancrent, vieux. Parce que c'est quoi une phrase ? Qu'est-ce que c'est les paroles d'une chanson ? Mec, j'ai envie d'enregistrer un disque où il n'y aura qu'une batterie, une guitare et le cri douloureux, superbe, de moi qui enfanterais. Tu vois ? J'aimerais être enceint, vieux.

Il se balança en attendant la réaction de Wyatt. Qui vérifia s'il en avait une.

Non.

— Génial, dit-il.

— Lyle, intervint le manager. Est-ce que tu peux parler à ce gars comme si tu étais un être humain normal pendant une seconde ?

Finn baissa les jambes et se releva d'un coup. Wyatt n'aurait jamais imaginé qu'il avait presque cinquante ans. Il était bronzé et souple, avec de longs cheveux dorés cascadant dans son dos. Sur les pochettes des albums et les gros plans des clips, ses yeux brillaient toujours d'un émerveillement enfantin.

Il enfila un T-shirt avant de serrer Wyatt dans ses bras.

— *Comme un être humain normal*, dit-il. T'as entendu comment Dixon a dit ça ? Il ne me croit pas capable d'être un être humain normal.

— C'est exact, dit le manager en hochant la tête.

— J'ai cru que tu étais le blogueur qui est venu hier, dit Finn.

— C'est un détective privé, Lyle.

Le groupe, qui avait renoncé à son chanteur, avait fini de jouer. Le guitariste décapsula une bouteille de bière. Le batteur grimpa sur un gyropode Segway et se retourna vers les groupies qui fabriquaient la tête en papier mâché.

Finn posa les mains sur les épaules de Wyatt et plongea son regard dans le sien. Ses cheveux dégageaient un parfum fantastique.

— Tu as toute mon attention.

— Merci, dit Wyatt. Jusqu'à quelle heure étiez-vous là, hier soir ?

— Byron ! lança Finn au batteur. Je peux grimper sur ton Segway ?

Le batteur s'approcha et aida Finn à monter.

— J'ai juste à me pencher en avant pour rouler, c'est ça ? demanda Finn avant de se tourner vers Wyatt. Je me concentre mieux quand mon cerveau est en mouvement.

Il partit d'un coup, pivota puis revint tout aussi vite. Les groupies lancèrent des cris et battirent des mains. Finn arborait un grand sourire.

— Lyle, on peut sortir pour parler en privé ? demanda Wyatt.

— Quoi ? Le privé est piraté ! Tout ce que je te dis, je peux l'adresser au bel univers tout entier !

Les groupies applaudirent.

— Si vous envisagiez d'échanger votre boulot avec le mien, oubliez ça tout de suite, dit Wyatt à Dixon alors que Finn filait devant eux.

— Je fais ce job depuis vingt-trois ans, répondit Dixon en secouant la tête. Lyle ! S'il te plaît, rends le Segway !

Finn décrivit encore quelques huit, puis revint vers eux en formant une boucle et finit par suivre Wyatt en bas, sur un des quais de chargement. Il regarda autour de lui – à la recherche d'un public, certainement. Quand il vit qu'il n'y en avait pas, il s'assit, dos au mur, et tourna son visage vers le chaud soleil d'octobre.

— Alors, tu es détective privé ? Carrément ?

— C'est confortable, le kilt, ou c'est juste ton truc à toi ? demanda Wyatt.

— Les deux. Ça a commencé parce que j'en avais marre de me faire botter le cul au lycée.

— Tu t'es dit que porter un kilt au lycée t'éviterait de te faire botter le cul ?

Dans cette lumière, Finn faisait davantage son âge. Wyatt distinguait le délicat croisillon de ses rides.

— Je me suis dit que quitte à ce qu'on me fasse chier au lycée, parce que les mecs en option sport pensaient que j'étais un artiste taré, autant être un taré total, tu vois ?

— Et ça a marché ?

Finn rassembla ses mains en coupe devant lui.

— D'après les Veda, si on sème la bonté, on récolte la bonté.

— Bon, voilà l'affaire, dit Wyatt. Quelqu'un est entré par effraction dans le Land Run et a tout retourné. Littéralement. Est-ce que tu aurais remarqué quelque chose de suspect la nuit dernière, tard ?

— Pas possible ! Le Land Run ? s'exclama Finn en se relevant d'un bond. J'adore cet endroit, vieux. J'adore jouer là-bas. L'énergie est phénoménale. C'était notre tout premier concert. Le premier autre part que dans le sous-sol d'un pote. Pas possible, vieux ! Le Land Run ?

Wyatt fit une nouvelle tentative.

— Hier soir. Est-ce que tu aurais vu quelque chose ? Les fenêtres de ton entrepôt donnent directement sur l'arrière de la salle.

— J'étais de l'autre côté une bonne partie de la nuit, au four. L'argile est le seul support artistique réellement honnête. La terre, les mains, le feu. C'est ce que je fais en ce moment, je crée de l'art fonctionnel érotique.

— N'en dis pas plus.

Par pitié.

— Ce ne sont pas des *godemichés*. Je trouve ça très blessant que les gens les appellent comme ça.

— Lyle.

— Tu sais ce que les marins philippins font pour le plaisir de leurs partenaires sexuelles ? Ça s'appelle des *bolitas*. Ils se font des incisions dans le pénis et ils y insèrent de minuscules roulements à billes.

— Lyle ?

— Quoi ?

Wyatt posa les mains sur ses épaules.

— Tu as vu ou entendu quelque chose hier soir ?

— Je ne crois pas. Non. Attends.

Il posa à son tour les mains sur les épaules de Wyatt.

— Tu ne penses pas que c'est plutôt moi, non ?

— Quoi ?

— Le Land Run est juste de l'autre côté de la palissade. Et si ceux qui ont fait le coup avaient l'intention de rentrer ici et qu'ils s'étaient trompés de bâtiment ? Ça commence à me faire flipper, vieux. Et si tout ça tournait autour de moi ?

Wyatt soupçonnait que, pour une rock star, l'explication était logique.

— Je pense que tu n'as rien à craindre, dit-il en se dégageant des mains de Finn.

Il sortit et remonta l'allée entre le Land Run et l'entrepôt. Le voisin le plus proche à l'est, de l'autre côté du terrain vague, était une boutique de cigarettes discount. Le type derrière le comptoir, un vieux Latino qui rangeait des cartouches de Parliament dans un carton, le salua d'un hochement de tête.

— Salut, mon pote, dit-il. Qu'est-ce que je peux faire pour toi ?

Le gars avait un sourire engageant mais semblait sur la défensive. La vente de cigarettes discount n'était pas précisément un commerce blanc comme neige. Wyatt expliqua ce qui était arrivé la nuit passée au Land Run. Il demanda au type s'il avait entendu ou vu quoi que ce soit.

Le commerçant réfléchit puis, sans surprise, secoua la tête.

— J'ai bien peur que non.

En retournant à sa voiture, il entendit deux voix près du parking du Land Run, sans pouvoir distinguer les paroles – toutes deux étouffées, l'une plus en colère que l'autre. Il se glissa de nouveau par l'ouverture de la palissade, remonta le chemin de terre et jeta un coup d'œil au coin de l'entrepôt. Lyle Finn se tenait sur le quai de chargement vide avec Dixon.

— Tu auras affaire à moi, Lyle ! dit le manager avant de rentrer en claquant la porte derrière lui.

Finn, les yeux clos, joignit les mains comme pour prier. Au bout de quelques secondes, il rouvrit les yeux et balança un coup de pied dans la porte. Et encore un.

— Non, tu auras affaire à *moi* ! dit-il.

Intéressant, pensa Wyatt.

Julianna

CHAPITRE 13

Julianna arriva en retard au travail. Et elle avait prévu de partir tôt. Tout en faisant la navette entre la prothèse de hanche derrière le rideau numéro 4 et l'hystérectomie derrière le rideau numéro 9, elle cherchait un nouveau prétexte. Encore la diarrhée ? Connaissant Ben, il demanderait à voir un échantillon de selles. L'enterrement d'un être cher ? Non. Sous prétexte de compassion, il fouinerait. Il mettrait en doute l'avis de décès de dernière minute. Il lui demanderait quand elle serait de retour. Il discuterait avec Donna et découvrirait que Julianna n'avait plus de famille.

— Comment vous sentez-vous, monsieur Bell ? demanda-t-elle à la prothèse de hanche.

La nouvelle partie du corps du vieil homme survivrait bien plus longtemps que le reste de sa personne.

— Ça fait un peu mal, dit-il.

Julianna n'aurait su dire s'il souriait ou faisait la grimace.

— Je sais, dit-elle.

Il parut rassuré par sa sollicitude.

— Merci.

Pour quoi exactement ? Les gens disaient des choses étranges quand ils s'extirpaient chancelants des brumes de l'anesthésie.

Julianna avait étudié à l'école d'infirmières parce qu'elle pensait que prendre soin des autres lui apporterait le genre de paix que des après-midi entiers de défonce ne lui procuraient pas. Et l'État avait financé ses études, gîte et couvert inclus. Ses résultats d'examens avaient été excellents, à cause ou grâce à toute l'herbe qu'elle avait fumée.

Une fois infirmière, elle avait été très surprise de se révéler aussi douée. À sa façon. Elle établissait des liens que d'autres ne faisaient pas, ses intuitions étaient généralement bonnes. Elle était capable de faire croire à ses patients qu'elle se souciait d'eux sans forcer. Et finalement, n'était-ce pas aussi bien que si c'était vrai ?

Ben la coinça par surprise dans la salle de pause. Il portait des baskets spéciales qui ne couinaient jamais – Julianna en était persuadée.

— Julianna, il faut qu'on parle.

— Bien sûr.

Il tapota son iPad en fronçant les sourcils. Elle comprit qu'elle était vraiment dans la merde.

— Je suis désolée d'être arrivée en retard, Ben. J'ai eu une nuit mouvementée.

— La diarrhée.

— Oui.

— Julianna.

— Oui ?

— Je m'inquiète. Suis-je complètement naïf ? J'ai l'impression que certains signes réapparaissent.

— On peut en parler plus tard, Ben ? Ma voisine vient de m'appeler. Apparemment, il y a des travaux dans mon quartier, ils ont dû creuser pour réparer une conduite de gaz, et les ouvriers ont laissé mon chien sortir de la cour.

Ben leva les yeux de son iPad. C'était un homme à chiens. Julianna le savait.

— Tu as un chien ? demanda-t-il.

— Oui, un bâtard, croisé labrador. Je l'ai adopté dans un refuge. Elle s'appelle Candy.

— Tu ne devrais pas la laisser dans ta cour. Les chiens aiment bien vivre dans leur tanière. Ils préfèrent rester à l'intérieur, entourés par les odeurs de leur meute. Ils sont bien plus en sécurité comme ça.

Cette discussion épuisait déjà Julianna.

— Je n'ai pas de putain de chien, Ben. Mais il faut que j'y aille. Ce ne sera qu'une heure en moins.

Il afficha une moue profondément désapprobatrice. Il se tenait entre elle et la porte. Julianna considéra ses options. Elle pouvait le menacer d'un coup de genou dans les couilles, ou bien lui foutre la trouille.

— Que ce soit bien clair, Ben. Tu veux qu'on ait cette discussion sans qu'il y ait un représentant du personnel ? Je dois dire que cela me met très mal à l'aise.

Il écarquilla les yeux. Puis il les plissa. Que pouvait-il dire ? Ceux qui étaient à cheval sur le règlement devaient se soumettre quand celui-ci leur revenait dans la figure.

— Bien sûr, dit-il en s'écartant.

— Merci.

— Julianna ?

Elle était presque à la porte.

— Je vais te programmer aux urgences pour le reste du mois.

Elle se retourna.

— Aux urgences ? Mais je n'y ai pas travaillé depuis deux ans.

— Phil est en congé paternité. Ils ont besoin d'un bouche-trou pour les nuits.

La barbe de Ben se divisa : deux rangées de dents blanches, un sourire victorieux. Les nuits aux urgences étaient souvent infernales, c'était la pire punition qu'il pouvait lui infliger. Cela lui était égal. Il fallait qu'elle s'en aille.

— Pas de problème, répondit-elle.

Elle rentra chez elle un peu après 18 heures et sortit la dinde du four juste à temps. La peau commençait à noircir. Elle posa le plat sur le comptoir. Une seconde plus tard, le détecteur de fumée se mit à hurler. Julianna dut ouvrir la fenêtre et agiter un torchon pour que l'alarme cesse.

Elle éplucha et fit bouillir les pommes de terre. Elle savait préparer de la purée, mais la sauce venait de chez Whole Foods, ainsi que la tarte aux pommes. Est-ce que Crowley le remarquerait ? Julianna en doutait. Le repas fait maison n'était pas l'objectif premier de sa manœuvre. Ce qu'il voulait vraiment, c'était la tester, jouer avec elle, la chercher jusqu'à ce qu'elle finisse par sortir les griffes ou par s'enfuir en courant.

Il pensait peut-être que, s'il s'y prenait bien, elle coucherait avec lui. Il imaginait peut-être finir le dîner en la collant contre le mur comme la fille à la longue natte, la main entre ses cuisses.

Julianna versa la sauce dans une casserole et alluma la plaque en dessous. Dans la chambre, elle enleva sa tenue d'hôpital et enfila un jean et un T-shirt ajusté, une tunique par-dessus, des bottes en cuir noir avec des talons de cinq centimètres. Elle n'était pas encore assez grande pour combler tout à fait la différence de taille entre Crowley et elle, mais c'était déjà mieux que rien. Elle essaya la tunique boutonnée, puis déboutonnée. Elle la laissa déboutonnée.

Elle se sentait suffisamment en sécurité. Julianna n'avait parlé à personne de ce dîner, mais Crowley supposerait le contraire. Impossible qu'elle invite un ancien taulard sans prendre ses précautions. Elle ne pouvait pas être tarée à ce point.

Julianna se demanda combien de fois, enfant, allongée sur le lit de Genevieve, elle avait regardé sa sœur se préparer pour un rencard. Genevieve : tout juste sortie de la douche, nez à nez avec son propre reflet dans le miroir au-dessus de la coiffeuse alors qu'elle serrait le recourbe-cils. Les cheveux enturbannés dans une serviette, les épaules nues constellées de gouttes d'eau, les Talking Heads ou Maria McKee dans le radiocassette.

Genevieve ne passait jamais des heures et des heures à se pomponner comme certaines filles que Julianna avait connues plus tard à la fac. Genevieve était paresseuse, toujours en retard, et – le plus important – elle n'avait pas besoin de se maquiller. Sa beauté naturelle pouvait être modifiée mais pas améliorée. Le recourbe-cils, du mascara, un peu de rouge à lèvres – c'était tout. Julianna avait hérité de la même approche minimaliste bien que, particulièrement aujourd'hui, à l'approche de la quarantaine, un peu de fond de teint ne lui aurait pas fait de mal. Donna le lui avait fait remarquer à plusieurs reprises. Du genre : *Tu as une jolie peau, ma belle, mais...*

Elle mit du mascara. Un rouge à lèvres seulement une demi-teinte plus sombre que ses lèvres. La sonnette retentit. Julianna vérifia l'heure – il avait dix minutes d'avance. Cela n'aurait pas dû l'étonner. Les dés étaient jetés.

Elle se dirigea vers la porte et inspira deux fois, calmement, avant d'approcher son œil du judas. Elle se figea.

DeMars.

Toutes les lumières chez elle étaient allumées. Sa voiture était garée dans l'allée. Il sonna une seconde fois. Elle ouvrit.

— Détective, dit-elle en souriant. Quelle surprise.

— Tu es très jolie.

— Moi ?

Il lui sourit. Il réfléchissait. Julianna l'avait toujours vu en train de réfléchir.

— Faites attention, détective, dit-elle. Vous êtes en terrain glissant.

— Mais ce soir, tu es très jolie d'une manière différente.

— Bien joué.

— Ça fait longtemps que je suis marié, Juli.

Il caressa son bouc poivre et sel d'un air faussement gêné avant d'éclater de rire.

Le cœur de Julianna s'emballa, chaque battement trébuchant sur le précédent. Si Crowley arrivait alors que DeMars était encore là, elle ne reverrait plus jamais ni l'un ni l'autre. Et Dieu sait comment la soirée évoluerait.

— Entre, dit-elle.

— Tu es sûre ?

— Je suis sûre.

— Mais tu as quelque chose de prévu ce soir.

— Pose la question franchement, si tu veux savoir.

— Tu as un rendez-vous, dit-il en levant les mains. Et ça ne me regarde pas.

Il savait qu'elle avait le cœur qui battait la chamade. Elle avait probablement les joues rouges. Le mascara, les bottes. Est-ce qu'une partie de lui soupçonnait que tout cela avait quelque chose à voir avec Crowley ? Avec son métier d'enquêteur et toutes les choses qu'il voyait au quotidien, il était habitué à soupçonner le pire chez les gens.

Julianna ne voulait pas lui mentir. Pas dans l'état dans lequel elle était. Il fallait être au top de sa forme pour mentir à DeMars.

— Tu as raison, dit-elle. Ça ne te regarde pas.

Il rit de nouveau et lui tendit un bout de papier.

— Tu devrais répondre au téléphone, dit-il. Je t'ai appelée plusieurs fois.

Julianna déplia le morceau de papier. DeMars y avait noté, d'une écriture régulière, un numéro de téléphone et un nom : *Mary Hilger Hall.* La femme qui avait posté les photos de la foire sur Facebook.

— Oh ! fit-elle.

— Je lui ai parlé. Juste une minute, je ne lui ai pas dit grand-chose. J'ai pensé que tu préférerais que je reste concis. Elle est d'accord pour que tu l'appelles. Elle n'est pas certaine de pouvoir t'aider, mais elle a assuré qu'elle ferait de son mieux.

À cet instant, l'amour qu'elle ressentait pour lui faillit la briser en morceaux. Mais elle n'avait pas le temps. Elle jeta un coup d'œil à sa montre. Crowley allait arriver d'un instant à l'autre.

— Entre, dit-elle. Tu as le temps de prendre une bière ?

Un bluff aussi évident. Elle en eut honte. Son seul espoir était que DeMars croie vraiment qu'elle avait un rendez-vous ce soir et que c'était pour cette raison qu'elle souhaitait qu'il s'en aille.

— Allez, sois sage, dit-il.

Il lui déposa une bise sur la joue avant de rejoindre sa voiture. Julianna le suivit des yeux. Il venait juste de passer le coin de la rue quand elle entendit le cliquetis du pick-up qui remontait le pâté de maisons dans la direction opposée.

Il était trop tard pour rentrer dans la maison. Crowley se gara, sortit du camion et traversa la pelouse d'un pas lourd.

Il avait rassemblé ses cheveux en queue-de-cheval haute. Sa chemise écossaise était repassée. Il grimpa les deux marches du porche en la parcourant de ses yeux bleus – des bottes au visage, puis de nouveau jusqu'aux bottes.

— Tu m'attendais, dit-il. Pressée ?

Oui, elle se sentait suffisamment en sécurité. S'il avait dans l'idée de lui faire du mal, il ne serait pas venu avec son camion. Les voisins le remarqueraient. Il se pouvait même que l'un d'entre eux relève l'immatriculation. Il devait savoir que c'est ce qui se faisait dans ce genre de quartiers.

— Vous êtes en retard.

— Je fais ce que je veux, répondit-il aimablement.

Il releva le menton. Le bouc gris rêche, la mâchoire forte. Julianna distingua, sous tout ce qui pendait et plissait, le jeune homme qu'il avait été autrefois – les ruines d'une civilisation ancienne à moitié enfouie dans la jungle.

— Ça sent bon, dit-il.

Mais était-ce réellement son camion ? Julianna prit conscience qu'elle n'en savait rien. Il était peut-être volé.

— Allons dîner.

Elle le suivit à l'intérieur sans fermer la porte à clé. Crowley jeta un regard vers la table de la salle à manger dressée pour deux et entra dans le salon. Il se laissa lourdement tomber sur le canapé. La laissant comprendre, encore une fois, que tout cela se déroulait selon ses conditions.

— Tu as du whisky ? Ou de la bière, sinon.

Julianna prit un verre dans le placard et le remplit de Maker's Mark. Il but une gorgée.

— Ça ira.

Julianna se sentait étonnamment calme en découpant la dinde. Son cœur s'était emballé pendant la conversation avec DeMars. Il profitait maintenant d'un répit.

Crowley l'observait préparer la volaille depuis le canapé.

— Tu sais ce que ça me rappelle ? dit-il. Un jour dans la cour, à McAlester. Un papy s'est attaqué à son petit pote avec une lame.

Il l'a ouvert en deux. Je plaisante pas. Il a fait ça très calmement. La routine, quoi.

Il lui sourit. Julianna savait ce qu'il était en train de faire. Elle mit de la purée dans son assiette et versa une louche de sauce pardessus. Elle ajouta des haricots verts, un petit pain.

— Du blanc ou une cuisse ?

— Tant que c'est juteux.

— Comment pouvez-vous être certain que je ne vais pas vous empoisonner ?

Crowley, qui examinait le salon, reporta aussitôt son regard sur elle. Ce fut à son tour de lui sourire.

Elle apporta leurs assiettes dans la salle à manger et s'assit. Au bout d'une minute, elle entendit les ressorts du canapé couiner. Une autre minute encore et Crowley la rejoignit, la bouteille de Maker's Mark à la main, son verre, et un verre supplémentaire. Il s'assit en face d'elle. Sans un mot, il déplia sa serviette d'un coup sec et commença à manger.

— Dites-moi ce dont vous vous souvenez concernant ma sœur.

Il secoua la tête, perplexe.

— De la dinde sans farce.

— J'ai oublié.

— C'est toi qui as préparé la sauce ?

— Non.

Il se tenait étonnamment bien à table. Prenait de petites bouchées, mâchait bouche fermée, les coudes hors de la table. De temps en temps, un petit tapotement de serviette sur les lèvres. Julianna mangea un peu de purée avant de reposer sa fourchette.

— Vous allez me dire ce dont vous vous souvenez ?

— Ralentis un peu.

Il tendit la main vers le bourbon et remplit à moitié le verre que Julianna supposait être pour elle.

— Faisons un peu connaissance.

Ses yeux étaient très bleus. Perçants ? L'effet était plus subtil que ça. Comme s'il se penchait vers elle alors même qu'il ne bougeait pas.

— Je ne veux pas vous connaître.

— Dis-moi un secret sur toi que personne d'autre ne sait.

— Non.

Il désigna le bourbon qu'il lui avait versé. Elle hésita, leva son verre et but le bourbon d'un coup. Elle soutint son regard bleu et attendit. La chaleur de l'alcool se répandit d'un seul coup. Une énorme éclaboussure. Un petit gros faisant des bombes dans une piscine. Elle éclata de rire.

— Je ne savais pas ce que c'était, le sperme, dit-elle. Je veux dire, je savais. Mais je venais juste d'avoir treize ans. J'étais jeune pour mon âge. Il y avait un mec qui habitait dans ma rue. Il était plus vieux que moi, il allait au lycée. J'ai attendu d'être sûre que ses parents ne soient pas là, puis je suis allée le voir. Je lui ai demandé s'il pouvait me montrer son pénis. J'ai déboulé comme ça et je lui ai demandé. J'étais curieuse. Je voulais voir son pénis produire du sperme. Je savais que le pénis avait quelque chose à voir là-dedans. Au début, il a dit non – hors de question ! J'étais la petite peste de voisine qu'il n'avait jamais remarquée, à part quand ma sœur était dans le coin. Mais il a cédé. J'étais captivée. Après, il a été très gêné. Il n'arrivait pas à me regarder. Ce qui me faisait marrer, parce que c'était un athlète, le type crâneur dont toutes les filles étaient amoureuses au lycée. Mais il était vraiment gentil.

Crowley en avait oublié de finir son bourbon. Julianna lut la surprise dans ses yeux, une méfiance toute neuve. Il avait prévu de jouer avec ses nerfs. Maintenant, c'était lui qui était un peu à cran. Il se demandait peut-être comment c'était arrivé. Julianna se leva.

— Je vous ressers ?

— De tout sauf de la sauce.

Quand elle revint de la cuisine, Crowley contemplait son verre comme elle l'avait vu faire au bar. Elle posa l'assiette devant lui et s'assit.

— De la farce au pain de maïs, dit-il. C'était la recette de ma mère. Mais la mère de mon père, elle préparait toujours la farce avec du pain blanc. Je peux t'assurer que c'était la guerre. À chaque Thanksgiving et à chaque Noël. Tant que mes parents ont été ensemble.

Denny, le garçon qui vivait dans sa rue, allait au lycée U.S. Grant. Sur la manche en cuir de son blouson teddy, il y avait un empiècement brodé du mot GENERALS. Il était beau mais Genevieve ne s'était jamais intéressée à lui. Les abrutis l'ennuyaient.

Cela ne l'avait pas dérangé de montrer sa bite à Julianna. Il avait trouvé ça plutôt marrant – innocent, instructif. Mais quand elle lui avait dit qu'elle voulait tout voir, qu'elle voulait le voir tout faire, il avait secoué la tête et remonté son jean.

« T'es qu'une gamine, avait-il dit.

— Et toi, t'es un froussard, avait rétorqué Julianna. Un gros froussard.

— Non, ce n'est pas vrai.

— Froussard. Je vais raconter à tout le monde que tu es un gros froussard. »

Il s'était arrêté de boutonner son jean et l'avait dévisagée.

« Tu diras rien à personne. »

C'est à ce moment-là qu'elle avait compris que le pouvoir pouvait être pris, et pas seulement accordé. Il suffisait de saisir sa chance quand elle se présentait.

« Hé ! Je ne plaisante pas, tu diras rien à personne. »

Julianna était restée assise en tailleur sur le sol de sa chambre, le menton dans la main, sans rien dire. Elle avait attendu.

En approchant de la fin, Denny avait laissé Julianna poser la main sur la sienne pendant qu'il la faisait aller et venir, de plus en plus vite. En y repensant aujourd'hui, il se pouvait aussi qu'il n'ait pas remarqué qu'elle avait posé sa main sur la sienne. Il avait les yeux fermés, le visage tout tordu. Il avait l'air de souffrir comme s'il s'était cogné l'orteil contre le trottoir.

— Dites-moi ce dont vous vous souvenez à propos de ma sœur.

— Comment j'étais, à l'époque ?

— Vous ?

— J'étais beau gosse, non ?

Elle remarqua qu'il avait de nouveau rempli son verre à elle. Elle le prit et sirota l'alcool. Juste une gorgée cette fois. Elle avait la tête légère mais les idées claires.

— Je me rappelle que vous n'avez pas quitté ma sœur des yeux.

— Tu ne lui ressembles pas du tout.

— Pas vraiment.

Il finit la dernière bouchée de son assiette puis la dévisagea.

— Peut-être un peu, dit-il. Ça remonte à loin.

— Alors vous vous souvenez d'elle ?

— J'ai jamais dit le contraire.

— Vous lui avez proposé de vous rejoindre dans votre caravane, plus tard. Quand elle m'a laissée, elle allait vous retrouver.

— C'est toi qui le dis.

Il se leva et se balança d'un pied sur l'autre en faisant la grimace, puis se pencha pour prendre la bouteille de Maker's Mark et son verre.

— Mon foutu dos, lâcha-t-il.

Julianna le suivit dans le salon. Il s'assit sur le canapé avec une nouvelle grimace. Pour la galerie, peut-être. Elle prit place dans le fauteuil en face de lui.

— C'est le truc le plus stupide que j'ai fait, dit-il.

— Quoi ?

— Voler ces bières au 7-Eleven. J'avais le fric pour payer. Mais j'ai laissé mon portefeuille dans la caravane. J'ai pensé que ça rimait à rien de faire l'aller-retour juste pour un pack de Budweiser. À l'époque, ça coûtait quoi ? Cinq dollars ? Le caissier ne faisait pas attention. Mais le flic sur le parking, si. Enfin, c'était un coup de chance pour moi, finalement.

— Vous étiez en cellule quand on a vu ma sœur pour la dernière fois. Je sais.

— Je sais pas ce qui est arrivé à ta sœur. J'ai rien fait.

— Je veux savoir ce qui s'est passé avant que vous alliez voler les bières.

— Bois un coup.

— Non.

Son sourire la surprit. C'était un sourire de jeune homme, le même sourire qu'il avait adressé à Genevieve quand il leur avait donné la peluche Panthère Rose.

— Allez, là. T'es pas marrante.

S'il ne lui donnait pas ce qu'elle voulait, Julianna décida qu'elle appellerait la police une fois qu'il serait parti, et qu'elle signalerait un conducteur en état d'ivresse dans le quartier. Elle fournirait une description détaillée de son pick-up. Son taux d'alcool devait déjà avoir dépassé le seuil autorisé.

— J'étais tellement contente quand vous m'avez donné cette Panthère Rose. Pas tellement à cause de la peluche. Mais parce que ma sœur savait à quel point ça me faisait plaisir.

C'était le moment que Julianna souhaitait se rappeler. Pas celui, plus tard, où Genevieve avait regardé derrière elle, vers les attractions – son regard avait traversé Julianna, comme si elle n'était qu'une apparition inopportune – et promis sans le penser qu'elle serait vite de retour.

Crowley était silencieux. Il remua sur le canapé et appuya le bout d'une de ses bottes contre le bord de la table basse. Des santiags en alligator, cirées. Il s'était bien habillé pour l'occasion.

— Elle avait quelque chose de spécial, finit-il par dire.

— Ma sœur est-elle venue vous voir ?

— Ouais.

La chaleur du bourbon et sa sensation plaisante s'évanouirent. Les contours de la scène devinrent plus précis. Quand elle inspira, elle sentit le filet soyeux de ses poumons s'ouvrir.

— Vous mentez, dit-elle.

Crowley sourit.

— Il y a une minute, j'ai menti quand j'ai dit qu'elle était jamais venue. Faut choisir une version et s'y tenir, ma jolie.

Julianna réussit à se maîtriser.

— Quand ?

— Je ne sais pas. Un peu après la tombée de la nuit. Je ne savais pas si elle viendrait. J'espérais que oui. Je rencontrais pas mal de filles sur la route, mais comme je te le disais, ta sœur avait un truc particulier.

Mentait-il ? Disait-il la vérité ? Pourquoi ?

— Et ? demanda Julianna.

— Et rien. Elle est venue, on a parlé pendant une ou deux minutes, puis elle est partie. Je lui ai demandé si elle voulait entrer. On peut pas m'en vouloir, j'ai pensé que c'était pour ça qu'elle était venue.

— Qu'a-t-elle répondu ?

— Je me rappelle pas. Mais elle n'est pas entrée. Elle est partie.

Julianna attendit. Quelque chose en plus, n'importe quoi. La légère brise d'espoir s'estompa, puis mourut. Crowley ne faisait que la balader. Genevieve n'était jamais allée à la caravane.

— Tu me crois ou pas ? demanda-t-il.

— Je ne vous crois pas. De quoi avez-vous parlé ?

— De tout et de rien. Les politesses habituelles.

Il versa le reste du bourbon dans son verre.

— J'avais une guitare à l'époque. Une vieille guitare acoustique. Je lui ai dit que je pouvais lui jouer un morceau si elle le voulait. Les filles aimaient ça. J'étais plutôt pas mal, tu te rappelles. J'ai dit : « On n'a qu'à jouer de la musique. » Ta sœur s'est marrée et elle m'a fait un clin d'œil. Elle a dit quelque chose comme : « On n'a qu'à pas le faire. » C'est tout.

Le choc prit Julianna par surprise. Elle entendait ce rire, elle voyait le clin d'œil. C'était la réaction habituelle de Genevieve, chaque fois que Julianna disait que ce serait amusant de construire une cabane dans un arbre, de s'habiller comme les Bangles ou de veiller toute la nuit pour jouer à des jeux de société.

« Tu sais quoi ? » disait Genevieve, comme si elle venait d'avoir la meilleure idée du siècle.

— On n'a qu'à pas le faire et faire comme si, dit Julianna à Crowley.

Crowley hocha la tête.

— C'est ça. On n'a qu'à pas le faire et faire comme si. J'ai eu l'impression d'avoir cinq ans mais j'ai pas pu m'empêcher de rigoler. Ta sœur avait un truc.

Julianna se leva et alla dans la cuisine. Elle ne voulait pas que Crowley voie ses mains trembler. Elle coupa une part de tarte aux pommes et la glissa sur une assiette. Quand elle retourna dans le salon, il avait encore rempli son verre. Elle posa la part de tarte devant lui sur la table basse.

Genevieve était bien allée à la caravane de Crowley. Elle lui avait parlé.

C'était comme si Julianna avait passé la majeure partie de sa vie adulte à fixer un mur de briques vierge. Et que, d'un coup, une porte apparaissait dans ce mur.

Derrière la porte : la possibilité que sa sœur, qui avait disparu de la surface de la terre, ne se soit peut-être pas évaporée sans laisser de trace.

Il venait à Julianna tellement de questions que la tête lui tournait. Pourquoi Genevieve était-elle allée à la caravane pour repartir aussitôt ? Pourquoi n'était-elle pas revenue la chercher ? Comment et pourquoi avait-elle atterri une demi-heure plus tard dans l'allée des restaurants, de l'autre côté du champ de foire ?

— Je vous en prie, dites-moi tout ce dont vous vous souvenez, insista Julianna.

— Je t'ai déjà tout dit, répondit Crowley.

Il prit un morceau de tarte puis posa la fourchette et repoussa l'assiette.

— Tu ne l'as pas faite toi-même.

— Pourquoi est-elle partie si vite ?

— Aucune idée. J'ai essayé de ne pas le prendre pour moi. Je suis allé m'acheter des bières. Tu connais la fin de l'histoire.

— Où allait-elle ?

— Elle n'a rien dit.

— Il y avait quelqu'un d'autre là-bas ?

— Est-ce qu'il y avait quelqu'un d'autre où ?

— Dans votre caravane.

Crowley fixa Julianna du regard.

— Tu penses que j'avais prévu de la partager ? Non.

— Ou aux alentours. Quelqu'un qui aurait pu la suivre quand elle est partie.

Julianna pensait au type au chapeau de cow-boy, mais elle ne voulait pas orienter Crowley dans sa réponse.

— J'en ai aucune idée. En tout cas, j'ai rien vu.

— Pourquoi n'avoir rien dit de tout ça à la police ?

— À ton avis ? Ils cherchaient à me coincer par tous les moyens. Et je n'avais rien à voir avec cette affaire.

Il tapota le canapé près de lui.

— Viens ici une minute, tu veux ?

Julianna ne bougea pas, elle resta dans le fauteuil, à deux pas du couteau qu'elle avait laissé sur le comptoir de la cuisine. Même si le mal de dos était du pipeau, elle aurait le temps d'attraper le couteau avant que Crowley l'attrape, elle.

Il tendit la main.

— Tu vois mon petit doigt, comme il est tordu ? C'est un flic qui m'a fait ça, une fois que je me suis fait arrêter pour trouble à l'ordre public. À Murray, dans le Kentucky. Il m'a cassé le doigt en deux juste pour le plaisir.

— Vous ne vous rappelez vraiment rien d'autre ?

Crowley ôta sa botte de la table basse. Il se leva lentement, lourdement.

— Où allez-vous ? demanda Julianna en se levant également.

— Le dîner est fini, non ? À moins que tu aies quelque chose d'autre en tête, bien sûr.

— Juste… attendez.

— Désolé, chérie. Je t'ai dit tout ce que je savais.

Il se dirigea vers la porte. Julianna le suivit. La panique enflait en elle. Elle dut lutter pour ne pas se laisser submerger.

— N'importe quoi, dit-elle. Le moindre détail. N'importe quoi.

Il ouvrit la porte puis s'immobilisa.

— Je me rappelle maintenant qu'elle a dit quelque chose. Juste avant de partir.

— Quoi ?

— Sur le moment, je n'ai pas compris. Maintenant que j'y pense, après tout ce qui s'est passé… Eh bien, peut-être que ça a du sens, après tout.

Julianna saisit Crowley par le bras. Elle le serra fort.

— Qu'est-ce qu'elle a dit ? répéta-t-elle.

Quand il se tourna vers elle, quand il sourit, elle comprit qu'il l'avait manipulée à la perfection.

Il se pencha et posa un doigt sous son menton. Il lui renversa la tête en arrière, doucement, afin de plonger son regard dans le sien.

— Je parie que t'aimerais bien savoir, hein ?

Wyatt

CHAPITRE 14

Wyatt voulut repasser au Land Run pour questionner Candace au sujet de Lyle Finn, puis il se rappela qu'elle était partie emmener Lily à la garderie.

Il sortit son téléphone. Puis le rangea. Il avait envie de rappeler Laurie mais il savait qu'il devait lui laisser du temps. Il ne comprenait pas à quoi elle voulait qu'il réfléchisse. Il l'aimait. Il voulait passer sa vie avec elle. Il n'avait jamais été aussi certain de quelque chose dans son existence. Qu'y avait-il d'autre ?

Il ne lui avait jamais raconté ce qui s'était passé au cinéma, vingt-six ans plus tôt. Elle ne connaissait pas son nom de naissance. Mais c'était son choix à lui, non ? Il ne souhaitait pas que cette nuit dans la cabine de projection fasse partie de leur vie. Cela ne faisait plus partie de la sienne, tout du moins quand il se trouvait ailleurs qu'ici, dans cette ville, où le passé était un contre-courant.

Theresa aurait compris, pensa Wyatt. Le partage des émotions ne l'intéressait pas, elle n'avait aucune patience pour les épanchements. Quand on essayait de lui raconter sa vie, ses espoirs et ses rêves – si, plus bêtement encore, on l'interrogeait sur sa vie, ses espoirs et ses rêves à elle –, elle bâillait, elle vous soufflait la fumée au visage, elle se penchait et faisait courir un doigt sur l'arête brillante de son tibia pour regarder si elle avait oublié des endroits en se rasant.

Theresa n'était pas particulièrement belle. C'était une fille ordinaire de dix-sept ans aux cheveux bruns, au long cou et aux dents légèrement en avant. Alors qu'est-ce qui la rendait aussi attirante ? Ses yeux étaient d'un vert métallisé étrange, comme le ciel d'Oklahoma quand le vent tombait soudain à l'approche d'une tornade.

Elle et O'Malley avaient rompu pour de bon au début de l'été. Le lendemain de la rupture, O'Malley avait annoncé à Wyatt qu'ils avaient pris cette décision d'un commun accord. Il n'aborda plus jamais le sujet. Theresa, bien sûr, ne le mentionna pas. Wyatt attendit deux mois pour s'assurer qu'ils ne se remettaient pas ensemble. Et il lui fallut véritablement tout ce temps pour rassembler le courage de confier à Theresa ce qu'il ressentait pour elle. Lorsqu'il entreprit de lui avouer qu'il l'aimait, elle posa deux doigts sur ses lèvres et dit « Chut » pour le faire taire. De l'autre main, elle tournait la poignée de la cuve à pop-corn et regardait le pop-corn doré se déverser dans le bac. Elle avait continué son service comme si de rien n'était.

Melody la fouineuse, la seule employée présente à ce moment-là, tenait la billetterie pendant la pause de Karlene. Elle se trouvait à l'opposé de la buvette, dos à la machine à pop-corn. Mais Wyatt aurait dû se méfier. Melody avait des yeux derrière la tête, une ouïe surnaturelle. Plus tard dans la soirée, elle adressa un regard à Wyatt – un mélange de compassion, d'amusement, de mise en garde. Il lui retourna son regard. Pour dire quoi ? Un truc du style : *Je ne sais pas du tout pourquoi tu me regardes comme ça !* Melody se contenta de sourire. À quinze ans, Wyatt ne savait pas mentir.

Pourquoi les autres et pas moi ?

Richard William Purdy. Dale Earl Barrett. Clifton Holly Needs. Les noms des tueurs ne lui disaient rien. Leurs visages non plus. Il n'avait jamais vu ces hommes auparavant.

À moins que ?

Durant des années après les meurtres, l'hypothèse qu'il avait *peut-être* croisé la route d'un des tueurs sans le savoir l'avait presque rendu fou. Ses souvenirs du cinéma, cet été-là, étaient très précis pendant et après le travail, mais il ne se rappelait pas de manière aussi détaillée les moments où il n'était pas avec leur petite bande.

Les matinées devant la télé. Les heures passées à tondre la pelouse. Les déjeuners au Roy Rogers ou les balades à la librairie d'occasion au centre commercial de Penn Square. Avait-il oublié des moments importants ? Une rencontre brève et fortuite avec un inconnu qui, au bout du compte, lui avait sauvé la vie ?

Et qu'en était-il de tous les clients du cinéma ? Des milliers de personnes, une confusion de visages. Deux salles, six séances par jour. Pendant l'heure d'affluence, ils avaient intérêt à se bouger. Wyatt n'avait pas le temps de jeter plus qu'un coup d'œil à chaque client à moins qu'il s'agisse d'une fille particulièrement mignonne.

Les policiers étaient certains qu'un des tueurs au moins avait repéré les lieux en vue du braquage. Mais c'était peut-être l'inverse. Le braqueur avait peut-être vu un film au Pheasant Run et compris à ce moment-là que ce serait un casse juteux.

Wyatt s'arrêta chez Whole Foods pour y acheter des pommes, les honeycrisps que son oncle aimait tant, puis il se rendit chez lui. Son oncle était assis sous son porche.

— Mikey !

— Comment ça va, oncle Pete ?

Pete lui tendit la main, une poignée solennelle et formelle.

— Aussi bien que possible étant donné les circonstances, répondit-il de son ton impassible.

C'était une autre de ses répliques préférées.

— Assieds-toi, Mikey. Mets-toi à l'aise, dit-il en tapotant le coussin près de lui.

Wyatt s'installa sur la vieille balancelle rouillée de la véranda – là où, par beau temps, sa grand-mère s'asseyait toujours pendant des heures.

Wyatt tendit le sac de pommes à son oncle.

— Ma parole, c'est des honeycrisps !

— La pomme des rois, la reine des pommes, dit Wyatt.

— C'est ce que papa disait.

— Oncle Pete, tu m'as emmené à un match sur le champ de foire, un 4 juillet. C'était l'été avant ma première année de lycée.

— Ah oui ?

— On est restés pour le feu d'artifice après le match. Tu te rappelles ?

— Bien sûr que je me rappelle.

Wyatt voyait encore les fusées s'envoler derrière le tableau des scores, rapidement au début puis plus lentement, luttant dans l'air jusqu'à perdre leur élan, avant de chuter et d'exploser. Mais c'était son seul souvenir.

— Tu te souviens d'un truc qui serait sorti de l'ordinaire ? Quelqu'un à qui on aurait parlé ?

Son oncle se gratta le menton.

— Bien sûr. On était assis à côté d'un type avec un trombone.

— Avec un trombone ?

— Oui. À Holland Park. Chaque fois que les Indians marquaient un *home run*, tu te rappelles, il soufflait dans son trombone. Un type grand et gros avec un nœud papillon. Rudy ou Ruby. Ruby, je crois. Ruby Roberts.

Les Indians d'Oklahoma City étaient une équipe de ligue mineure qui avait existé avant la naissance de Wyatt, et Holland

Park, l'endroit où ils jouaient avant que le stade du champ de foire ne soit construit.

Pete s'était de nouveau perdu dans le passé. Il ne pourrait pas l'aider. Personne ne le pourrait.

Pourquoi les autres et pas moi ?

Il n'y avait aucune réponse. La question était une boucle, un tunnel qui s'enfonçait toujours plus profondément dans la roche sans jamais trouver la lumière. Wyatt le savait. Et pourtant, il y revenait encore et encore.

— Tu te rappelles le vieux Ruby avec le trombone, n'est-ce pas ? demanda son oncle.

— Bien sûr que je me rappelle.

Wyatt retourna à l'hôtel pour changer de chemise avant le match de football. Dans le hall, une voix dans son dos lui demanda de retenir l'ascenseur. Il s'exécuta. Un gamin dans la vingtaine – veste, cravate, pantalon de toile – se précipita dans la cabine.

— Monsieur Rivers ? demanda-t-il.

— C'est moi, répondit Wyatt.

Le gamin avait des épaules larges, les joues roses et un sourire timide. C'était probablement un ancien joueur de première base, qui avait porté le maillot d'un lycée d'une petite ville de l'est de l'Oklahoma.

Il arborait un badge de l'hôtel avec son nom dessus.

— Je m'appelle Chip.

— Je suis déçu que vous ne m'ayez pas laissé deviner, répliqua Wyatt.

Il appuya sur le bouton de son étage. Les portes se refermèrent et l'ascenseur commença à monter.

— Je ne suis pas censé être là, dit Chip.

— D'un point de vue métaphysique ? Ou plutôt parce que vous venez de vous souvenir que vous avez une réunion ?

Le type sourit d'un air contrit en secouant la tête.

— Non, je veux dire que je travaille à la réception. On n'est pas supposé approcher les clients pour des raisons personnelles.

Wyatt apprenait donc qu'il était approché pour des raisons personnelles. Il remarquait maintenant que le type avait l'air nerveux – il se tordait les mains. Wyatt vérifia l'étage. Encore quatre.

— Je vous écoute.

— Vous êtes détective privé, c'est ça ?

— Oui.

— C'est le barman qui me l'a dit. J'espère que ça ne vous dérange pas. Je ne veux pas lui créer d'ennuis.

— Ne vous en faites pas. Je ne peux m'en prendre qu'à ma grande gueule.

— J'ai besoin de votre aide, monsieur Rivers.

— Non, répondit Wyatt. Il se peut que vous ayez besoin d'aide. C'est tout à fait possible. Mais vous n'avez pas nécessairement besoin de *mon* aide.

Le gamin tentait de trouver quoi répondre. L'ascenseur montait en tremblotant. Lentement.

— Je peux vous payer. Je vous paierai ce que vous demandez.

Chip ouvrit les mains, les referma. Il se mordit la lèvre inférieure.

— Vous pensez que ce serait combien ?

La cloche finit par retentir et les portes de l'ascenseur s'ouvrirent.

— Je crains que mon carnet de bal soit plein, dit Wyatt.

— Oh.

Chip ne semblait pas savoir ce qu'était un carnet de bal. Wyatt n'était pas non plus certain de vraiment le savoir.

— Je suis complet, expliqua-t-il. Occupé. Pas disponible.

— C'est ma femme. Je crois que… je crois qu'elle me trompe. Ça me bouffe de ne pas savoir. Des fois, j'ai l'impression de ne plus pouvoir respirer.

Il avait l'air trop jeune pour être marié. Mais trop jeune, qu'est-ce que cela voulait dire, au fond ? Wyatt lui donnait vingt-trois ou vingt-quatre ans. Peut-être était-il déjà un vétéran du mariage.

— Demandez-lui. C'est le meilleur conseil que je puisse vous donner. Pour préserver une relation saine, on a tout à gagner à faire confiance et à être franc, mais rien à attendre des services d'un détective privé.

— Je lui ai demandé. Elle m'a répondu que j'étais stupide. Et je le suis peut-être. Mais comment le savoir ? Comment on sait qu'on est stupide ou pas ?

Wyatt n'avait pas de réponse. Égoïstement, il aurait aimé en avoir une.

— Je suis désolé.

Il sortit de l'ascenseur. Sa chambre était quatre portes plus loin, dans le couloir. Quand il glissa sa clé magnétique dans le boîtier, il constata que le gamin était toujours là – dépité, à moitié dans le couloir, à moitié dans l'ascenseur, les mâchoires de la cabine tentant de se refermer sur lui.

— Tout ce dont j'ai besoin, monsieur Rivers, c'est de savoir. Peu importe comment.

Wyatt se sentait un peu mal pour le gamin mais il voulait surtout se montrer prudent. La veille, il avait demandé un service au journaliste grincheux du *Daily Oklahoman*. Était-il bien sage de refuser le service que l'univers lui demandait en retour ?

Quand on sème la bonté, on récolte la bonté. D'après les Veda.

— Je vais essayer de jeter un coup d'œil, mais je ne promets rien, dit Wyatt en sortant son carnet de notes. J'aurais besoin d'informations sur votre femme.

— Monsieur Rivers, merci. Oh ! mince alors. Merci beaucoup.

— Ne me remerciez pas encore.

Le sens de sa réponse fila juste à côté du gamin, une balle que le receveur ne vit même pas passer. Quand il lui serra la main, Chip lui secoua le bras comme un prunier.

— Oh ! mince alors, dit-il. Merci.

Le trajet jusqu'à Norman prit deux fois plus de temps à Wyatt qu'il n'aurait dû – circulation de soir de match, pare-chocs contre pare-chocs, de gros SUV décorés de drapeaux écarlates claquant au bout de bras en plastique coincés entre la vitre et le toit. Certains SUV arboraient quatre drapeaux des Sooners, un à chaque fenêtre. Wyatt, qui n'en avait aucun, se sentit tout nu.

Quand le défilé au pas atteignit enfin Norman, il dut se garer à quatre pâtés de maisons du campus, sur la pelouse clairsemée de deux étudiants qui lui demandèrent vingt dollars pour ce privilège.

Wyatt serra son Altima de location entre une Escalade – deux drapeaux, une plaque d'immatriculation customisée aux couleurs de la fac – et le porche de la maison. Le porche était bondé d'étudiants, les types avec des tatouages tribaux sur les mollets et des colliers de barbe taillés de façon approximative, les filles en jeans coupés et hauts de maillot de bain. Un type torse nu essayait de faire le poirier pendant qu'un autre lui assénait des claques à l'aide d'une serviette mouillée.

Cela avait l'air plus amusant que de passer la soirée avec Jeff Eddy, mais le devoir l'appelait.

L'imposant stade en briques rouges se dressait au centre du campus. Il dominait l'endroit telle une cathédrale médiévale entourée de huttes de branchages et de boue. Wyatt sentit les pulsations d'un état de quasi-hystérie extatique, alors que la foule qui l'enveloppait désormais cheminait de plus en plus près du stade.

Toutes les trente secondes environ, quelqu'un braillait « Boomer ! » puis le reste de la foule répondait en rugissant « Sooner ! ».

Wyatt savait que l'université d'Oklahoma était aujourd'hui une très bonne faculté publique, bien classée d'un point de vue national. Mais dans sa jeunesse, les gens rigolaient en disant qu'ils voulaient un établissement qui serait digne de l'équipe de foot.

Le père de Wyatt avait consacré sa vie au sport. Rien ni personne dans sa vie – littéralement et sans exagérer – n'avait suscité chez lui une telle adoration. O'Malley, lui, n'en avait rien à cirer. Il s'intéressait aux livres, aux films, à la musique. Dès le premier jour, il avait aidé Wyatt à se sentir bien en s'intéressant aux mêmes choses que lui. O'Malley comprenait qu'il y avait un monde en dehors d'Oklahoma City qui, dans les années 1990 – pour quelqu'un comme Wyatt, venant d'une famille comme la sienne –, semblait aussi repliée sur elle-même qu'un poing serré.

O'Malley avait prévu de partir en Californie, ou peut-être à Rome. Wyatt le suivrait deux ans plus tard, quand il sortirait diplômé du lycée, ou peut-être même avant s'il mettait assez d'argent de côté. Il occuperait la chambre d'amis dans sa maison sur la plage ou sa villa Renaissance.

Par un chaud dimanche d'été, fin juin ou début juillet, ils étaient tous allés au lac Thunderbird pour boire de la bière et faire du ski nautique. Ou plutôt au lac Dirtybird, comme tout le monde l'appelait, parce que l'eau était d'un marron rougeâtre. Le petit ami de la sœur de Janella leur avait prêté son bateau – Dieu sait comment elle avait réussi à le convaincre. O'Malley avait pris les commandes et mis les gaz. Il avait tourné autour du lac, projetant l'eau dans leur sillage, sans tenir compte des zones interdites, vérifiant jusqu'où il pouvait s'approcher du rivage. À l'arrière du bateau, Janella, Karlene et Theresa riaient en s'agrippant aux plats-bords et en hurlant : « Ralentis ! »

Comme s'il allait le faire.

« Même pas peur ! hurlait O'Malley par-dessus le rugissement du moteur et les coups de vent. Rien ne nous arrêtera ! »

Wyatt repéra Jeff Eddy, comme indiqué, sur le meilleur des meilleurs emplacements prévus pour un pique-nique à l'arrière d'un pick-up. Il portait une doudoune sans manches écarlate brodée d'un insigne blanc aux initiales d'Oklahoma University au-dessus du cœur. Tout en retournant des saucisses à l'aide d'une fourchette sur un gril presque aussi grand que l'Altima de location de Wyatt, il tenait audience, entouré de quatre types du même âge que lui, avec les mêmes joues flasques, les mêmes sourires éméchés et suffisants, et des doudounes identiques.

La gent féminine avait transporté les chaises pliantes de luxe en tissu et les margaritas dans des porte-gobelets en amont du vent, qui charriait les tourbillons de fumée du gril. Elles comparaient leurs pédicures en agitant les orteils.

— Encore mieux, pérorait Eddy. Vous vous rappelez comment Chunks a gagné son surnom ? Le soir de la fête qu'on a organisée pour les Delta ?

— Oh ! non, pas ça, grogna un des types – ledit Chunks, probablement.

Les autres ricanèrent.

Eddy repéra Wyatt avant que ce dernier puisse s'enfuir en courant.

— Wyatt ! Mon pote !

Eddy passa les pinces à un des types, s'approcha de Wyatt et l'honora d'une poignée de main excessivement chaleureuse. Puis d'une autre poignée de main suivie d'une bourrade. Wyatt aurait été incapable de dire à quand remontait la dernière fois où on lui avait tapé dans le dos.

— Qu'est-ce que tu bois ? demanda Eddy. On a tout ce que tu peux imaginer.

— Un pisco sour, sans vouloir abuser, répondit Wyatt, juste pour savourer les efforts que fit Eddy pour conserver sa bonhomie complètement bidon. Non. Pourquoi pas une caïpirinha ?

Eddy eut un rire forcé.

— Une bière fera l'affaire ?

— Carrément.

Eddy lui trouva une Sierra Nevada et le présenta aux autres types comme son partenaire en affaires de Las Vegas. En plus de Chunks, il y avait Otter, Goose et Big Boy. Wyatt ne prit pas la peine de les différencier.

— Où tu es allé à la fac ? demanda un des types à Wyatt. On te demande juste de ne pas répondre « au Texas ».

— Ni dans l'Ohio, dit un autre type.

Big Boy, de toute évidence le plus bourré de la bande, observait Wyatt qui portait un costume gris clair en toile légère, une chemise blanche et pas de cravate.

— Alors comme ça, lança-t-il, tu viens directement du bal de promo ?

Les autres gars se retinrent de rire en attendant de voir si Wyatt pouvait encaisser une vanne ou confirmer leurs soupçons, à savoir qu'il était un type de gauche dénué d'humour qui mouillait son lit.

— D'un enterrement, répondit Wyatt en baissant les yeux sur ses chaussures noires. Ma mère.

On aurait pu entendre la condensation perler sur le goulot de sa bouteille de bière. Les quatre gars le fixèrent, puis détournèrent les yeux, puis levèrent leurs verres et leurs bouteilles dans une synchronicité parfaite pour reprendre une longue gorgée embarrassée.

Big Boy et Goose étaient au whisky, Otter à la bière et Chunks buvait une margarita.

Wyatt supposa que Big Boy et Otter étaient dans le secteur de l'énergie – de beaux parleurs, des négociateurs, des escrocs.

Chunks – observateur, fouineur – était probablement avocat. Fiscaliste. Big Boy était le plus bourré, mais c'était probablement Goose qui avait un problème avec la bouteille. Sa femme, la blonde alpha, n'arrêtait pas de lancer des regards dans sa direction, les lèvres pincées. Elle comptait le nombre de verres de son mari en faisant tinter son alliance contre son verre.

Une des choses les plus difficiles quand on est détective, c'est qu'on ne cesse jamais de détecter. On ne prend jamais de pause-café.

Jeff Eddy posa la main sur l'épaule de Wyatt avec un sourire concédé encore moins volontairement que le premier, comme le conducteur qui, après une course-poursuite, se rend et se retrouve plaqué au sol par les flics.

— Il plaisante, dit Eddy.

— Je plaisante, confirma Wyatt. Ce n'était qu'une crémation.

Une explosion de cuivres s'envola du stade alors que la fanfare entamait l'hymne de l'université.

— Allons regarder du sport, lança Eddy.

— Boomer ! hurla Big Boy.

Wyatt aurait préféré que Jeff Eddy aille droit au but, mais il y avait pire façon de tuer une soirée. Il faisait beau, frais et vif, Eddy fournissait la bière et la lui servait. Wyatt était sûr que Candace le tuerait si elle le savait là, s'il était assez culotté pour appeler cela une « enquête ».

Alors que le deuxième quart-temps était bien avancé, la femme d'Eddy se décala pour venir s'asseoir à côté de Wyatt, tandis que son mari était allé chercher de la bière pour la troisième ou quatrième fois. Elle s'appelait Karen. Elle était mince, coûteusement parfumée, un sourcil relevé de manière à suggérer soit un scepticisme naturellement dédaigneux soit une récente intervention chirurgicale, ni très réussie ni très judicieuse.

Wyatt essaya d'imaginer la jeune fille de dix-sept ans derrière la quinquagénaire, quel genre d'adolescente elle avait été, l'avenir dont elle avait rêvé. Il n'y parvint pas. La fille qu'elle était alors aurait pu devenir n'importe qui.

— Alors c'est vous, le détective privé qui fait faire dans son froc à mon mari.

— Je ne pense pas que je suis censé savoir ça, Karen, répondit Wyatt.

— Que voulez-vous.

— Dites-m'en plus.

— Non.

Ils regardèrent le match le temps de quelques essais. Wyatt observa un des joueurs défensifs des Sooners affronter son adversaire – sonder, feinter, charger, virer, marteler, se courber. Chaque mouvement de jeu était une figure de ballet, chaque attaque un coup pensé avec les trois ou quatre suivants en tête, comme aux échecs.

C'était probablement le seul conseil utile que le père de Wyatt lui avait jamais donné : ne te contente pas de regarder le ballon. Le vrai jeu se passe sur les bords.

— Cela fait quarante ans que j'assiste à ces matchs, dit la femme d'Eddy d'un ton neutre.

Sur une troisième tentative, le défenseur Sooner que Wyatt suivait feinta un bloqueur et fit une percée. Le quarterback fut obligé d'accélérer sa passe. Le ballon s'envola haut et loin.

— J'ai aujourd'hui l'impression que certaines parties de ma vie n'ont jamais eu lieu, fit Wyatt.

Il songea à ses deux années à Minneapolis, celles d'avant à Charlotte.

— Vous voyez ce que je veux dire ? Ce n'est pas que je ne m'en souvienne pas. C'est que je ne me souviens même pas de m'en souvenir.

Elle hocha la tête.

— Depuis combien de temps êtes-vous mariés, Jeff et vous ? demanda-t-il.

— Trente et un ans.

— Félicitations.

La femme d'Eddy se tourna vers lui et posa une main sur son avant-bras.

— Je veux savoir pourquoi Greg n'a pas laissé le Land Run à Jeff.

— Mlle Kilkenny n'est pas une prostituée. Ce n'est ni une strip-teaseuse, ni une croqueuse de diamants. Je ne sais pas ce que votre mari vous a raconté. Il n'y avait aucun aspect sexuel ou sentimental dans sa relation avec votre défunt beau-frère.

— Vous ne m'écoutez pas, dit la femme d'Eddy.

Wyatt fut surpris. Il pensait plutôt qu'il savait écouter. Son gagne-pain en dépendait souvent.

— Je ne veux pas savoir pourquoi Greg a laissé le Land Run à cette fille. Je veux savoir pourquoi il ne l'a pas laissé à son propre frère.

Jeff Eddy était revenu avec la bière. Sa femme se décala pour retrouver sa place, et il se rassit à côté de Wyatt.

— Bon, fit Eddy.

Il baissa la voix, bien qu'il n'en ait pas besoin. La foule rugissait, la fanfare jouait.

— Parlons un peu.

— Allons-y.

— Tu n'as rien dit à Candace ? demanda Eddy. Au sujet de cette prétendue mesure de projet d'agglomération ?

Prétendue ?

— Pas encore, mentit Wyatt. Je voulais entendre ce que tu avais à dire.

Eddy hocha la tête. Il scrutait Wyatt, les yeux plissés, essayant de lire en lui.

— J'aimerais faire appel à tes services, dit-il enfin. À propos du Land Run.

— À propos du Land Run ? s'esclaffa Wyatt. Il me semble qu'il y aurait comme un conflit d'intérêts.

— C'est là que tu te trompes. Et c'est ce qu'il faut que tu comprennes. Nos intérêts, le mien et celui de Mlle Kilkenny, concordent tout à fait.

Wyatt avait hâte d'entendre en quoi.

— Je t'écoute.

— Tu crois que cette fille va s'épanouir en dirigeant ce trou à rats ? Tu crois que, dans un an, elle sera contente quand elle fera faillite ?

— Du coup, ton plan, c'est de continuer à l'emmerder jusqu'à ce qu'elle mette la clé sous la porte ?

— Quoi ? Non. Je te l'ai dit, j'ai rien à voir avec tout ça. Moi, je te parle de la réalité de la situation. Qu'est-ce qu'elle connaît à ce genre d'affaire ? Je peux te dire un secret ?

— Il ne sortira pas de ce stade.

— Mon frère n'a jamais gagné un rond. Il a travaillé là-bas sept jours sur sept pendant toute sa vie. Il connaissait cette affaire sur le bout des doigts. Et il était au bord de la faillite deux années sur trois.

Wyatt ne savait pas si c'était vrai ou non. Peu lui importait, en fait.

— Alors qu'est-ce que tu attends de moi ? demanda-t-il.

— Que tu aides Mlle Kilkenny à comprendre qu'elle ferait mieux de vendre. Essaie de savoir combien elle veut. Elle s'en sortira avec un joli petit pécule, et je pourrai rendre hommage à la mémoire de mon frère.

Un receveur des Sooners secoua la défense en attrapant une bombe dans le coin de la zone rouge. La fanfare entonna l'hymne pour la millionième fois environ selon Wyatt – une estimation prudente.

— Mlle Kilkenny souhaitera plus qu'un joli petit pécule si elle est au courant de la mesure fiscale, déclara Wyatt. Pardon, de la *prétendue* mesure fiscale.

Le sillon entre les sourcils d'Eddy se creusa davantage. Il serra les lèvres tellement fort qu'elles disparurent. Puis il se reprit avec un petit rire.

— On est encore là en train de parler de ça. Tu sais ce que ça me fait dire ? Que tu es un homme d'affaires.

Après cette conversation, Wyatt aurait besoin d'une bonne douche chaude et de bien se savonner. D'un autre côté, il savait que s'il abrégeait et rentrait bredouille de sa soirée passée à boire des bières et à regarder le foot, Candace le tuerait pour de bon. Il décida de jouer le jeu.

— Tu connais cette vieille blague ? demanda-t-il. Un homme va voir une dame, une dame propre sur elle, et il lui dit : « Est-ce que vous coucheriez avec moi pour un million de dollars ? » Je ne sais pas combien ça ferait aujourd'hui, en tenant compte de l'inflation, mais tu vois l'idée. La dame réfléchit, elle rougit, et finalement elle dit : « Oui, je le ferais. » Puis l'homme demande : « Et pour cinq dollars ? » La dame prend alors un air terriblement offensé : « Comment osez-vous ! Pour qui me prenez-vous ? » Et l'homme répond : « Oh ! je crois qu'on sait déjà qui vous êtes. On est juste en train de négocier. »

Eddy sourit.

— Je suis certain qu'on peut parvenir à un accord.

Wyatt

CHAPITRE 15

Wyatt s'enfuit du match à la mi-temps, après avoir promis – pour un montant à définir plus tard – d'aider à faire s'accorder les intérêts de Jeff Eddy et ceux de Candace. En revenant sur l'I-35, il soupesa les possibilités. Cette tentative de l'acheter et de le faire taire au sujet du nouveau projet d'agglomération rendait-elle plus probable le fait qu'Eddy était derrière ce qui était arrivé jusque-là à Candace ? Ou moins ?

Difficile de trancher. Il atteignit la ville vers 21 heures et s'engagea dans Bricktown. Le quartier à l'est du centre-ville était constitué de vieux entrepôts carrés, rénovés et transformés en restaurants, en boîtes de nuit et en boutiques. Ce soir-là, les rues étaient en pleine effervescence – il y avait un match du Thunder dans le stade, de l'autre côté de Broadway – et Wyatt se dit que la personne à l'origine du projet d'agglomération de Bricktown avait tapé dans le mille.

Jeff Eddy avait lui aussi l'intention de prendre part à ce nouveau projet. Wyatt ne pouvait pas le blâmer pour cela. Il lui en voulait juste de se comporter comme un crétin vicieux et minable.

Il dîna dans Automobile Alley, une portion de Broadway autrefois bordée de concessionnaires automobiles. Abandonnés pendant des décennies, les halls d'exposition historiques Art déco étaient devenus des restaurants et des boutiques de luxe. L'entrecôte de bœuf nourri à l'herbe que Wyatt commanda valait tout ce qu'il avait pu manger à Vegas ou à L.A.

Après dîner, il retourna au Land Run. Il y avait une longue file d'attente sur le trottoir mais Fudge, le videur, repéra aussitôt Wyatt et lui fit signe d'avancer.

— Yo, dit le colosse. Quoi de neuf, monsieur le détective privé ? Monsieur le détective privé du club VIP ?

— Tu gères, Fudge. Grave.

— Grave, répondit-il en checkant du poing avec Wyatt. Tu as vu ce qui s'est passé la nuit dernière ?

— J'ai vu.

— Quelqu'un a retourné tout le bordel. Quand je dis retourné, c'est retourné. Ça nous a pris la journée de tout remettre d'équerre.

— Je suis sur le coup, dit Wyatt. La patronne est dans le coin ?

— Ouais, mais laisse-moi te poser une question d'abord, monsieur le Privé. Tu sais pourquoi on m'appelle Fudge ?

Wyatt s'en doutait un peu. Mais il remarqua deux filles en tête de file qui les écoutaient. Fudge les avait également repérées. Wyatt lui rendit service avec plaisir.

— Tu sais bien que non, répondit-il. Pourquoi ?

— Parce que je suis marron et sucré et qu'aucune femme ne peut me résister, déclara Fudge à l'intention des minettes, qui se mirent à glousser.

Wyatt lui fit de nouveau un check en entrant dans le bar.

Le Land Run était bondé et joyeusement bruyant alors que le public attendait que le groupe suivant investisse la scène. La foule était dans l'ensemble blanche et jeune, avec pas mal d'étudiants, mais d'autres tranches de la population, différentes et plus âgées, étaient étonnamment représentées. Il y avait des hippies, des hipsters barbus, des piliers de comptoir, des yuppies, des culs-terreux et deux lesbiennes d'âge mûr qui se tenaient la main. Un sikh blanc et un cow-boy noir.

Le mélange était probablement différent de ce qu'il avait été à l'époque de Wyatt. En 1986, les hipsters, par exemple, n'avaient pas encore été inventés et aucune fille n'arborait de coiffure new wave à la 'Til Tuesday et des yeux charbonneux. Mais il se réjouit de voir que le public était toujours aussi mélangé : des Oklahomiens de tout bord rassemblés par un amour partagé pour la musique originale jouée fort dans une salle privée miteuse – et un public suffisamment aventureux pour se garer la nuit dans un quartier comme celui-ci.

Wyatt se rappela comment O'Malley appelait le Land Run : l'Église de Tous les Genres.

Il se faufila jusqu'au bar et croisa le regard de la barmaid, Dallas, avec ses tatouages et son anneau en argent dans le nez. Ce soir, elle avait une coiffure démente : une banane avec une queue-de-cheval. Du rouge à lèvres foncé, des yeux à la Cléopâtre.

— Salut toi, dit-elle.

— Dallas. Tu es très rockabilly ce soir.

— C'est le but. Tu veux un *drink* ?

Prononcé *drank* avec son accent d'Oklahoma.

— Wyatt. Comme le shérif[1], reprit-elle.

— Non merci.

— Tant pis pour toi.

— Ne réagis pas comme ça, répondit Wyatt. J'ai le sentiment que ça pourrait encore marcher entre nous.

— Trop tard. J'ai l'intention de vivre ma vie.

Elle s'éloigna en agitant sa queue-de-cheval et tira quelques bières qu'elle servit au bout du comptoir. Fit claquer quatre verres devant elle, les remplit de glace, de tonic, de vodka et de rondelles

1. Wyatt Earp (1848-1929), chasseur de bisons, officier américain et marshal à Dodge City.

de citron vert. Rendit la monnaie sur un billet de vingt d'une main pendant que, de l'autre, elle versait du Jack Daniel's et de la glace dans deux autres verres.

Une minute plus tard, elle revint vers Wyatt.

— Je savais que je te reverrais, dit-il.

— On dirait que j'peux pas rester trop longtemps loin de toi. Tu as déjà résolu l'affaire ?

— Je suis à deux doigts, répondit Wyatt. Attends. Fais-moi voir celui-là.

Elle le laissa lui prendre l'avant-bras. Wyatt le tourna dans un sens puis dans l'autre.

— C'est un phénix, dit-il. Qui renaît de ses cendres.

— Je sais ce que c'est. C'est moi qui l'ai dessiné.

— C'est vrai ?

— Je suis apprentie chez Ink & Roses à Plaza District. Encore trois mois et je me lance à mon compte.

Wyatt suivit la queue du phénix avec son pouce. Le tatouage très coloré était également très détaillé. Chaque plume était d'une teinte différente de rouge, de jaune ou de vert.

— Tu es une femme aux multiples talents, dit-il.

— Allez vous trouver une chambre, vous deux, grogna un type près de Wyatt.

Il avait les cheveux teints en noir et une barbichette assortie. Il leva son verre vide en faisant ostensiblement cliqueter les glaçons.

Wyatt rendit son bras à Dallas qui prépara un nouveau verre au vieux type.

— Tu sais où est Candace ? demanda Wyatt.

— Ne lève pas les yeux tout de suite.

Postée à la rambarde du balcon, Candace regardait Wyatt d'un œil noir. Il se fraya un chemin dans la foule et monta l'escalier en bois grinçant.

— Arrêtez de draguer ma barmaid, dit Candace. Faites ça sur votre temps libre.

— Je ne la drague pas. Et ai-je du temps libre ?

— Pas tant que vous n'avez pas découvert qui essaie de foutre ma vie en l'air.

Il la suivit jusqu'au box au bout du balcon. La table était couverte de piles de factures, d'inventaires et de reçus. Sans compter la demi-douzaine de canettes vides de Red Bull, une coquille en plastique contenant les restes d'une salade César. Un album de coloriage des princesses Disney.

Wyatt se glissa dans le box face à Candace.

— C'est votre bureau ?

— C'était aussi celui de M. Eddy, répondit-elle. C'est ce qu'il m'a raconté. Comme ça, il pouvait garder un œil sur tout. Il disait, à quoi ça sert d'avoir un endroit comme ça si on peut pas écouter la musique ? C'était vraiment un gentil petit vieux. C'est lui, là.

Elle désigna la photo noir et blanc encadrée accrochée à la paroi du box. On y voyait un gamin tout juste sorti de l'adolescence au visage ouvert et amical. À côté de lui, il y avait un type avec une guitare acoustique qui ressemblait à un jeune Johnny Cash. Wyatt comprit que c'était le jeune Johnny Cash.

— Je vous ai laissé au moins quatre messages, dit Candace. Où étiez-vous toute la journée ? Et si j'avais eu une urgence ?

— Vous me l'auriez dit. J'étais au match des Sooners avec Jeff Eddy. Je buvais de la bière dans la fraîche brise automnale.

Ignorant la provocation, Candace vérifia l'appel entrant qui faisait vibrer son téléphone. Elle grogna.

— Quoi encore ? répondit-elle à son correspondant. Non ! Ce n'est pas cool s'ils débarquent tous ! J'ai dit que tu pouvais juste faire venir ton petit ami.

Une pause.

— Non ! J'ai dit qu'elle devait être au lit à 20 h 30 ! Elle a cinq ans. Passe-moi Lily, s'il te plaît.

Wyatt prit une carte postale, sur laquelle une tortue de mer planait devant des coraux. Les dernières nouvelles du père de Lily, l'ex de Candace, qui remuait le couteau dans la plaie. Le cachet de la poste mentionnait Paia, Hawaï, et datait de mardi, le jour où Wyatt était arrivé à Oklahoma City.

Maui est plus belle que jamais. Il y fait toujours beau. Sabrina et moi avons une maison sur la plage maintenant. Avec un mur entièrement en verre. Mon nouveau boulot paie deux fois plus que l'ancien. La vie est belle ! – Brandon.

Wyatt reposa la carte postale sur la table. Karlene était surexcitée à l'idée de partir à Hawaï. Elle devait décoller le mercredi suivant le vendredi où elle avait été assassinée. Elle avait acheté son billet d'avion en juin et elle le trimballait toujours dans son sac à main. Chaque fois qu'un client de M. Bingham la poussait à bout, elle sortait le billet de son sac et y collait un gros bisou mouillé avant de le ranger.

— Coucou, chaton, dit Candace au téléphone. Ça roule ? Tu t'es déjà brossé les dents ? C'est l'heure d'aller au lit.

Wyatt se rappela qu'un jour, Grubb avait demandé à Karlene d'un ton narquois si elle le laisserait embrasser son billet pour Hawaï. Karlene avait éclaté de rire et lui avait rétorqué qu'il pouvait toujours lui embrasser le cul. Grubb s'était exclamé : « Ouais, j'aimerais bien ! » Tous ceux qui traînaient près de la buvette, Wyatt, Tate, Janella et O'Malley, avaient trouvé que c'était l'échange le plus drôle de l'histoire de la comédie.

Les lumières s'éteignirent et la foule en bas se mit à rugir quand le groupe entra sur scène. Wyatt se rappela le concert des Hüsker Dü au printemps 1986, le public tellement compact qu'on pouvait à peine respirer. Il se revit, tout ébahi que son horrible fausse carte d'identité ait finalement fonctionné. Theresa se tenait sur sa gauche, Karlene sur sa droite.

À quoi la vie de Karlene aurait-elle ressemblé si on lui avait permis de la vivre ? Serait-elle installée pour de bon à Hawaï ou y aurait-elle passé six mois avant de rentrer à Oklahoma City avec le mal du pays et fauchée ? Aurait-elle fini par épouser un crétin comme Jeff Eddy ? Aurait-elle eu un gamin et un ex-mari, comme celui de Candace, qui lui aurait envoyé des cartes postales provocatrices sur sa chouette vie loin d'ici, au paradis ? Ou bien serait-elle, en ce moment même, en bas sur la piste de danse du Land Run à balancer la tête comme si demain n'existait pas ?

Et Grubb, Theresa, Melody, O'Malley. Où seraient-ils aujourd'hui s'ils avaient survécu à cette nuit dans la cabine de projection ? Qui seraient-ils ? Pendant toutes ces années, Wyatt s'était efforcé de ne pas se livrer à de telles spéculations. Il essaya de se rappeler la réplique du *Roi Lear*. « C'est de ce côté qu'est la folie. » Ou davantage de folie. D'un genre différent.

Le groupe en bas jouait un vieux morceau de country. Un contrebassiste, un batteur avec juste une grosse caisse, une caisse claire et une cymbale, une chanteuse avec des santiags rouges et un voile noir de veuve.

Candace souhaita bonne nuit à Lily avant de raccrocher. Elle prit la carte postale que Wyatt avait regardée.

— Impossible qu'il ait la belle vie comme ça, déclara-t-elle. Ce connard dort probablement dans sa voiture sur la plage entre deux services chez Burger King.

— Combien de temps avez-vous été mariés ?

— Pas longtemps. Je n'ai pas envie de parler de ça.

— Il paie une pension alimentaire ?

— Je ne veux pas de son fric. Je ne veux même plus penser à lui.

— C'était difficile à ce point ?

Elle soupira.

— J'ai choisi le mauvais cheval. D'accord ?

— Vous ne seriez pas la première.

— J'ai cru que c'était un type bien. Il l'était, quand il voulait quelque chose.

— Cela fait longtemps que vous êtes séparés ?

— Deux ans.

— Est-ce que Lily le réclame ?

— Non. Pas vraiment. Je ne sais pas. Je ne veux pas parler de lui. C'est le passé. Maintenant, plus un mot à son sujet, je ne plaisante pas.

Elle avait l'air en effet de ne pas plaisanter, d'une manière que Wyatt ne lui connaissait pas encore.

La femme sur la scène savait chanter. Elle faisait honneur à une reprise de « I'm on Fire » de Springsteen. Elle mettait vraiment le feu à la chanson.

— Et vous alors ? demanda Candace. Vous avez des enfants ? Je ne sais rien de vous.

— Je fais un kilomètre de large et deux centimètres d'épaisseur. C'est tout ce que vous avez besoin de savoir sur moi.

— Pourquoi vous n'avez pas de petite amie ?

Ça le surprit.

— Qui vous dit que je n'ai pas de petite amie ?

Candace se pencha au-dessus de la table et enfonça l'index dans le sternum de Wyatt.

— Parce que vous étiez au match en train de boire de la bière ? demanda-t-elle.

— Je recueillais des informations.

Wyatt lui parla de la proposition de Jeff Eddy.

— Tout ce qu'il me reste à faire, c'est essayer de vous convaincre de vendre et de découvrir quelle offre bidon vous voudrez bien accepter.

— Je ! Ne ! Vends ! Pas !

— Vraiment ? C'est bien la première fois que vous le mentionnez.

Candace baissa les yeux sur la chanteuse, puis elle regarda de nouveau Wyatt.

— Est-ce que tout ça signifie que le frère de M. Eddy est celui qui cherche à me foutre des bâtons dans les roues ou pas ? Je n'arrive pas à me faire une opinion.

— Moi non plus, admit Wyatt. Parlez-moi plutôt de Lyle Finn.

— Qui ?

— Lyle Finn, votre voisin, le chanteur des Barking Johnsons.

— Oh ! Le bouffon en kilt.

— C'est lui.

Wyatt doutait que la petite dispute entre Finn et son agent sur le quai de chargement puisse être liée à l'affaire mais il valait mieux retourner toutes les pierres. Surtout quand il y avait si peu de pierres à retourner.

— Vous êtes au courant qu'il crée de l'art érotique fonctionnel ?

— De l'art érotique fonctionnel ? Comment ça marche ?

— Progressivement, j'imagine, dit Wyatt. Puis ça vient tout d'un coup.

— Quel bouffon ! J'ai eu affaire à lui, la première semaine où je suis arrivée. Il arnaquait complètement M. Eddy ! Il donnait un concert ici et il demandait toutes les recettes des entrées et la moitié de celles du bar en plus. Parce que, soi-disant, il est censé être une rock star et que c'était une grande faveur qu'il faisait à M. Eddy ! Mais ce n'est pas une aussi grande star que ça !

— C'est ce que vous lui avez dit ?

Pas difficile d'imaginer comment Lyle Finn aurait accueilli la nouvelle.

— Bien sûr. Et ses fans ne boivent pas ! Ce sont des hippies purs et durs. Ils se défoncent seulement sur le parking avant le concert. Alors les recettes du bar, pour commencer, sont quasi nulles. Je lui ai dit qu'il pouvait avoir la moitié des entrées et rien du bar. C'était à prendre ou à laisser.

Wyatt prit une canette vide de Red Bull et la jeta sur Candace. Elle l'esquiva.

— Hé !

— Vous avez raison, Candace. Je ne vois pas en quoi ces informations auraient pu m'être utiles il y a deux jours.

— Allez vous faire foutre !

Mais elle avait l'air presque plus désolée que récalcitrante. Presque.

— J'avais oublié. Ça s'est passé quand j'ai repris la salle. Vous avez une idée de mon emploi du temps ?

— Vous m'en avez touché deux mots. Que s'est-il passé après que vous avez crevé son ego et joué à la dure avec lui ?

— Ce n'est pas ce que j'ai fait ! C'était un accord honnête.

Elle tint bon un moment puis son grand sourire blanc éclata.

— Il ne s'est rien passé. Ça l'a énervé. Il a dit, je ne me souviens plus, quelque chose comme quoi j'étais une brute et que je piétinais son art de mes bottes.

— Une sorte de fasciste, en somme.

— Peu importe. Vous pensez que c'est lui ?

— Je ne sais pas, répondit Wyatt.

Une petite dispute semblait en cours en bas, au coin de la scène – un jeune pogoteur trop enthousiaste et les deux lesbiennes d'un certain âge. Candace avait déjà repéré l'altercation. Elle se leva.

— Eh bien, dit-elle, trouvez qui c'est !

*

Wyatt vit, depuis l'arrière du terrain du Land Run, qu'aucune lumière ne filtrait par les fenêtres de l'entrepôt de Lyle Finn. Il décida d'arrêter là pour aujourd'hui – la journée avait été longue – et de localiser la soi-disant rock star le lendemain. La soi-disant rock star qui avait omis de mentionner son petit différend avec Candace.

Sur le chemin de l'hôtel, il dévia vers le lac. Il traversa de nouveau la ville, passa devant le Cowboy Hall of Fame, où se trouvait la célèbre statue d'un Amérindien effondré sur son cheval. La Piste des Larmes finissait à Oklahoma City.

Il dériva dans le quartier où Theresa avait vécu – de vieilles petites bicoques aux façades de pierres usées et aux toits pointus comme des chapeaux de sorcière. Il roulait lentement, essayant de se souvenir de quelle maison il s'agissait.

Il continua jusqu'à May Avenue, qu'il remonta. Puis il s'arrêta à Homeland pour acheter un pack de bières et se retrouva, encore une fois, devant l'ancienne galerie commerciale du Pheasant Run. Il contourna le bâtiment et se gara.

Le petit parc de jeux, où l'équipe du cinéma s'était souvent donné rendez-vous tard le soir après le travail, était désert. Wyatt fut triste de voir que le vieux tourniquet rouillé n'était plus là. Pour des questions de sécurité, probablement. Et les balançoires, le toboggan et la cage à poules avaient été modernisés. La seule source de lumière de l'aire de jeux était encore d'époque – un unique lampadaire fatigué à col de cygne, diffusant une lueur juste assez puissante pour attirer les insectes.

Wyatt s'assit sur une balançoire et ouvrit une bouteille de bière. L'aire de jeux faisait face, de l'autre côté de la rue, à ce qui était autrefois l'arrière du cinéma. Dans les théories élaborées par les enquêteurs de l'OSBI, les tueurs étaient entrés par une des portes de sortie des salles aujourd'hui condamnées.

Tous les soirs, après la fin de la dernière séance et le départ du dernier client, un des ouvreurs parcourait les salles, rangée par rangée, pour ramasser les seaux de pop-corn et les barquettes de nachos vides. Après avoir jeté les déchets dans des sacs, il les traînait jusqu'à la benne à ordures sur le parking à l'arrière. Les employés étaient censés refermer les portes des salles et les verrouiller derrière eux, puis revenir dans le cinéma par l'entrée principale de la galerie commerciale. Mais les ouvreurs coinçaient toujours les portes ouvertes avec une pierre afin de pouvoir rentrer par la même issue et éviter ainsi de faire le tour du bâtiment.

D'après le Bureau d'investigation de l'État d'Oklahoma, les tueurs avaient dû surveiller le cinéma pour repérer leurs habitudes. Ils avaient attendu que Grubb – de corvée de poubelles ce soir-là – soit en train de batailler avec le couvercle de la benne, le dos tourné, pour se faufiler par la porte laissée ouverte. C'était la seule explication. Il n'y avait aucun signe d'effraction, et les portes vitrées de l'entrée du cinéma étaient fermées à clé quand l'homme d'entretien était arrivé le lendemain matin. Les braqueurs n'avaient pas pu se cacher dans le cinéma après la dernière séance – ils auraient été découverts par les ouvreurs qui inspectaient les rangées de fauteuils et approvisionnaient les toilettes.

Assis sur sa balançoire, Wyatt se demanda si les tueurs s'étaient tapis là. Juste ici, à l'endroit précis où, une semaine plus tôt, Karlene avait soufflé les dix-huit bougies de son gâteau d'anniversaire.

Le fait qu'il n'ait pas été de corvée de poubelles ce soir-là avait été une question de chance. Cela aurait-il changé quelque chose ? Serait-il mort aujourd'hui et Grubb vivant ?

Les braqueurs avaient parfaitement chronométré leur intervention. La direction de la galerie commerciale essayait toujours de faire des économies, de sorte que de minuit à 8 heures du matin, il n'y avait qu'un seul agent de sécurité en service : Disco Otis, qui se postait dans la galerie, devant le cinéma, jusqu'à ce que la foule s'éclaircisse et que M. Bingham ferme les portes. Ensuite, Otis patrouillait jusqu'au parking à l'arrière. Les tueurs avaient dû entrer dans la salle avant qu'il parvienne là-bas.

Wyatt se leva et s'approcha du nouveau toboggan. Il paraissait plus bas que l'ancien, du haut duquel il voyait le toit de sa maison à l'époque.

Le lendemain du jour où Wyatt avait essayé de dire à Theresa qu'il l'aimait et qu'elle l'avait fait taire, ils avaient travaillé tout l'après-midi ensemble. Rien qu'eux deux – Theresa vendait et déchirait les billets, lui tenait la buvette.

Cela avait été les sept heures les plus longues de son existence. Theresa s'était comportée comme si rien ne s'était passé entre eux. Elle lui avait demandé d'aller chercher un seau de pickles dans la réserve. Elle avait tapé deux fois sur le comptoir quand elle avait vu la porte du bureau de M. Bingham s'ouvrir afin que Wyatt puisse faire semblant de balayer le hall. Elle s'était assise sur le bord de la fontaine pour fumer et bâiller. Wyatt s'était senti près de mourir de chagrin ou d'humiliation – il ne savait simplement pas à quoi il succomberait en premier.

« Toi, là, avait lancé M. Bingham à un moment donné de l'après-midi, les sourcils froncés. Qu'est-ce qui ne va pas ? Tu es malade ? »

Sur le parking à l'arrière du cinéma, après la fin de leur service, Theresa s'était arrêtée près de sa voiture et avait demandé à Wyatt s'il voulait qu'elle le dépose. Il n'avait pas compris. Il n'avait jamais eu besoin qu'on le ramène chez lui. Il n'habitait qu'à six pâtés de maisons du Pheasant Run, près de Villa Avenue. Theresa le savait.

« Je rentre toujours à pied, avait-il répondu. Ce n'est pas loin. »

Elle avait secoué la tête et posé de nouveau deux doigts salés sur les lèvres de Wyatt. *Chut*.

Sa mère travaillait le soir. Theresa avait conduit Wyatt par la main jusqu'à sa chambre. Quand elle avait défait son nœud papillon avant de le laisser tomber par terre, quand elle avait tiré sur sa ceinture qui s'était enroulée au sol, quand elle l'avait pris dans sa main et avait serré, Wyatt avait eu l'impression qu'il allait exploser en des milliers d'atomes.

Aujourd'hui, si loin de cette nuit-là, si loin et si près, Wyatt éprouvait juste le besoin de boire un verre. Il retourna vers la balançoire et ouvrit une autre bière. Il était à la moitié de la première longue gorgée quand il entendit des raclements derrière lui. Des pas rapides. Avant qu'il ait le temps de se tourner, quelque chose de dur s'abattit entre ses omoplates. Il laissa tomber la bouteille de bière et tituba, le souffle coupé. Un autre coup l'atteignit en pleines côtes. Il tomba à quatre pattes, s'accrochant de toutes ses forces au sol qui essayait de tournoyer sous lui.

En se tournant, il aperçut son agresseur – lunettes de soleil, une capuche serrée pour dissimuler le reste de son visage. Puis un genre de massue fondit en sifflant sur lui, une batte de baseball ou une planche, et Wyatt roula sur sa droite. Le bois craqua contre l'asphalte, un bruit sec comme un coup de feu. Il n'arrivait toujours pas à respirer. Chaque souffle lui donnait l'impression d'être retourné d'un coup sec à l'envers.

Il s'efforça de recouvrer ses esprits. Sa bouteille de bière vide s'était brisée quand il l'avait lâchée. Il saisit le morceau le plus gros et le plus tranchant à portée de main et se releva en vacillant, tailladant l'air autour de lui. Il ne toucha rien, perdit l'équilibre et trébucha sur son agresseur. La capuche, les lunettes de soleil – il faisait trop noir pour qu'il puisse voir autre chose –, tout bougeait trop vite. L'assaillant lui donna un coup de genou dans l'entrejambe. Wyatt lâcha le morceau de verre et s'éloigna en vacillant.

Il s'aperçut que l'arme de son agresseur était une planche en bois, longue, large et plate. Elle fouetta de nouveau l'air et vint percuter Wyatt au genou. Il tomba de nouveau.

La panique était sa pire ennemie, il le savait. Il trouva le stylo-bille dans sa poche. Quand il entendit son agresseur s'approcher, il pivota et le poignarda du revers de la main.

L'homme grogna de douleur. Wyatt ne savait pas quelle partie du corps il avait touchée. La jambe peut-être. Il était recroquevillé sur le côté. Il avait l'impression que sa rotule était fendue en deux.

Encore des raclements de pieds. Son agresseur revenait à la charge. Ou s'éloignait ?

Wyatt était à court de stylos-billes. À court d'idées. O'Malley lui avait dit un jour qu'en cas de doute, il fallait bluffer. Il parvint à soulever la tête.

— Amène-toi ! hurla-t-il avant de vomir.

Il attendit. Les raclements se firent plus lointains. En relevant la tête, il vit l'homme traverser la rue en courant, puis le parking derrière le Burlington Coat Factory. Est-ce qu'il boitait ? Wyatt était incapable de le dire. La silhouette disparut au coin du bâtiment.

L'agresseur avait laissé tomber son arme à quelques mètres. La planche rappelait quelque chose à Wyatt – c'était une planche de palissade en pin de quinze centimètres –, mais un instant, il ne sut pas quoi.

Il entendit un rugissement de moteur. Des crissements de pneus. Puis la nuit redevint aussi paisible que possible, avec juste le chuchotement du vent, juste le chant des cigales dans les arbres du parking.

Wyatt se laissa aller et vomit encore une fois.

Julianna

CHAPITRE 16

Julianna se réveilla tôt, les oiseaux étaient silencieux dans son jardin et il y avait à peine une trace de lumière grise entre les arbres. Elle n'avait pas bien dormi. Les quelques fois où elle avait sombré, des rêves atroces l'avaient réveillée d'un coup. Ce matin, elle ne se souvenait de rien, pas un seul détail.

Elle se sentait à la fois épuisée et tendue : sur le point de s'effondrer, sur le point de sortir de son corps. Elle prit une longue douche bouillante. Crowley était parti, mais elle pouvait encore le sentir sur elle, même après la douche.

Il avait posé un doigt sous son menton et lui avait renversé la tête.

— Je parie que t'aimerais bien savoir. Pas vrai ?

Julianna, les yeux levés vers lui, avait refusé de battre en retraite. Il arriverait ce qu'il devait arriver. Le doigt de Crowley était rugueux, calleux, chaud. Il devait sentir son cœur battre à tout rompre.

— Vous bluffez, avait-elle dit.

— Ta sœur était sur le point de partir, elle s'éloignait déjà. Alors je lui ai demandé où elle allait et elle s'est arrêtée. J'ai pensé qu'elle avait peut-être changé d'avis. Qu'elle voudrait entrer dans la caravane pour m'écouter jouer de la guitare. J'étais un petit gars plein d'espoir. Mais non. Non, elle ne s'est même pas retournée complètement. Elle a juste lancé un regard par-dessus l'épaule et elle a dit ce truc.

Crowley mentait. Julianna le savait. Il la manipulait depuis le début de la soirée. Genevieve n'avait rien dit qui puisse jeter la lumière sur sa disparition. Il n'y avait qu'une chance sur mille qu'il dise la vérité.

Ou plutôt : il y avait tout de même une chance sur mille qu'il dise la vérité.

Elle imagina sa sœur marquer un arrêt, jeter un regard vers Crowley par-dessus son épaule. Elle vit ses lèvres remuer mais n'entendit pas ce qu'elle disait.

— Qu'est-ce que vous voulez ? avait demandé Julianna.

Il s'était penché, son visage si proche qu'elle pouvait presque sentir le picotement rêche de son bouc. Elle avait attendu, tous les muscles crispés, que l'autre main de Crowley se pose sur sa hanche, qu'elle se referme sur son poignet.

Mais il s'était redressé et avait éclaté de rire. Il avait retiré son doigt de sous son menton. En une douce caresse, une pichenette.

Il s'était tourné. Julianna, surprise, avait compris qu'il s'en allait. Elle l'avait saisi par le bras et, cette fois, il avait décoché un coup de coude vers le haut, rapide et net, pour se débarrasser de sa main. Il lui avait adressé un dernier sourire innocent aux yeux bleus.

— T'en fais pas, chérie. On reste en contact. J'en ai pas encore fini avec toi.

Au petit déjeuner, ce matin-là, Julianna s'efforça de mettre ses idées au clair. Elle n'avait pas faim mais s'obligea à manger quelques cuillères de yaourt à la vanille, une tranche de pain. Elle se fit du thé. Si elle ne savait pas ce que Genevieve avait dit devant la caravane de Crowley il y a si longtemps, elle savait exactement ce que sa sœur lui dirait aujourd'hui.

Juli ! Quelle abrutie tu es !

Ce qui s'était passé la veille justifiait précisément pourquoi DeMars lui avait conseillé de ne pas s'approcher de ce type.

Soit. Elle décida de ne plus jamais avoir affaire à lui pour quelque raison que ce soit. Tout en fixant son téléphone. Au bout d'une demi-heure, elle attrapa ses clés et monta dans sa voiture. Elle avait besoin de savoir ce que Crowley savait. Elle avait besoin de savoir ce qu'il voulait en échange de cette information.

Oh ! Juli. Tu me brises le cœur, quelle abrutie tu fais !

Le camion de Crowley n'était pas dans son allée. Julianna se gara malgré tout dans la rue et gravit les marches en ciment craquelé du porche. Elle frappa à la porte, attendit, frappa de nouveau.

Elle était tellement en colère contre elle-même. Évidemment, Crowley mentait, et évidemment il n'était pas chez lui. Il avait toujours eu deux longueurs d'avance sur elle depuis le début, alors pourquoi cela changerait aujourd'hui ? Il savait qu'elle savait où il vivait. Le dernier endroit où il irait, s'il ne voulait pas qu'elle le trouve, c'était bien ici. Et il ne le voulait pas. Ça n'aurait pas été amusant.

Elle tourna la poignée et constata que la porte n'était pas verrouillée. Elle entra. C'était comme être en dehors de son propre corps, comme se regarder agir en se demandant : *Mais qu'est-ce que tu fous ?*

La lumière qui filtrait dans l'embrasure fendit la pénombre, éclairant le canapé, une table basse, un vieux téléviseur à l'écran aussi grand qu'un réfrigérateur. Sur la table basse, il y avait un carton de pizza vide et une bouteille de Jack Daniel's, vide elle aussi. Un jeté en crochet – avec des bandes de couleurs printanières bleu, vert et rose – était soigneusement plié sur le dossier du canapé.

Julianna ferma la porte derrière elle. L'odeur à la fois de renfermé et de fleurs la surprit. Sur le mur le plus proche était accroché un retable en étain peint : un bateau en train de sombrer, un nageur de se noyer, un banc de poissons. La Vierge Marie contemplait la scène depuis le ciel mais, à son expression, on voyait bien qu'elle avait la tête ailleurs.

Une lumière brillait faiblement dans le couloir. Julianna se dirigea vers elle, passa la cuisine. La pénombre était oppressante, la température plus élevée de quelques degrés par rapport à l'extérieur. C'était comme se retrouver dans une grotte, ou dans un cercueil.

Il y avait trois portes closes. Une sur la gauche, une sur la droite, et une juste en face, au bout du couloir. Julianna choisit celle au bout du couloir et l'ouvrit. À l'intérieur de la pièce, il y avait un lit défait. Une autre bouteille de whisky vide sur la table près du lit, à côté d'une grappe de raisin en verre poussiéreux et d'une boîte d'allumettes.

Elle ouvrit le tiroir de la table de chevet. Vide. Elle cherchait… quoi exactement ? Elle n'en savait rien.

Elle se sentait plus épuisée qu'à cran désormais, l'équilibre chassé par la pénombre et par la chaleur si épaisse que le seul fait de respirer requérait un effort. Le lit défait lui parut dangereusement attrayant. Elle essaya de se rappeler dans quel conte de fées la petite fille se faufilait à l'intérieur d'une maison et se blottissait dans un lit avant de s'endormir. Boucle d'or ?

Le vent soufflait dehors. La petite maison craqua et grogna. On aurait dit des pas. Julianna patienta. Quand le vent cessa de souffler, les craquements cessèrent aussi. Elle recula.

À l'autre bout du couloir, un fantôme planait, la fixant de ses yeux pâles et vides.

Une vieille femme dans une robe d'intérieur informe, les verres de ses lunettes reflétant la lumière de l'ampoule au-dessus d'elle.

— *¿Quién es usted ?* demanda la vieille dame.

— Bonjour, dit Julianna.

Cela faisait bien longtemps qu'elle avait oublié son espagnol de lycée. Et leur mère, qui avait pourtant épousé un homme à moitié mexicain, n'avait pas voulu que Julianna ou Genevieve apprennent cette langue.

— Je cherche un ami.

Le fantôme secoua la tête.

— Il est parti. Christopher.

— Vous savez quand il reviendra ? demanda Julianna.

Le fantôme secoua de nouveau la tête. Les verres de ses lunettes lancèrent des éclairs. Elle fit mine de ramasser un objet par terre. Une valise.

— Parti. Hier. Il louait juste.

Évidemment. Il n'avait pas deux longueurs d'avance sur elle, mais trois.

Dans sa voiture, Julianna se demanda combien de temps Crowley la ferait poireauter, et souffrir. Cela dépendait, supposait-elle, du plaisir qu'il tirerait de cet aspect du jeu. Et du plaisir qu'il imaginerait tirer de l'étape suivante.

Il n'était que 10 heures du matin quand elle fut de retour chez elle. Ce qui lui laissait, avant son service de nuit aux urgences, douze heures pleines à fixer son téléphone du regard et à perdre lentement la tête. Puis elle se rappela le numéro que DeMars lui avait donné la veille, juste avant l'arrivée de Crowley. Elle l'avait complètement oublié.

Une femme lui répondit d'une voix essoufflée à la Betty Boop. Julianna se présenta. Elle n'était pas sûre de ce que DeMars avait dit d'elle à Mary Hilger Hall. Suffisamment de choses, apparemment.

— Oh ! mon chou, dit Mary Hilger Hall. Je suis vraiment désolée pour votre sœur.

— Merci, répondit Julianna.

— C'est tellement triste.

La femme lui expliqua qu'elle n'avait pas vu sa demande parce qu'elle avait atterri dans une messagerie de Facebook différente de l'habituelle, qu'elle n'avait même jamais consultée. Elle exprima son indignation de manière interminable et détaillée. Julianna attendit qu'elle reprenne son souffle avant de poser sa question.

— Vous pensez que je pourrais voir les autres photos que vous avez prises ?

— Oh ! bien sûr !

Elles décidèrent de se retrouver deux heures plus tard, au Starbucks de Nichols Hills. Julianna arriva quelques minutes en avance. Une femme à une table près de la porte lui fit un signe de la main.

— Julianna ?

Mary Hilger Hall était grande – pas grosse mais large d'épaules, avec un cou épais. Son haut en mousseline rose et aux manches volantes était résolument féminin. Et la voix de Betty Boop : toute une vie passée à convaincre les gens qu'elle était vraiment une fille.

Elle posait une main protectrice sur une enveloppe jaune Kodak devant elle, comme si elle croyait que Julianna allait soudain la lui arracher.

— Merci d'avoir accepté de me voir, dit Julianna.

— Vous voulez boire quelque chose ? J'adore leur macchiato glacé au caramel, mais j'ai déjà bu trop de caféine aujourd'hui. Et il n'est que midi !

— Non, répondit Julianna avant d'ajouter, au cas où une allusion plus carrée serait nécessaire : J'ai hâte de voir les photos.

La main sur l'enveloppe ne bougea pas.

— Alors vous pensez… Oh mon Dieu. Vous pensez que votre sœur pourrait figurer dessus ?

— Je ne sais pas.

— Je me rappelle qu'on a dîné au stand chinois, mon amie Sandy et moi. Celui que vous avez vu sur la photo de mon Facebook ? Il était environ 20 h 30, je crois. Je suis quasiment sûre qu'il était 20 h 30. Un petit peu plus tard, peut-être.

La main sur l'enveloppe ne bougeait toujours pas. Julianna inspira lentement pour essayer de ne pas péter les plombs. Cette femme, comprit-elle, n'était pas vraiment différente de Crowley. Si Julianna voulait ce que Mary Hilger Hall détenait, elle devrait payer le prix fort.

— La dernière fois que j'ai vu ma sœur, il était 19 h 30. Deux personnes l'ont aperçue dans l'allée des attractions un peu plus tard, une de ses amies et un gamin qui vendait des corn-dogs. À 21 heures, une femme qui venait d'Okeene l'a identifiée dans l'allée des restaurants. C'est la dernière fois qu'elle a été vue.

— Oh mon Dieu. Alors peut-être que… oh mon Dieu.

— Je pourrais voir les photos, s'il vous plaît ?

La femme sursauta. Comme pour dire : *Bien sûr, vous pouvez.* Comme si elle *suppliait* Julianna depuis le début de la laisser ouvrir cette enveloppe Kodak. Ce qu'elle fit alors lentement, d'un air dramatique.

— Voici la première, dit-elle en tendant le cliché à Julianna. J'ai une pellicule entière. Vingt-quatre photos. J'avais l'intention de les poster toutes, mais j'aimais tellement celle de Sandy avec le pâté impérial. Je crois qu'elles sont dans l'ordre. À l'époque, les appareils photo n'indiquaient pas l'heure de la prise. En tout cas, pas le mien. C'était un vieil Instamatic que ma mère m'avait donné. Avec le flash en forme de cube, vous voyez ?

Julianna regarda le cliché. C'était une photo du pavillon international avec, sur le dessus, sa bulle d'un blanc sale qui avait été remplacée il y a quelques années par un toit conventionnel. Elle se rappelait le bruit de succion et d'aspiration chaque fois qu'on ouvrait les portes du pavillon. Des portes spéciales. La pression à l'intérieur devait rester assez haute pour éviter que la bulle s'effondre. Ce qui arrivait malgré tout de temps en temps, et cela faisait la une des journaux locaux.

Au pavillon international, on trouvait les meilleurs gadgets gratuits de la foire : de minuscules drapeaux du Ghana en plastique, des petits pots de gelée du pays de Galles. Enfant, Julianna adorait quand ceux qui tenaient les stands portaient les costumes de leur pays natal.

« Tu sais quoi ? avait dit Genevieve ce jour-là quand Julianna l'avait suppliée d'aller au pavillon. On n'a qu'à pas le faire et faire comme si. »

— On est arrivées à la foire vers 17 heures, dit Mary Hilger Hall en se penchant sur la table pour regarder elle aussi la photo. Je sais que c'est la première parce que…

Julianna posa la photo et se leva. Mary Hilger Hall, surprise, la suivit du regard.

— Cela vous ennuie si je les regarde un moment en privé ? demanda Julianna.

La femme fronça les sourcils, confuse, puis blessée, enfin peinée. Julianna se contenta de lui adresser un sourire agréable, qui dura et dura – un art qu'elle avait acquis auprès de maître Ben, au travail. Il était hors de question qu'elle la laisse lui présenter une photo à la fois en les assortissant de ses commentaires.

— Eh bien, fit Mary Hilger Hall. Je suppose…

Julianna emporta l'enveloppe à une table, à l'autre bout de la salle. Elle parcourut les photos lentement. Sur plusieurs d'entre elles – des plans larges du pavillon international, de la Tour de l'Espace et du bombardier B-52 exposé non loin des enclos à bétail –, les gens dans la foule étaient si minuscules et flous qu'il était impossible de distinguer le moindre détail. Il y avait aussi des gros plans – un agneau coiffé d'un chapeau en crochet, une boîte de caramels au beurre salé, une Mary Hilger Hall bien plus jeune faisant des grimaces à l'objectif.

Rien, rien, rien. Sur les photos, le jour virait au crépuscule qui virait à la nuit à mesure qu'elle parvenait au bout du tas. Puis le cœur de Julianna cessa de battre. C'était une photo des fontaines illuminées devant le pavillon Made in Oklahoma. Dans la foule, il y avait une ado proche de la vingtaine, les cheveux châtains en vagues déchaînées. Un jean, un T-shirt blanc, une expression pensive sur le visage alors qu'elle contemplait l'eau jaillissante et miroitante. Elle avait les bras serrés autour d'elle. Comme si elle avait froid.

Genevieve.

Mais avant même qu'elle puisse aller au bout de sa pensée, elle comprit.

Non. La fille sur la photo n'était pas Genevieve.

La ressemblance n'était que superficielle : l'âge, les cheveux, les vêtements. Cette fille avait un visage rond, de petits yeux clairs et rapprochés, elle portait des boucles d'oreilles de mauvais goût en plumes teintes que Genevieve n'aurait jamais mises. Et la façon dont elle serrait les bras autour d'elle pour se protéger de la fraîcheur, la façon dont elle se tenait voûtée – Genevieve, elle, était très fière de sa posture. Elle pouvait descendre tranquillement l'escalier du sous-sol, un livre posé sur la tête, pivoter en bas des marches sans marquer de pause et remonter l'escalier de manière tout aussi détendue.

Et la fille ne portait pas un T-shirt BORN IN THE USA – le sien était orné d'un drapeau américain.

Mary Hilger Hall avait quitté sa table pour se rapprocher insidieusement. Elle traînait près d'un présentoir de cafés instantanés en surveillant Julianna. Cette dernière, l'ignorant, se concentra de nouveau sur la photo. Elle inspecta le reste de la foule. Rien. Pas de Genevieve, pas d'homme mystérieux au chapeau de cow-boy.

La photo suivante était la dernière du tas, celle que Mary Hilger Hall avait postée sur le Net.

Julianna fourra les cléchés dans l'enveloppe. Elle encaissait bien – elle n'était que déçue. Une semaine plus tôt, elle aurait été ravagée. Aujourd'hui, pourtant, alors qu'elle attendait que Crowley la contacte, d'autres dévastations plus urgentes la préoccupaient.

Mary Hilger Hall fondit sur Julianna. Les yeux comme des soucoupes, pleine d'espoir, avide de détails.

— Vous avez trouvé quelque chose ?

Julianna lui rendit les photos. Une main sur le cœur, elle ferma les yeux et prit une inspiration profonde et tremblante.

— Oui, dit-elle.

Et elle tourna les talons.

Comment as-tu pu faire ça, Genni ? Comment as-tu pu partir, me laisser là et ne jamais revenir ? Tu étais tout ce que j'avais. Tout ce que j'ai jamais eu.

Julianna passa l'après-midi à ne pas réussir à faire la sieste. Que s'était-il réellement passé entre Genevieve et Crowley ? Que lui avait-elle répondu quand il lui avait demandé où elle allait ?

Crowley lui dirait-il la vérité ? Quel serait son prix ?

En arrivant à l'hôpital pour prendre son service, elle alla faire le point avec l'infirmière en chef. Bien que Julianna ait travaillé pendant trois ans aux urgences avant d'être transférée en salle de réveil, elle ne connaissait que très vaguement cette femme. Un tyran, un Ben avec des ovaires.

Le tyran dévisagea Julianna d'un air suspicieux.

— Bon. Tu es notre bouche-trou ?

— On m'a punie, répondit Julianna.

— J'imagine que tes compétences sont à jour ?

L'infirmière en chef savait qu'elles l'étaient. Elle était exactement comme Ben.

Le premier patient de Julianna était un sans-abri en état de déshydratation avancée, avec une infection des voies respiratoires hautes. L'aide-soignante craignait que l'homme soit un cas difficile à gérer – il avait dans les soixante-dix ans, et de minuscules veines arachnéennes –, mais Julianna s'était toujours bien débrouillée avec les intraveineuses, même à l'école d'infirmières. Elle réchauffa le bras du vieil homme et posa le cathéter sans problème.

Les urgences étaient calmes pour un soir de week-end. Mais il était tôt, un peu après 1 heure du matin. Les bars étaient encore ouverts. Julianna avait son téléphone sur elle, dans la poche de sa tenue, malgré le règlement. S'il vibrait, si Crowley appelait, elle répondrait. Peu importe ce qu'elle serait en train de faire ou avec qui.

La photo la préoccupait. La fille près des fontaines illuminées ne ressemblait pas à sa sœur, mais seulement si on y regardait à deux fois. Sur le coup, Julianna s'y était trompée.

Les fontaines et le pavillon Made in Oklahoma étaient très proches de l'extrémité nord de l'allée des restaurants. Il était concevable qu'après le moment où la photo avait été prise, la fille se soit dirigée vers l'allée. Il était concevable que ce soit *elle*, l'adolescente que la femme de l'éleveur d'Okeene avait aperçue, et pas Genevieve.

Julianna se raisonna. Abigail Goad était le seul témoin oculaire fiable. Après avoir examiné une douzaine de photos de famille, elle avait été absolument certaine d'avoir vu Genevieve ce soir-là. Elle avait surtout identifié le T-shirt BORN IN THE USA.

Le patient suivant était un homme qui avait été agressé : côtes et genou contusionnés, une paume lacérée, possible commotion cérébrale, diverses écorchures au visage. Un agent de police était en train de prendre sa déposition quand Julianna entra dans la pièce.

L'homme leva les yeux vers elle et lui sourit.

— Si vous aviez vu l'autre type, dit-il.

Julianna lui rendit son sourire et examina la lacération de la paume pendant que l'agent de police finissait de prendre la déposition. La coupure, droite et pas trop profonde, requérait tout de même des points de suture. L'agent partit. Julianna tamponna de la lidocaïne avec du bicarbonate de soude et prépara une seringue de 10 millilitres. L'homme l'observait.

— Ça va faire mal ? demanda-t-il. « Non, ça va piquer légèrement. » C'est quoi l'euphémisme habituel ?

C'était un bel homme, même amoché ainsi. Il avait un joli sourire. Julianna lui trouva des yeux intéressants, en accord d'une certaine manière avec son sourire, mais pas complètement.

— Vous survivrez, dit-elle.

Elle injecta lentement l'anesthésiant, en commençant au niveau de l'incision de la blessure.

— Moi, c'est Wyatt. Et vous ?

— Julianna.

Elle nettoya la blessure au sérum physiologique et l'examina de nouveau. Elle réaligna la peau et commença à suturer.

— Julianna, vous ai-je déjà dit que votre toucher était doux mais habile ? demanda le type.

Elle sourit. Elle n'arrivait pas à savoir s'il voulait coucher avec elle ou pas. C'était une incertitude que la plupart des hommes ne songeaient pas à cultiver.

— Pas récemment, non, répondit-elle.

— Quand j'étais gosse, je devais avoir sept ou huit ans, j'ai essayé de passer par-dessus une clôture à l'école. Un grillage qui entourait l'aire de jeux. Vous vous rappelez – je ne sais pas si c'est toujours le cas, mais les clôtures à l'époque avaient ces méchantes pointes tout du long, là où les fils de fer s'entortillent.

Julianna se rappelait. L'école primaire que Genevieve et elle avaient fréquentée était ceinte de ce même type de clôture.

— Avant qu'il y ait les procès, dit-elle.

— Exactement. Bref, je crois que quelqu'un a envoyé un ballon par-dessus, je me suis précipité pour aller le chercher, je me suis accroché la paume sur un de ces trucs entortillés et je suis tombé. Douze points de suture. On se rappelle toujours la première fois.

Elle noua le dernier point. Il ne portait pas d'alliance. On la lui avait peut-être volée pendant l'agression.

— C'est terminé, dit-elle en tendant la main vers la pommade antibiotique.

Quand son service finit, à 8 heures, Crowley n'avait toujours pas appelé. Julianna devait passer par l'un des parkings de visiteurs pour rejoindre le garage du personnel. Le vent, qui avait tourné pendant la nuit et soufflait désormais du nord, la traversa de part en part. Oklahoma. Pile au moment où vous pensiez que l'été indien ne finirait jamais, il tirait sa révérence.

— Salut !

Une femme qui sortait de sa voiture lui fit un signe de la main. Elle répondit distraitement et continua de marcher.

— Julianna !

Elle se retourna. La femme accourait vers elle avec un grand sourire. Elle avait la vingtaine, des cheveux blonds et de grandes lunettes noires, une robe bain de soleil et des semelles compensées en liège de huit centimètres. On aurait dit qu'elle se rendait à une fête étudiante au bord d'une piscine à Padre.

— Ne me dis pas qu'encore une fois tu ne te souviens pas de moi, dit la fille avant d'éclater d'un rire joyeux. Saleté !

Elle ôta ses lunettes noires. Julianna reconnut la french manucure, les yeux vifs – c'était la fille qui travaillait au casino indien et qui lui avait donné l'adresse de Crowley.

— Oh ! fit Julianna. Salut.

— Ariel, dit la fille. La prochaine fois, pense à la petite sirène. C'est ce que mon père disait toujours.

Julianna sortit ses clés de voiture de son sac.

— Je dois y aller.

— Et moi je viens d'arriver. Je vais aller me trouver un beau petit infirmier et je vais le laisser me la mettre.

Julianna cilla, et la fille, Ariel, éclata de rire.

La chimio. Julianna se rappela alors. Le curetage qui avait justifié la présence de la fille dans son service de réveil ne faisait pas suite à une fausse couche. Il avait été pratiqué pour diagnostiquer un cancer de l'utérus.

— Non mais ça va, dit Ariel. Je vais bien. C'est juste une précaution. Et je n'ai même pas perdu mes cheveux ! Apparemment, ils utilisent un nouveau médicament sensass.

Elle remit ses lunettes de soleil. Trop vite, remarqua Julianna. Elle jeta un regard vers la voiture d'Ariel. Il n'y avait personne à l'intérieur : pas de père ni de mère, pas de sœur, pas de meilleure amie, pas de petit copain.

— Je suis désolée pour ce qui est arrivé à ta sœur, dit Ariel. Je ne te l'ai jamais dit.

— Tu es venue toute seule ?

— Non ! Je veux dire, aujourd'hui oui. J'ai une minute si tu veux prendre un café ou autre chose.

Cette fille n'avait que vingt et un ou vingt-deux ans. Et elle en paraissait encore moins, tremblante dans les rafales de vent du nord. Julianna ressentit une douleur tout au fond d'elle – de pitié peut-être. Cela la surprit.

— Je dois y aller, dit-elle.

Elle s'apprêtait à s'éloigner. La fille la suivit.

— Je regrette de ne pas avoir mis de parfum. J'ai pas eu le temps de prendre de douche ce matin, je dois puer comme une camée.

— Je n'ai pas de parfum sur moi.

— Donne-moi ton téléphone.

Julianna s'arrêta.

— Quoi ?

— Ton téléphone. Juste une seconde. Vas-y, donne.

Julianna obéit sans vraiment savoir pourquoi, et tendit son portable à Ariel. Qui se mit à appuyer sur les touches.

— Je t'enregistre mon numéro, expliqua-t-elle. Et maintenant j'appelle mon téléphone avec le tien. Comme ça, on reste en contact. C'est ce qu'on appelle une situation gagnant-gagnant.

Une sonnerie métallique et frénétique de hip-hop s'éleva des profondeurs du sac d'Ariel. Elle lui rendit son appareil.

— À plus ! dit-elle en s'éloignant.

Julianna la regarda traverser le parking, titubant sur ses talons compensés, puis entrer dans le bâtiment. Quelques secondes plus tard, son téléphone se mit à sonner. Ariel insistait.

— Écoute, répondit Julianna sans même se soucier de vérifier le nom du correspondant. Arrête ça. Fiche-moi la paix.

Silence, puis un rire rugueux et rauque.

— Si c'est ce que tu veux, répondit Crowley avant de raccrocher.

Wyatt

CHAPITRE 17

Wyatt se rendit aux urgences en voiture. Chaque fois qu'il tournait le volant de plus de quatre ou cinq centimètres, il avait l'impression que ses côtes lui perforaient le thorax. Son genou droit lui faisait tellement mal qu'il devait actionner l'accélérateur et le frein du pied gauche. Quant à sa main – il n'avait pas remarqué qu'il s'était tranché la paume avec le tesson de bouteille de bière pendant l'agression. Gavin serait ravi.

Dans la salle des urgences, un flic avait pris sa déposition, fronçant les sourcils quand Wyatt lui avait fourni la description de son agresseur. Un homme. Probablement blanc. Environ un mètre quatre-vingt-deux. De moyennement à bien charpenté.

— Ça réduit les possibilités, non ? dit-il.

Le flic déclara qu'ils essaieraient de relever des empreintes sur la planche avec laquelle il avait été attaqué, mais ils savaient tous les deux que l'agresseur portait probablement des gants. Wyatt parla au flic de son enquête pour Candace. Il lui raconta que quelqu'un avait pénétré dans le Land Run deux nuits plus tôt, et que des planches de la palissade avaient été détachées pour ouvrir un passage.

— Tiens, fit le flic. La même planche qu'on aurait utilisée pour vous agresser ?

— Probablement.

— On dirait que quelqu'un essaie de vous faire comprendre qu'il vaut mieux laisser tomber et rentrer chez vous.

Wyatt acquiesça. Il en était arrivé à la même conclusion.

L'agresseur avait tenté de le tuer – il avait visé le dos, les côtes, le genou –, et l'arme avait été délibérément choisie et abandonnée sur les lieux. Wyatt se demanda depuis combien de temps il était suivi – depuis sa première visite à Candace, peut-être. Il n'avait pas remarqué qu'on le filait, mais il n'avait pas non plus fait attention. L'aire de jeux plongée dans l'obscurité et déserte était l'endroit idéal pour faire passer un message.

Tout cela était simple. Il était plus difficile de savoir qui avait fait le coup. Jeff Eddy ou un de ses acolytes du football ? Eddy était peut-être plus intelligent que prévu. Il avait pu comprendre pendant le match que sa tentative d'acheter Wyatt tombait à l'eau. C'était peut-être lui qui maîtrisait le jeu et non l'inverse.

Lyle Finn était l'autre hypothèse la plus probable. Lui ou un des fans hippies qui traînaient à l'entrepôt quand Wyatt était passé. Mais les hippies n'étaient-ils pas censés adhérer au principe de non-violence ? *Peace and love* ? Dixon, l'agent de Finn, n'avait pas l'air d'être le genre de type à vous attaquer à coups de planche, mais cela ne voulait rien dire.

Il existait peut-être une carte inconnue que Wyatt n'avait pas encore retournée. Était-il sur le point de découvrir qui harcelait Candace ? Si tel était le cas, il n'avait rien vu venir.

Le flic promit qu'une patrouille de la division Will Rogers garderait un œil sur le Land Run, et passerait devant à intervalles irréguliers au cours des jours et des nuits à venir.

Wyatt le remercia. Les antalgiques commençaient à ne plus faire effet. Et maintenant que l'adrénaline avait reflué, il tremblait. Il ne se rappelait pas à quand remontait sa dernière bagarre. En cours élémentaire, peut-être ?

— C'est pas marrant, hein ? demanda le flic sur le point de partir.

— Pas même un chouïa, répondit Wyatt.

L'infirmière qui soigna la coupure de sa paume droite avait une peau légèrement olivâtre et de longs doigts gracieux. Elle s'appelait Julianna. Wyatt se donna du mal pour la dérider et, quand il y parvint, il n'aurait pas su dire si elle lui souriait vraiment.

— Julianna, lui dit-il alors qu'elle le recousait. Vous ai-je déjà dit que votre toucher était doux mais habile ?

— Pas récemment, non.

Il lui fallait d'autres antalgiques. Son genou le faisait souffrir, ses côtes aussi. Et maintenant il avait mal à la tête. Comme il ne voulait pas penser à la douleur, il raconta à l'infirmière comment il s'était entaillé l'autre paume sur une clôture grillagée.

— Douze points de suture, dit-il. On se rappelle toujours la première fois.

Le sourire de l'infirmière apparut puis disparut, comme un souffle qui embue une vitre.

Fut un temps, toutes les filles que Wyatt rencontrait et qui ressemblaient vaguement à Theresa lui paraissaient vraiment ressembler à Theresa. Plus maintenant. Et cette infirmière ne lui ressemblait que très, très vaguement. Mais elle avait la même densité – la même armure. Le genre de femme qu'il valait mieux éviter quand on savait ce qui était bon pour soi.

Aux alentours de 5 heures du matin, on le libéra enfin. Son genou n'était pas cassé, seulement contusionné, tout comme ses côtes. Le médecin l'informa que si l'agresseur s'était servi de la tranche de la planche au lieu de la partie plate, il aurait fini dans le plâtre. Un scanner du crâne ne révéla ni hémorragie ni dégâts excessifs. Le médecin lui rédigea une ordonnance pour des antidouleurs et lui déconseilla l'alcool jusqu'à la disparition du mal de tête, ainsi que toute activité requérant une grande concentration.

Ouais. Sauf que celui qui venait de le dérouiller traînait dehors. Il devait découvrir de qui il s'agissait, de préférence avant que le gars fasse une nouvelle tentative.

Il était maintenant si fatigué qu'il avait du mal à garder les yeux ouverts. Il se gara sur le parking du Marriott et sursauta quand quelqu'un frappa à la vitre. Une femme le regardait, l'air inquiet. Il reconnut l'une des serveuses du petit déjeuner de l'hôtel. Wyatt s'efforça de se rappeler son nom.

— Monsieur Rivers ?

Il ouvrit la portière et sortit de la voiture.

— Je vais bien, Marisol.

— Vous étiez là, le regard perdu…

— Vraiment ?

Elle vit le bandage sur sa main, les égratignures sur sa joue.

— Monsieur Rivers ! Que vous est-il arrivé ?

— Si vous aviez vu l'autre, dit Wyatt.

— Qui ça ?

Il calcula qu'il avait approximativement soixante secondes pour atteindre le hall de l'hôtel, monter dans sa chambre et se mettre au lit avant de s'endormir sur place. Il s'éloigna.

— L'autre type, lança-t-il par-dessus son épaule.

Il dormit d'un sommeil profond, sans rêve. Il ne se réveilla que parce que sa vessie était sur le point d'exploser – il avait été trop fatigué pour aller aux toilettes avant de se coucher la veille. Non, pas la veille, juste plus tôt dans la matinée. Était-ce encore le matin ? Était-ce encore le même jour ? Il sortit de la salle de bains et ouvrit les rideaux de sa chambre. Le soleil lui explosa à la figure. D'après son téléphone, il était presque 9 heures, vendredi matin. Il avait dormi quatre heures au total.

Il se sentait étonnamment bien compte tenu de la situation. Il put plier son genou, un peu, et la douleur dans ses côtes était plus supportable. Il songea que s'il se recouchait, il risquait de se sentir plus mal au réveil, alors il prit une douche – compliqué quand il fallait garder sa main droite au sec – et s'habilla. Il essaya d'appeler Candace, mais elle ne répondit pas. Il descendit alors au restaurant de l'hôtel où il but plus de café que de raison.

Un accrochage d'heure de pointe bloquait la voie express nord et Wyatt contourna par May Avenue. Il chercha la boutique de pizza Shotgun Sam où O'Malley et lui avaient souvent échangé des places de cinéma contre des pizzas. Elle n'existait apparemment plus, à moins qu'il se soit emmêlé dans ses souvenirs et que l'endroit se trouve sur la 36e Rue au sud et pas au nord.

Les places gratuites pouvaient être utilisées dans n'importe quel cinéma de la chaîne Monarch. Elles se présentaient en carnet de vingt et M. Bingham les gardait comme si sa vie en dépendait. Il les comptait, les recomptait, les enfermait à double tour dans un tiroir de son bureau. Mais O'Malley avait sa technique. En fait, il en avait des dizaines. Une ou deux fois par mois, par exemple, il frappait à la porte du bureau de M. Bingham pour signaler qu'un client mécontent se trouvait dans le hall et souhaitait déposer une réclamation. La réclamation était toujours précise et plausible – le nappage au beurre du pop-corn avait un drôle de goût, par exemple. M. Bingham, qui redoutait les confrontations avec qui que ce soit en dehors de ses employés adolescents, ouvrait aussitôt son tiroir et lui tendait deux places afin qu'il les offre au client fictif.

« Pour la veuve et l'orphelin », disait O'Malley à Wyatt en fourrant les billets dans la poche intérieure de sa veste orange.

Dans l'équipe, les places gratuites appartenaient à la communauté – à chacun en fonction de son besoin. Une place pouvait permettre d'obtenir une nouvelle cassette de chez Rainbow Records, une maxi-pizza au pepperoni chez Shotgun Sam, ou deux burgers Sonic avec des Tater Tots. On pouvait en général échanger trois ou quatre places contre un billet de concert au Myriad ou au stade Lloyd Noble, à Norman.

Dans la galerie commerciale, juste au-dessus du cinéma, il y avait un petit bar sombre où jouaient parfois des groupes de jazz locaux. Dix places Monarch vous payaient une bouteille de vodka ou de whisky bas de gamme, si un des barmen était d'humeur à faire affaire avec O'Malley.

Une fois, O'Malley avait négocié avec Donald, l'ami de M. Bingham qui travaillait à l'animalerie de l'étage supérieur : vingt places gratuites contre un iguane géant. Le deal tomba à l'eau parce que Pet Shop Boy n'avait pas pu livrer l'iguane. Pas surprenant puisque le type avait zéro crédibilité. Il avait toujours les idées les plus navrantes pour se faire de l'argent, comme un service de calèche-taxi pour le centre-ville.

Melody avait déclaré à O'Malley qu'il devait plutôt se réjouir. Son cousin s'était fait mordre par un iguane lors d'une mission au Belize et on avait dû l'amputer d'une partie du pied.

« C'est pas des bobards », avait-elle dit en hochant tellement la tête que cela avait fait cliqueter les perles attachées à ses tresses.

Wyatt remonta la 63e Rue, un œil sur le rétroviseur. Une berline bleu foncé l'avait suivi quand il avait quitté Portland, mais elle tourna et se gara devant le PetSmart du coin. Wyatt se détendit – un peu.

Il stationna près de l'aire de jeux puis suivit le chemin par lequel il avait vu son agresseur s'enfuir. À travers le parc, de l'autre côté de la rue, jusque sur le parking derrière le Burlington Coat

Factory. Le parking était plus ou moins fidèle à ses souvenirs. Un peu plus petit peut-être. Le goudron avait été récemment refait et une nouvelle benne à ordures – verte, pas bleue, au design plus épuré et au couvercle en plastique aux courbes futuristes – avait remplacé le monstre originel.

Wyatt haïssait cette benne à ordures. Le couvercle était en métal rouillé et lourd, on aurait dit un truc récupéré sur un cargo japonais torpillé. Tous les bords et les coins étaient pliés et coupants. Et la bouillasse permanente du fond empestait comme pas possible, une odeur aigre et toxique qui vous suivait pour le reste de la soirée. Celui qui ramassait les détritus dans les salles espérait juste trouver suffisamment de pièces de monnaie tombées par terre pour que le voyage à la benne en fin de soirée vaille le coup.

Les pierres avec lesquelles les ouvreurs coinçaient les portes de sortie étaient en fait des morceaux de béton, vestiges d'un bloc cassé du parking devant la galerie commerciale portant encore des traces de peinture jaune pelée.

La nouvelle benne à ordures occupait également un nouvel emplacement, au bout du parking, sous ce qui était l'animalerie en 1986. Wyatt souleva le couvercle en plastique pour jeter un regard dedans. Il avait espéré que son agresseur aurait jeté ses gants, son sweat à capuche ou ses lunettes de soleil en s'enfuyant, mais il n'eut pas cette chance – la benne était vide. Il retraversa le parking, parcourant un quadrillage imaginaire, un mètre carré à la fois. Rien. Pas étonnant. L'homme avait méticuleusement retourné tous les objets du Land Run, il avait réussi à filer Wyatt sans se faire prendre. Si les gants, le sweat à capuche et les lunettes de soleil avaient été balancés, c'était certainement dans un endroit impossible à trouver.

Il se dirigea vers une des portes de sortie condamnée, la plus proche de la rue. Il regarda les quatre marches en béton. La rambarde qui imitait le fer forgé et finissait par une patte aux jointures rondes – la dernière trace du style « quartier français » du bâtiment.

Il était étrange de se retrouver là, sur ce parking, après tant d'années. Wyatt s'était tenu sur ces marches avec tous les autres, cet après-midi d'août. La vieille bique en Cadillac avait défoncé la benne avec la force d'une explosion – l'équipe, qui avait entendu le *boum* et le craquement depuis le hall, avait accouru. M. Bingham était arrivé et avait ordonné à tout le monde de rentrer dans le cinéma, mais c'était impossible – ils ne pouvaient pas rater ça, c'était trop bon. M. Bingham, voûté, en sueur, fondait littéralement près de la fenêtre de la vieille. Toutes les trente secondes, il enlevait ses lunettes pour les essuyer avec sa cravate.

O'Malley avait balancé une vanne qui avait fait rire tout le monde. Quoi ? Wyatt ne se rappelait pas. Assise devant lui sur les marches, Theresa avait incliné la tête en arrière pour l'appuyer contre son torse. Karlene avait rassemblé sa tignasse blonde et l'avait soulevée pour se rafraîchir la nuque. Grubb avait demandé une tablette de chewing-gum à Melody.

Et toute une vie plus tard, Wyatt se tenait au même endroit alors que les autres étaient morts.

Il se rendit au Land Run et se gara sur le parking du personnel derrière le bâtiment, qui était vide à 14 heures. Il s'approcha de la palissade pour constater que l'agression de la nuit passée relevait résolument du message – le vide au bout, là où il manquait une planche, était très clair.

Il regarda autour de lui. La rue sur sa droite, l'atelier de carrosserie condamné sur sa gauche. De l'autre côté de la palissade, les fenêtres de l'entrepôt de Lyle Finn reflétaient un ciel bleu parfait. Hier matin, quelqu'un, tapi aux alentours, l'avait vu découvrir les planches déclouées. Mais qui ?

Wyatt se faufila par le trou dans la palissade et remonta l'allée jusqu'à l'entrepôt. Deux groupies de Lyle Finn se trouvaient sur le quai de chargement – une fille coiffée d'un borsalino en fourrure léopard et un barbu dans un déguisement de cochon rose gonflable. Le barbu regardait la fille vaciller sur une paire de courtes échasses en aluminium d'environ soixante centimètres de haut, le genre que les ouvriers du bâtiment utilisent quand ils enduisent un plafond. Elle s'arrêta en voyant Wyatt.

— Salut, dit-il. Lyle est dans le coin ?

Les deux groupies le fixèrent d'un air maussade. La fille avait du mal à rester en équilibre. Le cochon barbu tendit la main pour la stabiliser.

— Salut ? retenta Wyatt. Lyle Finn ? Grognez une fois si vous comprenez.

Dixon, le manager, apparut au coin de l'entrepôt. Il lui adressa un signe de la main et vint à sa rencontre.

— J'ai dit quelque chose ? lui demanda Wyatt. Ils font comme si je n'existais pas.

La fille se remit à avancer sur ses échasses. Le cochon barbu se tourna pour la regarder.

— Ne m'en parlez pas, répondit Dixon. Lyle a de super fans, pour la plupart, mais ceux de son cercle intime peuvent se montrer très protecteurs. Non. Quel est le terme ? Très *possessifs*.

Il remarqua le visage de Wyatt. Puis sa main bandée.

— Qu'est-ce qu'il vous est arrivé ?

— Une soirée ordinaire de week-end. Lyle est dans le coin ?

— Non. Il s'isole toujours quelque part à l'avance. Je ne sais même pas où. C'est en rapport avec la puissance créative de son point d'ensemencement. Ou un truc du genre. J'essaie de ne pas vraiment lui poser de questions complémentaires quand c'est possible.

— À l'avance ?

— Il y a le défilé, ce soir.

Sans changer son expression amicale de papa de banlieue, Dixon fit mine de se poignarder l'estomac pour se livrer au rituel de suicide japonais.

— Autant dire que j'attends ça toute l'année.

Wyatt surprit les deux groupies du quai de chargement en train de le fixer. Il leur adressa son plus beau sourire, mais ils se détournèrent. Wyatt se demanda s'il ne perdait pas un peu la main. Ou si ce n'était pas le cochon barbu qui lui avait cassé la gueule la veille. Gavin adorerait ça, s'il l'apprenait. Wyatt devrait s'assurer qu'il n'en saurait jamais rien.

— Oh ! fit-il. Quel dommage. Parce que je voulais interroger Lyle au sujet de la querelle avec Candace qu'aucun de vous deux n'a songé à mentionner hier.

Le regard de Dixon se perdit au loin et ne bougea pas, comme si Wyatt allait peut-être oublier qu'il était là et s'en aller.

— En effet, répondit-il enfin. Désolé.

— J'ai surpris la fin de votre dispute avec Lyle après mon départ. À mon avis, vous avez soupçonné Lyle d'être celui qui harcèle Candace et vous lui avez posé la question.

— Non. Oui. Oui et non. Oui, il était en colère contre Candace au sujet du nouvel arrangement. Pour ma part, le nouvel arrangement me va. On s'en fiche, non ? Les Barking Johnsons devraient jouer vingt fois au Land Run pour gagner ce qu'on gagne en une nuit à un festival ou dans une salle de concert au Japon. Jouer au Land Run n'a jamais été une question d'argent.

— C'est pour le principe ?

— Le truc, c'est que Lyle n'aime pas qu'on lui dise non. C'est pour cette raison qu'il en voulait à Candace. Mais il m'a assuré qu'il n'avait rien à voir avec ce qui se passait là-bas. Il m'a dit que j'étais un con de penser ça. Et plus j'y pense, plus je le crois. Vous avez dit que tout avait été mis à l'envers au Land Run. Tous les objets, c'est ça ?

Wyatt voyait où il voulait en venir. Il acquiesça.

— Cela demande beaucoup de concentration, beaucoup de travail.

— Lyle peut se concentrer quand il faut. C'est en fait un type très intelligent. Mais bon, vous voyez où je veux en venir.

— On l'a peut-être aidé.

— Et c'était *anonyme*. Vous voyez ? Ce n'est pas son genre.

— Dit le manager de longue date, visiblement exaspéré par son client rock star mais prêt à tout pour le protéger.

— Oh ! croyez-moi, j'ai enterré pas mal de cadavres au fil des années. Au sens figuré. Mais si Lyle faisait un truc pareil, il aimerait pouvoir s'en vanter. C'est ma théorie. Je l'aime comme un frère, mais il ne se coupe pas les ongles de pied sans le poster sur Instagram.

Le manager marquait un point. Mais – tout comme le flic qui s'était convaincu que des gamins avaient mis le Land Run sens dessus dessous – Dixon avait des intérêts en jeu. Il voulait que Lyle soit innocent. Il le fallait. On pouvait se convaincre de n'importe quoi quand on en avait suffisamment besoin.

— Quel est le défilé dont vous parliez ? demanda Wyatt.

— Le défilé d'Halloween dans le centre-ville. Lyle ouvre toujours la marche des mille Barking Johnsons. Cette année, ils sont en zombies, et on paie une prime d'assurance trente pour cent plus élevée que l'an dernier parce que Lyle a eu l'idée géniale de faire se côtoyer des torches tiki et des grosses têtes de zombies en papier mâché.

La fille sur les échasses faillit tomber. Le cochon barbu la rattrapa.

— Il faut que je sois défoncée, dit la fille au cochon. Je crois que ce sera plus simple.

Le cochon barbu acquiesça. Le manager de Finn également.

— Et tout le monde sur des échasses, dit-il. J'avais oublié ce détail. Génial.

Wyatt éclata de rire. Il aimait bien le manager des Barking Johnsons. En d'autres circonstances, il l'aurait invité à boire un verre pour écouter ses souvenirs de guerre. Mais il ne lui avait pas échappé que Dixon – comme Finn, comme Jeff Eddy, comme le cochon barbu – était grosso modo de la même taille que le type qui l'avait agressé. Il ne boitait pas, mais Wyatt n'était pas complètement certain d'avoir blessé son agresseur à la jambe quand il l'avait poignardé avec son stylo-bille.

Il repartit par l'allée après l'avoir remercié, puis se glissa par le trou dans la palissade juste au moment où une Ford Focus à la peinture cloquée se garait. Candace sortit de voiture et le dévisagea.

— Qu'est-ce qui vous est arrivé ? dit-elle sur un ton impliquant que c'était la faute de Wyatt.

Il leva sa main bandée.

— Docteur, est-ce que je pourrai jouer du violon quand on m'enlèvera ça ?

— La ferme. Qu'est-ce qui s'est passé ?

Il lui raconta son agression.

— *Quoi ?* s'exclama-t-elle en écarquillant les yeux.

— Ça va, dit Wyatt. Je crois que quelqu'un veut simplement que je me retire de votre affaire. Je ne pense pas qu'on voulait vraiment me faire du mal.

Elle ouvrit encore plus grand les yeux.

— C'est censé me rassurer ?

— C'est moi que c'est censé rassurer, Candace.

— Conneries !

— Je suis touché que vous vous souciiez de mon bien-être.

— La ferme.

Elle effleura le gros hématome de sa pommette – pas tendrement mais plus tendrement que ce à quoi Wyatt se serait attendu. Puis elle replia l'index et le majeur et lui donna un coup dans le sternum.

— Alors ?

— Alors quoi ?

— Alors vous allez me laisser tomber ?

— Taisez-vous. Non. Mais j'ai une proposition à vous faire.

— Attendez, dit Candace. Qu'est-ce que vous fabriquiez sur le parking du Burlington Coat Factory à 1 heure du matin ?

— Je voudrais vous proposer de fermer boutique pendant quelques soirs. De faire profil bas jusqu'à ce que je sache ce qui se passe.

Elle se dirigea vers le Land Run.

— C'est ça, lança-t-elle.

— Réfléchissez-y, insista Wyatt en la suivant.

Il constata que la porte de derrière avait été réparée, ainsi que le cadre, et qu'on avait installé un nouveau verrou solide. Candace farfouilla parmi ses clés, auxquelles était suspendu un lapin en caoutchouc à trois pattes.

Elle trouva la clé qu'elle cherchait, ouvrit la porte puis fit volte-face.

— Allez ! Vous ! Faire ! Foutre ! dit-elle en pointant la clé juste entre les yeux de Wyatt.

— Seulement quelques soirs.

— Non ! C'est exactement ce qu'ils veulent ! Ils veulent que je laisse tomber !

Elle n'avait pas tort. Mais elle n'avait pas raison pour autant.

— Vous ne laissez pas tomber. Vous êtes juste prudente.

— Je *suis* prudente ! J'ai dépensé deux cents dollars pour ce foutu verrou !

— Alors disons que vous seriez encore plus prudente.

— Je n'ai pas deux cents dollars ! Franchement ! Je ne peux pas me permettre de fermer un seul soir. Je ne vais pas fermer ! Qu'ils aillent se faire foutre !

Elle rentra et claqua la porte derrière elle. Une seconde plus tard, la porte se rouvrit.

— Je sais que vous avez changé d'avis, dit Wyatt.

— Venez déjeuner demain. Vous avez une sale gueule. À 13 heures précises. Je vous envoie mon adresse par SMS.

Elle referma la porte. Wyatt entendit le verrou s'enclencher.

Il était presque midi. Comme Wyatt s'interrogeait toujours concernant la conversation qu'il avait eue avec la femme de Jeff Eddy pendant le match – pourquoi Greg Eddy avait-il choisi de ne pas laisser le Land Run à son frère ? –, il se rendit dans le centre. Il trouva une place libre sur Park Avenue et traversa l'artère pour rejoindre Leadership Square. Les ascenseurs du hall se trouvaient face à une boutique vendant des articles de l'équipe de basket-ball locale, le Thunder d'Oklahoma City. Des parois en verre, le meilleur ami du détective privé. Wyatt dégota un coin avec un bel angle de vue et parcourut un rayon de répliques officielles du maillot de Russell Westbrook.

Dix minutes plus tard, il vit Jeff Eddy sortir d'un des ascenseurs et se diriger vers une sandwicherie au fond du hall. Wyatt patienta. Les portes d'un autre ascenseur s'ouvrirent et Emilia, l'assistante d'Eddy, apparut à son tour. Elle passa la porte à tambour et Wyatt la suivit dans la rue.

Les trottoirs étaient tellement bondés qu'il n'avait pas besoin de trop se cacher. Regardant devant lui, il constata qu'une grande partie de la foule faisait un crochet sur la gauche sur Harvey – tout le monde semblait se diriger vers le nouveau gratte-ciel à l'heure du déjeuner. Wyatt décida de tenter sa chance. Il traversa, accéléra et arriva au coin de la rue avec quelques dizaines de mètres d'avance sur Emilia.

Le hall du nouveau gratte-ciel était bien plus beau et plus clair que le hall de Leadership Square et les restaurants plus haut de gamme. Wyatt prit un plateau en plastique. Sushi, soupe ou salade ? Il paria sur une soupe. S'il se trompait, il pourrait toujours dévier vers le stand des boissons fraîches.

Il prit son temps pour choisir un bol, une cuillère. Il prit son temps pour examiner la carte. Soupe à l'oignon. Pois cassés et jambon fumé. Crème de tomate au basilic. Soupe de lentilles. Il s'apprêtait à se diriger vers le comptoir des salades quand il vit Emilia approcher.

Au fil des années, Wyatt avait appris que lorsqu'on fait semblant d'être surpris, mieux vaut y aller en douceur. Cligner à moitié des yeux, se reprendre rapidement.

— Emilia, il faut qu'on cesse de se rencontrer ainsi.

— Monsieur Rivers.

Il crut surprendre l'amorce d'un sourire avant qu'elle se souvienne de prendre un air renfrogné.

— Vous me suivez ? demanda Wyatt. Jeff vous a-t-il demandé de me tenir à l'œil ? Je ne sais pas ce que je dois en penser.

Scandalisée, elle toucha le nœud de son foulard avant de comprendre qu'il plaisantait.

— Je suis certaine d'avoir mieux à faire, répondit-elle.

— Je l'espère pour vous, Emilia. Et je suis sûr que vous avez mieux à faire que de déjeuner avec moi, mais je vais quand même vous le proposer.

— Oh non. Je ne crois pas que ce soit une bonne idée.

— Juste un déjeuner, pas de travail.

C'était ce que les scientifiques comportementalistes et les experts de la séduction appelaient bâtir une structure d'accord.

Commencer petit et faciliter la situation pour permettre à votre sujet de dire oui.

— Je déteste déjeuner seul. J'ai l'impression de me retrouver à la cantine, dans un nouveau lycée où je ne connais personne.

Elle hésita puis toucha encore une fois le nœud de son foulard. Un bon signe.

— Bon, dit-elle enfin.

Ils trouvèrent une table pour deux. Wyatt n'insista pas, il ne la pressa pas. Emilia se révéla une compagne de déjeuner très agréable. Ses histoires de vols pour la Pan Am dans les années 1970 – un cheikh du pétrole qui s'était soûlé au Dom Pérignon en première classe et avait essayé de jouer à la roulette russe avec un pistolet de départ de course, le pied-à-terre qu'elle avait partagé un temps dans le Quartier latin avec deux autres hôtesses de l'air – étaient chouettes.

Wyatt supposait que là était son secret. Il aimait les gens, il aimait les histoires. Le monde était un endroit fascinant si vous ne le traversiez pas à toute allure.

— Oh ! mon Dieu, il est déjà 13 h 15, dit Emilia.

— Direction la mine de sel, répliqua Wyatt. C'est comment, de travailler pour Jeff Eddy, au fait ?

— Au fait ? demanda-t-elle en lui lançant un drôle de regard.

Emilia n'était pas stupide. Mais Wyatt voyait qu'elle avait passé un bon déjeuner. Elle appréciait l'effort qu'il faisait.

— Dites-moi la vérité, dit-il. Votre patron est un abruti, non ? Entre vous et moi.

Elle dissimula un sourire en se tapotant les lèvres de sa serviette.

— Travailler pour M. Eddy peut être de temps à autre… *éprouvant*.

— En d'autres mots, c'est un abruti. Quand bien même, je ne comprends pas.

— Vous ne comprenez pas quoi ?

— Pourquoi Greg ne lui a pas laissé le Land Run. Jeff est peut-être un abruti, mais c'était la seule famille qui lui restait, non ?

Emilia posa la serviette sur la table. Wyatt l'observa faire les rapides calculs complexes auxquels les gens se livrent dans les moments de vérité.

— Monsieur Rivers, je fais partie de ces gens pour qui la loyauté est une valeur.

Wyatt hocha la tête. En pensant : *Oh ! merde.* C'était pour ça qu'en tant que détective, il valait mieux apprécier autant que possible le voyage. Parce que, parfois, arrivé à destination, vous découvriez que vous n'étiez pas le bienvenu.

— Eh bien, dit-il, je comprends. J'ai vraiment apprécié le déjeuner, malgré tout. Merci.

Il se leva. Elle non. Il se rassit tandis qu'elle lui adressait un drôle de regard. Il comprit qu'il ne l'avait pas du tout comprise.

— Vous ne parliez pas de votre loyauté, dit-il. Vous parlez de celle de Jeff.

Les yeux d'Emilia s'embrasèrent d'une lueur féroce.

— Il a eu une liaison avec la femme de Greg. Il a fichu le mariage de son frère en l'air et il a détruit sa vie. Voilà pourquoi Greg ne lui a pas légué le Land Run.

Wyatt

CHAPITRE 18

Wyatt avait vérifié qu'il n'était pas suivi en quittant le Land Run. Il vérifia de nouveau en quittant le centre-ville. À première vue, il était tranquille, mais la circulation était dense et il avait l'impression de n'être entouré que de Honda grises CRV. Sur Hudson Avenue, il changea de file à la dernière seconde et tourna vers la 12e Rue. La CRV grise qu'il surveillait continua sans lui.

Emilia lui avait donné le nom de l'ex-femme de Greg, qui avait déménagé en Floride après le divorce. Wyatt songea à l'appeler pour qu'elle confirme avoir eu une brève liaison avec Jeff et que Greg avait été dévasté de l'apprendre. Mais à quoi cela aurait-il servi ? Il croyait Emilia. Et, quoi qu'il en soit, tout indiquait que Jeff était un abruti minable et fourbe. L'affaire de Candace ne le montrait pas sous un jour plus positif. Ce qu'il fallait à Wyatt, c'étaient des preuves concrètes liant Jeff Eddy au harcèlement.

Son téléphone sonna. C'était Gavin, qui appelait de Vegas.

— Tu t'es battu, au moins ? demanda-t-il. Ou bien tu as juste laissé le type te dérouiller jusqu'à ce qu'il en ait marre ?

— Ça a été rapide.

— Candace s'est prise d'affection pour toi. J'ai essayé de lui expliquer qu'elle se trompait sur ton compte.

— Merci. Je t'enverrai la note de l'hôpital, au fait.

— Tu vas bien ?

— Tu peux dormir tranquille.

— Je *dors* tranquille, répondit Gavin. Je me tiens simplement informé.

— Je vais bien.

— Tu as des pistes ?

— Plein. À moins que tu parles de pistes qui mènent vraiment quelque part.

— Je t'ai dit de n'y passer qu'une journée. Une ou deux maximum. En témoignage de ma bonne volonté. Si tu as l'intention de me faire culpabiliser en restant là-bas, ça ne marchera pas.

— Je veux bien te croire.

Wyatt écouta le ronronnement statique du silence de la ligne. Le silence indiquant que Gavin tentait de le cerner. Il pouvait toujours essayer.

— Envoie-moi la facture de l'hôpital, dit Gavin avant de raccrocher.

Wyatt regarda dans son rétroviseur. Chat filé y regarde à deux fois. Chat filé, agressé, dérouillé à coups de planche et laissé sans connaissance, y regarde vraiment à deux fois.

Il ne remarqua rien de suspect derrière lui et se gara sur la 63e Rue, près de l'aire de jeux. Puis il traversa le parking derrière le Burlington Coat Factory.

Une idée le taraudait depuis qu'il était venu plus tôt dans la matinée. Peut-être même depuis le match de la veille, quand, assis à écouter l'hymne de l'université d'Oklahoma, il s'était rappelé la vieille bique dans la Cadillac dont le klaxon jouait « Boomer Sooner ».

L'ancienne benne à ordures se trouvait au fond du parking, entre les portes de sortie des deux salles et parallèle au bâtiment.

Wyatt retrouva l'endroit. L'ouvreur relevait le couvercle de la benne d'une main, hissait le sac-poubelle par-dessus le bord de l'autre – tout cela en tournant le dos. Il aurait été facile pour les tueurs de se faufiler par la porte coincée et ouverte sans que Grubb les voie.

Sauf que.

Le soir du massacre, la benne ne s'était pas trouvée à son emplacement habituel. La puissance de l'impact de la Cadillac l'avait fait pivoter sur le côté.

Juste après les meurtres, Wyatt avait complètement oublié cet incident. Qui aurait pu le lui reprocher ? Puis le détective Siddell lui avait fait repasser tous les événements de la journée, encore et encore, une dizaine de fois ou plus, et il s'était enfin rappelé. Siddell avait envoyé des agents en uniforme retrouver la vieille. Cette piste, comme on pouvait s'y attendre, n'avait mené nulle part.

Aujourd'hui, pourtant, alors qu'il se tenait encore une fois sur ce parking, Wyatt se mit à réfléchir. La benne avait-elle beaucoup tourné ? Il pivota de 45 degrés sur la gauche. Ça paraissait correspondre. Cela avait peut-être été moins, mais malgré tout…

Il souleva le couvercle de la benne imaginaire de sa main gauche. Il hissa le sac-poubelle invisible de la droite. Avec la benne tournée à 45, ou même disons 30 degrés, il avait une vue dégagée sur les deux portes de sortie. Il aurait été impossible que quelqu'un se faufile devant Grubb et entre dans la salle, sans parler de trois personnes. Grubb les aurait remarquées.

Alors comment les tueurs étaient-ils entrés ?

Son genou commençait à lui faire mal. Il retournait à sa voiture quand son téléphone vibra. Un SMS d'un numéro qu'il ne reconnut pas :

Vous êtes occupé ?

Wyatt répondit :

Ça dépend. Qui est-ce ?

Son téléphone vibra encore une fois.

Désolé, c'est Chip.

Qui ? Un instant, Wyatt eut un blanc. Puis il se rappela : *Chip*. Le jeunot qui l'avait supplié pour qu'il cherche à savoir si sa femme le trompait. Merde. Wyatt décida d'ignorer le message.

Chip de la réception de l'hôtel, désolé.

Wyatt appuya sur la touche APPEL en soupirant.

— Je n'ai pas encore eu le temps de m'en occuper, Chip, dit-il.

— Oh.

— Cela ne fait qu'un jour.

Vraiment ? Il n'en était plus très sûr.

— Ou deux, ajouta-t-il. D'accord, Chip ?

— Vous allez toujours m'aider, monsieur Rivers ? Vous n'avez pas changé d'avis, hein ? Parce que je sais que vous avez dit à quel point vous étiez occupé et…

— Cela ne fait qu'un jour, Chip. Je n'ai pas changé d'avis. Il faut être patient.

— C'est vraiment dur.

— Je vous appellerai quand j'aurai du nouveau.

Wyatt mit fin à la communication. Il était un peu plus de 15 heures, ce qui lui laissait du temps avant le défilé d'Halloween. Il pouvait retourner à l'hôtel et faire cette sieste dont il avait cruellement besoin, ou bien commencer ses recherches sur la femme de Chip. Le choix était clair, malheureusement. Les SMS et les appels n'arrêteraient pas tant qu'il ne lui donnerait pas de nouvelles, qu'elles soient bonnes ou mauvaises.

Il sortit son bloc-notes et survola les informations que le jeune homme lui avait transmises la veille. Sa femme, Megan, était coiffeuse et travaillait dans un salon de Nichols Hills Plaza baptisé Une Coupe dans le Vent. D'après Chip, elle travaillait du mardi au samedi, de 9 à 18 heures. La plupart du temps, elle prenait une pause rapide à midi, pour déjeuner, et une autre aux alentours de 16 heures, pour un café.

Wyatt remonta Wilshire Boulevard jusqu'au cœur de Nichols Hills – des pelouses de velours vert dévalant des collines et de grandes demeures de style colonial espagnol ou plantation construites dans les années 1920 et 1930, quelques bunkers bas datant des *swinging sixties*.

Nichols Hills Plaza se trouvait sur Western Avenue, juste au nord de la 63e Rue. Le grand parking était bondé de véhicules. Wyatt trouva, près du fond, une place qui lui offrait un bon angle de vue sur le salon de coiffure. Il baissa sa vitre et s'installa.

Vingt minutes plus tard, une jeune femme sortit du salon et se dirigea vers le Starbucks à l'autre bout de la galerie commerciale. Il regarda la photo que Chip lui avait envoyée par SMS. Ça correspondait. Megan ressemblait à un petit lutin au teint frais, dans le milieu de la vingtaine, et arborait un genre de coiffure cubiste, avec des dégradés et des mèches, des couches épaisses et biseautées. Sur la photo, un gros plan que Chip paraissait avoir pris sur la plage, ses énormes yeux marron étaient vifs et malicieux. Dans la réalité, cet après-midi-là, alors qu'elle se pressait vers le Starbucks, elle avait l'air un peu préoccupée, un peu fatiguée.

Wyatt essaya de déchiffrer son langage corporel, sa façon de marcher. Megan avait-elle une liaison ? Se sentait-elle coupable, nerveuse, excitée ? Était-elle usée par les efforts qu'exigeait la situation – se cacher, mentir, éprouver le besoin, à tout moment, de justifier ses péchés ? Était-elle usée par cette vie sexuelle clandestine qu'elle s'accordait ?

Ou bien était-ce une fille qui faisait trop d'heures par semaine et qui avait juste envie de s'effondrer sur le canapé devant *The Millionaire Matchmaker* quand elle rentrait du boulot, mais qui vivait sous la pression d'un mari collant et inutilement parano ?

Wyatt attendit que Megan ressorte du Starbucks. Elle réapparut avec un grand gobelet de café, en compagnie d'un barista en tablier vert qui lui tint la porte avant de la suivre sur la terrasse. Il était petit, mince et noir, avec des lunettes de hipster à monture épaisse et une crête bien coupée – presque l'exact contraire du grand Chip timide aux joues rouges. Wyatt se rappela ce pauvre vieux Bledsoe à Vegas, qui finissait toujours par attraper des filles ne ressemblant en rien à celles qu'il pourchassait.

Megan et le serveur discutèrent pendant une minute sur la terrasse. À première vue, ce n'était que ça : du bavardage. Mais quand la jeune femme se tourna pour s'en aller, elle marqua une pause et pressa rapidement la main du serveur.

Un geste amical et innocent ? Ou pas ? Wyatt sortit de sa voiture et déambula vers le Starbucks. À l'intérieur, le barista aux lunettes de hipster et à la crête était de retour derrière le comptoir, et versait des grains de café dans un moulin.

Wyatt vit qu'il portait une alliance. Ce qui n'écartait pas nécessairement l'hypothèse que le serveur soit gay, mais réduisait considérablement les chances – on était en Oklahoma, après tout. Quoi qu'il en soit, il valait mieux vérifier.

Il désigna le gamin.

— On s'est déjà vus quelque part, non ? demanda-t-il.

Le gamin le désigna en retour.

— Vous fréquentez parfois le Starbucks de Nichols Hills Plaza ?

Wyatt éclata de rire. Un petit malin comme lui, un frère d'armes.

— Allez. Donnez-moi un indice.

— D'accord, répondit le gamin avant de dévisager Wyatt. Non. Désolé. Ne le prenez pas personnellement.

— Votre femme travaille peut-être dans la boutique de cupcakes sur la 23e Rue ?

— Pas que je sache. Mais j'aimerais bien. Ces cupcakes déchirent.

Ça répondait à une question – il était marié à une femme. Quant à la grande question, Wyatt ne pouvait imaginer une manière désinvolte de demander au serveur s'il lui arrivait de baiser à côté avec une coiffeuse aux airs de lutin.

Il commanda un café, laissa un pourboire de cinq dollars et retourna à sa voiture. Une heure passa. Les nuages arrivèrent puis repartirent. Le café le maintenait éveillé. Vers 17 h 30, le serveur à la crête sortit du Starbucks. Il se dirigea vers le salon de coiffure et entra. Cinq minutes plus tard, il en ressortit. Avec un léger sautillement dans l'allure ? Peut-être. Il monta dans une vieille jeep Cherokee et se dirigea vers le nord sur Western Avenue.

Est-ce que la femme de Chip le trompait ? Wyatt n'était pas encore prêt à parier là-dessus. Le revolver sur la tempe, il pencherait probablement pour l'affirmative. Mais il n'avait aucune preuve. Il patienta – Megan travaillait tard. À 18 h 20, toujours aucun signe d'elle. Wyatt démarra et se dirigea vers le centre-ville. Il reprendrait cette piste plus tard – ou convaincrait Chip de laisser tomber.

Broadway était fermée à partir de la 13e Rue. Wyatt trouva finalement une place de stationnement à quelques pâtés de maisons et se dirigea vers ce qui paraissait être une zone de rassemblement. Il rencontra d'abord les squelettes, une douzaine de personnes aux visages entièrement maquillés et en combinaisons noires. Les combinaisons étaient pourvues d'os en vinyle – bras et jambes, cage thoracique et colonne vertébrale, bassin. Les têtes se tournèrent sur le passage de Wyatt, les crânes ricanèrent. C'était un peu troublant.

Après les squelettes, il y avait les chars. Sur une remorque à plateau décorée comme un cimetière, des danseuses fantomatiques virevoltaient au milieu de pierres tombales et se prenaient mutuellement en photo avec leurs téléphones portables. Le plateau d'un autre pick-up était occupé par une demi-douzaine de bergers allemands haletants, déguisés en tarentules. Chaque chien arborait quatre pattes supplémentaires articulées et poilues, étonnamment réalistes, attachées à l'aide d'élastiques.

Une femme peinte en vert de la tête aux pieds passait d'un chien à l'autre avec un sac de friandises. Elle marqua un temps d'arrêt pour observer Wyatt.

— Vous êtes censé être en quoi ? demanda-t-elle.

Le blanc de ses yeux brillait sur sa peau verte.

— Attendez. Laissez-moi deviner.

La femme était assez attirante. Grâce à la peinture verte ou malgré elle ? Wyatt n'aurait su dire.

— Vous avez vu Lyle Finn ? demanda-t-il.

Il caressa la tête du berger allemand le plus proche. Le chien paraissait reconnaître l'humiliation de la situation mais semblait déterminé à la surmonter.

— Je sais, dit la femme à la peau verte. Vous ne seriez pas censé être un Obama blanc ?

Un Obama blanc ? Wyatt imagina que ce devait être à cause de son costume.

— Bingo. Vous avez vu Lyle Finn ? Et des zombies, je crois ?

Elle secoua la tête.

— Lyle n'est pas encore arrivé. Il est toujours dans la dernière partie. C'est lui qui assure le grand final.

Après avoir emprunté une carte du trajet du défilé à deux ados vampires qui s'ennuyaient, Wyatt vérifia l'heure et se mit en marche. Le soleil descendit sous l'horizon puis explosa, incendiant les strates de nuages empilés au-dessus de la ligne des immeubles. Il avait oublié à quelle vitesse, dans le vaste ciel vide des plaines du Sud-Est, l'ordinaire pouvait tourner au flamboyant.

À la nuit tombée, la foule se rassembla le long de Broadway. Wyatt dut se frayer un chemin à travers le parc, en face du vieil immeuble du journal. Quand il atteignit Bricktown et les gradins installés sur le parking devant le stade de base-ball, la fanfare de tête du défilé – leurs mirlitons emplumés éclaboussés de faux sang, évidemment – était partie et l'avait devancé. Les musiciens jouaient une version lente et lugubre de « Oh ! What a Beautiful Morning » de la comédie musicale *Oklahoma !* Une jolie touche locale.

Wyatt trouva une place dans les gradins d'où il regarda le reste de la parade. Les danseuses virevoltaient dans le cimetière en faisant des ciseaux avec leurs jambes. Un escadron de drag-queens sur patins à roulettes passa en vibrant. Les bergers allemands, libérés de leur pick-up, défilèrent en formation serrée en trottant d'un air sombre, agitant leurs pattes de tarentules. Une douzaine de clowns démoniaques se désimbriquèrent d'un corbillard roulant au pas. Puis ils s'y empilèrent à nouveau. Puis ils en ressortirent.

Certains chars étaient joliment bâclés. L'un d'entre eux n'était qu'une vieille Chevy cabossée sur le capot de laquelle on avait collé une paire de ballons de plage peints de manière à ressembler à des globes oculaires.

La foule applaudissait tout et tout le monde. Au bout d'une heure environ, des flammes commencèrent à vaciller dans la nuit au loin, sous le pont de Bricktown. Wyatt entendit le *boum* creux et tremblant d'un gong. Un courant électrique parcourut les spectateurs sur les trottoirs jusqu'en haut des gradins. Les gens se levèrent et Wyatt se leva également.

Apparut alors la marche des zombies. Wyatt n'avait vu jusqu'à présent que les têtes en papier mâché non peintes. Il découvrait désormais le résultat final – les yeux déments, les dents pourries et ensanglantées, très réalistes, les morceaux de joues et de gorges manquants. Les têtes surdimensionnées étaient trois ou quatre fois plus grosses qu'une tête normale, si bien qu'en ajoutant les échasses, chaque zombie mesurait presque trois mètres. Il devait y en avoir au moins une centaine, leurs torches tiki embrasées, avançant en vacillant à chaque coup de gong. Wyatt devait admettre que c'était sacrément impressionnant.

Derrière les zombies, un temple aztèque s'élevait sur une remorque à plateau. Lyle Finn – en kilt et veste queue-de-pie de smoking blanc – se tenait au sommet de la pyramide. D'une main, il cognait sur le gong. De l'autre, il tirait au canon à confettis sur la foule.

— Obéissez ! tonnait une voix émanant de haut-parleurs au bas de la pyramide.

Wyatt s'aperçut que Finn était équipé d'un micro-casque sans fil.

— Obéissez !

Et ce fut tout. La marche des zombies se dirigea vers la zone de rupture, un pâté de maisons plus loin, où le long serpent du défilé s'enroulait sur lui-même. Finn et le temple aztèque passèrent devant les gradins, suivis quelques minutes plus tard par une voiturette de golf. À l'arrière, un type, l'air hébété, ses échasses encore aux pieds, serrait contre sa poitrine une moitié de tête de zombie fendue.

Un gars en uniforme de secouriste était au volant. Le manager de Finn se tenait assis à côté. Quand il repéra Wyatt, il leva les deux pouces dans sa direction. Il avait évité l'embrasement d'une centaine de têtes de zombies en papier mâché – c'était une bonne soirée pour tout le monde.

Wyatt attendit que la foule se soit clairsemée avant de se diriger vers la zone de rupture. L'espace grouillait de participants du cortège sans leurs têtes de zombies, leur véritable chevelure plaquée par la sueur. La plupart étaient encore sur leurs échasses. Il y avait beaucoup de gens qui s'étreignaient, qui se tapaient dans les mains et d'acclamations spontanées, beaucoup de bouteilles d'eau vidées cul sec après avoir été distribuées par des bénévoles en gilets réfléchissants. D'autres bénévoles éteignaient les torches tiki.

Le temple aztèque se trouvait à l'autre bout du parking. Wyatt évita des participants en train de former une chenille. Finn, sur la première marche de la pyramide, mangeait une pomme d'amour, entouré d'une multitude de fans en adoration. Radieux, il fit un signe à l'océan d'iPad hissés en l'air qui enregistraient ce moment pour la postérité. Son torse nu scintillait sous sa veste de smoking – des morceaux de confettis métallisés étaient revenus se coller sur sa peau pendant la parade.

Deux zombies se tenaient de part et d'autre de Finn, en contrebas. Quand une femme avec un bébé essaya de lui tendre son enfant – pour qu'il le bénisse ? en guise d'offrande ? –, un des zombies gardes du corps la repoussa. Finn lui fit signe d'approcher. Il confia sa pomme d'amour à un zombie, s'essuya les mains sur son kilt et souleva le bébé au-dessus de sa tête. Les fans l'acclamèrent. La mère du bébé faillit devenir dingue, elle se mit à prendre des photos et à hurler en même temps. Au bout de quelques secondes, Finn rendit le bébé et reprit sa pomme d'amour.

Wyatt se faufila jusqu'au bord de la remorque.

— Lyle ! cria-t-il par-dessus la chanson qui explosait dans les haut-parleurs.

C'était le tube des Barking Johnsons, un morceau accrocheur et croustillant de guitare pop hard à propos du temps qui passe, des chevaux, de robots psychédéliques qui leur servaient de cavaliers.

— On peut parler ? hurla Wyatt.

Finn le vit et lui fit signe de la main.

— Quoi ?

— On peut parler ?

— J'arrive, répondit Finn.

Puis il ajouta quelque chose que Wyatt ne comprit pas parce que la mère dingo venait de se tourner pour lui fourrer son bébé dans la figure. Le bébé fixa Wyatt, vira au rouge et se mit à brailler. Ce déclassement brutal par rapport à Lyle Finn était apparemment insupportable.

Wyatt s'écarta poliment et chercha Finn du regard, mais celui-ci avait quitté la pyramide. Il n'était nulle part en vue. Wyatt allait contourner le char, quand un des zombies gardes du corps lui bloqua le passage. Le zombie leva une main : *Stop*.

— C'est bon, lui dit Wyatt. Lyle vient de me dire qu'on pouvait se parler une minute.

Le zombie, les bras croisés sur le torse, ne bougea pas.

— Allez, insista Wyatt. Ne joue pas au con.

Le zombie le toisa d'un air impérieux. Wyatt distinguait les yeux de la personne à l'intérieur de la tête géante en regardant à travers les narines en décomposition. C'était peut-être le cochon barbu.

— Connard, dit-il en balançant un petit coup de pied dans une des échasses du zombie.

Le zombie tituba, gîta puis essaya de compenser. Il tangua en avant et tomba dans la foule, qui le rattrapa avant qu'il percute le goudron. Wyatt en profita pour se faufiler derrière lui.

Mais Finn n'était plus sur le char. Wyatt parcourut le parking des yeux et aperçut une veste blanche de smoking, la queue-de-pie battant au vent, au moment où Finn s'engageait dans une allée entre deux entrepôts en briques.

Wyatt le prit en chasse en clopinant derrière lui. Il avait l'impression que son genou était en terre cuite craquelée, que chaque pas était comme un coup de marteau. Il rattrapa Finn là où l'allée finissait en cul-de-sac sur le canal de Bricktown. Finn, au bord de l'eau, en fixait la surface d'un air triste.

— Salut, Lyle, dit Wyatt.

Finn se retourna. Il avait toujours sa pomme d'amour à la main.

— Oh ! fit-il en essayant d'avoir l'air désinvolte. Salut.

— Beau défilé.

— Merci d'être venu.

— Pourquoi cette tentative de fuite à toute blinde, Lyle ? Je voulais juste te parler.

— Je me suis pas enfui ! répondit-il.

Il prit l'expression habituelle figurant sur ses pochettes d'album, les yeux emplis d'un émerveillement enfantin.

— Je… J'ai pensé que tu voulais dire, je sais pas, qu'on discuterait demain.

Wyatt attendit pour voir combien de temps Lyle s'accrocherait à cette version.

— D'accord. Ouais. Je préférerais ne pas discuter avec toi.

— Parce que tu sais que je sais que tu as menti concernant ta dispute avec Candace ? Parce qu'on pourrait commencer à croire que c'est toi qui as pénétré par effraction dans le Land Run ?

— Je n'ai pas menti.

— Un péché par omission, c'est quand même un péché, répondit Wyatt.

C'est ce que soutenait son ancien client, le prêtre défroqué persuadé que la mafia lui avait mis un contrat sur le dos.

— Je ne crois pas au concept de péché. Pas comme on le comprend généralement.

— Cela explique beaucoup de choses. Je t'en prie, continue.

Finn ne savait pas quoi faire de sa pomme d'amour. Il regarda autour de lui à la recherche d'une poubelle. N'en trouvant aucune, il la posa délicatement sur le rebord en briques d'une fenêtre condamnée.

Il enleva sa veste blanche de smoking et la jeta vers Wyatt. Son torse nu scintillait.

— Qu'est-ce que tu fais ? demanda Wyatt.

— Candace refuse de reconnaître la valeur fondamentale de l'art. Je comprends la tension intrinsèque qui existe entre la création et le commerce. Mais elle veut tirer profit de mon art sans proposer un accord qui nous soit profitable à tous les deux.

Finn enleva le collier qu'il portait, un grand croc en bois sur un cordon de cuir, et le jeta également à Wyatt.

— Prends ça aussi. Prends tout.

— C'est bon, répondit Wyatt. J'ai pigé.

Finn entreprit de déboutonner son kilt.

— Stop ! J'ai compris, je te dis.

— Les gens comme toi, comme Candace, vous êtes des sauterelles. Tant que vous n'avez pas dévoré toute la récolte, vous n'êtes pas satisfaits.

— C'est pour cette raison que tu la harcèles ?

— C'est la curiosité artistique qui m'anime. Les gens comme Candace, c'est un besoin de *dévorer* qui les fait avancer.

— Je ne t'en veux pas d'être en colère contre elle. Je sais qu'elle t'a dit que tu n'étais pas une vraie rock star. Ça m'aurait énervé, moi aussi.

Finn réussit enfin à déboutonner son kilt. En dessous, il portait un boxer-short décoré du symbole du parti communiste, le marteau et la faucille transformés en un visage joyeux.

Il leva un regard incrédule vers Wyatt.

— Tu crois que c'est important pour moi ?

— Oui.

— Je suis pas une rock star, vieux. Je suis un gars bizarre dans un groupe, c'est tout. Ce qui est important pour moi, c'est la musique. De faire partie de ce qui se passe quand on joue ensemble. Je vis toujours à Oklahoma City, je te signale ! J'habite toujours dans mon ancien quartier.

Il marquait un point. Et Wyatt n'arrivait pas à imaginer – ou il ne voulait peut-être tout simplement pas l'admettre – que c'était bien le type qui l'avait tabassé au point de le laisser sans connaissance.

En même temps, il ne pouvait s'empêcher de remarquer que Finn avait habilement réussi à esquiver sa question.

— Lyle, dit-il. Dis-moi simplement la vérité, d'accord ? Est-ce que c'est toi qui harcèles Candace ?

Finn ramassa sa pomme d'amour. Il la contempla un long moment, Hamlet et le crâne de Yorick, puis la jeta vers Wyatt. Qui ne voulait rien avoir à faire avec une pomme d'amour à moitié mangée, et s'écarta pour la laisser voler. Au même instant, Finn se tourna également et bondit dans le canal.

Wyatt avait pensé que la soirée n'offrirait plus de surprises. Il regarda Finn nager la brasse jusque de l'autre côté du canal et se hisser sur le bord. Non. Essayer de se hisser. Le bord du canal se trouvait à un peu plus d'un mètre de la surface de l'eau, et Finn se rendit apparemment compte qu'il manquait de force dans le haut du corps. Au bout de plusieurs tentatives, il dut abandonner et revenir vers Wyatt.

— Tu disais ? demanda Wyatt.

Finn tendit une main.

— Tu pourrais m'aider à sortir, s'il te plaît ?

— Non, réponds à ma question.

— Il fait froid, vieux.

— Vraiment ?

Finn frissonna. Il claquait des dents.

— C'était quoi déjà, la question ?

— Passe une bonne soirée, dit Wyatt en se levant, prêt à s'éloigner.

— Attends, bordel ! OK.

Wyatt s'accroupit de nouveau et lui tendit la main. Il le hissa hors de l'eau jusque sur la terre ferme. Finn ramassa la veste de smoking et s'en servit pour essuyer sa tignasse.

— Non, dit-il. Je ne suis pas rentré par effraction dans le Land Run ou… qu'est-ce que m'a dit Dixon ? Je n'ai pas fait caca sur la voiture de Candace.

— Alors pourquoi tu ne voulais pas me parler ? Pourquoi tu viens juste de sauter dans un canal gelé pour m'échapper ?

— Parce que tu fous un peu les jetons, vieux. Tu dégages une énergie vraiment sombre.

— Ce n'est pas vrai.

— Tu peux me donner mon collier, s'il te plaît ?

— Réponds à cette foutue question.

— Tu vois ?

Wyatt avança d'un pas. Finn recula et faillit tomber dans le canal. Ce qui allait très bien à Wyatt. Cela lui éviterait de devoir le pousser lui-même.

— Qu'est-ce que tu ne me dis pas, Lyle ?

Finn eut l'air soudain vieux et pâle, il avait l'air d'avoir froid, l'air d'un minable.

— J'étais en colère contre Candace, d'accord ? Pas à cause de cette histoire de rock star mais parce que le Land Run, c'est comme chez moi, tu vois. Quand Greg est mort, ça a été dur. Il était à peine plus âgé que moi, tu sais. Et il est parti, comme ça.

Wyatt essaya de le garder sur la voie.

— Tu étais en colère contre elle. Et alors ?

— Et alors peut-être qu'après, en revenant à l'entrepôt, j'ai dit des trucs. Peut-être que je suis un peu parti en vrille en disant à quel point j'étais énervé contre elle. Je suis comme ça, vieux ! Je pète des câbles mais je pense pas la moitié de ce que je dis. Tant que ce n'est pas sorti de ma bouche, je ne sais pas si je le pense. Tu connais la définition de l'art ?

Wyatt ignora la question.

— Alors un de tes fans t'aurait entendu et aurait décidé de prendre les choses en main ?

— Ce ne sont pas des fans, vieux. Ils font autant partie de la musique que moi.

— Qui est-ce, d'après toi ?

— J'en sais rien, mec. Vraiment.

Il avait l'air encore plus vieux, encore plus minable, encore plus frigorifié.

— Mais j'aimerais bien, ajouta-t-il.

Julianna

CHAPITRE 19

Lundi matin, Crowley rappela. Julianna s'y attendait. Elle ne pouvait en être certaine, malgré tout, et les dernières vingt-quatre heures avaient été insupportables. Chaque fois qu'elle avait essayé de le joindre – à vingt, cinquante reprises –, il n'y avait eu qu'une seule sonnerie, un clic, puis le silence.

— Tu veux toujours que je te fiche la paix ? demanda-t-il quand elle décrocha.

Julianna imaginait son sourire. Il appelait d'un numéro différent cette fois-ci, se servant probablement d'un téléphone prépayé. Intraçable.

— Je ne te cacherai pas que ça m'a vexé. Mais voilà, j'ai pas de fierté mal placée. Je me suis dit, je lui donne une dernière chance, en espérant que tout se passe bien.

Julianna venait juste de rentrer chez elle après son service de nuit aux urgences. Elle était assise dans sa voiture, dans l'allée, une main tellement serrée sur le volant que tout son bras la brûlait. Un petit chien noir grassouillet qui se baladait en liberté dans le quartier traversa sa cour en trottant, tête baissée, avec une sorte de sourire penaud.

— Je ne me doutais pas que c'était vous qui appeliez, dit-elle. Vous le savez.

— Je veux cinquante mille dollars.

— Quoi ?

Elle ne s'était pas attendue à ce qu'il demande de l'argent. Elle ne savait pas vraiment à quoi elle s'était attendue.

— En espèces. J'espère que je n'ai pas besoin de le préciser. Demain soir.

— Je n'ai pas autant d'argent.

— Trouve-le.

— Je suis loin d'avoir cette somme.

— Alors je suppose qu'on est deux à ne pas avoir de chance, hein ?

Elle attendit. Crowley ne raccrocha pas.

— Ça vous plaît, ce petit jeu, dit-elle.

— Bien sûr, répondit Crowley. Toi aussi, ça te plairait, ne mens pas.

— Je n'ai pas cinquante mille dollars.

— Combien tu as ? Je suis un homme raisonnable.

Julianna s'efforça de réfléchir. Elle avait quinze mille dollars environ sur son compte chèque. L'hypothèque sur sa maison ne valait presque rien – elle avait acheté la maison un an et demi plus tôt, avec cinq mille dollars d'apport, et elle remboursait encore essentiellement les intérêts. Elle n'était pas en mesure d'accéder à cet argent de toute façon, pas en un ou deux jours. Il lui faudrait également du temps pour encaisser son plan épargne retraite du travail – si c'était possible. Elle avait deux cartes de crédit qu'elle pouvait utiliser pour des avances en espèces. Deux ou trois mille ? Sur chaque carte ? Elle pourrait peut-être emprunter de l'argent à Donna au boulot. Évidemment, il était impossible d'emprunter à DeMars.

Qu'est-ce qu'elle fichait ? Pourquoi était-elle en train d'envisager tout ça ?

Juli ! Tu es vraiment une empotée ! J'ai honte de toi !

— Dépêche-toi, dit Crowley.

Si elle lui disait la vérité, Julianna soupçonnait qu'il doublerait ou triplerait la somme. Mais si elle mentait et lui faisait une proposition trop basse, il se pourrait qu'il perde tout intérêt et qu'il disparaisse pour de bon. Elle ne pouvait pas prendre ce risque.

— Vingt mille. C'est tout ce que je peux rassembler aussi vite.

Le chien grassouillet était revenu dans l'allée. Il leva les yeux vers Julianna et éternua.

— Ce soir, répondit enfin Crowley. Minuit. Tu vois le parc près du lac, vers la route où on a eu notre premier rendez-vous ?

Le parc Stars and Stripes, sur la rive du lac Hefner. Julianna avait été invitée à une fête d'anniversaire là-bas, en primaire. Il y avait le meilleur toboggan de la ville dans ce parc, une fusée en métal sur le point de décoller, peinte en rouge, blanc et bleu.

La nuit, l'endroit était devenu le point de rendez-vous des drogués et des dealers. Julianna avait appris plus tard, dans les années 1980, que des hommes se retrouvaient là-bas pour avoir des rapports sexuels. Désormais, et depuis un bon moment, le parc fermait à la tombée du jour. Il serait désert à minuit.

— Non, dit Julianna. On doit se rencontrer dans un endroit public.

— Je pars en Californie tout de suite après. Ne sois pas en retard. Sinon, tu ne me reverras plus jamais.

— Attendez.

— Quoi ?

— Alors c'est bon ? Vingt mille ?

Il éclata de rire.

— On verra.

Il était encore tôt, un peu après 8 heures. La Chase Bank la plus proche n'ouvrait pas avant 9 heures. Julianna se connecta à son espace bancaire personnel. Elle n'avait que treize mille dollars et sa paie ne tombait pas avant vendredi. Les plafonds d'avances d'espèces de ses cartes de crédit étaient malgré tout plus élevés que ce qu'elle avait imaginé : cinq mille dollars sur la Sapphire Mastercard, trois mille sur la Freedom Visa. Elle ne s'était jamais servie de la Visa et ne se rappelait même pas pourquoi elle l'avait prise. Aujourd'hui, elle était contente de l'avoir.

Vingt mille dollars. Julianna s'efforça de ne pas réfléchir à ce qu'elle faisait. Qu'est-ce que c'était, vingt mille dollars ? Rien. Et elle ne voyait aucun intérêt à essayer de se convaincre qu'elle était en situation de pouvoir faire des choix. Elle savait – et Crowley le savait aussi probablement – qu'elle donnerait n'importe quoi, tout, pour découvrir ce qui était arrivé à Genevieve. Alors, qu'était-elle prête à donner pour cet espoir, aussi faible soit-il ?

N'importe quoi. Tout.

À 8 h 30, elle se rendit à la banque. Elle attendit devant le bâtiment, observant l'homme maigrelet de l'autre côté de la rue brandir sa pancarte devant chaque voiture qui passait. La pancarte faisait la réclame d'une promotion sur les vidanges. Julianna passait souvent devant cet homme en allant au travail. Il était toujours dehors, qu'il vente ou qu'il pleuve, été comme hiver. Un de ses anciens patients qui travaillait dans le marketing lui avait dit que, dans les affaires, on appelait les gens comme lui des « panneaux de signalisation humains ». Difficile d'imaginer une existence plus horrible.

Elle attendait encore quand une femme vint ouvrir les portes. La femme n'arrêtait pas de bâiller. Elle conduisit Julianna à un guichet, prit sa Mastercard, tapa son code entre deux bâillements et attendit l'autorisation. Elle devait porter sa tenue de la veille

– un chemisier en soie lie-de-vin froissé, avec un gigantesque nœud devant.

— On dirait qu'on va avoir, commença la femme avant de marquer une pause pour bâiller. Une superbe journée.

— Oui, dit Julianna.

La première avance fut autorisée. La femme compta cinquante billets de cent dollars sur le comptoir et les glissa dans une enveloppe de la Chase Bank qu'elle lui tendit.

— Vous savez, vous n'êtes pas obligée de faire ça, dit-elle.

— Quoi ? fit Julianna en relevant la tête, surprise.

— De vous déplacer dans une succursale de la Chase Bank. Vous pouvez vous rendre dans n'importe quelle banque ou caisse de crédit affichant le logo Visa.

Elle prit la seconde carte de Julianna, composa son code. Elles attendirent.

— Maintenant que je suis là, dit Julianna.

La femme bâilla et hocha la tête. Quand l'autorisation fut accordée, elle compta trente billets de cent dollars et les mit dans une autre enveloppe.

— Bonne, dit-elle. Journée.

L'agence de la Bank of America était située plus loin dans la rue. Julianna laissa mille dollars sur son compte chèque et retira tout le reste.

De retour chez elle, elle déposa les trois enveloppes sur le comptoir de la cuisine et les contempla. Elles étaient étonnamment minces. Sa première pensée avait été de rentrer chez elle le plus vite possible pour cacher l'argent dans un endroit sûr. Mais sa maison était-elle un endroit sûr ? C'était peut-être le plan de Crowley – faire en sorte qu'elle rassemble l'argent et venir la cambrioler, au cas où elle s'absenterait à un moment de la journée.

Elle se rappela comment il avait regardé autour de lui le soir du dîner. Il avait enregistré le moindre détail.

Crowley savait qu'elle se rendrait aussitôt à la banque, ce matin-là, qu'elle n'attendrait pas le dernier moment. C'était trop important pour elle. Elle ne prendrait jamais le risque d'avoir un pépin à la banque à 17 heures.

Julianna faillit éclater de rire. Il la connaissait tellement bien. Mieux, vraiment, que n'importe qui d'autre.

Elle se demanda s'il l'avait suivie. Elle avait été si concentrée sur ses retraits d'argent qu'elle n'avait pas songé à vérifier.

Était-elle trop parano ? Ou pas assez ?

Dans le tiroir, près du réfrigérateur, elle prit un sac en plastique de chez Target. Elle y fourra les enveloppes pleines d'espèces, puis elle empaqueta le tout avec du scotch à déménagement. Elle ouvrit le clapet de la cheminée et scotcha le paquet contre la paroi métallique du conduit, aussi haut que possible. Elle referma le clapet et remit le panneau en place. Crowley penserait peut-être à regarder à cet endroit. Mais Julianna n'avait pas de meilleure idée. Elle allait devoir prendre ce risque.

Sans dec, Sherlock.

Va te faire foutre, Watson.

Genevieve lui avait appris ces répliques. Cela les faisait toujours rire.

Elle mangea un bol de flocons d'avoine, puis essaya de faire une sieste. Elle n'avait pas dormi depuis deux nuits, et son cerveau devenait spongieux et lourd, comme une serviette abandonnée sur le sol de la salle de bains. Elle savait qu'elle allait devoir être la plus vive et la plus claire possible au rendez-vous de ce soir. Il lui fallait quelques heures de bon sommeil.

Mais elle ne cessa de sombrer et de refaire surface dans une sorte de pataugeoire de somnolence. Il faisait trop chaud dans sa chambre, c'était trop silencieux. Aux alentours de 16 heures, elle renonça et se leva.

Et maintenant ? Il lui restait huit heures à faire du sur-place. Sa spécialité.

Elle songea à un film qu'elle avait vu des années plus tôt. Une femme emménageait dans une maison sinistre. Elle y voyait des fantômes. À la fin, la femme comprenait que les fantômes étaient en fait des gens bien vivants. C'était elle, la vedette du film, le fantôme. Elle qui hantait la maison depuis le début.

Après la séance, le type avec qui Julianna avait eu rendez-vous avait critiqué le manque d'originalité du scénario et la prestation maniérée de Nicole Kidman. Plus tard dans la soirée, Julianna avait découvert qu'il n'était pas bien placé pour critiquer la prestation de qui que ce soit.

Elle se reconnecta à Internet pour vérifier la page Facebook « Vous vous souvenez quand, à Oklahoma City… ». Elle fit défiler la page. Mary Hilger Hall avait posté le reste de la pellicule. La photo de l'adolescente avec l'ondulante crinière châtain, celle qui ne ressemblait pas tout à fait à Genevieve, avait été mal scannée. La mise au point était plus floue et les teintes verdâtres. Julianna téléchargea malgré tout la photo. Elle l'ouvrit et zooma. La fille en numérique ne ressemblait ni plus ni moins à Genevieve que la fille en argentique.

Après la fin des illuminations, la fille au T-shirt avec le drapeau américain avait eu trois options : elle avait pu se diriger vers l'ouest et les granges à bétail, ou aller vers l'est en passant la grande arche blanche et sortir du champ de foire, ou bien tourner vers le sud et l'allée des restaurants. De l'autre côté de l'allée, il y avait les stands de jeux et les manèges.

La photo, d'après Mary Hilger Hall, avait été prise aux alentours de 20 h 30 le samedi soir. Les granges à bétail étaient alors fermées.

Et quelle ado de seize ou dix-sept ans envisagerait de partir aussi tôt de la foire, un samedi soir ? La fille sur la photo, avec ses boucles d'oreilles en plumes et son jean serré délavé, n'avait pas l'air du genre à rentrer chez elle au moment où la fête commençait. De ce point de vue, elle était exactement comme Genevieve.

Julianna tenta de se souvenir du nom d'épouse de Lacey. Son mari était un cadre important dans l'industrie du pétrole, doté en plus d'une fortune familiale. Higgins ? Gibbons ? Elle chercha les deux sur le site des pages blanches. Rien. Lacey était peut-être divorcée. Si elle s'était remariée et avait pris le nom de son nouveau mari, Julianna ne la retrouverait jamais.

Diggins ? Un numéro de téléphone apparut. Julianna ne savait pas si le numéro était le bon ni même s'il était encore attribué. Elle le composa.

— Résidence Diggins, répondit une petite fille qui devait avoir à peine plus de dix ans.

— Je cherche à joindre Lacey Diggins, dit-elle.

— Elle est pas là.

— Vous auriez son numéro de portable ?

— Pourquoi ?

— Je m'appelle Julianna. Je… je suis une amie de ta mère.

De tous les mensonges que Julianna avait pu dire au fil des années, et il y en avait vraiment beaucoup, celui-ci était probablement le plus scandaleux.

— Si vous êtes une amie, alors pourquoi vous avez pas son numéro ? demanda la fillette.

Elle s'exprimait comme Lacey adolescente, sur un ton ennuyé et agacé, avec le même ricanement acerbe.

— Je suis une vieille amie. Ça remonte à des années.

— Si vous étiez de sa sororité, je suis sûre que vous auriez son portable.

— C'était avant la fac. Ma sœur était sa meilleure amie.

À l'arrière-plan, Julianna entendait les *bip* et les *couic* du jeu vidéo auquel la fille jouait sur son iPad.

— Si vous le dites, dit-elle en perdant tout intérêt pour la conversation.

Elle donna le numéro à Julianna.

— Mais elle coupe son portable quand elle boit des verres avec ses copines.

— Tu sais où elle se trouve en ce moment ?

— Pourquoi je vous dirais ça ?

— Pourquoi pas ?

Le jeu vidéo bipa.

— D'accord, dit la fillette. Peu importe.

Julianna se rendit dans le centre-ville. La Devon Tower était le nouveau gratte-ciel en verre, biseauté comme l'arête d'un burin, presque deux fois plus haut que le deuxième immeuble le plus élevé en ville. Julianna était venue déjeuner quelques fois dans l'espace de restauration du hall, mais elle n'était jamais montée jusqu'au restaurant du dernier étage : Vast. Rien que le nom du restaurant lui donnait envie de montrer les dents. Quelqu'un avait touché un gros paquet de fric pour trouver ce nom. *On va l'appeler Vast, pour la vue. Pigé ?*

Elle prit l'ascenseur et annonça à l'hôtesse qu'elle retrouvait des amies pour boire un verre. L'hôtesse parut dubitative. Julianna songea qu'elle aurait dû enfiler quelque chose de plus chic qu'un jean Gap et un sweat-shirt délavé Oklahoma University School of Medicine.

— Lacey Diggins ? dit-elle en désignant le fond de la salle.

L'hôtesse céda et recula. Julianna traversa la salle jusqu'à un groupe de six femmes attablées près des baies vitrées. Les baies vitrées ! Du sol au plafond, panoramiques. La vue était déroutante. Julianna n'avait jamais contemplé sa ville natale depuis cette perspective. Elle paraissait plus petite, bizarrement inclinée, légèrement exotique, comme une ville-jouet plutôt qu'une véritable cité.

Lacey avait toujours été maigre. Elle était désormais si décharnée qu'on aurait dit une feuille morte, dorée et craquante. Genevieve avait dit un jour que Lacey ressemblait au singe capucin dans la cage de l'aire de jeux chez Tammy-Linn, une boutique de vêtements pour enfants située dans la galerie commerciale de Northpark. Elle l'avait dit sans vouloir être cruelle, ce n'était qu'une simple observation. Genevieve répétait toujours que ce qu'il y avait de mieux chez Lacey, c'étaient ses pipes.

Mais à quarante-quatre ans, Lacey n'était pas repoussante. Ses grands yeux étaient d'un beau marron profond, comme le vieux verre. Elle portait une ravissante veste en lin.

Julianna était contente de n'avoir jamais su ce que sa sœur racontait derrière son dos à elle. Genevieve lui en avait balancé pas mal à la figure. Elle disait que Julianna, dégingandée pour ses douze ans, ressemblait à une invention d'ouvriers sous acide dans une tôlerie.

Elle était vraiment hilarante.

La dernière fois que Julianna avait vu Lacey, c'était presque quinze ans plus tôt, pendant la période folle entre la fac et l'école d'infirmières. Cela avait été la première tentative de Julianna pour élucider le mystère de la disparition de sa sœur. Elle avait supplié Lacey qui avait fini par accepter qu'elles prennent un verre ensemble. Lacey était restée exactement cinq minutes, elle ne lui avait rien dit qu'elle n'avait déjà déclaré à la police en 1986 et elle s'était comportée, selon son habitude, comme une connasse totale, du début à la fin. Elle avait commandé un cocktail au champagne, la boisson la plus chère sur la carte, et laissé Julianna payer l'addition.

— Parce que ça doit être pour une bonne cause *et* une chouette soirée, tu vois ? disait une des femmes à la table.

— On pourrait faire un photocall quand les gens arrivent, dit Lacey. Comme à une première de film.

— Lacey ? dit Julianna.

Lacey leva les yeux vers elle sans la reconnaître. Elle esquissa un sourire avec cette incurvation familière de la lèvre. *Bordel, mais t'es qui ?*

— Oui ?

— Julianna. La sœur de Genevieve.

Lacey se leva et ouvrit les bras. Julianna n'eut pas d'autre option que de l'étreindre. C'était comme serrer un sac plein de clubs de golf.

— C'est chouette de te revoir, dit Lacey avant de se tourner vers ses copines. Les filles, c'est une vieille amie à moi.

— Il faut que je te parle, fit Julianna.

Ah. Les voilà, les yeux étonnés du singe capucin en cage. Lacey tenta de conserver son expression de surprise ravie. Les autres femmes sirotaient leur vin en jaugeant Julianna et son jean Gap du regard.

— Je suis occupée, là, Juli. Pourquoi on ne prendrait pas un rendez-vous pour plus tard ?

Autrement dit : *Un rendez-vous pour jamais. Mais au fait, putain, comment tu m'as retrouvée ?*

Julianna se tourna vers les autres femmes en leur souriant.

— Lacey était la meilleure amie de ma sœur. Elles faisaient la fête comme des folles. Combien de coke vous avez prise à toutes les deux, Lace ? C'est incroyable que tu n'en sois pas morte.

Un ou deux gloussements nerveux parcoururent la tablée. Comme on était à Oklahoma City, il y avait des chances pour qu'au moins deux des femmes soient mariées à des pasteurs qui officiaient dans des méga-églises. Julianna planta ses yeux dans ceux de Lacey.

— Tu sais ce qu'il y avait de mieux chez toi, selon Genevieve ?

La main de Lacey se resserra sur son poignet.

— Je vais te raccompagner, dit-elle.

— Très heureuse de vous avoir rencontrées, lança Julianna aux autres femmes.

À la réception, dans un coin privé à l'écart des ascenseurs, Lacey fit volte-face.

— C'est quoi, ton problème ? demanda-t-elle.

Un instant, Julianna eut l'impression d'avoir de nouveau douze ans : Lacey se prélassait sur le lit de Genevieve, tout en crachant son venin sur la petite sœur, rien que pour le plaisir. Une vague de joie pure et douce submergea Julianna au point qu'elle faillit éclater en sanglots.

Elle réussit à se reprendre.

— J'ai besoin de savoir ce que tu as vu exactement cette nuit-là.

Lacey ne demanda pas quelle nuit. Julianna l'aurait giflée si elle avait osé.

— Je te l'ai déjà dit. Je l'ai dit à la police. Je leur ai dit un million de fois. Pourquoi ?

— Répète-le-moi. Raconte-moi tout, *exactement*, Lacey. La dernière fois que tu as vu Genni, dans l'allée centrale, qu'est-ce qu'elle portait ?

— Tu sais parfaitement ce qu'elle portait. Mais qu'est-ce qui ne va pas chez toi ?

Elle fit mine de s'éloigner et Julianna la rattrapa par le bras. Lacey avait les yeux exorbités.

Quand Julianna avait vu la photo de la fille près de la fontaine, elle s'était rappelé être restée assise seule dans le vent mordant, sur le trottoir face à l'arène de rodéo. Les soirées étaient fraîches en septembre. Leur mère avait insisté pour qu'elle prenne un pull mais, comme elle ne voulait pas avoir l'air ringarde – le pull accroché à sa taille pendant toute la journée –, elle l'avait laissé dans la Cutlass de Genevieve.

— Lâche-moi, siffla Lacey en se libérant d'un coup sec.

Julianna se campa devant elle. Sa voix était calme.

— Je vais transformer ta vie en cauchemar, espèce de pauvre conne débile. Tu crois que je plaisante ? Si tu ne m'accordes pas cinq minutes maintenant, je vais faire en sorte que ton mari, ta fille et tous ceux que tu connais apprennent quelle salope renifleuse de coke tu étais au lycée.

Lacey la fixa avec un degré de mépris que Julianna n'était pas certaine d'avoir jamais affronté.

— Qu'est-ce que tu veux ?

— Quand tu as vu Genni pour la dernière fois, est-ce qu'elle portait un pull ? Je ne m'en souviens pas. Je n'ai jamais dit à la police qu'elle en avait peut-être emporté un ce jour-là.

— Je crois que oui. Ouais.

— Tu l'as dit aux flics ?

— Elle ne le portait pas. Elle l'avait simplement noué à la taille.

Parce que Genevieve n'avait pas à se soucier de passer pour une ringarde. Un pull noué à la taille ne ferait que la rendre encore plus désirable. Comme par magie.

À cette époque, elle avait deux pulls en laine légère à col en V. L'un était bleu marine, l'autre couleur caramel.

— Tu n'as pas dit à la police qu'elle avait un pull ?

— Pourquoi je l'aurais dit ?

— Pauvre conne.

Mais Julianna ne pouvait s'en prendre qu'à elle-même. C'était elle qui avait décrit le T-shirt BORN IN THE USA aux policiers.

Elle qui leur avait dit que Genevieve le portait au moment de sa disparition.

Or il faisait déjà frais quand sa sœur s'était éloignée de la caravane de Crowley. Elle avait dû enfiler son pull. Son pull bleu marine ou marron, *par-dessus* le T-shirt blanc BORN IN THE USA. Ce qui signifiait qu'il était impossible que Genevieve soit la fille que l'épouse de l'éleveur d'Okeene avait vue dans l'allée des restaurants.

Lacey s'approcha.

— Maintenant écoute-moi bien, dit-elle.

Julianna la repoussa. Lacey recula en titubant et faillit tomber. De l'autre côté du hall, un agent de sécurité les regarda. Julianna se dirigea rapidement vers la sortie. Quand elle atteignit sa voiture dans le parking, ses mains tremblaient si fort qu'elle eut du mal à composer un numéro sur son téléphone.

DeMars ne répondit pas et Julianna prit la direction de son domicile. Elle y était déjà allée deux ou trois fois. Il vivait dans une superbe vieille maison de style Tudor, non loin du Capitole, le plus beau quartier de la ville, que la mère de Julianna avait toujours appelé « Colored Town ». Tout le monde l'appelait comme ça à l'époque, à moins d'utiliser des termes encore pires.

Plusieurs voitures étaient garées dans l'allée, y compris la Subaru vert forêt de DeMars. Julianna se détendit un peu. Il était là. Elle actionna la sonnette. Au bout d'une minute, la porte s'ouvrit. Une ado à la peau foncée et aux cheveux savamment tressés se tenait devant elle en tirant sur le bas de sa robe dorée scintillante. Mayla, la fille de DeMars. Son sourire se fit interrogateur à mesure qu'elle dévisageait Julianna.

— Bonjour, dit-elle. Vous êtes là pour la fête ?

La fête. Ses quatorze ans. Quand DeMars lui en avait-il parlé ? Elle avait l'impression que cette soirée remontait à des centaines d'années.

— Je peux voir ton père ? demanda-t-elle.

— Bien sûr. Entrez. Il est quelque part par là.

Julianna pénétra dans le salon où les invités étaient rassemblés. Des tantes et des oncles, des amis de la famille – tous bavardaient, buvaient, habillés sur leur trente et un. La plupart étaient noirs, mais pas tous. Quelques regards curieux se tournèrent vers Julianna. Elle les ignora. Un groupe d'adolescentes partageaient un micro de karaoké et braillaient une chanson de Beyoncé que Julianna reconnut sans se souvenir du titre.

DeMars nappait des blancs de poulet de sauce barbecue dans la cuisine. Il remuait les épaules au rythme de la chanson de Beyoncé provenant du couloir et effectuait un rapide demi-tour chaque fois qu'il trempait le pinceau dans le bol de sauce.

Il leva les yeux et la vit.

— Juli. Tout va bien ?

— Il n'a pas d'alibi, dit-elle.

— Quoi ?

— Crowley. Il n'a pas d'alibi. Abigail Goad n'a jamais vu Genevieve ce soir-là.

DeMars s'essuya les mains sur un torchon et contourna l'îlot central. Elle voyait bien qu'il réfléchissait. Qu'il essayait de trouver les bons mots.

— Ce n'est pas le moment, Juli. C'est l'anniversaire de Mayla.

— Écoute-moi, DeMars. La fille sur la photo avait un T-shirt blanc. La police pensait que Genni portait ce T-shirt. C'est…

Elle s'arrêta. Elle savait qu'elle devenait incompréhensible. Il fallait qu'elle soit précise, qu'elle ne foute pas tout en l'air.

— J'ai dit aux enquêteurs que Genni portait un T-shirt blanc. Mais elle avait un pull. J'avais oublié. Il devait être bleu marine ou marron. Ce soir-là, Genni devait l'avoir mis par-dessus son T-shirt. Tu vois ? Elle…

— Juli, la coupa DeMars. Arrête ça tout de suite.

— Abigail Goad n'a jamais vu Genni. Les dernières personnes à l'avoir vue vivante sont donc Lacey et le gamin qui vendait des corn-dogs dans l'allée centrale. Ils l'ont vue *avant* qu'elle se rende à la caravane de Crowley. Personne ne l'a vue *après* qu'il a été arrêté. Il n'a pas d'alibi.

— Va dire bonjour à Angela. Assieds-toi et mange un morceau. On parlera de tout ça demain.

Il voulut poser une main sur son épaule mais elle fit un geste pour l'esquiver. Elle n'avait pas besoin du gentil papa. Elle avait besoin du putain d'inspecteur de la criminelle concentré.

— Non ! On ne peut pas attendre. Crowley quitte la ville demain. Il faut que tu l'arrêtes. Ou au moins que tu le retiennes pour l'interroger. J'ai rendez-vous avec lui ce soir. Il a admis qu'il avait menti, que Genni était venue le voir à sa caravane.

— Tu es entrée en contact avec lui ?

— Oui.

DeMars la dévisagea. Il n'y avait plus aucune chaleur dans son regard.

— Qu'est-ce que tu fabriques, Juli ?

— Je fais ton boulot, répondit-elle. Celui que tu devrais faire.

Le coup était faible. Il ne tressaillit même pas.

— Tu es en train de craquer, Juli. Je ne sais pas combien de fois tu vas pouvoir te le permettre avant de ne plus jamais te reconstruire.

Mayla passa la tête dans la cuisine.

— Papa ! Maman veut savoir où est passé son futur ex-mari. Elle m'a demandé de répéter ce qu'elle a dit mot pour mot. Et rebonjour.

— Joyeux anniversaire, dit Julianna.

— Merci.

— J'arrive dans deux secondes, chaton, répondit DeMars. Demande à ta mère qui sera son *body and fender man*[1], et qui lui réparera sa voiture si elle divorce.

— Pa-*pa !*

DeMars prit l'assiette de blancs de poulet d'une main et le coude de Julianna de l'autre. Il lui fit passer les portes-fenêtres ouvrant sur la grande terrasse en bois à l'arrière de la maison. Un trio d'ados furtifs qui fouinaient autour du gril rentrèrent aussitôt dans la maison.

— Écoute-moi, dit Julianna. Crowley a reconnu qu'il avait menti. Il a reconnu qu'elle était venue à sa caravane. Et il n'a pas d'alibi. Tu dois l'interroger.

Elle regrettait qu'il n'ait pas encore compris que cela faisait longtemps qu'elle était brisée. Qu'elle était là, son occasion de se reconstruire.

Il souleva le capot du barbecue, déplaça une saucisse sur le côté et déposa les blancs de poulet sur la grille. Il évitait de la regarder. Elle comprit alors que c'était sans espoir.

— Où est-ce que tu le retrouves ? demanda DeMars, certainement avec l'intention de l'en empêcher. À quelle heure ?

Julianna sut alors que c'était probablement la dernière fois qu'elle voyait cet homme qui faisait partie de sa vie depuis si longtemps, cet homme qui avait vraiment pris soin d'elle. Là était son unique erreur.

Elle s'éloigna pour rentrer dans la maison.

— Juli ! appela-t-il.

— Merci pour tout, répondit-elle.

1. Titre d'une chanson de Johnny Adams.

Wyatt

CHAPITRE 20

Cet été-là, ce mois d'août-là, il faisait chaud longtemps après le coucher du soleil – il faisait chaud toute la nuit. Vous sortiez de la galerie commerciale climatisée, à minuit ou à 1 heure du matin, et la chaleur vous tombait dessus comme un gros ivrogne dans un bar.

Personne dans l'équipe n'avait accès à une piscine. Alors après le travail, les nuits les plus chaudes, ils se rendaient tous en voiture dans une des résidences de Hefner, escaladaient la palissade et s'éclaboussaient dans la piscine jusqu'à ce que le concierge ou l'agent de sécurité les fasse déguerpir. Certaines nuits, personne ne les délogeait. Ils se livraient à des combats de coqs dans la partie la plus profonde puis s'allongeaient sur le bord en béton et en galets, épuisés, savourant le fourmillement chloré et les vibrations du mauvais whisky.

La nuit, la piscine avait quelque chose de beau, de mystérieux – c'était la seule lumière dans l'obscurité, un joyau vert et lumineux.

Étendu sur le lit de sa chambre d'hôtel, pas encore tout à fait réveillé, Wyatt se rappelait la nuit après que Theresa et lui avaient couché ensemble pour la première fois. Tout le monde à la piscine, les étoiles au-dessus d'eux. Comme c'était une résidence d'où ils avaient déjà été chassés, le volume du radiocassette de Grubb était au minimum – « Raising Hell » de Run-DMC, qu'O'Malley avait pris chez Rainbow Records en échange d'une place de cinéma gratuite.

Melody avait eu envie d'écouter Prince. Karlene s'était plainte que sa peau sentait toujours le pop-corn. Elle avait dit qu'une fois à Hawaï, elle ne s'approcherait plus jamais du moindre morceau de pop-corn. Theresa avait exécuté un poirier sous l'eau, ses longs cheveux ondulant autour de sa tête comme du liquide sombre. O'Malley avait suggéré qu'ils embêtent M. Bingham en dévissant puis en inversant le judas de la porte de son bureau. Ils pourraient le regarder comme un poisson dans un aquarium. Un poisson moche, avait dit Karlene. Un poisson stupide, avait ajouté Grubb. Janella avait déclaré que M. Bingham était peut-être stupide mais qu'il finirait par s'apercevoir que le judas avait été inversé. O'Malley l'avait admis avant d'ajouter que ce serait quand même marrant, le temps de la plaisanterie.

Wyatt ne savait pas quelle face du chagrin était la pire. Le sentiment que ces personnes avaient toujours fait partie de sa vie et qu'elles n'étaient désormais plus là, ou l'impression qu'elles n'avaient jamais vraiment existé.

Theresa était sortie de la piscine, élancée et scintillante. Janella lui avait tendu la bouteille de whisky. Elle avait bu une gorgée et gardé la bouteille. Quand elle s'était assise près de lui, quand elle avait appuyé sa tête sur son épaule, tout le monde les avait fixés. Grubb avait même failli tomber du plongeoir. Wyatt s'était efforcé de rester cool. Il avait bu une longue gorgée et compté les étoiles.

Il savait qu'O'Malley le regardait. Il avait bu à nouveau et lui avait lancé un regard. O'Malley, arquant un sourcil, lui avait adressé un hochement de tête approbateur.

« Bien joué, Heinz, lui avait-il dit plus tard, alors que le ciel virait au gris à l'est et qu'ils rejoignaient leurs voitures de manière désordonnée. Je pourrai dire que je t'ai connu. »

Cela avait été probablement le meilleur moment de la vie de Wyatt. Le meilleur moment de la meilleure nuit de la meilleure année de sa vie. Il avait parfois l'impression que c'était d'ailleurs la seule.

L'alarme de son réveil se déclencha. Il prit deux antidouleurs – son genou ressemblait à un fruit trop mûr acheté sur un marché asiatique – et il appela Dixon.

— Mon vieux, répondit Dixon, vous avez vraiment fichu la trouille à Lyle hier soir.

— J'ai besoin d'avoir les noms de tous les fans qui traînent à l'entrepôt.

— Qu'est-ce qu'il s'est passé ? Il ne veut rien me dire. C'est apparemment son pire Halloween depuis ses douze ans, quand sa mère a décrété qu'il était trop grand pour la chasse aux bonbons. Je n'invente rien.

— Vous pourriez me rassembler les noms ?

Silence.

— Je n'ai pas besoin d'appeler un avocat, n'est-ce pas ?

— Non, répondit Wyatt. Je pense que vous aviez raison au sujet de Lyle. Je crois qu'il n'a rien à voir avec cette affaire. Mais il me faut les noms. Du premier au dernier. Je dois vérifier les antécédents de tout le monde.

— D'accord. Bien sûr. Ça peut me prendre un jour ou deux. Ça va et ça vient par ici.

— Très bien. Merci.

Wyatt raccrocha et composa le numéro de son contact au *Daily Oklahoman*.

— Quoi ? demanda Bill Haskell.

— Bill, c'est votre vieux pote Wyatt Rivers, le détective privé.

— Qu'est-ce que vous voulez encore ?

— Rien. Je prends ma matinée et je veux rembourser mes dettes. Je vous paie le petit déjeuner ?

Haskell émit un grognement sceptique, mais c'était un journaliste – un repas gratuit, c'était toujours ça de pris.

— Chez Cattlemen, dit-il. Dans vingt minutes. C'est à Stockyards City. Vous avez besoin de l'adresse ?

— Je trouverai, répondit Wyatt qui attendit que Haskell émette un nouveau grognement sceptique.

Ce qu'il fit.

Wyatt s'habilla et s'engagea sur Lake Hefner Parkway. Il n'était pas allé à Stockyards City, le quartier des abattoirs, depuis ses neuf ou dix ans, au cours d'un voyage scolaire. L'endroit attirait quelques touristes, mais c'était également un marché au bétail toujours en activité, brut et authentique, contrairement à Bricktown avec ses bars pour étudiants. Là-bas, on pouvait s'acheter un Stetson en paille chez Shorty, le chapelier des cow-boys, ou, les jours de ventes aux enchères, quelques centaines de têtes d'angus.

Le Cattlemen était un ancien restaurant-grill situé dans l'artère principale, à quelques pâtés de maisons du labyrinthe des enclos. À 8 heures du matin, seule la partie *diner* du restaurant était ouverte. Des murs lambrissés, des banquettes en cuir couleur sang, la vague odorante de graisse de bacon et de café noir quand on entrait – un acheteur de bétail des années 1930 ou 1950 voyageant dans le temps se serait senti chez lui.

Wyatt n'eut aucun mal à reconnaître Bill Haskell. C'était le costaud au comptoir, avec des bretelles, une poche de poitrine remplie de stylos et une minuscule bouche pincée pareille au bec d'une tortue hargneuse. Wyatt fut uniquement déçu qu'il ne soit pas coiffé d'un borsalino en feutre.

Haskell lui jeta un regard quand il s'assit à ses côtés, une action qui impliqua plus d'agitation, de plissements d'yeux et de claquements de bec que Wyatt aurait cru possible. L'homme était un peu plus jeune que ce qu'il avait imaginé – il devait être dans le milieu de la soixantaine.

— Vous êtes en retard, dit Haskell.

La serveuse remplit la tasse à café de Wyatt. Il jeta un coup d'œil à la carte plastifiée.

— Des biscuits et de la sauce, demanda-t-il. Deux œufs au plat et du bacon. Non, plutôt un de ces feuilletés à la saucisse. Non, mettez le bacon et le feuilleté à la saucisse. Et un secouriste à côté de moi.

Haskell hocha la tête.

— Un endroit comme ça, on ne commande pas du muesli au yaourt.

Wyatt avait passé le test avec succès. Son téléphone sonna. C'était Chip. Il remit son portable dans sa poche, but une gorgée de café et regarda autour de lui.

— Alors, quelle est l'histoire de cet endroit ?

Il la connaissait, mais il avait l'intuition que Haskell se ferait un plaisir de la lui raconter.

— L'établissement a ouvert en 1910, trois ans après l'indépendance de l'État, commença le journaliste. En 1945, le propriétaire, Hank Frey, a joué aux dés au vieil hôtel Biltmore, dans le centre-ville, avec Gene Wade, un éleveur. Frey a parié son restaurant contre les économies de Wade que ce dernier n'obtiendrait pas un double trois. Wade a lancé les dés et il a gagné un restaurant.

— En voilà une histoire, dit Wyatt.

— L'Oklahoma a un passé fascinant. Des expéditions de guerriers comanches assoiffés de sang. Des hors-la-loi impitoyables qui se sont réfugiés en territoire indien pour échapper au bras long de la justice. Des spéculateurs et des joueurs, des Boomers et des Sooners[1]. Vous seriez surpris d'apprendre qu'Oklahoma City est la ville où repose l'homme qui a tué l'homme qui a tué Jesse James.

Wyatt n'avait pas vraiment prêté attention jusque-là. Il leva les yeux de son café.

— L'homme qui a tué qui ?

— C'est exactement ce qui est gravé sur la pierre tombale. *Sic erat scriptum.* « L'homme qui a tué l'homme qui a tué Jesse James. » Edward O'Kelley. Il est enterré au cimetière de Fairlawn de Western Avenue. *Jesse* est mal orthographié avec un *i*.

La serveuse leur apporta leurs plats. Haskell avait commandé un grand bol de muesli et de yaourt.

— Ma fille veut que je vive suffisamment vieux pour jouer avec mes petits-enfants, dit-il. C'est ce qu'elle prétend. Je viens ici pour les souvenirs.

— Et l'odeur.

— Et l'odeur.

Haskell prit exactement une demi-cuillère à thé de sucre qu'il versa dans son café.

— Dites-moi, Bill, vous vous rappelez la tuerie qui s'est déroulée au cinéma il y a des années de ça ?

— Bien sûr. Ça s'est passé au vieux Pheasant Run, dans l'ancienne galerie du même nom. Ma femme et moi, on a eu un de nos premiers rencards là-bas, juste après l'ouverture. Ils passaient *L'Âge de cristal.* Le cinéma a fermé juste après le massacre, et la galerie peu de temps après.

— On vous a assigné l'affaire ?

1. Les Boomers ont milité pour que les terres soient ouvertes avant le passage de l'Indian Appropriations Act de 1889 et les Sooners sont les colons ayant reçu des terres dans la région de l'actuel Oklahoma de la part du gouvernement américain avant 1889.

— Je n'étais pas un des reporters principaux, non. Mais on était tous sur le pont. J'ai couvert les conférences de presse de l'OSBI[1]. J'ai passé plus de temps à dormir sur le canapé de leurs bureaux que dans mon propre lit.

— La police, l'OSBI, tous ont conclu que les tueurs étaient entrés dans le cinéma parce que quelqu'un avait oublié de verrouiller une des portes de sortie à l'arrière – un employé, c'est bien ça ?

— Oui, un des ouvreurs. Si je me souviens bien, il a laissé la porte entrouverte quand il a sorti les poubelles.

Haskell avait fini son muesli au yaourt et examinait son bol vide. Il avait l'air d'avoir plus faim qu'avant d'avoir mangé.

— Et les tueurs se sont glissés à l'intérieur, dit Wyatt. C'était la seule explication possible. Il n'y avait aucun signe d'effraction. Les portes de l'entrée étaient fermées.

— Si ma mémoire est bonne, oui. Vous savez, un des tueurs s'est servi d'une arme avec des balles spéciales, des *wadcutters*[2]. Ça m'a marqué. C'est bizarre, les détails qui peuvent nous rester.

Wyatt mangea deux bouchées de biscuits et de sauce puis repoussa la nourriture autour de son assiette. Il essayait de considérer l'évidence avec un regard clair, un esprit sceptique. Le fait que Grubb ait oublié de refermer complètement la porte après avoir sorti les poubelles semblait peu probable. Les portes de sortie étaient conçues pour se rabattre d'elles-mêmes et se verrouiller toutes seules – d'où la nécessité de les coincer afin qu'elles restent ouvertes. Et quoi qu'il en soit, les ouvreurs claquaient toujours les battants derrière eux, aussi fort que possible, parce que le *boum* fichait M. Bingham en rogne. Ce plaisir faisait partie intégrante du boulot.

1. Oklahoma State Bureau of Investigation.

2. *Wadcutters* : balles spéciales à front plat conçues pour tirer sur des cibles en papier, généralement à courte portée.

La seule autre entrée du cinéma se faisait par les portes vitrées de devant donnant sur la galerie commerciale. Et M. Bingham était complètement maniaque sur ce point : il les fermait à clé juste après le départ du dernier client. Wyatt l'avait regardé faire un million de fois. Deux clés différentes, une pour le verrou du haut, une pour celui du bas. *Clic. Clac.*

Les verrous étaient doubles. Les portes d'entrée étaient en verre. Alors, même si les tueurs avaient essayé de crocheter les serrures, ils auraient été exposés tout le temps de la manœuvre. La seule explication pour qu'ils aient pu passer par ces portes aurait été qu'ils aient eu leur propre jeu de clés. Mais comment se le seraient-ils procuré ? Était-il possible qu'ils aient eu un complice dont la police n'aurait rien su, quelqu'un qui aurait travaillé dans le cinéma mais n'aurait pas été là quand le cambriolage avait mal tourné ?

Un informateur ?

Haskell louchait sur son assiette. Wyatt la poussa dans sa direction. Le journaliste choisit une tranche de bacon.

— Si vous insistez, dit-il.

— J'ai un service à vous demander, Bill, répondit Wyatt.

— On joue de l'argent à Casablanca ? Je suis choqué[1].

Mais Haskell reprit une tranche de bacon et sortit, de sa poche arrière, un carnet de notes à spirale quasiment identique à celui que Wyatt avait sur lui.

— Je vous écoute.

— Est-ce que vous connaîtriez un des enquêteurs qui travaillaient sur l'affaire ? Du Bureau d'investigation ou du département de la police ? Quelqu'un à qui je pourrais demander plus d'informations ?

Haskell leva les yeux. Surpris.

— Qu'est-ce que cela a à voir avec l'affaire du Land Run ?

1. Réplique du film *Casablanca*, de Michael Curtiz (1942).

— Simple curiosité, répondit Wyatt, qui avait déjà son mensonge tout prêt. Je crois que ça pourrait donner matière à un livre.

Haskell grogna.

— Exactement ce dont le monde a besoin.

— D'un autre écrivain.

— Si vous avez un jour ou deux, je pourrais partager avec vous mon amère expérience avec l'industrie de l'édition.

— Ne vous faites pas prier, Bill.

Haskell prit la dernière tranche de bacon dans l'assiette de Wyatt.

— Carl Friendly est mort dans l'attentat de 1995. C'était l'enquêteur principal du côté de l'OSBI. Jack Siddell, du département de police, est mort il y a quelques années. Le cœur. Tous ceux qui le connaissaient ont été surpris d'apprendre qu'il en avait un. Randy Plunkett… Non. Laissez-moi réfléchir.

Wyatt ne se souvenait ni de Carl Friendly ni de Randy Plunkett. Il se rappelait en revanche clairement Jack Siddell. Ses cicatrices d'acné, sa voix froide et rauque. L'enquêteur qui avait voulu savoir pour quelle raison Wyatt pensait qu'il était encore en vie alors que tous les autres étaient morts. Mais celui aussi qui, à la fin de l'enquête, après que Wyatt s'était révélé incapable d'identifier les trois tueurs morts, avait hésité sur le pas de la porte en sortant. Jack Siddell n'avait peut-être pas de cœur, mais il avait rencontré le père de Wyatt, il avait rencontré sa mère. Il avait été là et il avait vu Wyatt couvert du sang et du cerveau de ses amis. « N'y pense pas, petit, avait-il dit. Ça ne pourra que te faire du mal. »

Pourquoi les autres et pas moi ?

— Réfléchissez bien, Bill. Qui pourrait me donner des infos de première main sur l'enquête ?

N'était-il pas déjà trop tard pour croire qu'il pouvait passer à autre chose ? Et si, après toutes ces années, il y avait encore quelqu'un – *un informateur* – en mesure de répondre à la question sous laquelle il était enterré depuis vingt-six ans ?

— Je suppose que Brett Williams accepterait peut-être de vous parler, répondit enfin Haskell.

— Vous pouvez arranger ça pour moi ? Préparer le terrain ?

On aurait pu croire, à la façon dont Haskell grogna et soupira en resserrant son bec, que Wyatt lui avait demandé de remonter la colline en portant à la fois Sisyphe et le rocher sur son dos.

— Ça peut se faire, dit-il.

Wyatt choisit la bibliothèque municipale de Villa – l'annexe de Belle Isle, à quelques kilomètres de la galerie du Pheasant Run, à l'opposé du quartier où il avait grandi.

Une bibliothécaire le conduisit vers les vieux et poussiéreux lecteurs de microfiches. Il s'installa et chargea la première bobine de film. La bibliothécaire s'attarda.

— Vous savez, les archives de l'*Oklahoman* ont été numérisées, dit-elle. La plupart des gens les consultent comme ça.

— Dans ce cas particulier, Becky, je ne suis pas la plupart des gens, répondit Wyatt.

Il attendit qu'elle s'en aille pour parcourir les sept premiers mois de 1986. Oui, les archives numériques auraient été plus efficaces, mais il voulait autant que possible vivre la véritable expérience du journal – les photos originales sur écran phosphorique et les bavures d'encre, les veuves et les orphelines, les sauts de colonnes tordus.

Il parvint à la publication du vendredi 15 août 1986. Le jour du braquage. La première page titrait sur le conseil municipal qui avait annexé des terrains pour une nouvelle canalisation d'eau.

Au dos de la rubrique sports – sous les programmes beaucoup plus importants des multiplexes, tout en bas près des pubs minuscules pour le bar à hôtesses Blue Moon Saloon et la boutique de perruques, de déguisements et de lingerie Bombay Shoppe – figuraient les horaires des deux salles du Pheasant Run.

One Crazy Summer avec John Cusack et Demi Moore. *La Mouche*, avec Jeff Goldblum. *Demi-tarif pour toutes les séances de 16-18 heures.*

Wyatt dut avancer de deux numéros, jusqu'au 17 août, pour lire le premier article sur le massacre – c'était avant Internet, quand les nouvelles n'étaient pas encore des nouvelles si les événements s'étaient déroulés après le bouclage du journal. Le premier reportage prenait toute la une du *Daily Oklahoman*. Une photo de la galerie commerciale du Pheasant Run figurait en partie supérieure, des photos des victimes sous le pli médian. Des portraits granuleux d'O'Malley, Theresa, Grubb, Melody et Karlene, sortis des albums de promos de lycée.

Les photos ne leur ressemblaient pas du tout. Grubb, la raie sur le côté, une expression grave, aurait pu être le président du club d'échecs. Theresa, qui ne souriait jamais, souriait. O'Malley, qui souriait toujours, ne souriait pas. Melody, dont la photo avait été prise avant qu'elle ne découvre les tresses, ressemblait à une jeune Donna Summer. Karlene portait des lunettes.

Ils avaient tous l'air si incroyablement *jeunes*, comme des enfants. Wyatt se demanda pourquoi le journal avait été incapable de trouver des photos plus récentes.

La photo de M. Bingham, un instantané, était la seule qui capturait véritablement son sujet. Il portait une chemisette et paraissait juste un peu moins aigri et pincé que d'habitude. Il tenait quelque chose dans les bras – un sac de courses, peut-être – qui avait été coupé de la photo.

Wyatt parcourut les parutions de l'*Oklahoman* jusqu'à ce qu'il trouve ce qu'il cherchait. Mi-octobre, un jour après que les tueurs avaient été abattus en Arizona, le journal avait publié une double page incluant une photo grand angle du parking à l'arrière du cinéma. Les portes de sortie des salles étaient au centre de la photo, mais on voyait la benne à ordures à l'arrière-plan – et on voyait clairement qu'elle était tournée vers le bâtiment, et non plus parallèle à lui, exactement comme Wyatt se le rappelait. Grubb aurait dû voir les tueurs approcher.

Mettons qu'il y ait eu un complice. Mettons que quelqu'un ait donné la clé du cinéma aux tueurs.

Mais qui ? À sa connaissance, seul M. Bingham détenait les clés des portes vitrées de l'entrée. Les agents de sécurité de la galerie ne les avaient pas. La direction de la galerie non plus. Le cinéma dépendait d'un bail spécial – il était locataire souverain, terme pompeux que M. Bingham aimait utiliser. C'était le Vatican de la galerie Pheasant Run.

Les hommes d'entretien non plus n'avaient pas les clés. Ils devaient attendre que M. Bingham leur ouvre le matin.

Alors la question était : qui aurait pu les emprunter ou les voler pour en fabriquer des doubles ?

M. Bingham les gardait toutes sur un seul anneau – la clé de son bureau, celle de la caisse, celle de la caisse des tickets, celle de la cabine de projection, celle du placard dans lequel il rangeait les affiches, celles des portes vitrées de l'entrée. Ces clés et une douzaine d'autres. L'équipe rigolait tout le temps du fait que le poids des clés dans sa poche faisait descendre son pantalon, l'obligeant à s'arrêter à tout bout de champ pour le remonter.

Il les avait presque toujours sur lui. *Presque* toujours. Les week-ends d'affluence particulièrement effrayants, quand il devait tenir la billetterie afin que Karlene ou Janella puissent filer un coup de main à la buvette, il fourrait le trousseau dans le tiroir sous une des caisses. De cette manière, les filles n'avaient pas à le déranger chaque fois qu'elles avaient besoin de faire un saut dans la réserve pour aller chercher des serviettes en papier ou des pailles. Les clés restaient parfois dans le tiroir pendant trente ou quarante minutes d'affilée.

Cela laissait-il le temps à quelqu'un de prendre le porte-clés, de faire faire des doubles et de le rapporter ? Non. Mais il n'y avait qu'à prendre celles des portes vitrées, dont M. Bingham ne remarquerait sûrement pas l'absence avant la toute fin de soirée. Il faudrait alors trouver un moyen pour remettre les clés à leur place. Il faudrait alors être en mesure de prévoir un week-end particulièrement animé, avec trois vagues successives de clients, à 18 heures, 20 et 22 heures. Prendre les clés à 18 heures, faire faire des doubles pendant une pause, remettre les clés sur l'anneau à 20 ou 22 heures.

Peut-être. Ce n'était pas invraisemblable.

Wyatt sortit son carnet de notes. Il inscrivit le nom de tous les employés du cinéma qui ne travaillaient pas le soir du massacre.

La liste n'était pas longue. Le cinéma du Pheasant Run était petit, même pour l'époque, avec seulement deux salles de peut-être deux cents places chacune. Un jour ou une soirée tranquille, trois employés suffisaient à faire tourner la boutique – une caissière pour vendre les tickets, une personne à la buvette, le projectionniste.

Le jour du massacre, Tate et Janella étaient de l'après-midi et avaient débauché à 18 heures. Ils n'étaient déjà plus là quand la grand-mère avait embouti la benne avec sa Cadillac.

Le projectionniste de l'après-midi, Haygood, était également parti à 18 heures. Ingram, le projectionniste du soir, ne restait pas une minute de plus que nécessaire – on l'entendait descendre les marches d'un pas lourd presque avant que la dernière bobine de la soirée ait cessé de tourner. Wyatt ne se rappelait pas exactement à quelle heure, mais il savait qu'Ingram était parti avant même que Grubb commence à balayer la salle – au moins trente minutes avant l'apparition des tueurs.

Tate. Janella. Haygood. Ingram. Au moment du braquage, onze personnes travaillaient au Pheasant Run : six morts, quatre vivants, et Wyatt.

Il éteignit le lecteur de microfiches – le ventilateur haletait, le métal chauffait sous l'ampoule intérieure. Il s'efforça d'imaginer que quelqu'un qu'il avait pu côtoyer tous les jours pendant des mois avait manigancé avec les tueurs.

Tate. Janella. Haygood. Ingram.

Pour se rendre à la bibliothèque, il avait emprunté la voie rapide nord-ouest. Sur la partie nord de la rocade, près de Classen, se trouvait une zone commerciale – avec des magasins comme Old Navy, Walmart, Babies « R » Us, Nordstrom Rack. Dans les années 1980, c'était le site de la centrale électrique abandonnée de Belle Isle, sa grande cheminée visible à des kilomètres à la ronde. Des plaques d'acier soudées sur les portes et les fenêtres les plus basses avaient incité les ados à entrer par effraction. On racontait que la centrale était hantée par les fantômes des gamins qui avaient plongé dans la mort et les ténèbres en explorant l'imposant bâtiment en ruine.

Wyatt ne s'y était jamais aventuré. Un après-midi de mai, pourtant, après un orage de fin de printemps, Tate avait acheté deux grandes bouteilles de Budweiser au Circle K de Western et emmené Wyatt faire du tout-terrain dans son vieux Ford rouge F-150, sur l'étendue boueuse de la centrale. Ils s'étaient bien amusés. Wyatt ne se rappelait pas où était O'Malley à ce moment-là. S'il avait été avec eux, il aurait insisté pour qu'ils explorent la centrale abandonnée. Il aurait trouvé un moyen pour entrer.

Tate et Wyatt s'entendaient bien, mais ils n'étaient pas aussi proches que Wyatt l'était avec O'Malley ou que Tate l'était avec

Grubb. C'était d'ailleurs la seule fois où Tate et lui avaient traîné ensemble, sans que les autres soient là.

Était-ce Tate l'informateur ? Mais pourquoi aurait-il voulu qu'ils tuent Grubb, son meilleur ami, et qu'ils épargnent Wyatt ?

La plupart du temps, Janella affichait un ennui ostensible en présence de Wyatt. C'était son attitude, la plupart du temps, envers tout le monde. Elle était très menue, mais elle pouvait boire plus que n'importe qui, à l'exception d'O'Malley. Sa relation avec Melody, l'autre fille noire du cinéma, était épineuse, ce qui ne les empêchait pas d'être très proches. Janella avait une peau bien plus claire que Melody, et elle se lissait les cheveux. Melody avait des tresses et allait à l'église tous les dimanches.

Janella aimait bien Wyatt – en tout cas, elle le tolérait. Ils s'étaient même embrassés plusieurs fois pendant les pauses, se chauffant et se pelotant avec modération, pendant l'hiver qui avait suivi l'embauche de Wyatt. Plus par ennui qu'autre chose, pourtant. Si Janella était celle qui avait donné les clés aux tueurs, pourquoi leur aurait-elle demandé d'épargner Wyatt et pas Melody ?

Après les meurtres, Wyatt n'avait plus jamais revu Tate ni Janella. Ils ne s'étaient jamais recontactés. La perspective de se revoir était peut-être aussi insupportable pour eux que pour lui.

Restaient Haygood et Ingram, les projectionnistes. C'étaient de vieux syndicalistes bourrus, dans la cinquantaine, de gros fumeurs, qui boitaient tous les deux. Haygood était blanc et Ingram noir. Quand ils arrivaient pour leur service, ils traversaient le hall en claudiquant sans regarder qui que ce soit et montaient tout droit dans la cabine de projection. O'Malley les surnommait les « fantômes de l'Opéra ». Il prétendait qu'il avait vu l'intérieur du couvercle de la boîte à outils de Haygood et qu'il était décoré de gros plans de chattes poilues découpées dans des magazines de cul.

Ingram, l'autre projectionniste, avait le béguin pour Melody. Il descendait de son perchoir de temps en temps quand elle travaillait, quand il savait qu'elle était coincée derrière le comptoir de la buvette et qu'elle ne pouvait pas s'enfuir. Il lui racontait des histoires sur son service à l'armée, en Allemagne. La meilleure période de sa vie. Le poison de son existence était désormais l'énorme caniche moyen de sa femme, qui grimpait sur le canapé et refusait de descendre. « Si ce foutu chien est moyen, je ne veux pas voir à quoi ressemble un caniche royal », marmonnait-il.

Haygood ignorait très probablement l'existence de Wyatt. Quant à Ingram, il ne le remarquait que lorsqu'il avait besoin qu'on lui remplisse son thermos de Sprite.

Wyatt regarda la liste. *Tate. Janella. Haygood. Ingram.* Et c'était tout. Sauf si on comptait Steve Herpès. Il avait failli oublier le gosse de riches arrogant que M. Bingham avait embauché au début de l'été. Son vrai nom était Hurley, mais les autres l'avaient vite rebaptisé quand ils avaient compris à quel point il était prétentieux. Steve Herpès avait démissionné mi-juillet, bien avant les meurtres, mais il aurait pu prendre les clés avant son départ. Et plus facilement que le reste d'entre eux, puisqu'il était toujours dans le bureau de M. Bingham, à lécher les bottes du patron. Tout le monde craignait que M. Bingham soit en train de former Steve Herpès au poste d'adjoint.

Pendant toutes ces années, Wyatt n'avait jamais vraiment pensé à Steve Herpès. Il était grand, la mâchoire carrée, avec des airs de maître nageur. Karlene s'y était intéressée pendant une minute jusqu'à ce que Steve Herpès mentionne trois fois en une seule conversation qu'il conduisait une Porsche que ses parents lui avaient offerte pour son anniversaire, en précisant que ça lui coûtait une blinde en assurance, qu'elle ne tenait pas vraiment le verglas et que les flics l'arrêtaient tout le temps pour excès de vitesse, même quand il était dans les clous.

Karlene avait entortillé une mèche de cheveux autour d'un doigt et pris son plus bel air de blonde stupide. « Est-ce qu'une Porsche, c'est une de ces petites voitures toutes mimi qui viennent de Yougoslavie ? avait-elle demandé. Je les adore. »

Tout le monde, au début, avait essayé d'accueillir Steve Herpès dans la tribu. Mais chaque fois que Tate ou O'Malley lui demandaient de venir avec eux dans le parc ou à la piscine après le travail, il avait toujours quelque chose de mieux à faire – une fête, des amis à retrouver.

Des amis à retrouver. Soulignant par là que les gens avec qui il devait travailler restaient les gens avec qui il devait travailler.

Steve Herpès refusait de prendre son tour à la machine à pop-corn. Officiellement, les filles de la buvette étaient censées la nettoyer, mais c'était un boulot tellement dégoûtant et fatigant que les ouvreurs leur filaient toujours un coup de main – Wyatt lavait le bac, par exemple, pendant que Melody récurait la cuve. « C'est pas mon problème », disait Steve Herpès si une fille lui demandait de l'aide.

Plus grave, il reluquait son reflet et sa mâchoire carrée dans le verre des affiches de films accrochées dans le hall – *On s'fait la valise, docteur ? Rocky, Chitty Chitty Bang Bang* – quand il croyait que personne ne le regardait.

C'est pourquoi ils l'appelaient Steve Herpès, se garaient trop près de sa Porsche et passaient les longues heures oisives dans le hall à le faire chier.

Wyatt avait participé autant que les autres. Peut-être plus. Et pourtant il avait été épargné. Alors encore une fois : *pourquoi ?*

Il referma son carnet de notes d'un coup sec. Trop de questions. Trop de pistes qui le ramenaient au point de départ. Mais il restait la forte probabilité que *quelqu'un* ait donné les clés du cinéma aux braqueurs. Avec un peu de chance, le contact de Bill Haskell à l'OCPD pourrait orienter Wyatt dans la bonne direction.

Il était presque 13 heures. Haskell n'avait pas encore rappelé. Wyatt passa chez Whole Foods acheter un poulet rôti avant de se rendre chez son oncle. Celui-ci était comme d'habitude assis sous le porche, bien que la température ait chuté et que le vent pinçait. Dans une semaine ou deux, les feuilles des vieux arbres de la rue s'embraseraient : écarlate, safran, doré. Puis elles tomberaient.

— Mikey !

Wyatt serra la main de son oncle.

— Comment ça va, oncle Pete ?

— Aussi bien que possible étant donné les circonstances.

— Ça te dirait de déjeuner ?

— Si ça me dit ?

Ils éclatèrent de rire. Wyatt se dirigeait vers la cuisine avec le poulet quand son téléphone sonna.

— Ne me dites pas que vous avez oublié, dit Candace.

— Bien sûr que non, répondit Wyatt en fouillant sa mémoire.

Candace l'avait invité à déjeuner. Merde.

— Je suis en route. Je me gare dans votre allée en ce moment même.

— Ah.

— Ça vous dérange si je viens avec un rencard pour vous ? Mon vieil oncle. Je crois que vous êtes faits l'un pour l'autre.

— Pas de problème. Vous avez un oncle à Oklahoma City ? Et vous ne m'avez jamais dit ce que vous faisiez au Burlington Coat Factory à 1 heure du matin.

— On arrive, répondit Wyatt.

Candace vivait à quelques kilomètres seulement de chez l'oncle Pete, dans un quartier de petites maisons proprettes de style ranch construites dans les années 1950. Quand elle ouvrit la porte, elle lança un regard noir à Wyatt. Et elle adressa un grand sourire d'un blanc étincelant à son oncle.

— Bonjour, je m'appelle Candace, dit-elle.

L'oncle de Wyatt lui serra solennellement la main.

— Bonjour, je m'appelle Pete et je suis alcoolique.

— Salut, Pete ! s'esclaffa Candace.

— Ça fait seize ans et demi.

— Bravo ! Mon père vient juste de gagner son jeton des dix ans.

— J'ai arrêté de boire le jour de l'attentat. Raconte-lui, Mikey. Pas une goutte depuis.

— C'est vrai, confirma Wyatt.

— Tant mieux pour vous, Pete !

— Je n'y suis pas arrivé seul, je peux vous le dire.

Candace se tourna vers Wyatt.

— Mikey ?

— C'est mon deuxième prénom, expliqua Wyatt. Ça fait un moment que j'ai changé. Il y avait quatre Michael dans ma classe de terminale.

Il sentit une petite main chaude se faufiler dans la sienne. Il baissa les yeux. C'était Lily, pâle et sérieuse. Comme Wyatt n'était pas certain de savoir quoi faire de sa main, il se contenta de la tenir.

— On va faire un pique-nique, dit-elle.

— Il fait assez froid dehors, Lily.

Elle leva vers lui des yeux contenant les trésors de patience d'un saint médiéval.

— Dans le salon.

— Je vois, dit Wyatt.

— Je ne sais pas ce qu'elle vous trouve, fit Candace. C'était son idée de vous inviter.

Wyatt en doutait, mais Lily acquiesça. Elle tira sur sa main et le conduisit dans la maison. Candace saisit la main de Pete et les suivit.

Une couverture de pique-nique était étalée devant le canapé. Lily servit à tout le monde des sandwichs poulet-crudités qui avaient été coupés en triangles, avec des Cheetos et du raisin. Quand elle eut fini, elle s'assit près de Wyatt, si près qu'il sentait sa respiration. Elle le regarda, attendant qu'il prenne sa première bouchée de sandwich avant de mordre dans le sien.

— Il existe trois sortes de raisins différents dans le monde, dit-elle.

— Non ! s'exclama Pete. Je n'y crois pas !

— Les raisins pour faire des raisins secs, commença Lily. Les raisins qu'on mange. Et les raisins pour faire du jus.

— Très bien, dit Pete.

Wyatt prit un grain de raisin qu'il examina. Lily l'observait.

— Celui-ci doit faire partie de la quatrième sorte, déclara Wyatt.

Lily se tourna vers sa mère pour qu'elle donne son verdict. Wyatt essaya de se rappeler ce tour, le seul qu'il connaissait. O'Malley le lui avait enseigné un soir après s'être rendu au bar au-dessus du cinéma pour échanger des places contre de l'alcool. O'Malley avait utilisé une olive à cocktail et expliqué à Wyatt que le secret de la magie était une foi totale et engagée dans son propre mensonge.

— Tu sais, Lily, c'est peut-être la seule sorte de raisin qu'il est impossible d'écraser, dit Wyatt.

Il posa le grain sur la table basse. Il le couvrit d'une serviette en papier.

— Vous nettoyez après, l'avertit Candace.

Wyatt abattit sa main à plat sur la table basse. Lily sursauta. Il enleva la serviette. Le grain avait disparu.

— Enlève ta chaussure, s'il te plaît, demanda Wyatt à Lily, qui écarquillait les yeux. Je crois que les grains de raisin inécrasables aiment bien les endroits frais, sombres et puants.

Candace éclata de rire. Lily ôta sa basket et la tendit à Wyatt. Il plongea la main dans la chaussure et en sortit le grain de raisin. Il le renifla, plissa le nez puis le jeta dans sa bouche.

Un temps de silence, puis Lily se mit à glousser. Wyatt prit conscience que c'était la première fois qu'il la voyait comme une petite fille de cinq ans, et pas âgée de plus d'un siècle. Candace, hilare, enfonça un doigt dans les côtes de sa fille qui continua de glousser. L'oncle de Wyatt se mit à rire, Wyatt aussi.

Ce fut un beau moment, un moment de bonheur simple, stupide et humain. Et pourtant, alors que Wyatt était assis au beau milieu de cette scène, il restait en dehors, à l'écart, comme séparé par un verre spécial laissant passer la lumière mais pas la chaleur. Il avait déjà éprouvé cette sensation. C'était comme regarder la photo d'une famille rassemblée autour d'une flambée. Le feu réchauffait les gens de la photo mais pas la personne qui tenait le cliché. Il fallait être cinglé pour croire que cela vous réchaufferait.

Après le déjeuner, Wyatt installa son oncle dans son Altima de location. Lily agita la main en guise d'au revoir depuis le porche avant de rentrer jouer dans la maison.

— Tout est calme au Land Run ? demanda Wyatt quand il fut seul avec Candace.

— Ouais. Vous croyez que c'est fini ? C'est peut-être pour ça qu'il vous a filé une dérouillée.

Wyatt ne croyait pas que c'était fini. Et il savait que Candace n'y croyait pas non plus.

— Il se pourrait que j'aie une véritable piste, dit-il.

— Pas trop tôt.

Wyatt déposa son oncle chez lui et retourna à Classen. Comme il ne voulait pas croiser Chip à l'hôtel, il trouva un bar sur Western Avenue qui proposait des liqueurs à prix raisonnables, avec en prime une vue sur l'église baptiste, de l'autre côté de la rue. La pancarte devant l'église disait L'AUTOMNE NOUS QUITTE, JÉSUS RESTE AVEC NOUS.

Wyatt avait acheté un paquet de fiches cartonnées. Il écrivit les noms, un par fiche – *Tate, Janella, Haygood, Ingram, Steve Herpès* –, et aligna les cartes sur le comptoir devant lui. Sur les autres fiches, il écrivit tout ce qu'il se rappelait au sujet de chacune de ces personnes, chaque point de contact, un souvenir par fiche.

Haskell appela vers 21 heures.

— Brett Williams accepte de vous parler. Demain, 10 heures. La boulangerie La Oaxaqueña sur la 29e Rue sud-ouest.

— Bill, vous êtes un prince, dit Wyatt. Et ne permettez à personne d'affirmer le contraire.

Julianna

CHAPITRE 21

Un peu avant 19 heures, Julianna appela pour informer l'infirmière en chef qu'elle avait une urgence familiale et qu'elle ne pourrait assurer son service ce soir-là. Elle s'excusa de prévenir aussi tard.

Silence. Julianna patienta.

— Allô ?

— Il y a autre chose ?

— Non, juste ça.

— D'accord.

L'infirmière en chef raccrocha. Julianna s'approcha de la cheminée, ouvrit le clapet et plongea la main dans le conduit. Elle s'était un peu emballée quand elle avait scotché le paquet de billets à la paroi métallique du conduit. Elle dut tirer dessus à plusieurs reprises pour réussir à l'arracher. De la cendre tomba. Le sac en plastique Target sentait maintenant la fumée froide. Et elle aussi.

Une heure avant le rendez-vous au lac, Julianna se rendit au Double R Ranch, le bar où elle avait observé Crowley draguer la femme à la tresse. Il était environ la même heure, 23 heures, 23 h 30. Si ses souvenirs étaient bons.

Elle ne vit pas le pick-up de Crowley sur le parking bondé. Soit il avait changé de véhicule, ce qui était probable, soit il continuait d'éviter les endroits où Julianna était susceptible de le trouver. Probable également. Elle laissa les espèces dans la voiture, fourrées sous son siège, et rentra dans le bar.

Un premier examen des lieux ne donna rien. L'homme près d'elle, un motard seul au comptoir, la poussa du coude. Il avait une longue barbe grise, tremblante et nébuleuse, comme de la bourre qu'un chien aurait arrachée d'une peluche.

— Un verre, ça te dit ?

— J'ai rendez-vous avec un ami, répondit Julianna.

— On pourrait être amis tous les deux.

Elle balaya encore une fois la salle du regard, perdant tout espoir. Puis Julianna la vit, la rousse au regard dur, hissant son gros sac à main turquoise sur son épaule en sortant des toilettes des femmes.

Ignorant le motard, Julianna la suivit jusque dans un box au fond. La rousse se glissa sur la banquette en face de sa copine bourrée, qui avait l'air encore plus bourrée ce soir. Elle se balançait d'avant en arrière au son de la musique, tellement à côté du rythme qu'elle était sur le point de retomber dessus.

— Tiens, tiens, lança la rousse quand elle vit Julianna. Regardez qui voilà.

Elle tapota la banquette près d'elle.

— J'ai besoin d'un service, dit Julianna en s'asseyant.

— T'as trouvé le type que tu cherchais ?

Julianna se pencha vers elle.

— Je te donne trois cents dollars pour t'emprunter ton arme, dit-elle à voix basse.

La rousse leva son verre, un alcool acajou sur des glaçons, et but une gorgée avec délicatesse.

— Pas besoin de chuchoter. N'est-ce pas, Carla May ?

La copine se balançait sur la musique, les yeux mi-clos.

— Hein, fit-elle.

— Trois cents dollars, dit Julianna. Juste pour quelques heures.

La rousse se tourna pour la dévisager.

— Tu me prends pour une cinglée ?

— C'est juste pour me protéger. Au cas où.

— Je veux rien savoir.

— Je l'ai trouvé, dit Julianna. L'homme que je cherchais. Mais il n'est pas celui que je croyais.

— Viens avec nous au Land Run. On se trouvera des étudiants pour danser toute la nuit.

— Non. Combien ?

— Et si tu perds les pédales et que tu tires sur quelqu'un ? Et qu'on découvre que c'est moi qui t'ai donné l'arme ?

— Je ne tirerai sur personne. C'est pour me protéger.

— Économise ta salive, parce que je n'écoute plus.

— Cinq cents dollars. C'est vraiment tout ce que j'ai.

Une nouvelle chanson commença. Julianna reconnut le plan de guitare simple et sans concession, aussi brut et fondamental que des peintures rupestres : « Turn to Me » de Lou Reed. Genevieve l'avait passée sans cesse quand l'album était sorti, au printemps 1984. Elle avait quinze ans et Julianna dix. Genevieve disait que les paroles lui remontaient le moral – l'idée qu'il y avait quelqu'un, quelque part dans le monde, sur qui on pouvait toujours compter. Si votre voiture tombait en rade, s'il n'y avait plus de chauffage dans votre appartement, si votre père aimait taper de la schnouff.

Julianna s'était dit que la schnouff devait être une sorte de sport. Elle détestait cette chanson. Elle trouvait que l'intonation du type était menaçante, sa voix sinueuse et pleine de sous-entendus – on aurait dit qu'il voulait vraiment que votre voiture tombe en rade pour que vous soyez obligé de faire appel à lui. Elle s'était réjouie d'avoir déjà quelqu'un sur qui elle pouvait compter, Genevieve, à qui elle pourrait faire appel pour le reste de sa vie.

La rousse dévisageait toujours Julianna.

— Laisse-moi passer, dit-elle.

Julianna glissa de la banquette pour qu'elle puisse sortir.

— Faut que j'aille aux toilettes. Attends-moi là et on ira au Land Run après.

C'était sans espoir. Cette femme n'était pas folle. Contrairement à Julianna, qui avait cru pouvoir lui emprunter son arme.

— On n'a jamais eu cette conversation, dit la rousse. Compris ?

Julianna acquiesça et tourna les talons.

La rousse l'attrapa par sa ceinture et la fit pivoter vers elle.

— Où tu vas ? demanda-t-elle.

— Je dois partir.

— Faut que j'aille aux toilettes, répéta la rousse, plus lentement cette fois. Et tu dois surveiller mon sac à main, parce que Carla May est trop bourrée pour s'en occuper. D'accord ?

Elle attendit d'avoir la confirmation que Julianna avait compris, puis elle s'éloigna. La copine bourrée se balançait au son de la musique. Julianna se rassit. Le gros sac à main turquoise était posé sur la banquette près d'elle, la fermeture ouverte. Gardant le regard rivé droit devant elle, suivant le balancement de tête de la copine bourrée, Julianna plongea la main dans le sac. Elle palpa un portefeuille, un téléphone portable, un tube de rouge à lèvres, une boîte qui devait contenir des serviettes hygiéniques ou des tampons, puis elle trouva l'arme, petite mais lourde. La copine bourrée l'observait de ses yeux mi-clos tandis que, sous la table, Julianna faisait passer l'arme du sac de la rousse au sien.

Julianna se demanda si la rousse allait signaler le vol de son arme tout de suite ou attendre de voir ce qu'elle allait faire avec.

— Où elle est partie, cette conne ? demanda Carla May en mangeant ses mots. Elle était là y a deux secondes.

— Elle revient tout de suite, répondit Julianna avant de se lever et de partir.

Julianna pensait que les portes d'entrée du parc Stars and Stripes seraient fermées après les heures d'ouverture, mais ce n'était pas le cas. Elle quitta la route du lac et roula sur quelques centaines de mètres dans le noir, passant des étendues d'arbres et un terrain de base-ball. La route se divisait au niveau d'une aire de jeux. Dans l'obscurité, elle n'aurait su dire si le toboggan en forme de fusée était encore là. Elle tourna à droite et décrivit une longue et lente boucle autour du pavillon plat en briques qu'on pouvait louer pour des fêtes de famille ou des pique-niques d'équipe de base-ball. Le parking devant le pavillon était vide.

Julianna continua de rouler. Elle repéra une voiture, une petite berline, garée près de la fine bande de terre qui avançait dans le lac. Tout au bout, il y avait une esplanade ronde plantée d'un mât. Il n'y avait pas d'étendard hissé à cette heure de la nuit, mais quand Julianna se gara près de la berline et s'approcha, elle découvrit que le sol était peint de carreaux colorés formant des étoiles blanches sur fond bleu et des rayures rouges sur fond blanc.

Crowley se tenait debout à la lisière du parc, là où la rive de terre rouge s'effritait dans l'eau. Il faisait noir et tout était très silencieux. Le vent était complètement tombé – en Oklahoma, on n'y prête jamais attention, on le remarque seulement quand il fait une pause, un jour sur cent.

Julianna avait sorti l'arme de son holster turquoise. Elle reposait nue, au fond de son sac, un petit revolver à canon court près d'une liasse de billets.

Le sol était inégal. Elle trébucha et manqua de tomber. Les yeux de Crowley se tournèrent vers elle avant de revenir se poser sur l'eau.

— Tu sais ce que j'ai entendu l'autre jour ? demanda-t-il. Je ne sais pas si c'est vrai ou pas, mais une femme que j'ai rencontrée me l'a raconté. On roulait et elle m'a dit que quand ils ont construit l'autoroute, là-bas, ils ont vidé une partie du lac et ils ont trouvé une Cadillac de 1963 avec un squelette derrière le volant.

L'autoroute se trouvait à moins de six cents mètres mais, en raison d'une bizarrerie de la topographie, on n'en percevait pas le bruit qui ne portait pas aussi loin. Julianna observa les phares flotter en silence, les ventres luisants des lucioles en train de s'accoupler.

— La vieille mare aux canards, dit-elle.

Elle connaissait l'histoire.

— C'était une dame qui avait disparu trente ans plus tôt. Tout ce temps, la police a pensé que c'était le mari qui avait fait le coup, qu'il l'avait fait disparaître à cause d'un héritage. En fait, la route était verglacée et elle a simplement raté le virage dans le noir. Elle a plongé et elle est jamais remontée.

Il contemplait toujours l'eau. Julianna savait pourquoi il lui racontait tout cela. Il lui faisait comprendre qu'il serait facile de la faire disparaître, elle aussi. Il jouait avec elle, et il aimait ça.

— La femme était avec sa fille, dit Julianna. Elles ont disparu la veille de l'assassinat de Kennedy.

— Alors c'est vrai ?

— Vous n'avez pas d'alibi.

Il eut encore un petit rire.

— Pas besoin d'un alibi, chérie, si tu te fais pas prendre. Je serai à mi-chemin de la Californie demain matin.

— Je parle du soir où ma sœur a disparu.

Il se tourna vers elle. Dans le noir, ses yeux bleus était d'un gris pâle. Il repoussa une mèche de cheveux gras derrière l'oreille, et Julianna tressaillit presque. Crowley sourit, puis il baissa la main, son gros ventre remuant sous sa chemise à carreaux.

Parce que la rive était un peu en pente, il se tenait quelques centimètres plus bas qu'elle. Mais il était tellement grand qu'elle devait quand même lever la tête pour le regarder en face.

— J'étais en cellule ce soir-là. Si c'est pas un alibi, je sais pas ce que c'est.

— La femme qui a dit avoir vu ma sœur après qu'elle a quitté votre caravane s'est trompée. Elle a simplement vu une jeune fille qui lui ressemblait.

Crowley réfléchit. Il se caressa le menton.

— Tu as apporté mon argent ?

Julianna plongea la main dans son sac et lui tendit les billets. Il déchira le sac en plastique Target, sortit les trois enveloppes, puis laissa tomber le sac par terre. Le repoussa d'un coup de pied.

— Il y a combien ?

— Vingt mille.

Il se lécha le pouce et compta l'argent de la première enveloppe. Julianna serrait son sac à main contre sa poitrine, une main posée sur le dessus. Crowley compta l'argent de la deuxième enveloppe.

— Qu'est-ce que ma sœur vous a dit ? demanda-t-elle.

Il compta l'argent de la troisième enveloppe, en s'assurant bien qu'il n'y avait pas de billets collés entre eux. Quand il eut fini, il fourra les enveloppes dans la poche arrière de son jean et se tourna vers le lac.

L'eau, sans vent, était d'un noir impeccablement plat. Tout comme le ciel au nord. Julianna distinguait à peine la frontière entre l'eau et le ciel – une ligne de lumière faible courant le long de la digue.

— J'étais jeune, répondit-il. Merde.

— Je vous écoute.

— J'ai proposé à ta sœur de venir s'amuser avec moi. Et ne me dis pas que ta sœur ne faisait pas la fête. Ça se voyait. Je n'avais pas de drogue sur moi, mais je savais où je pouvais en trouver. Il y en avait tellement dans ce campement que les gens la donnaient gratos.

Une pause.

— Qu'est-ce qu'elle a répondu ? demanda-t-elle enfin.

— Elle a commencé à s'éloigner. Mais pas par où elle était venue, vers les manèges. Je me rappelle. Elle allait plutôt vers la foire et les autres attractions.

— Qu'est-ce qu'elle vous a dit ?

— Les choses importantes d'abord.

— Je vous ai donné l'argent.

Il éclata de rire.

— Non. C'est ce qu'elle a dit. Je lui ai lancé : « Attends une minute », mais elle a continué de marcher. Elle a jeté un regard par-dessus son épaule et elle a répondu : « Les choses importantes d'abord. »

Julianna attendit.

— Qu'est-ce que ça veut dire ? demanda-t-elle.

— À toi de m'éclairer, fit Crowley bâillant.

— Alors elle avait prévu de revenir ?

— C'est ce que j'ai cru à ce moment-là, mais elle est jamais revenue.

Les choses importantes d'abord ?

— Pourquoi se dirigeait-elle vers le champ de courses ?

— Aucune idée.

— Et c'est tout ce qu'elle a dit ?

— C'est tout. « Les choses importantes d'abord. » Alors je me suis dépêché d'aller acheter de la bière et de trouver de la drogue. Je regrette pas de l'avoir fait dans ce sens. Je suis content que ce flic se soit arrêté au 7-Eleven pour des donuts, bon sang. Sinon, j'aurais probablement fini sur la chaise électrique.

Julianna posa la main sur la crosse du revolver avant même d'en avoir conscience. Elle avait laissé tomber son sac à main et pointait l'arme vers Crowley.

— Vous m'avez assuré que c'était important, dit-elle. Ce que ma sœur vous avait dit avant de partir.

Crowley la dévisagea sans ciller. Le canon du revolver était à trente centimètres de son torse, mais il semblait ne pas en tenir compte.

— J'ai jamais dit ça, déclara-t-il calmement.

Le doigt de Julianna était crispé sur la détente, qu'elle sentait céder peu à peu. Elle n'avait jamais utilisé d'arme. Elle supposa qu'elle devait être trop près pour manquer sa cible.

Elle essaya de se maîtriser.

— Vous m'avez assuré que je voudrais savoir ce qu'elle avait dit.

Crowley lui adressa son regard innocent.

— Ce n'est pas plutôt toi qui as pensé ça ?

— Qu'est-ce que vous lui avez fait ?

— Je ne te rendrai pas ton fric, si c'est ce que tu veux. On a passé un accord.

— Qu'est-ce que vous lui avez fait ?

— D'abord, je l'ai baisée. Par-devant et par-derrière. Elle en voulait toujours plus. Elle m'a grimpé dessus et c'était tellement bon que je…

Il saisit brusquement le revolver d'une main et le lui arracha, et la tête de Julianna explosa – il lui avait envoyé en même temps une gifle, ou un coup de poing, de l'autre main. Pétrifiée, elle regarda le sol se ruer vers elle et la percuter.

Crowley la maintint par terre, un genou sur sa poitrine. Son poids l'écrasait et elle luttait pour respirer. Crowley se servit du sac en plastique Target déchiré pour tenir l'arme pendant qu'il l'essuyait avec le pan de sa chemise à carreaux. Quand il eut fini, il la lança dans le lac. Son plongeon sonna comme un baiser.

Crowley ôta son genou. Julianna suffoquait mais, avant qu'elle ait le temps de bouger, il se mit à califourchon sur elle et lui cloua les mains au-dessus de la tête – les deux poignets coincés dans une seule de ses grosses mains. Elle se cabra, se tordit dans tous les sens. De sa main libre, il la gifla. Quand elle cria à l'aide, il lui couvrit la bouche de la main. Elle tenta de lui mordre la paume et il la gifla une troisième fois.

— Arrête, dit-il. Regarde-moi.

Elle ne le voulait pas. Elle se concentra sur son tatouage. Le serpent bleu délavé qui s'enroulait autour de son avant-bras épais. Elle jeta un coup d'œil à Genevieve, qui se tenait à l'écart, perplexe et lassée.

C'était ce que tu cherchais depuis le début, imbécile.

Je ne sais pas.

— Regarde-moi, répéta Crowley.

Julianna refusait d'obéir. Il soupira.

— Tout ce que je t'ai dit est vrai, reprit-il. J'ai jamais touché ta sœur. Je ne sais pas ce qui lui est arrivé. Mais j'aimerais bien connaître la réponse. Elle a débarqué, on a échangé ces banalités, elle a fait demi-tour et elle est partie. C'est tout. Elle n'est jamais entrée dans ma caravane. Elle ne m'a pas dit où elle allait et elle n'est jamais revenue. C'est tout. Tu comprends ?

Il dit la vérité, Juli.

Je sais.

Il n'avait aucune raison de mentir.

Crowley lâcha ses poignets et se redressa.

— J'aurais aimé qu'elle me rejoigne, dit-il avec une intonation – peut-être de la tristesse, peut-être du regret – que Julianna n'avait pas encore perçue chez lui. On peut imaginer : elle rentre, elle m'écoute jouer de la guitare, et tout est bien qui finit bien.

Elle pensa qu'il voulait dire : *C'est la vie.* Elle ne savait pas s'il jouait encore avec elle ou pas.

Il se releva. Lentement, en grimaçant à chaque mouvement.

— Je garde ton fric, dit-il. On avait un marché.

Julianna était allongée sur le dos, les yeux levés vers la nuit noire. Elle écouta la voiture de Crowley démarrer. Elle écouta le bruit du moteur qui s'éloignait.

Comment le silence pouvait-il être aussi total au beau milieu de la ville ? Oklahoma City sans vent n'était pas Oklahoma City. Julianna reposait sur le dos, les yeux ouverts, quand elle les entendit enfin – les voitures sur l'autoroute, à six cents mètres de là. À peine un murmure, un doux chuintement, *shhhh, shhhh.*

Wyatt

CHAPITRE 22

Dimanche matin, Wyatt poursuivait sa tournée des gargotes authentiques d'Oklahoma City. La boulangerie La Oaxaqueña était située près d'Olie, sur un tronçon de la 29e Rue sud-ouest où l'on rencontrait plus de panneaux en espagnol qu'en anglais. L'endroit était simple et accueillant, sans prétention, avec des nappes en plastique, des sièges en vinyle déchiré, et une mosaïque murale en carrelage qui représentait vraisemblablement un dieu maya dévorant un petit être humain. Tout ça et une vitrine de pâtisseries qui vous laissait perplexe.

Wyatt, en retard de quelques minutes, parcourut l'endroit du regard. La plupart des tables étaient occupées par quelques couples âgés et des familles latinos mêlant toutes les générations. Une femme non hispanique en fauteuil roulant, dans la cinquantaine, était assise seule. Wyatt consulta sa montre puis remarqua que la dame en fauteuil l'observait. Il comprit que Brett Williams était une femme, un détail que Haskell avait omis de mentionner.

Il s'approcha.

— Détective Williams ?

La femme hocha la tête et invita Wyatt à s'asseoir.

— Excusez-moi si je ne me lève pas, dit-elle.

Wyatt sourit et s'assit.

— Qui a dit que les flics n'avaient aucun sens de l'humour ?

— Cela fait presque dix ans que j'ai pris ma retraite. Appelez-moi Brett.

Comme elle le dévisageait, il se sentit libre d'en faire autant avec elle. Elle avait les traits carrés, des cheveux sombres tombant aux épaules avec quelques mèches grisonnantes. Elle n'était ni attirante ni repoussante. Wyatt se demanda si elle avait dû veiller à cet équilibre pendant ses années de service dans la police ou s'il s'agissait simplement de son état naturel. Ses yeux étaient si pâles qu'ils paraissaient vides.

— Merci d'avoir accepté de me rencontrer, dit-il.

— En quoi puis-je vous aider ?

Elle posa une main sur son mug de café avant même que Wyatt voie la serveuse approcher.

— Goûtez la *concha*, lui conseilla Brett Williams. Ou le churro au caramel.

Wyatt secoua la tête.

— Un café suffira. Vous vous rappelez l'affaire du cinéma ?

Elle éclata de rire.

— J'avais été nommée enquêtrice exactement quatre jours avant.

— Vous faisiez vos premiers pas dans la cour des grands, en somme.

— C'est ça. Donc oui, je m'en souviens.

— L'après-midi des meurtres, une vieille dame a embouti la benne à ordures derrière le cinéma.

— Oui. Le jeune homme qui a survécu à la fusillade nous en a parlé.

— La collision a placé la benne dans un angle légèrement différent par rapport au bâtiment. Il ne vous l'a pas dit. Ce soir-là, Grubb ne pouvait pas tourner le dos aux portes de sortie, pas complètement. Grubb, c'est l'ouvreur qui a sorti les poubelles ce soir-là. Il aurait dû être tourné un peu vers la droite quand il a soulevé le couvercle de la benne. Je pense qu'il devait avoir une vue dégagée sur les portes de sortie.

Brett Williams l'écoutait placidement. On ne pouvait pas mieux la décrire – une surface qu'aucune brise au-dessus ou qu'aucun courant au-dessous ne ridait.

— Les tueurs n'ont pas pu se faufiler derrière lui, reprit Wyatt. Ils ont dû passer par les portes d'entrée du cinéma. Ils devaient avoir les clés. Il n'y avait aucun signe d'effraction. Exact ?

— Exact, répondit Brett Williams.

Wyatt se rendit compte qu'il était penché au-dessus de la table. Comme le genre de cinglés qui traînent aux abords de toutes les scènes de crimes médiatisés, une espèce redoutée par les flics.

Il se redressa sur sa chaise et but une gorgée de café.

— Cette piste a-t-elle déjà été explorée ? demanda-t-il. L'hypothèse que quelqu'un travaillant au cinéma ait donné les clés aux tueurs ?

— Bien sûr.

— Sérieusement ? Puisque vous étiez sûrs que les tueurs étaient entrés par les portes de sortie ?

Elle considéra Wyatt avec ce qui pouvait être de l'amusement. Ou du mépris. Ou de l'ennui.

— Sérieusement, répondit-elle.

— Je ne vous parle pas du gamin qui a survécu. Je vous parle des employés qui n'étaient pas de service à ce moment-là.

Wyatt était encore une fois penché au-dessus de la table.

— Comment les tueurs savaient-ils qu'on ne déposerait pas les recettes à la banque avant lundi matin ? Les recettes d'un week-end entier, en espèces, se trouvaient dans le coffre ce soir-là. Le timing était parfait.

— Nous avons enquêté sur tous ceux qui ne travaillaient pas ce soir-là. Nous avons enquêté et contre-enquêté. Nous avons envisagé toutes les connexions possibles. Les employés du cinéma, les agents de sécurité de la galerie commerciale. Nos supérieurs ont fait en sorte que ça ne s'ébruite pas dans les journaux, pour des raisons évidentes.

— Mais…

— Janella Crawford, une des filles de la buvette. Dix-sept ans. Comme le petit ami de sa sœur avait été arrêté deux fois pour possession de drogue en vue d'en faire le trafic, on l'a convoqué. Le pauvre gars. On lui a foutu une trouille de tous les diables. On l'a mis en cellule pendant huit, neuf heures. Je me suis entretenue avec Janella peut-être une demi-douzaine de fois. Je connaissais la vie de cette fille de long en large. Je connaissais la marque de shampoing qu'elle utilisait. Pareil pour les autres.

— D'accord, dit Wyatt.

— Toby Haygood, le projectionniste de la journée. Il était diabétique. Vous voulez que je vous dise quels étaient ses passe-temps ? Avec qui il jouait au poker tous les samedis soir ?

— Pigé.

— On a enquêté à fond sur tout le monde.

Pas sur tout le monde. Pas suffisamment à fond. *Quelqu'un* avait dû donner les clés du cinéma aux tueurs. Wyatt sentait la colère monter en lui, une bulle bleue brûlante à la base de sa gorge. Pourquoi était-il aussi énervé ? Il n'aurait su le dire. Après qui en avait-il ? La réponse à cette question était plus facile.

— Il y avait un gamin, un ouvreur qui n'a travaillé que deux mois cet été-là. Il a démissionné en juillet. Il ne faisait pas partie du personnel au moment des meurtres.

Brett Williams remua dans son fauteuil roulant. Le cuir craqua. Son expression demeura placide.

— Steven Hurley, dit-elle. Sa famille possédait un des grands magasins de meubles sur Reno.

Steve Herpès.

— Vous étiez au courant de son existence ? demanda Wyatt.

— On était au courant de tout. On a enquêté sur tous ceux qui avaient travaillé au cinéma au cours des cinq années avant la tuerie.

Wyatt voyait une des jambes de la femme sous la table. Quand elle remua de nouveau dans son fauteuil, la jambe ne bougea pas du tout. Son pied resta inerte sur l'appui en chrome.

Évidemment que les policiers avaient exploré l'hypothèse du complice. Le massacre du cinéma avait été le crime le plus célèbre d'Oklahoma City. Cela faisait longtemps que ces questions avaient été soulevées. S'il y avait eu une réponse, on l'aurait déjà trouvée.

Le soir des meurtres, Grubb était défoncé. Comme d'habitude. Il n'aurait probablement pas remarqué les tueurs s'ils avaient traversé le parking à cheval.

— Vous ne vous souvenez pas de moi, n'est-ce pas ? demanda Brett Williams.

Wyatt leva les yeux vers elle.

— Quoi ?

— Ce matin-là. Le matin d'après.

Un instant, Wyatt ne comprit pas de quoi elle parlait. Le matin d'après quoi ? Puis soudain il revit son visage, ces yeux pâles sondant les siens. Elle avait les cheveux plus courts à l'époque. Elle lui avait tapoté le genou. Il avait encore les oreilles qui bourdonnaient.

« Il y a autre chose dont tu te souviens, Michael ? Réfléchis bien, mon grand. »

Brett Williams était l'enquêtrice qui s'était assise près de lui sur le terre-plein herbeux, entre le parking et la rue. C'était elle qui lui avait assuré, juste avant que les secours le fassent monter dans une ambulance, que c'était son jour de chance.

— Ils vous ont envoyée parce que vous étiez une femme, dit Wyatt.

— Je suppose que j'étais censée être réconfortante. Maternante ? Je n'avais aucune idée de ce que je faisais.

— Que vous est-il arrivé ?

Elle ne lui demanda pas de préciser sa question.

— Une balle. Un ricochet. Huit millimètres plus haut et elle était dans le gilet pare-balles. C'est ce que le médecin m'a dit.

— C'était vraiment con de sa part de vous dire ça.

— Peut-être.

Elle sirota son café.

— Je ne sais pas comment vous avez fait. Assis là, à quinze ans. J'aurais craqué. J'ai craqué. Ce soir-là, quand je suis rentrée chez moi.

— On m'avait donné un Valium.

— Je ne plaisante pas.

— Moi non plus. Comment m'avez-vous reconnu après toutes ces années ?

Elle haussa les épaules.

— Comment j'aurais pu vous oublier ?

Silence.

— Je ne me suis rappelé votre visage qu'à l'instant, dit Wyatt. Je me souvenais de vos chaussures. Vous aviez des chaussures moches.

— Ah oui ? demanda-t-elle, sincèrement surprise.

Wyatt se leva.

— Merci pour votre temps, Brett.

— Je vous aiderais si je le pouvais. Vous comprenez ?

— Bien sûr.

Sur le chemin de son hôtel, Wyatt remarqua une pancarte indiquant l'Oklahoma City National Memorial. Il tourna sur un coup de tête. Il avait entendu parler du mémorial mais il n'y était jamais allé. Il se gara et traversa Robinson Avenue en se dirigeant vers l'imposant portail en bronze, au bout du plan d'eau. Dans les panneaux au-dessus de l'entrée, on avait incrusté l'heure de ce matin d'avril 1995 – 9 : 01 – où Oklahoma City avait été entière pour la dernière fois. À l'autre bout du plan d'eau se dressait un portail identique. L'heure incrustée dans les panneaux était 9 : 03, une minute après l'explosion de la bombe dans le camion Ryder de Timothy McVeigh.

Wyatt franchit le portail de 9 : 01 et s'assit sur un des bancs en grès. À l'endroit où s'était dressé le Murrah Federal Building, il y avait désormais une pelouse occupée par des rangées de chaises vides. Cent soixante-huit chaises, une pour chaque personne tuée par l'explosion. Dix-neuf chaises étaient de taille enfant.

Les chaises vides étaient d'une puissance à laquelle Wyatt ne s'était pas préparé. Elles capturaient quelque chose d'essentiel au sujet des morts – à quel point ils pouvaient être à la fois si loin et si près de nous, suffisamment près pour qu'on puisse encore les entendre respirer.

Un soir, une semaine environ avant les meurtres, Wyatt et Theresa s'étaient garés près du lac. Ils s'étaient assis sur le long capot de la vieille Buick Skylark jaune de Theresa et avaient contemplé le soleil couchant toucher l'eau et exploser – un millier de fragments d'une couleur incroyable.

Wyatt n'arrivait pas à croire qu'il était là avec elle. Il n'arrivait toujours pas à réaliser qu'elle l'avait choisi.

« Pourquoi moi ? » lui avait-il demandé.

Elle avait passé son bras fin autour de son cou.

« Parce que », avait-elle répondu.

À deux bancs de Wyatt, une vieille dame regardait elle aussi les chaises vides. Une mèche de ses cheveux blancs se souleva dans le vent avant de retomber. Qui avait-elle perdu ?

Cent soixante-huit chaises. Les pertes étaient bien plus élevées que cela. Oklahoma City était une petite ville, au fond, et tout le monde connaissait quelqu'un qui avait été tué ou blessé par l'explosion, ou encore quelqu'un qui était descendu en enfer pour assister les secours.

Et pourtant, une minute après l'explosion, à 9 : 03, la ville avait commencé à reprendre le cours normal de sa vie, à devenir quelque chose de nouveau. Le portail à l'autre bout du plan d'eau ne marquait pas la fin de quelque chose. Il incarnait un commencement.

Il y avait là une leçon. Wyatt pouvait passer le portail à l'autre bout et sortir du passé. Il lui suffisait de laisser les morts derrière lui et de cesser de poser des questions.

Pourquoi les autres et pas moi ?

Il savait qu'il n'en était pas capable. Il savait qu'il ne serait jamais capable de le faire.

Il était 11 heures à Vegas. La plupart du temps, le dimanche matin, Laurie allait au bureau pour rattraper le retard de ses courriels. Wyatt sortit son téléphone et l'appela.

— Tu as raison, dit-il.

Il y eut un long silence.

— Qu'est-ce que ça veut dire, Wyatt ?

— Ça veut dire que tu as raison.

— Wyatt. Parle-moi.

— Je ne peux pas maintenant.

— Appelle-moi plus tard, alors.

— Non. Je ne peux pas. Nous. Tu avais raison.

— Wyatt…

Il imaginait Laurie à son bureau, le dos tourné à la porte au cas où quelqu'un passerait dans le couloir et verrait les larmes rouler sur ses joues. Wyatt aurait tant désiré lui prendre la main et ne jamais la lâcher.

Mais il se sentait coupé, exclu, séparé par une paroi de verre. Elle était là-bas et il était ici. Elle était réelle, et lui n'était que le souvenir d'une personne qui avait existé autrefois, un fantôme, une planète morte ancrée dans son orbite tandis que le reste de l'univers dérivait toujours plus loin.

Il ne comprenait pas pourquoi il était bousillé à ce point. Il était le survivant.

— Je suis désolé, dit-il à Laurie. Tu avais raison.

Le téléphone de Wyatt sonna. Chip, encore une fois.

— Salut, Chip.

— Salut, monsieur Rivers. Je suis vraiment… Je suis désolé de vous déranger. Je sais que vous êtes très pris par votre autre affaire, n'est-ce pas ?

— En effet.

Il roulait vers le nord sur Western Avenue, passa Fairlawn Cemetery. *L'homme qui a tué l'homme qui a tué Jesse James.* Wyatt se demanda si O'Malley avait connu l'histoire d'Edward O'Kelley quand il avait choisi Fairlawn Cemetery pour leur jeu de frisbee-cimetière. C'était le genre de connerie qu'il aurait adorée. S'il y avait une justice dans cet univers, O'Malley aurait dû être enterré à côté de l'homme qui avait tué l'homme qui avait tué Jesse James.

— Je sais, je suis vraiment désolé. Mais je me demandais si… vous savez, si vous aviez eu l'occasion de jeter un coup d'œil par rapport à ma femme ? Comme quoi je pense qu'elle pourrait avoir une liaison ?

— Je me rappelle, Chip. Oui. J'ai jeté un coup d'œil.

— Et est-ce que vous… Qu'est-ce que vous avez découvert ?

C'était la dernière chose au monde que Wyatt avait envie de gérer à cet instant. Ou n'importe quand, d'ailleurs.

— Où êtes-vous, Chip ? Au travail ?

— Non, monsieur Rivers. Je ne travaille pas le dimanche.

— Retrouvez-moi dans vingt minutes dans le hall de l'hôtel.

— Oh ! fit Chip.

Wyatt se souvint que le personnel n'était pas censé approcher les clients pour des raisons personnelles. Une excellente règle. Il regrettait qu'elle ne soit pas mieux appliquée.

— Disons en face de l'hôtel. C'est un marchand de burritos, je crois.

— Un Chipotle.

— Je serai là dans vingt minutes. D'accord ?

— D'accord, monsieur Rivers. Merci, monsieur Rivers.

Quand Wyatt entra dans le Chipotle, Chip était déjà attablé, ses larges épaules penchées au-dessus d'une serviette en papier qu'il déchirait méticuleusement en un millier de minuscules morceaux.

Wyatt s'assit en face de lui. Chip leva les yeux. Ses joues étaient encore plus rosées que dans le souvenir de Wyatt, comme s'il s'était pris quelques claques. Wyatt n'aurait su dire s'il avait pleuré. C'était possible.

— Les nouvelles sont mauvaises, c'est ça, monsieur Rivers ?

— Je n'ai pas de nouvelles.

Chip ne sut pas quoi faire de cette réponse. Il déglutit. Il prit une autre serviette et se mit à la déchirer.

— Pas de nouvelles du tout ? demanda-t-il.

— Rien qui vaille la peine d'être rapporté.

C'était probablement un mensonge, mais Wyatt ne voyait aucune raison de lui parler du barista du Starbucks ou du geste de la main dont il avait été témoin entre le serveur et Megan. Une petite information pouvait se révéler dangereuse, et il ne voulait pas que Chip tire des conclusions sur la base d'éléments potentiellement trompeurs. La femme de Chip baisait peut-être avec le barista. Ou avec quelqu'un de complètement différent.

— Mais vous avez vu ma femme ?

— Oui.

— Alors pas de nouvelles, bonnes nouvelles ?

— Pas de nouvelles, c'est pas de nouvelles, répondit Wyatt. Voilà le marché, Chip. La raison pour laquelle je voulais vous parler en personne.

Chip mit des lambeaux de serviette en papier dans sa main et serra le poing.

— Vous êtes marié, monsieur Rivers ?

— Non.

— Mais… vous avez déjà été amoureux ? Vraiment, vraiment amoureux ?

— Chip…

— Parce que quand on perd ça, quand on pense qu'on peut le perdre – on se sent brisé. C'est le pire sentiment au monde.

Il desserra le poing et saupoudra des morceaux de serviette sur la table. Wyatt était content de n'avoir rien dit au sujet du serveur, de la main pressée. Chip, avec son sourire timide et ses joues rosées, son air doux, ne paraissait pas le genre de type à péter les plombs et à ouvrir le feu sur le mec qui baisait peut-être sa femme. Mais il y avait quand même autre chose, une pulsation sourde, sombre. Wyatt l'avait déjà relevée dans l'ascenseur, lors de leur première rencontre.

Tout le monde sait ce qu'un cœur brisé peut faire faire à un homme, pensa Wyatt.

— Je sais que vous voulez une réponse, Chip.

— Oui, monsieur Rivers. Je veux une réponse.

— Je comprends. Mais je ne suis pas celui qu'il vous faut.

— Si c'est une question d'argent, alors…

— Ce n'est pas ça. Vous avez besoin d'un détective qui puisse vous consacrer toute son attention. Je vous l'ai dit quand on s'est vus, je suis sur une autre affaire.

— Mais… Et pourquoi pas quand vous aurez bouclé celle-ci, monsieur Rivers ? Je veux dire, si vous êtes sur le point de la résoudre ? Je peux attendre.

Wyatt éclata de rire.

— Vous mourrez probablement avant. Voilà où j'en suis.

Chip l'implorait du regard. Avant qu'il puisse dire quoi que ce soit, une femme s'approcha de leur table. Elle sourit à Chip, puis à Wyatt.

— Vous vous êtes blessé à la main ? demanda-t-elle en regardant son bandage.

Wyatt était perplexe. La connaissait-il ? Son visage ne lui disait rien.

— Juste quelques points de suture, répondit-il.

— Pouvons-nous prier pour votre main ? dit la femme.

Elle désigna une autre femme, qui souriait également à Wyatt, à quelques tables de là.

Il crut avoir mal entendu.

— Pardon ?

— Elles veulent prier pour votre main, dit Chip.

Wyatt chercha une réaction appropriée à la situation avant de laisser tomber.

— Non merci, répondit-il.

Le sourire de la femme faiblit. Elle retourna vers sa table et s'adressa à son amie dont le sourire faiblit également.

— C'était bizarre, non ? fit Chip.

Wyatt tendit la main, sa main valide, pour lui dire au revoir. Il voulait partir avant que le gamin se rappelle que quarante-cinq secondes plus tôt, il était sur le point de s'effondrer.

— Je vous souhaite le meilleur, Chip, dit-il sincèrement.

Il traversa la rue jusqu'au parking de l'hôtel. Ses points de suture commençaient à lui faire mal. Et le dimanche – c'était, de toute évidence, l'œuvre du Dieu vengeur de l'Ancien Testament –, le bar du hall de l'hôtel n'ouvrait pas avant 17 heures.

Wyatt se rendit à Plaza District et localisa le salon de tatouage Ink & Roses. Il était fermé, mais il y avait de la lumière à l'intérieur. Il tapa sur la vitrine jusqu'à ce qu'un type costaud en T-shirt noir émerge du fond de la boutique. Le gars croisa les bras et le fixa.

— Je cherche Dallas, cria Wyatt à travers la vitrine.

Le type lui adressa un doigt d'honneur avant de lever les deux pouces. Difficile de faire plus contradictoire, mais Wyatt réussit à décrypter : *Va te faire foutre, connard, on est fermés* et *Elle est à l'étage.*

Il contourna le bâtiment et trouva une volée de marches qui menait à l'appartement de l'étage supérieur. Il frappa à la porte.

Au bout de quelques secondes, Dallas ouvrit. Pas de maquillage, les cheveux noués en chignon rapide sur le haut de la tête. Elle ne parut pas surprise de le voir.

— Hé, salut toi, dit-elle.

— Je passais dans le quartier.

— Ah ouais ?

Elle avait la peau d'une magnifique couleur crème, une toile immaculée pour tous ces tatouages colorés. Le phénix renaissant de ses cendres, le visage d'une femme peint en crâne de Día de los Muertos, une vigne hérissée de fleurs à l'apparence vénéneuse. Sous le coton fin de son T-shirt, Wyatt distingua la rumeur d'autres tatouages.

— Je ne te mentirais jamais, Dallas.

— T'es au courant que c'est mon nom de famille ? demanda-t-elle.

Wyatt l'ignorait.

— C'est quoi, ton prénom ?

— Tiffany.

— Tiffany. Tu n'as pas une tête à t'appeler Tiffany.

— C'est pour ça que tout le monde m'appelle Dallas.

Elle ouvrit la porte en grand. Wyatt entra. Un deux-pièces, ensoleillé et bien rangé. Sur le mur du salon, il y avait un grand tableau à l'huile, une version du phénix du bras de Dallas. Des poupées aux joues rondes remplissaient une bibliothèque, ainsi que des photos encadrées et un téléphone rouge vintage en bakélite.

— Bière ou whisky ? demanda Dallas.

— Bien sûr.

Elle disparut dans la cuisine en souriant. Wyatt attrapa un cadre. Sur la photo, Dallas, âgée de peut-être huit ou neuf ans, souriait largement à côté d'une femme qu'il supposa être sa mère. Elle avait hérité de son nez et de ses yeux de chat.

Dallas revint et lui tendit un verre avec deux doigts de scotch.

— C'est ma mère, déclara-t-elle. Elle travaillait au Land Run, elle aussi, il y a un bail. Elle était videuse. Pas mal, hein ?

Qu'est-ce que disait O'Malley au sujet des relations entre le passé et le futur ? Wyatt ne se rappelait pas. Ses théories étaient labyrinthiques et obscures.

— Où est ta mère ? demanda Wyatt.

— En Floride.

Il remarqua que toutes les photos ne montraient que la mère et la fille. Il prit une des poupées aux joues rondes.

— Je ne sais plus comment on les appelle, dit-il. Je me rappelle qu'elles étaient très à la mode. On se les arrachait dans les rayons à Noël.

— Les Patoufs.

— C'est ça.

Elle lui prit la poupée qu'elle pressa contre son nez pour en respirer l'odeur.

— C'est mon père qui me les offrait.

— Où est-il ?

— Il est mort quand j'étais petite. Assassiné.

— Je suis désolé.

Elle haussa les épaules.

— Je me souviens pas de lui. Il a mis ma mère enceinte et il l'a plantée. Je me rappelle juste son parfum.

— Et ce vieux téléphone ?

Dallas prit le verre de scotch de la main de Wyatt et le posa sur une étagère.

— Tu veux voir le reste de mon appartement ou pas ?

Derrière une porte entrouverte, il aperçut un lit défait, des draps plaisamment froissés.

Il songea que ce serait bon d'entrer dans cette pièce, dans la vie de cette femme, un moment. Ce serait bon de la sentir contre lui, de poser sa bouche sur sa nuque et de sentir ses côtes sous ses doigts. Il pourrait peut-être, durant une heure, un jour ou un an, arrêter de se demander *pourquoi*.

— Je ne pense pas, dit-il.

Ses yeux de chat demeurèrent imperturbables. Ou en donnèrent l'impression.

— D'accord.

— À bientôt.

— Je suppose.

Wyatt retourna à sa voiture. Il chercha sur son téléphone un restaurant italien dans les environs et choisit celui qui apparut en début de recherche, Hideaway Pizza. Il appela pour commander une grande pizza au fromage et une autre au pepperoni.

Candace se garait dans son allée quand il arriva. Elle le regarda, lui, puis les boîtes à pizza, puis contourna la voiture pour aller détacher Lily sur la banquette arrière.

— J'allais vous appeler, dit Candace.

— Vous avez déjà déjeuné ?

Lily descendit de voiture.

— Salut, Wyatt.

— Salut, Lily.

— On est allées au musée des Sciences.

— C'était chouette ?

Lily réfléchit sérieusement à sa question. On la devinait en train d'empiler les poids, d'aligner les mesures, de vérifier ses calculs.

— Oui, finit-elle par répondre.

Candace tendit à Lily un petit sac à dos rose décoré du visage d'une princesse Disney que Wyatt ne reconnut pas – une des dernières princesses multiculturelles. Candace donna ses clés à Lily.

— Rentre, chaton, j'arrive dans une seconde, d'accord ?

— D'accord.

Lily grimpa les marches du porche. Elle ouvrit la porte et entra. Il fit une nouvelle tentative.

— Vous avez déjeuné ? J'ai pensé que Lily aimerait la pizza. Les gosses aiment ça, en général. D'après ce que j'ai compris. Je crois que ma connaissance des enfants s'arrête là.

Candace claqua la portière de la voiture. Puis elle l'ouvrit d'un coup sec afin de pouvoir la reclaquer encore plus fort.

— Tu ! Es ! Incroyable !

Wyatt ne savait pas de quoi elle parlait. Il ne se risqua pas à lui poser la question. Quelle que soit la manière de le lui demander, elle penserait qu'il jouait au petit malin.

— J'ai appelé Dallas il y a quelques minutes, dit Candace. Pour savoir si elle pouvait garder Lily pendant une heure. Et elle m'a dit que tu venais de partir de chez elle.

— Candace…

— Je n'arrive pas à croire que tu te tapes ma barmaid et que tu ne t'occupes pas de mon affaire !

— Je ne me tape pas ta barmaid !

— Alors pourquoi étais-tu chez elle ?

Cette question-ci était plus compliquée.

— Candace…

— Je m'en fous ! Je m'en fous de qui tu baises ou même si tu baises quelqu'un ! Je m'en fous que tu apportes de la pizza débile à 2 heures de l'après-midi quand tous les gens normaux ont déjà déjeuné ! Tu sais ce qui m'intéresse ?

Wyatt se tut. Candace était vraiment en colère, plus en colère qu'il ne l'avait jamais vue. Il posa les cartons de pizza sur le capot de sa voiture et remonta l'allée dans sa direction.

— Tu sais ce qui m'intéresse ? répéta-t-elle.

Elle ouvrit la portière et se prépara à la claquer encore. Wyatt s'apprêta à lui saisir le poignet pour l'arrêter mais, au regard que lui lança Candace, il renonça. Elle claqua la portière si fort que la voiture trembla.

— Qu'est-ce que tu as fichu ? dit-elle. Je veux dire, sans déconner ? À part te taper ma barmaid. Hein ? Est-ce que tu as fait quoi que ce soit pour m'aider ? Gavin t'a vendu comme le meilleur détective privé avec qui il a travaillé.

Il n'avait rien à répondre à cela. Qu'est-ce qu'il avait fichu ? Au cours des dernières vingt-quatre heures, il avait passé en gros cinq minutes à réfléchir à l'affaire de Candace. Peut-être moins. Il aurait dû faire pression sur le manager de Finn pour récupérer la liste des groupies, il aurait déjà dû commencer à les traquer. Et avant ça ? Il avait été hors jeu dès l'instant où son avion avait atterri à Oklahoma City. Il n'avait jamais été réellement présent.

— Que s'est-il passé ? demanda-t-il. Pourquoi allais-tu m'appeler ?

— Le frère de M. Eddy m'a téléphoné ce matin. Il m'a annoncé qu'il allait au tribunal pour rouvrir la succession.

— Il ne peut pas.

— Il a affirmé que son avocat était en mesure de le faire. Il a dit que je ferais mieux d'en chercher un, moi aussi. Le meilleur que je puisse me payer.

— Possible qu'il puisse faire rouvrir la succession, mais il ne peut pas gagner.

— Est-ce qu'il a besoin de gagner ? demanda Candace. Je ne suis pas stupide. Il a dit que je pouvais lui vendre le Land Run maintenant ou que je pourrai toujours le lui vendre plus tard.

Autrement dit, Eddy obligerait Candace à dépenser tellement en avocats qu'elle serait forcée d'accepter une offre à la baisse.

Wyatt secoua la tête.

— C'est bon, dit-il. Tu n'as pas besoin de t'inquiéter pour ça.

— Oh ? fit Candace. Vraiment ?

— Non, dit-il en souriant. Fais-moi confiance.

On aurait dit qu'elle allait rouvrir la portière mais elle s'immobilisa. Lily était sortie de la maison et se tenait sous le porche.

— Hé, chaton, lança Candace. Qu'est-ce qui ne va pas ?

Wyatt le ressentit aussi. Une onde de malaise le traversa, presque trop faible pour qu'il la remarque – un caillou lancé dans une mare.

— Maman, dit Lily. Je ne comprends pas.

Un autre caillou lancé dans la mare.

— Tu ne comprends pas quoi, chaton ?

Sans un mot de plus, Lily rentra dans la maison. Candace la suivit et Wyatt lui emboîta le pas. Tout paraissait normal dans le salon. Puis un courant d'air frais souleva les cheveux sur la nuque de Wyatt, et il remarqua la fenêtre ouverte dans la salle à manger, le cadre éclaté. Candace le vit une seconde plus tard. Elle se raidit.

— Va dehors avec Lily, dit Wyatt à Candace.

Mais Lily, déjà à mi-couloir, se dirigeait vers sa chambre. Candace la rattrapa et l'arrêta avant qu'elle entre dans la pièce. Wyatt les devança. Il jeta un coup d'œil par la porte.

La pièce avait été dépouillée – les posters détachés des murs, les draps et les taies d'oreillers ôtés du lit. Les tiroirs de la commode étaient ouverts et vides, tout comme le placard – il restait juste quelques cintres en plastique sur la tringle. Au centre de la chambre étaient posés trois gros cartons de déménagement. Fermés au scotch et soigneusement étiquetés : VÊTEMENTS. JOUETS. DIVERS. Près des cartons, il y avait une valise rose à roulettes pour enfant tellement remplie que la fermeture éclair était visiblement mise à rude épreuve.

Candace avait cessé de respirer. Lily leva les yeux vers sa mère.

— Où est-ce que je vais, maman ?

Wyatt

CHAPITRE 23

La chambre de Candace, juste en face de celle de Lily, était intacte. Le sens de la manœuvre n'échappa pas à Wyatt. Il voyait bien que cela n'avait pas échappé non plus à Candace.

Je sais où tu habites. Je sais ce qui est important pour toi. Je peux te l'enlever en un claquement de doigts.

Candace, agenouillée près de Lily, écarta d'une chiquenaude une mèche de cheveux blonds du visage de sa fille.

— Allons voir tata Dallas, dit-elle. Qu'est-ce que tu dirais d'une pomme ?

Wyatt ne savait pas comment elle faisait pour garder son sang-froid. Il était lui-même fou de rage. Il voulait mettre la main sur celui qui était entré par effraction chez Candace et lui balancer son poing dans la figure. Il voulait se mettre lui-même son poing dans la figure.

— Wyatt a apporté des pizzas, dit Lily.

— On peut les emporter.

— Mais on a déjà déjeuné.

— Alors on la mangera ce soir.

— Ou pour le goûter, intervint Wyatt. Je dis toujours que c'est le goûter, et pas le petit déjeuner, le repas le plus important de la journée.

— D'accord, dit Lily après réflexion.

Ils retournèrent à la voiture et Candace installa Lily sur le siège-auto. Wyatt mit les pizzas dans le coffre. Après avoir fait un check à Lily et fermé la portière, il sortit son téléphone.

— Que fais-tu ? demanda calmement Candace.

— Je vais rester ici et appeler la police.

— Non.

— Si. Emmène Lily chez Dallas. Les policiers voudront te parler, mais ils pourront le faire plus tard.

— Non. Je veux dire, n'appelle pas la police.

Wyatt avait posé son téléphone sur le toit à la peinture cloquée afin de chercher son portefeuille. Le flic qui l'avait interrogé aux urgences, trois soirs plus tôt, lui avait donné sa carte, mais il ne la retrouvait pas. Il s'efforça de ralentir. De se calmer.

Il regarda Candace.

— Quoi ?

— Je ne veux pas que tu appelles la police.

— Comment ça ?

— Pas encore.

Il voyait bien qu'elle réfléchissait.

— Qu'est-ce qu'il y a ?

Elle secoua la tête.

— Rien. Je ne sais pas quoi faire. Il me faut du temps pour réfléchir.

— Candace. Tu n'as pas besoin de réfléchir. Ce qui s'est passé chez toi, tu comprends ce que ça signifie ?

Elle s'apprêtait à s'éloigner. Mais elle s'arrêta, attendit une seconde puis leva la tête vers lui. Son regard était de pierre. Wyatt eut l'impression qu'elle venait de lui balancer un coup de genou dans les couilles. Il aurait préféré. Il aurait eu moins mal.

— Je suis désolé, dit-il.

— Tu crois que je ne comprends pas ce que ça veut dire ? demanda-t-elle d'une voix froide et calme. C'est ma fille.

Il s'écarta. Elle monta dans sa voiture et mit le contact.

— Tu viens avec nous ? demanda-t-elle.

— J'arrive dans un moment. Il faut qu'on parle, Candace.

— Promets-moi que tu ne vas pas appeler.

— Appeler qui, maman ? demanda Lily à l'arrière.

Wyatt se pencha.

— Mon pote, Jimmy Kipu von Prout-Rototo. Ta mère ne veut pas l'inviter à manger de la pizza. Je me demande bien pourquoi.

— Promets-moi, insista Candace.

— Pour le moment, répondit-il avant de tendre le poing pour faire un dernier check à Lily. À plus tard, mon canard.

Après le départ de Candace et Lily, Wyatt retourna dans la maison pour prendre des photos avec son téléphone – la fenêtre cassée, la pièce dépouillée, les cartons de déménagement. Il prit soin de ne toucher à rien. Bordel. Wyatt savait qu'il devait appeler les flics. Il savait aussi que ce n'était pas à lui d'appeler.

Il appela plutôt le manager de Finn et lui laissa un message.

— Il me faut cette liste, Dixon. Tout de suite. Rappelez-moi.

La colère ressentie plus tôt était de retour – un charognard s'abattant lourdement du ciel, les serres en avant, plongeant en poussant un cri rauque et vertigineux. Wyatt retourna à sa voiture, sortit son téléphone et appela Jeff Eddy.

— Bon sang, dit Eddy. J'ai essayé de te joindre. J'ai dû appeler une demi-douzaine de fois.

Wyatt n'avait écouté aucun des messages vocaux qu'il lui avait laissés depuis le match de football.

— Il se peut que j'aie quelque chose pour toi.

— Il était temps. Tu travailles pour moi, oui ou non ? J'ai parlé à mon avocat pour rouvrir la succession, j'ai mis un coup de pression supplémentaire sur…

— Tu es chez toi ? Je peux passer.

Eddy souffla.

— Si tu viens tout de suite. Je pars voir le match du Thunder dans une demi-heure, qu'il pleuve ou qu'il vente.

— Envoie-moi ton adresse par SMS.

Il ne lui fallut que dix minutes, dans la circulation clairsemée du dimanche, pour rejoindre le lotissement où vivait Eddy, au nord du péage de Kilpatrick. Sa maison était grande, flambant neuve et – Wyatt dut le reconnaître – étonnamment de bon goût. L'architecte avait inclus d'épaisses colonnes style Prairie dans la façade et utilisé du calcaire d'Oklahoma couleur toast beurré. La maison d'Eddy avait bien sa place dans les plaines du sud, et pas à Sante Fe ou sur Martha's Vineyard.

Une citrouille sculptée peinte aux couleurs des Sooners était posée près de la porte d'entrée. Wyatt la ramassa. Elle était grosse mais pas lourde, et il pouvait la tenir d'une main.

Jeff Eddy ouvrit la porte.

— Eh bien ? dit-il.

— On est seuls ? demanda Wyatt. J'ai des informations sensibles.

Eddy souffla.

— Ouais. Karen est au *soccer* avec les gamins.

Soccer. Eddy prononça ce mot en grimaçant, comme quelqu'un aurait pu grimacer en parlant de parasites intestinaux ou de gonorrhée résistante aux médicaments.

— Je ne suis pas non plus un fana de soccer, déclara Wyatt en soulevant la citrouille au-dessus de son épaule. Je suppose qu'on est obligé de grandir avec.

Eddy secoua la tête. Une simple discussion sportive était indigne de lui.

— Qu'est-ce que tu fous avec ça ? demanda-t-il. Tu rentres ?

— Bien sûr.

Wyatt entra et le frappa avec la citrouille en pleine figure, avec tellement de force que la citrouille explosa en morceaux. Eddy recula en titubant. Il percuta un portemanteau en bois avant de tomber lourdement par terre, entraînant le portemanteau avec lui. Quand il essaya de se relever, Wyatt envoya d'un coup de pied un morceau de citrouille dans sa direction. Le morceau ricocha sur la tempe d'Eddy.

— Espèce de salopard, gronda Wyatt.

Il se pouvait qu'Eddy ne soit pas celui qui avait menacé d'enlever Lily – mais en tout cas, il essayait de rançonner Candace pour la pousser à lui vendre le Land Run. Wyatt eut envie d'arracher un pied du portemanteau pour lui pilonner le crâne jusqu'à ce qu'il explose lui aussi.

— Qu'est-ce que Candace a pu faire pour mériter un connard comme toi ?

Eddy parcourut l'entrée en ouvrant de grands yeux paniqués.

— J'ai une arme, dit-il.

— Tu veux que je patiente pendant que tu montes la chercher dans ton coffre-fort ?

— C'est une agression, fit Eddy en se relevant.

— Ferme-la et écoute-moi, répliqua Wyatt.

— Coups et blessures. Tu vas finir en taule.

Eddy était désormais debout – la mâchoire molle, les joues flasques, le souffle court. Il envisagea apparemment de le charger, épaule baissée. Il faisait vingt-cinq à trente kilos de plus que Wyatt, peut-être même davantage. Mais il était prudent. Jeff

Eddy aimait donner des coups bas. Il n'appréciait pas quand ça venait de son adversaire.

— Dis-moi pourquoi tu as couché avec la femme de Greg, dit Wyatt. Est-ce qu'elle t'attirait vraiment ou c'était juste pour prouver à quel point ton frère était un crétin ?

Eddy changea d'expression. Puis en changea encore. Surprise, fureur, rage, calcul – tout ça le temps d'un clin d'œil.

— Attends, dit-il.

— J'attends.

— C'était… Leur histoire était déjà finie.

— Alors tu ne m'en voudras pas si j'en parle à ta femme. Je crois qu'elle a des soupçons. Mais soupçonner et savoir sont deux choses bien différentes. J'espère que vous avez un contrat de mariage.

— Attends, bon sang.

— Vous n'y avez probablement pas pensé il y a trente-quatre ans. Et bonne chance pour la succession, quand le juge découvrira pourquoi ton frère ne t'a pas laissé le Land Run.

L'entrée commençait à sentir un peu la tarte à la citrouille. Autour de l'œil droit d'Eddy, c'était rouge et brillant, avec une seule graine de courge pâle collée à la peau telle une larme parfaitement placée. Wyatt se demanda quel mensonge Eddy irait raconter pour justifier son hématome.

Wyatt entreprit de ramasser les morceaux de citrouille.

— Combien tu veux ? demanda Eddy.

— Je ne veux pas d'argent, connard. Je veux que tu t'éloignes de Candace, et pour de bon.

— C'est toi, le connard.

Wyatt trouva une poubelle et y jeta les morceaux. Il s'essuya les mains sur ses chaussettes, un truc qu'O'Malley lui avait appris pour garder son pantalon propre au travail.

Eddy semblait encore hésiter à le charger. Wyatt espérait qu'il le ferait.

— On a fini ? demanda Wyatt. Les termes de notre accord entre gentlemen sont clairs ? Tu t'éloignes de Candace et je ferme ma gueule.

— Tu as intérêt.

— C'est toi qui as intérêt.

Wyatt jeta un œil dans ce qui se révéla être un bureau ou une bibliothèque.

— Tu as quelque chose à boire ? On pourrait trinquer ? Avec ton meilleur whisky.

Eddy lui lança un regard noir. Il pensait peut-être que Wyatt plaisantait. Mais ce dernier entra dans le bureau et fouina jusqu'à ce qu'il déniche les bouteilles d'alcool dans le placard, derrière le bureau. Il y avait un Laphroaig de dix-huit ans d'âge. Pas mal. La came vraiment bonne était probablement sous clé.

Wyatt versa deux whiskys, secs, et les apporta dans l'entrée. Il en proposa un à Jeff Eddy, qui ignora le verre tout en continuant de le fusiller du regard.

— Dégage de chez moi, dit-il.

— Boomer ! lança Wyatt avant de descendre son verre d'un trait.

Quand Wyatt arriva à l'appartement de Dallas, il était presque 17 heures.

— Je pensais pas te revoir de sitôt, fit Dallas en ouvrant la porte.

— La vie est pleine de mystères, répondit Wyatt.

Elle hésita puis le laissa entrer. Candace, recroquevillée sur le canapé, lisait un livre à Lily. *Elmer et le dragon*. Wyatt se le rappelait de sa propre enfance. Bon, il se rappelait un dragon avec des rayures. Et un petit garçon avec une chemise coordonnée. Cela avait paru bizarre à Wyatt, même à six ou sept ans.

Lily leva les yeux vers lui.

— On a pris de la pizza pour le goûter, dit-elle.

— Bravo.

— Wyatt peut faire passer un grain de raisin à travers une table, dit Lily en se tournant vers Dallas.

— Je le croirai quand je le verrai, répliqua-t-elle.

— Mais c'est vrai.

— Lily, je peux t'emprunter ta mère une minute ? demanda Wyatt. Je te promets de te la rendre dans son état d'origine et intacte.

Candace se leva. Wyatt la suivit dans la chambre de Dallas. Il ferma la porte derrière eux.

— Tout va bien ?

— Je voudrais m'excuser, répondit-elle.

— T'excuser ? dit-il, surpris. Pour quoi ?

— Pour certaines choses que j'ai dites plus tôt.

— Arrête ça. Tu me fais flipper.

Candace s'assit sur le bord du lit défait de Dallas.

— Jeff Eddy ne va plus te poser de problème. Je m'en suis chargé.

— Mais ce n'est pas lui, n'est-ce pas ?

— Je ne crois pas, non. Mais…

— Tu as fait de ton mieux. Tu as fait bien plus que n'importe qui d'autre n'aurait fait.

— Je ne plaisante pas, Candace. Tu es très bizarre, là. Arrête.

Wyatt voulait qu'elle lui crie dessus, qu'elle exige des résultats, qu'elle le frappe au sternum de son petit poing dur et brun.

Au lieu de quoi, elle soupira.

— Lily est toute ma vie. Le début, le milieu et la fin, tout.

— C'est pour ça qu'on doit prévenir la police. Maintenant.

— On va retourner à Vegas.

— Candace, écoute-moi une minute.

— Le frère de M. Eddy peut acheter le Land Run s'il veut. Je m'en fiche. Cet endroit n'en vaut pas le coup. Il n'a jamais été vraiment à moi, tu sais ?

Elle appuya sa tête sur l'épaule de Wyatt et ferma les yeux.

— Je suis tellement fatiguée. Je voudrais pouvoir dormir au moins un mois.

Wyatt contempla le dernier souffle du soleil d'après-midi se glisser au-dehors par la fenêtre. Les ombres s'étirèrent.

— Il est à toi. M. Eddy a voulu que tu aies le Land Run. Toi et personne d'autre.

— M. Eddy comprendrait, répondit Candace. C'était un type compréhensif.

— Un vieux type compréhensif.

Elle eut un grand sourire, mais elle n'ouvrit pas les yeux.

— Ouais.

— Candace. Je suis désolé d'avoir foiré. Tu vas vraiment abandonner ? Jeter l'éponge ?

Elle ne mordit pas à l'hameçon.

— Wyatt, dit-elle. Je n'ai pas cinq ans.

— Je veux simplement que tu réfléchisses à cette décision.

— C'est ce que j'ai fait. Et j'abandonne. Je jette l'éponge.

— Laisse-moi encore une semaine. Retourne à Vegas avec Lily pendant quelques jours.

— Non.

— Je vais appeler la police et…

— Non.

La pièce s'était vite refroidie maintenant que le soleil s'était couché. La tête de Candace, appuyée contre l'épaule de Wyatt, était la seule source de chaleur qui restait.

— Tu as l'épaule osseuse, déclara-t-elle au bout d'une minute.

— C'est ta tête qui est osseuse.

— Rentre chez toi, Wyatt.

Julianna

CHAPITRE 24

Le soir suivant, avant le travail, Julianna retourna au Double R Ranch. La rousse n'était nulle part en vue. Julianna passa de table en table, de box en box, dévisageant les clients, pour être certaine. Elle vérifia dans les toilettes des dames et finit par interroger un des barmen pour savoir s'il connaissait cette femme. Le barman éclata de rire.

— Tu es en train de décrire n'importe quelle rousse qui entre dans ce bar, dit-il.

— Tu connaîtrais une cliente qui s'appelle Carla May ?

Le barman avait l'air agacé à présent. L'endroit était bondé.

— Tu bois un verre ou pas ? demanda-t-il.

Julianna retourna à sa voiture. Dans son sac, elle avait les cinq cents dollars en espèces qu'elle avait prévu de donner à la femme. Elle n'avait aucune idée de la valeur du pistolet que Crowley avait jeté dans le lac, et elle n'avait pas pris la peine d'en chercher le prix sur Internet. Cinq cents dollars, c'était tout ce qu'elle avait, donc cinq cents dollars, c'était tout ce qu'elle pouvait donner. Ça et le holster en cuir turquoise. Il était fort possible que la femme regrette bien plus d'avoir perdu son holster, fait à la main et brodé de roses, que son arme.

Derrière Julianna, un pick-up klaxonna, le conducteur souhaitant savoir si elle allait libérer sa place de stationnement. Deux motards arrivèrent sur le parking, le vrombissement des moteurs dans leur sillage. On aurait dit qu'on attaquait la chaussée au marteau-piqueur. Julianna fit un signe de la main au chauffeur du pick-up pour lui dire de passer. Une seconde plus tard, elle prit conscience qu'il n'était déjà plus là.

Elle resta assise dans sa voiture. Toute la journée, elle s'était sentie hébétée, à côté de la plaque. C'était comme être défoncée sans aucun plaisir. Elle avait dormi sept ou huit heures, ce n'était donc pas ça le problème.

Le problème, c'était qu'elle avait commencé avec rien et qu'elle avait désormais encore moins. Elle avait donné vingt mille dollars à Crowley et n'avait récolté aucune réponse en échange, seulement une question.

Où allait Genevieve quand elle avait dit : « Les choses importantes d'abord » ?

La veille, au bord du lac, Julianna avait cru ce qu'il lui racontait. Aujourd'hui, avec du recul et un autre regard, à la lumière du jour et tout le tremblement, elle le croyait encore. Il pouvait bien mentir comme il respirait, mais ces mensonges étaient dans son propre intérêt. Profit, plaisir, instinct de conservation. Elle ne pensait pas qu'il puisse tirer le moindre profit de l'histoire qu'il lui avait racontée.

Alors pourquoi Genevieve était-elle repartie aussitôt de la caravane de Crowley ? Où était-elle allée ? Qui avait-elle retrouvé ?

Une autre voiture klaxonna. Julianna fit marche arrière et se rendit à l'hôpital. Pour une fois, elle était en avance de dix minutes, mais Ben et l'infirmière en chef l'attendaient déjà devant la salle de repos.

— On peut se parler, Julianna ? demanda l'infirmière en chef en fronçant le nez. Tu sens la cigarette.

— Ah bon ?

— Tu étais dans un bar ?

— Oui, répondit Julianna.

Mystère résolu.

— Je dois me changer.

— Tu as bu ? demanda Ben.

— Non.

— Pas besoin de te changer, dit l'infirmière en chef. Martina a accepté de prendre ton service ce soir.

— Mais je suis là. Je suis même en avance.

— Ben et moi souhaitions te le dire en personne. Nous avons organisé une réunion demain à 9 heures, avec le service du personnel. J'espère que l'horaire te convient.

Elle fronçait les sourcils. Ben essayait de ne pas sourire, les lèvres pincées.

— Je suis virée ? demanda Julianna.

J'aimerais que ce soit aussi simple, semblaient dire les yeux de l'infirmière en chef.

— Nous entamons une procédure, dit-elle plutôt avec précaution. Nous espérons, Ben et moi, pouvoir trouver un moyen satisfaisant de régler des problèmes qui, je pense, pour le bien de tous, doivent être réglés de manière satisfaisante.

Un médecin les dépassa, ses baskets couinant sur le sol carrelé. Julianna détestait vraiment ce bruit.

— On se voit demain à 9 heures, dit l'infirmière en chef.

— Vous savez quoi ? dit Julianna comme si elle venait d'avoir la meilleure idée qui soit.

Ils la regardèrent.

— Quoi ? demanda Ben.

Elle tourna les talons et s'éloigna.

— On n'a qu'à pas le faire et faire comme si.

— Julianna ! appela Ben.

Elle dormit jusqu'à 10 heures et aurait été capable de dormir encore plus tard. Mais la sonnette d'entrée retentit. Elle enfila un bas de survêtement. Des chrétiens excessivement amicaux faisaient souvent du porte-à-porte dans le quartier pour distribuer des brochures et des invitations à des petits déjeuners où ils servaient des pancakes. Ils avaient des super-pouvoirs et sentaient quand vous étiez chez vous et que vous vous cachiez. Pareil pour les types pas rasés qui vous demandaient quinze dollars pour peindre à la bombe le numéro de votre maison sur le trottoir. Cinq dollars de plus pour le rouge et le blanc des Oklahoma Sooners, l'orange et le noir des OSU Cowboys.

Julianna se demanda pendant combien de temps encore elle aurait une maison. Plus de boulot, plus de réserves. Son intérêt pour la question se révéla étonnamment modéré. Elle pourrait peut-être peindre des numéros de maison sur le trottoir. Ou brandir une pancarte au coin de May et Hefner Street.

Le temps qu'elle arrive à la porte, la sonnette avait cessé de retentir. Elle ouvrit malgré tout.

Une femme très mince dans un caban en laine sur mesure se tenait sous le porche. Elle écrivait un mot en appuyant sa feuille sur une colonne. Quand elle entendit la porte s'ouvrir, elle se retourna.

Lacey, l'amie de Genevieve. Qui sonnait à sa porte. Julianna se demanda un instant si elle était bien réveillée. Si elle ne faisait pas un cauchemar.

Lacey lui sourit de son sourire si méprisant, si familier. « Ne mets jamais Lacey en colère », lui avait dit Genevieve un jour. C'était la règle première de leur amitié.

Julianna avait reculé d'un demi-pas, sans même en avoir conscience. Lacey sourit de nouveau.

— Qu'est-ce que tu crois que je vais faire ? demanda-t-elle.

— Je n'en sais rien.

— Tu crois que je vais t'agresser ?

— Qu'est-ce que tu fais là ?

Lacey examina le col de son caban et y dénicha la seule particule d'écorce de pin qui s'y était posée. Elle l'enleva d'une chiquenaude.

— Je suis venue te présenter mes excuses, répondit-elle avec son habituelle impatience ennuyée.

Puis, avant que Julianna puisse absorber l'impact de cette première surprise, Lacey la prit dans ses bras et la serra contre elle.

— Elle me manque tellement, murmura Lacey. Putain, Juli. Elle me manque tellement.

La joue de Lacey était mouillée contre la sienne. Julianna se tenait les bras ballants. C'était forcément un rêve. Elle leva finalement une main et la posa sur le dos de Lacey, exerça une légère pression. Lacey était faite de balsa hyperléger et de caoutchouc, comme les avions avec lesquels Julianna et Genevieve jouaient, petites.

Lacey relâcha son étreinte et s'écarta. Elle ouvrit son sac à main pour en sortir un mouchoir en papier et se tamponna le coin d'un œil.

— On voit tes tétons, dit-elle.

Julianna baissa les yeux. Elle portait le débardeur en coton transparent dans lequel elle avait dormi, sans soutien-gorge. Elle releva les yeux vers Lacey.

— C'est-à-dire que je croyais que c'était un de ces chrétiens qui font du porte-à-porte, répondit-elle.

Lacey éclata de rire – le ricanement méchant dont Julianna se souvenait si bien – puis elle se remit à pleurer. Julianna sentait désormais les larmes dévaler aussi sur ses joues. Lacey sortit un autre mouchoir de son sac et le lui tendit.

— C'est tellement Genni, dit Lacey. Oh mon Dieu.

— Tu veux entrer ?

Lacey secoua la tête.

— Je suis désolée, je n'ai pas parlé du pull à la police. Je n'y ai même pas pensé.

— Moi non plus.

— Je suis désolée de ne pas me rappeler plus de choses. J'étais défoncée, ce soir-là, Juli. Je ne mens pas. Je ne sais même pas comment j'ai fait pour rentrer chez moi. Quand j'ai vu Genni près des attractions, j'aurais dû la suivre. J'étais furax contre elle parce qu'elle me zappait. Ça faisait des semaines qu'elle m'ignorait. J'aurais dû au moins la suivre pour lui demander où elle allait.

— Elle t'aurait probablement menti, répondit Julianna.

Quand Genevieve ne voulait pas qu'on sache quelque chose, on ne savait rien.

— Ça, elle savait mentir, reconnut Lacey avant de se moucher. Tu te rappelles son journal intime ?

Julianna se rappelait. Quand Genevieve avait été en seconde, elle avait commencé à tenir un journal « secret » qu'elle cachait là où elle savait que leur mère fouineuse fouinerait sûrement. Dans le tiroir de la commode derrière ses culottes, dans le placard au fond d'une boîte à chaussures remplie de vieilles cartes d'anniversaire. Le journal comportait une petite serrure en cuivre de mauvaise qualité qui commençait à verdir et qu'on pouvait ouvrir avec un ongle.

— « Cher Journal, dit Julianna. Je trouve cela très gratifiant d'être bénévole à la maison de retraite. J'ai le sentiment que les personnes âgées ont tellement à nous apprendre de la vie. »

Lacey ricana.

— « Brad, de mon cours de maths, est très beau, c'est un vrai gentleman, dit-elle. Cher Journal, est-ce que tu crois qu'il va m'inviter au bal cet hiver ? »

Leur mère ne s'y était pas fait prendre. Mais elle avait fini par renoncer à fouiner, ce qui était probablement le plan de Genevieve depuis le début.

Genevieve continua malgré tout d'écrire régulièrement dans le journal, juste comme une andouille. Il lui arrivait de lire à voix haute les dernières âneries qu'elle y avait consignées, à Julianna et à Lacey quand elle était là, pour les faire marrer.

— Tu crois que c'est ma faute ? demanda Lacey. Ce qui est arrivé à Genni ?

— Je ne sais pas.

— Je sais qu'elle te manque plus qu'à moi, mais elle me manque aussi, Juli. Ça a failli me tuer.

— Tu veux entrer ?

— Non, répondit Lacey qui se rappela le morceau de papier dans sa main. Je t'écrivais juste un mot pour te dire que j'étais désolée.

— Moi aussi, je suis désolée.

— Ne t'en fais pas. Je ne te prendrai plus jamais dans mes bras.

— Super.

Lacey se dirigea vers la voiture garée dans l'allée. Elle ne regarda pas derrière elle.

Julianna ferma la porte. Son téléphone portable, dans la chambre, sonnait. Le correspondant affiché était TA NOUVELLE BFF. Julianna était perplexe. La rousse du bar ? Mais comment la femme avait-elle trouvé son numéro ?

— Allô ? dit-elle.

— Je suis passée te dire bonjour ce matin à l'hôpital, et tu n'étais pas là ! lança une voix féminine joyeuse. Vous me décevez beaucoup, madame.

Il fallut une seconde à Julianna. Puis elle visualisa une sirène. *Ariel.*

— Je ne travaille pas aujourd'hui, répondit-elle.

— Moi non plus. Qu'est-ce que tu as envie de faire ? Je m'ennuie tellement, Julianna. Pourquoi on n'irait pas au zoo ?

— Au zoo ? Je ne crois pas, non.

— Quand est-ce que tu es allée au zoo pour la dernière fois ?

— Il faut que je te laisse, Ariel.

— Je te parie mille millions de dollars que tu n'es jamais allée au zoo en semaine. Quand il fait un peu frais et qu'il n'y a quasiment personne ?

Julianna perçut quelque chose d'épuisé dans la voix de la fille. Si Ariel s'était arrêtée pour la voir plus tôt, à l'hôpital, cela signifiait qu'elle avait eu une autre séance de chimio. Est-ce qu'elle y était encore allée seule ?

— Ariel, est-ce que tu as de la famille ici ?

— Ici ? Où ? Au Nordstrom Rack de Penn Square, où je me trouve en ce moment même ? Non, je n'ai pas de famille au Nordstrom Rack de Penn square.

— Ici, à Oklahoma City.

— Non. Et ça devient une discussion ennuyeuse, Julianna. Désolée, mais c'est vrai.

— Tu as de la famille quelque part ? Des parents ?

— Non, à toutes… Comment on dit ? À toutes fins utiles, non.

Julianna se demanda un instant comment une relation pouvait être à ce point brisée que pas même le cancer ne puisse la réparer.

— Maintenant écoute-moi, OK ? dit Ariel. On se concentre sur l'objectif. Le zoo en semaine quand il fait frais et qu'il n'y a personne, c'est juste *génial.* C'est un peu comme si c'était ton zoo privé, Julianna. Les girafes peuvent s'approcher de la grille et se pencher pour essayer de te mordiller les cheveux. Elles vont te bouffer ton air renfrogné et te mettre la tête à l'envers !

Julianna faillit sourire malgré elle.

— Je te laisse, Ariel.

— D'accord. Rappelle-moi plus tard.

— Au revoir.

— Je suis sérieuse.

— Au revoir, Ariel.

Julianna coupa la communication. Elle resta assise à la table de la cuisine pendant quelques minutes, puis elle sortit dans le garage. Une corde pendait de la trappe dans le plafond. Le propriétaire précédent l'avait suspendue là et y avait attaché une balle de tennis. La longueur de la corde avait été mesurée avec soin : la balle était suspendue à un mètre vingt du sol, à hauteur d'un pare-brise de voiture. Quand il ou elle se garait, la balle de tennis lui signalait exactement où arrêter la voiture.

Elle, plutôt. Julianna imaginait une épouse mentionner, un soir au dîner, qu'il était difficile de se garer dans un espace aussi étroit. Le mari avait trouvé la solution de la balle de tennis.

Julianna n'arrivait pas à imaginer une vie comme ça – celle de gens qui prennent le temps de penser à ce genre de choses, et qui les concrétisent vraiment. Elle devait les envier.

Elle tira sur la corde. La trappe s'ouvrit en grinçant, et les marches bancales en bois se déplièrent d'elles-mêmes, *tac-tac-tac*, en soufflant un petit nuage de poussière à chaque fois. Julianna grimpa dans le grenier. Le carton qu'elle cherchait se trouvait tout au bout, il était lourd. Elle le traîna sur les planches puis elle le fit glisser au bas des marches. *Tac-tac-tac*. Elle entendait les vieilles cassettes audio cliqueter dans leur boîtier en plastique. Le carton ne contenait rien qui puisse casser – les cassettes, des albums photo, des cahiers de collages et des albums de promo, des lettres, des livres de poche, une ceinture en cuir tressé qui donnait à Genevieve l'air d'une hippie, d'après leur mère.

Le carton était trop lourd à traîner jusque dans la maison, et Julianna s'assit en tailleur sur le sol froid en ciment du garage. Cela faisait un ou deux ans qu'elle n'avait pas regardé ce qu'il y avait dans le carton – tout ce qui restait de Genevieve – et le scotch se décolla facilement quand elle tira dessus. Elle replia les rabats du carton. Au sommet de la pile, à l'intérieur, il y avait un tube de baume à lèvres Bonne Bell Lip Smacker, goût Dr Pepper.

Julianna fouilla jusqu'à tomber sur les journaux intimes de Genevieve. Il y en avait trois, chacun avec une couverture à motif floral et une serrure métallique de mauvaise qualité. Elle choisit le dernier. Genevieve avait écrit, sur le dos du carnet, *1986* au Magic Marker violet dont l'encre avait autrefois senti le jus de raisin. Plus aujourd'hui. Julianna renifla pour s'en assurer.

Elle feuilleta le carnet au hasard jusqu'à une date près du milieu.

19 juillet :

Cher Journal, j'ai décidé d'apprendre une langue étrangère afin d'élargir mon horizon. Je sais que ça ne va pas être facile, mais les choses importantes ne le sont jamais !

Genevieve avait une écriture délirante et impossible, comme si elle était en train de se faire percuter dans les autos tamponneuses du Crossroads Mall. La coke ne devait pas arranger les choses. Certains mots étaient écrits en lettres cursives, d'autres pas, sans rime ni raison. Quand Genevieve écrivait dans son journal « secret », elle mettait un point d'honneur à coiffer ses *i* d'un gros cœur de dessin animé.

4 février :

Mon premier baiser ! C'était aussi magique que je l'avais espéré. Les lèvres de Bertram étaient comme des flocons de neige tombant sur mes lèvres. Après, nous nous sommes tenu la main dans le parc et nous avons ramassé des détritus.

12 avril :

Pourquoi ai-je cette chance, cher Journal, d'avoir la meilleure petite sœur au monde ? Elle est mon héroïne et ma muse ! Comme Martin Luther King !

Ses efforts pour apprendre le chinois devenaient le thème récurrent d'août et de début septembre. Entre les moments où elle construisait des maisons pour Jimmy Carter et ceux où elle restait chez elle le samedi soir pour donner cent coups de brosse à ses cheveux, Genevieve prenait des cours à la (« très réputée ») École Technique Professionnelle Francis Tuttle des Langues Extrêmement Difficiles. Elle s'était également dégoté une préceptrice privée, une vieille chinoise mystérieuse qui lui prédisait un avenir radieux et s'efforçait de lui enseigner comment rouler les *r*.

La dernière entrée du journal datait du 16 septembre 1986, quatre jours avant sa disparition.

Cher Journal, l'automne est ma saison préférée.

C'était vrai, pour une fois. Julianna le savait.

Elle referma le journal et le mit de côté. Le reste du carton l'attendait. Y avait-il une piste, un indice, un clin d'œil, qui l'orienterait vers une réponse ?

Mais non. Rien là-dedans n'avait changé et ne changerait jamais. Elle avait relu chaque ligne de chaque journal, scruté chaque photo dans chaque album, elle avait mémorisé les tracts photocopiés de soirées étudiantes et les titres de chansons à moitié effacés, écrits à la main, sur les jaquettes des cassettes. Le contenu du carton avait fini par lui appartenir davantage qu'à Genevieve.

Pourquoi sa sœur avait-elle fait ça ? Comment avait-elle pu la laisser seule sur le trottoir en face de l'arène de rodéo, alors que la nuit tombait, et ne jamais revenir ?

Julianna ne le découvrirait jamais. Elle n'avait pas le moindre début de réponse et comprit qu'il en serait toujours ainsi. Elle comprit, clairement, dans un déchirement, qu'elle-même ne changerait jamais.

Wyatt

CHAPITRE 25

Le premier vol disponible pour Las Vegas ne décollait pas d'Oklahoma City avant 15 heures, le lundi. Wyatt fit la grasse matinée, s'arrêta à la réception pour arranger un départ tardif de l'hôtel puis se rendit chez son oncle pour lui dire au revoir.

— Mikey ! lui lança ce dernier depuis le porche.

— Comment vas-tu, oncle Pete ?

— Aussi bien que possible étant donné les circonstances.

Wyatt sourit et s'installa près de lui sur la balancelle. Il y avait du soleil mais il faisait frais, un vent vivifiant agitait les feuilles du quartier. Pete portait une chemisette à carreaux.

— Tu n'as pas froid ? demanda Wyatt.

Il se demanda si sa chemisette n'était pas la même que celle qu'il avait portée deux jours plus tôt chez Candace.

— Tu veux une veste ?

— Si je veux une veste ? répéta Pete avant de glousser.

Assis tous les deux, ils observèrent les écureuils faire des acrobaties de branche en branche. Wyatt ne savait pas combien de temps son oncle pourrait encore vivre tout seul dans cette maison. Peut-être n'en était-il déjà plus capable.

Pete et sa femme n'avaient pas eu d'enfants. Les seuls membres de la famille encore en vie étaient éloignés.

— Tu te rappelles le vieux Mooney et son chien ? lui demanda son oncle.

— Qui ?

— Le vieux Mooney. Tu te rappelles ? Il habitait au bout de la rue quand on était gamins.

— Quand mon père et toi étiez gamins, corrigea Wyatt.

Son oncle se tourna vers lui. Son regard flotta un instant puis se stabilisa.

— C'est vrai.

— Parle-moi de lui. Du vieux Mooney et de son chien.

— Non.

L'oncle de Wyatt leva une main avant de la laisser retomber sur ses genoux.

— C'est pas intéressant.

— Si, ça m'intéresse, répondit Wyatt. Et ne me dis pas le contraire.

Il pensa que ça allait faire rire son oncle, mais ça ne fut pas le cas.

— Je me souviens de ce vieux chien comme si c'était hier, dit son oncle. Je sens encore son odeur. Mais je me rappelle pas la première fois que j'ai vu ta tante. Je me rappelle pas notre premier baiser. Je n'arrive pas à l'entendre rire ou pleurer.

Wyatt ne savait pas quoi dire. Qu'y avait-il à répondre à cela ?

Un écureuil bondit d'un arbre près de la maison jusque sur le toit au-dessus d'eux, atterrissant avec un bruit sourd et le grattement endiablé de ses griffes. Wyatt et son oncle levèrent les yeux. Ils entendirent l'écureuil remonter et s'éloigner à toute allure sur les tuiles. Il l'avait échappé belle.

— Je pars aujourd'hui, dit Wyatt. Je rentre à Las Vegas.

— Las Vegas ! Et tu aimes bien cet endroit ?

Wyatt pourrait probablement convaincre son oncle de déménager à Vegas. Il avait suffisamment de place chez lui, une chambre en plus. Mais il ne savait pas combien de temps lui-même resterait encore là-bas. Il eut la sensation familière de cette oppression dans la poitrine, de l'étau qui se resserre. Rien ne le retenait à Vegas, pas vraiment. Rien ne le retenait nulle part.

Il se leva. Il pourrait se mettre en contact avec un service d'aide aux personnes âgées et mettre en place un dispositif pour son oncle.

— Je t'appellerai une fois par semaine, oncle Pete. Je vais garder un œil sur toi.

— Très bien, répondit Pete qui se leva aussi, lentement, afin de serrer une dernière fois la main de Wyatt d'un air grave, comme s'ils venaient de conclure des négociations de paix. Prends soin de toi, Mikey.

Comme Wyatt avait encore quelques heures à tuer avant de faire ses bagages et de partir pour l'aéroport, il coupa par la 23e Rue et fit un arrêt à l'endroit qu'il avait découvert la première fois qu'il était arrivé en ville, le café dans la maison des années 1920. La jolie pâtissière au tablier saupoudré de farine l'accueillit comme si elle le connaissait depuis toujours. Il apprécia cette attention.

Elle lui désigna un plateau de cupcakes sur le comptoir.

— Ils sortent tout juste du four, dit-elle. Comment résister ?

Wyatt décida de ne même pas essayer et choisit un cupcake au caramel au beurre salé pour accompagner son café. S'éloignant du comptoir, il pénétra dans ce qui avait autrefois été le salon du pavillon. Des étudiants occupaient toutes les tables. Chacun d'eux paraissait étudier soit un livre de médecine, soit une partition, soit une bible. Voilà qui devait couvrir les bases fondamentales du savoir.

Il trouva un recoin avec deux fauteuils inoccupés et s'y installa. La tension dans sa poitrine était pareille à un doigt pinçant une corde de guitare. Wyatt se demanda si revenir à Oklahoma City avait été la pire décision de sa vie. D'un autre côté, il confondait peut-être cause et corrélation. Se sentait-il vraiment, en cet instant, plus mal qu'une semaine, un mois ou une année plus tôt ? Ou bien était-il simplement plus conscient de sa souffrance ? Il n'aurait su le dire.

Il regrettait de ne pas avoir pu aider Candace. Il ne se pardonnerait sans doute jamais d'avoir tout fait foirer.

Une femme s'installa dans l'autre fauteuil. Son visage lui disait quelque chose, mais Wyatt n'arrivait pas à savoir où il l'avait vue.

— Comment va votre paume ? demanda-t-elle.

Il eut un déclic : c'était l'infirmière qui l'avait recousu aux urgences.

— Est-ce tout ce que je suis pour vous, Julianna ? demanda-t-il. Une extrémité abîmée ?

Elle sirota son café en regardant les tables occupées par les étudiants. Un long moment passa. L'infirmière paraissait en avoir fini avec la conversation et Wyatt se sentit soulagé. Parfois, jouer le rôle de toute une vie demandait trop d'efforts. Cela vous mettait les batteries à plat.

— Je me demande qui habitait ici, finit par dire Julianna. Quand c'était simplement la maison de quelqu'un. Ce que ses habitants en penseraient aujourd'hui.

Wyatt prit une bouchée de son cupcake, puis le reposa. Il n'en avait jamais vraiment eu envie.

— Je ne me souviens pas de votre nom, dit Julianna. Je suis désolée.

— Quel âge avez-vous ? demanda Wyatt.

— Trente-huit ans.

— Vous avez connu le magasin Rainbow Records, le disquaire qui était au bout de la rue, au coin de Classen ?

— Oui, dit-elle en repliant les jambes sous elle. Il y avait aussi cette boutique, Brise de Lune, pas loin, qui vendait des trucs new age. La femme qui tenait la boutique était une sorcière. Une wiccane ? C'est ce qu'on racontait.

Wyatt rit.

— Elle était toujours habillée en noir.

La femme avait été une cliente régulière des séances d'après-midi au Pheasant Run. D'autres fois, elle emmenait son border collie se faire toiletter à l'animalerie du premier étage de la galerie commerciale.

— Elle avait des bagues à tous les doigts, même aux pouces, dit Julianna. Elle prétendait être médium.

Un autre long moment passa.

— Quand j'étais au lycée, aucun de mes copains n'avait de piscine, déclara Wyatt. Alors le soir, en sortant du travail, on se trouvait une résidence qui en avait une et on sautait par-dessus la grille.

Julianna sourit en hochant la tête.

— Ma sœur aînée faisait ça tout le temps. Avec ses copains. Elle m'a emmenée quelques fois, quand je la suppliais. Mais j'avais toujours la trouille.

— C'était difficile de le faire en journée, quand les gens profitaient de la piscine. On nous demandait dans quel appartement on habitait, le nom de notre père. Mais tard le soir, en général, ça allait.

— Je me rappelle un soir. On était en août et il faisait vraiment chaud. Ma sœur et moi, on était dans une piscine. Un gardien était déjà passé et il avait essayé de nous mettre dehors, mais il n'avait aucune chance face à ma sœur. Bref, à un moment, les sirènes d'alerte à la tornade se sont déclenchées. Vous vous souvenez du boucan que ça faisait ? Elles hurlaient, mais comme si elles prenaient une grande inspiration entre chaque coup.

Quand Wyatt était jeune, la sirène de son quartier se trouvait à quelques pâtés de maisons de chez lui – elle ressemblait à une ruche de trompes jaunes juchée au sommet d'un poteau téléphonique. Chaque samedi, à midi, les sirènes d'Oklahoma City retentissaient et tous les chiens se mettaient à hurler en même temps.

— Oui, fit Wyatt.

— Il a commencé à pleuvoir un peu, de grosses gouttes, mais on ne s'inquiétait pas. On était en août. Les tornades se produisent plutôt au printemps, tout le monde le sait. Ma sœur a dit quelque chose du genre : « Oh ! c'est juste un exercice. » Alors on a continué de nager. Les gouttes de pluie étaient agréables. Il faisait très sombre dehors. Il n'y avait pas de lumières dans la piscine, et la lune devait être cachée derrière les nuages. Et puis il y a eu un éclair et j'ai vu la tornade. Elle était très proche, presque sur nous. Elle était là depuis le début et on ne le savait pas.

Soudain, ce fut la nuit, pas le jour, en août, et pas en octobre, et Wyatt était dehors, pas à l'intérieur. Il sentait le bourdonnement et le hérissement électrique dans l'air, il sentait les gouttes de pluie lui fouetter le visage, il vit – quand, un instant, l'éclair illumina le monde entier – le museau allongé de la tornade avançant sur le lac.

— Merde, dit-il. Je m'en souviens, moi aussi.

Il fut choqué par la clarté du détail, la richesse des couleurs et des textures. Il n'avait pas repensé à ce moment depuis le jour où il l'avait vécu. Le souvenir était original, neuf, intact – pas la photocopie d'une photocopie.

Wyatt venait de finir son service. Les sirènes hurlaient. Il avait enlevé sa veste orange pour la pendre à son épaule, un doigt crocheté dans l'étiquette cousue au col. Il sentait l'odeur de la pluie, de sa propre sueur et de la chaleur toujours imprimée dans le goudron du parking, à l'arrière du cinéma.

Où étaient les autres ? Éparpillés. L'équipe traînait souvent ensemble, mais pas toujours. Un ou deux soirs par semaine, en quittant le travail, Wyatt rentrait à pied tout seul, sa veste sur l'épaule. C'étaient ces nuits-là dont il ne se souvenait pas vraiment.

Ce soir-là, il en était quasi certain, Theresa avait débauché vers 19 heures afin de pouvoir se rendre à un dîner de répétition de mariage. M. Bingham avait renvoyé Wyatt tôt chez lui également, avant la fin des séances de 22 heures, parce qu'il avait reçu un appel de la direction lui demandant de réduire les horaires du week-end. O'Malley était resté plus longtemps pour ramasser les détritus dans les salles. Melody également, pour finir de nettoyer la buvette.

— J'ai crié très fort, reprit Julianna. Et ma sœur aussi. On a couru en maillot de bain jusqu'à la voiture, on criait et on riait, on était trempées. Il y a eu un autre éclair et la tornade n'était plus là. Elle a dû… elle a dû simplement s'envoler.

Le vent tourna. La pluie cessa. Les sirènes hurlèrent encore pendant quelques minutes, puis Wyatt reprit le chemin de son domicile. Il envisagea de retourner au cinéma pour dire à O'Malley et Melody qu'il avait vu une tornade, mais il n'en fit rien. Il pourrait leur raconter plus tard. Leur en avait-il parlé le lendemain ? Certainement.

C'était une sensation troublante, un genre de vertige, de se rappeler soudain une partie de son passé qu'on n'avait jamais eu conscience d'avoir oubliée. Wyatt, les yeux fermés, se tint sur les marches devant la galerie commerciale du Pheasant Run, il sentit la pluie, il écouta les sirènes.

Il ouvrit les yeux. Julianna sirotait son café. De profil, elle ressemblait un peu à Theresa. Si elle avait été vivante aujourd'hui. Qui sait ?

Wyatt comprit que, pendant toute sa vie, il avait été asservi à un amour qui n'avait jamais réellement existé. Si Theresa n'avait pas été assassinée, Wyatt et elle seraient encore restés quelques mois ensemble, peut-être moins. Il avait quinze ans, elle en avait dix-sept. C'était une amourette d'été qui se serait embrasée d'un coup pour s'éteindre presque aussitôt. Une chanson cool de trois minutes qu'on entend une seule fois à la radio. Si Theresa n'avait pas été assassinée, Wyatt n'était même pas certain qu'il se souviendrait encore d'elle. Il était en revanche absolument sûr qu'elle ne se souviendrait pas de lui.

Mais comprendre tout cela ne changeait rien.

— Vous êtes déjà allée au Pheasant Run ? demanda Wyatt.

— Le cinéma où il y a eu la tuerie ? Non. J'ai grandi dans les quartiers sud. On allait à Southpark. Ou à l'Apollo à Midwest City.

L'Apollo faisait partie de la chaîne de cinémas Monarch, ce qui voulait dire que les places gratuites y étaient aussi valables. Wyatt ne se rappelait pas combien la chaîne avait de cinémas à Oklahoma City. Au moins six ou sept. C'est ce qui rendait le trafic de places si lucratif.

— On a laissé nos vêtements près de la piscine, poursuivit Julianna. Je ne sais pas si on est retournées les chercher. Mais je me rappelle le pommeau du levier de vitesse dans la voiture de ma sœur. Une vieille Cutlass. Le pommeau était en cuir noir avec des coutures rouges.

— C'est drôle, les choses dont on se souvient.

— Oui.

— Mon oncle a arrêté de boire et a rejoint les Alcooliques Anonymes le jour qui a suivi l'attentat à la bombe du centre-ville, dit Wyatt. Sa femme était censée se trouver au Murrah Building, ce matin-là, mais elle n'y était pas. Il se rappelle ça. Il se rappelle le chien du quartier, il y a soixante-dix ans de ça. Mais je ne sais pas s'il se souvient de sa femme. Je ne sais pas s'il se souvient de ce qui est important. Peut-être que oui.

— Notre cousine était aussi aux Alcooliques Anonymes. Ma sœur aimait bien se moquer de leurs slogans. Au lieu de « Vivre mieux et vivre Dieu », elle disait : « Vis mieux, mon vieux ! »

Wyatt finit son café et reposa la tasse sur la soucoupe. Il lui restait encore pas mal de temps avant son vol, et cet endroit était aussi agréable qu'un autre pour attendre. Mais il songea qu'il pourrait aussi tenter un dernier coup dans la partie. Il pourrait peut-être au moins faire un peu de bien avant de quitter la ville. Il pouvait peut-être apporter une réponse à Chip.

Il se leva.

— Bonne journée, dit-il à Julianna.

Elle leva les yeux vers lui. Une seconde plus tard, elle le vit.

— Vous aussi.

Wyatt remonta Western jusqu'à Nichols Hills Plaza et se gara devant le salon Une Coupe dans le Vent. Il entra. La fille au comptoir se peignait la bouche en rouge sang. Elle fit claquer ses lèvres et lui sourit.

— Je peux vous aider ? demanda-t-elle.

— Ça ne se voit pas ? Regardez mes cheveux.

La fille, toujours souriante, prit un iPad.

— Quel jour vous arrangerait ?

— Aujourd'hui, répondit Wyatt. Maintenant. C'est une urgence, et je suis d'accord pour payer un supplément.

Il avait fait rafraîchir sa coupe quelques jours avant son arrivée à Oklahoma City. Mais Wyatt voulait trente minutes dans un fauteuil en compagnie de la femme de Chip. Si elle était du genre bavard, si Wyatt était au mieux de sa forme, si la conversation se déroulait parfaitement, il pourrait peut-être découvrir si elle trompait son mari.

Non – les chances de réussite n'étaient pas bonnes. Dans des circonstances normales, il n'aurait jamais essayé cette approche. Tu te plantes, tu es démasqué, tu perds l'affaire et tu as encore plus fichu en l'air la vie de ton client qu'elle ne l'était déjà. Malgré tout, cette approche et les trente minutes étaient tout ce qu'il pouvait offrir à Chip.

Il jeta un regard derrière l'hôtesse. Le paravent dans son dos lui cachait la moitié de l'espace du salon. Trois fauteuils, tous trois occupés. Il y avait un coiffeur et aucune des deux coiffeuses n'était un lutin au teint frais et à la coupe cubiste.

— Eh bien, fit l'hôtesse. April pourra peut-être s'occuper de vous entre deux rendez-vous.

Wyatt secoua la tête.

— Mon ami au bureau m'a dit que je devais me faire coiffer par Megan. Megan et personne d'autre.

Une cliente dans la cinquantaine qui ressemblait à s'y méprendre à un lévrier était assise sur le canapé de l'accueil. Elle tourna une page de son *Vogue* avec un air très agacé. Wyatt devina ce que l'hôtesse allait lui répondre avant même qu'elle le fasse.

— Oh ! je suis désolée, mais Megan est en retard aujourd'hui.

— Elle était censée être là à 11 heures, ajouta le lévrier en tournant sèchement une nouvelle page de son magazine.

Wyatt sentit son plan grandiose s'écrouler tel un vieux casino qui implose – un frisson, un temps d'hésitation, le soupir de l'effondrement.

— Oh ! très bien, dit-il.

Cela ne l'étonnait pas, vu la façon dont les choses se passaient pour lui.

— Ce sera pour une prochaine fois.

Il sortit du salon pile au moment où une vieille jeep Cherokee rentrait en crissant des pneus sur le parking et se garait à l'emplacement juste devant lui. Megan, la femme de Chip, bondit de la portière côté passager. Elle se dirigea vers le salon puis s'arrêta, rebroussa chemin et contourna la voiture jusqu'au côté conducteur. Elle se pencha par la fenêtre pour donner au jeune barista noir un long et lent baiser sur les lèvres.

— Salut, chéri, lui dit-elle.

Wyatt lui tint la porte du salon ouverte.

— Merci, gentil monsieur, lança-t-elle en entrant.

La jeep recula et s'éloigna. Wyatt marcha jusqu'à sa voiture. En songeant – et ce n'était pas la première fois – au nombre de fois où son boulot impliquait la découverte de cette vérité qui détruisait la vie des autres.

Il sortit son téléphone pour appeler Chip. Il ne savait pas comment celui-ci réagirait en apprenant que sa femme avait effectivement une liaison avec un autre homme. Les gens accueillaient rarement bien ce type de nouvelles, même s'ils pensaient s'y être préparés. Wyatt avait le désagréable pressentiment que Chip encaisserait la vérité encore plus mal que ses autres clients.

Il fit défiler ses contacts jusqu'à son numéro. Mais il n'appuya pas sur la touche APPEL. Pourquoi y avait-il quelque chose qui clochait ? Pourquoi, enfoui dans la fosse de l'orchestre, un seul bois sonnait-il faux ?

La femme de Chip était arrivée avec le barista. Elle l'avait embrassé sur la bouche. Un baiser – énergique, intime, long – qui ne passerait, dans aucun univers connu, pour un baiser amical ou platonique. Wyatt s'était trouvé à trois mètres d'eux. Il avait vu le serveur poser la main sur la joue de Megan, faire remonter ses doigts sous ses cheveux coupés en biais.

Wyatt aurait parié sa carrière sur le fait que la femme de Chip et le serveur couchaient ensemble. C'était évident. Alors où était le problème ?

Il avait passé des centaines d'heures, sans exagérer, à observer secrètement les rituels d'accouplement des partenaires adultères nord-américains. Il avait découvert que tous les couples adultères, à l'image des familles malheureuses chez Tolstoï, avaient leur manière singulière de tromper. Certains couples étaient prudents et discrets à la limite du fanatisme, usant de lieux de rendez-vous et d'échanges de voiture dignes de la guerre froide. Ils portaient des perruques et payaient les chambres de motel en espèces. D'autres couples paraissaient s'épanouir dans le frisson d'être potentiellement découverts. Wyatt se rappelait un type qui avait emmené sa maîtresse chez Mon Ami Gabi, un café extérieur au Paris. Le Paris se trouvait juste en face du Bellagio, où les deux époux trompés travaillaient. Le type avait doigté la fille sous la table au moment du dessert.

D'après l'expérience de Wyatt, pourtant, tous les couples adultères avaient un point commun : celui ou celle qui était marié (ou les deux, s'ils étaient tous les deux mariés) avait pleinement conscience qu'il ou elle était en train de tromper. Pour certains, comme celui qui doigtait sa maîtresse en public, cette conscience représentait probablement la moitié du plaisir. Pour d'autres, c'était un frein éprouvant. La conscience pouvait être subtile ou pas, mais elle était toujours *là*. Au moins un des deux membres du couple adultère était toujours en train de jeter des coups d'œil, ne serait-ce que de manière figurée, par-dessus l'épaule de l'autre.

Les couples mariés ne faisaient pas ça. Qui les surveillait, *eux* ? Personne.

La femme de Chip avait bondi de la jeep sans y penser. Elle avait fait le tour du véhicule et embrassé le serveur sans y penser. Elle avait à peine regardé Wyatt en entrant dans le salon. Le serveur avait reculé dans sa jeep sans même le remarquer.

La femme de Chip et le serveur étaient peut-être l'exception qui confirmait la règle, mais Wyatt trouvait malgré tout cela étrange. Ils agissaient comme s'ils étaient mariés l'un à l'autre.

Il rangea son téléphone et retourna dans le salon. L'hôtesse s'appliquait une nouvelle couche de rouge à lèvres, une teinte plus foncée.

— Je peux vous aider ?

Puis elle le reconnut.

— Oh ! salut. Vous êtes revenu. Megan vient juste d'arriver, mais son planning est complètement dingue aujourd'hui.

La femme de Chip se trouvait à l'un des lavabos, en train de shampouiner la femme lévrier. Wyatt se dirigea vers elle.

Le poste de travail de Megan se trouvait près du lavabo. Un fauteuil, un miroir, un vieux placard en chêne. Le dessus du placard était couvert de divers pots et tubes de soins capillaires, des peignes et des ciseaux, un sèche-cheveux, une boîte de Kleenex, un paquet de gommes Nicorette, un iPhone.

Pas de photos.

Megan, perplexe, regarda Wyatt, tout en continuant de malaxer la chevelure savonneuse de sa cliente, dont les yeux étaient fermés.

— Salut, dit-elle.

— Excusez-moi, Megan, dit Wyatt. Ça va vous paraître dingue, mais…

Heureusement, il était en costume. Les gens ont tendance à vous accorder le bénéfice du doute quand vous êtes bien habillé.

— Mais quoi ? demanda Megan.

La femme agacée ouvrit les yeux.

— S'il vous plaît, dit-elle.

Wyatt l'ignora.

— Le type qui vous a déposée. Le type en jeep. Qui était-ce ?

— *S'il vous plaît*, répéta la femme agacée.

Megan se mit à masser le cuir chevelu de la dame avec plus de vigueur. La femme referma les yeux. Megan adressa à Wyatt un regard qui disait : *Bienvenue dans ma vie.*

— Oh ! répondit-elle. C'est Jake. Mon mari.

Le shampoing sentait le jasmin. L'eau chaude du rinçage faisait fumer la tête de la dame agacée. Wyatt avait lui-même la tête qui lui tournait un peu.

— Le Noir, dit-il. Celui au volant de la jeep. C'est votre mari ?

Megan éclata de rire, mais Wyatt voyait bien qu'elle se demandait si finalement le type en costard n'était pas dingue.

— Aux dernières nouvelles, oui.

Wyatt

CHAPITRE 26

Wyatt retourna rapidement à sa voiture, puis au Marriott. Il reconnut la femme à la réception. Il lui avait demandé s'il pouvait quitter sa chambre plus tard.

— Bonjour, monsieur Rivers. Avez-vous changé d'avis ?

— Je cherche Chip, dit Wyatt. Est-ce qu'il travaille à la réception aujourd'hui ?

La femme inclina la tête sur le côté.

— Chip ?

C'était tout ce dont il avait besoin. Il fit demi-tour et traversa le hall à grands pas.

— Monsieur Rivers ? le héla la réceptionniste. Tout va bien ?

Wyatt s'assit dans sa voiture pour reprendre les faits, les uns après les autres :

Chip avait dit travailler au Marriott. Il n'y travaillait pas.

Chip avait dit que Megan était sa femme. Elle ne l'était pas.

Il avait même envoyé une photo d'elle – Wyatt comprenait désormais qu'il s'agissait sans doute d'une photo téléchargée sur le profil Facebook de Megan. Quant à son badge de l'hôtel, il avait dû le piquer à un type de la maintenance ou du service d'étage.

Chip avait supplié Wyatt d'enquêter sur la liaison possible qu'entretenait sa « femme ».

Pourquoi ?

Wyatt eut la réponse avant même d'avoir fini d'écrire la question.

Chip – timide, large d'épaules, emprunté – s'était servi d'une fausse femme, d'une fausse liaison, d'une fausse affaire, de manière à garder un œil sur Wyatt, pour pouvoir suivre les progrès de la *véritable* enquête. C'était lui qui, depuis le début, harcelait Candace.

Wyatt se rappela la première conversation téléphonique qu'il avait eue avec Chip. C'était le lendemain matin de l'agression sur l'aire de jeux, en face du Pheasant Run.

« Vous allez toujours m'aider, monsieur Rivers ? »

Chip l'avait agressé. Puis il l'avait appelé pour savoir si le message était bien passé, si Wyatt avait décidé de lâcher Candace et de retourner à Las Vegas.

« Vous n'avez pas changé d'avis, hein ? »

Et Wyatt se rappela leur discussion au restaurant de burritos, la veille.

« Vous avez besoin d'un détective qui puisse vous consacrer toute son attention, Chip. Je vous l'ai dit quand on s'est vus, je suis sur une autre affaire.

— Mais… Et pourquoi pas quand vous aurez bouclé celle-ci, monsieur Rivers ? Je veux dire, si vous êtes sur le point de la résoudre ? »

Wyatt avait du mal à croire qu'il avait pu être aussi stupide. Mais avant d'appeler la police, il avait besoin d'une confirmation.

Il prit la Broadway Extension sud puis rejoignit l'I-40, vérifiant régulièrement qu'il n'était pas suivi. À la première sortie, il s'engagea sur Robinson. Deux minutes plus tard, il se garait devant l'entrepôt de Lyle Finn.

Assis sur le quai de chargement, Finn pratiquait encore son yoga, vêtu uniquement de son kilt. Il s'était contorsionné de telle manière que la moitié supérieure de son corps était tournée vers l'ouest, et l'inférieure vers l'est.

— Lyle, dit Wyatt.

Finn tourna la tête. En le voyant, il eut la même expression que quand le médecin vous saisit par les couilles et vous demande de tousser. Celui de Wyatt, à Vegas, était une femme menue à la voix douce et à la poigne étonnamment robuste – et glacée.

Wyatt ne lui laissa pas l'occasion de piquer une crise.

— La première fois qu'on s'est rencontrés, tu as dit qu'un blogueur était passé te voir la veille. J'ai besoin de savoir à quoi il ressemblait.

Finn ramena lentement la partie haute de son corps dans le prolongement de la partie basse. Il réaligna sa tête et son corps et considéra Wyatt avec prudence.

— Le blogueur ? demanda-t-il.

Qui, devina Wyatt, avait passé la majeure partie du temps au dernier étage de l'entrepôt, devant les fenêtres donnant sur l'arrière du Land Run, pour déterminer le meilleur moyen d'entrer et de sortir.

— À quoi ressemblait ce type, Lyle ?

Finn se releva. Wyatt le vit jeter un regard vers son issue de secours, la porte sur le mur le plus éloigné du quai de chargement.

— C'est une drôle de discussion, dit-il.

Wyatt inspira profondément.

— Lyle, tu as une occasion de faire une bonne action. Tu te rappelles les Veda ? À quoi ressemblait ce type ?

— Je sais pas, vieux. Plutôt jeune, je suppose. Dans la vingtaine.

— Les cheveux foncés ? demanda Wyatt pour le tester. Des lunettes ?

Finn secoua la tête.

— Il était blond. Je me rappelle. Et il n'avait pas de lunettes. Il était très poli. Il m'a fait penser, je m'en souviens maintenant, à un des gamins von Trapp. Tu vois ? Un des gamins von Trapp dans *La Mélodie du bonheur*. Comme s'il avait pu porter une culotte tyrolienne.

Dans le mille. Ce ne pouvait être que lui.

Wyatt devait repartir du début, du tout début, et reparcourir tout le chemin pour découvrir qui était Chip, et pourquoi il harcelait Candace. Quelque part en route, il avait manqué un détail important, il s'était cogné un orteil mais avait continué d'avancer.

Il sortit son carnet de notes et parcourut les premières pages, les notes qu'il avait prises lors de son premier entretien avec Candace. Au milieu de la deuxième page, il avait gribouillé « *mauvais perdant* ». Il s'arrêta de lire. Le rasoir d'Ockham. La bonne explication est souvent la plus simple.

Finn dévisageait Wyatt.

— Est-ce que ça t'aide ? demanda-t-il avec espoir.

Wyatt hocha la tête.

— Merci, Lyle.

Il laissa sa voiture stationnée devant l'entrepôt et prit le raccourci vers le Land Run en se faufilant par la palissade. Il y avait une voiture sur le parking du personnel. Ce n'était pas celle de Candace. Wyatt cogna à la porte de derrière. Quelques secondes plus tard, Jonathan, l'ingénieur-son, ouvrit. Il avait l'air inquiet.

— Tu as parlé à Candace ? demanda-t-il. Fudge a dit que Dallas a dit qu'il est possible qu'on n'ouvre pas ce soir. Il a dit qu'elle a dit qu'il est possible qu'on n'ouvre plus jamais.

Wyatt passa devant lui et se dirigea vers le bar. Jonathan le suivit.

— On a deux groupes à l'affiche ce soir, dit-il. Qu'est-ce que je suis censé leur raconter ? On ne les a pas encore payés. Un des groupes fait genre huit heures de route pour venir d'Albuquerque.

— Ne t'en fais pas, répondit Wyatt.

Il trouva le carton que Candace gardait sous la caisse enregistreuse et vida sur le comptoir toutes les cartes postales que son ex-mari avait envoyées de Hawaï.

— Wow, fit Jonathan. Hé, à ta place, je ferais pas ça, mec. Candace ne va pas du tout apprécier.

Wyatt prit la carte la plus récente et la lut.

Maui est plus belle que jamais. Il y fait toujours beau. Sabrina et moi avons une maison sur la plage maintenant. Avec un mur entièrement en verre. Mon nouveau boulot paie deux fois plus que l'ancien. La vie est belle !

Mauvais perdant. C'était ce que Wyatt avait tout de suite pensé quand Candace avait expliqué le véritable objectif des messages enthousiastes de son ex-mari. Il savait qu'elle avait hérité du Land Run. Il savait qu'elle avait la possibilité d'un nouveau départ. Il ne supportait pas d'imaginer qu'elle soit plus heureuse que lui.

Mauvais perdant. C'était là, depuis le premier jour, dans ses notes. Il n'y avait pas vraiment prêté attention parce que la plupart des cartes postales avaient été oblitérées – Paia, Maui – *après* le début du harcèlement. La carte la plus récente avait été affranchie quatre jours plus tôt, après l'arrivée de Wyatt à Oklahoma City. Il avait simplement supposé que l'ex de Candace ne pouvait pas se trouver à deux endroits en même temps.

Il disposa plusieurs cartes devant lui, en les faisant se chevaucher afin de pouvoir comparer les cachets. Il se pencha pour voir de plus près. *Putain.*

— Qu'est-ce qui se passe ? demanda Jonathan.

Sur chaque cachet, on pouvait remarquer une variation dans l'intégrité et le noir de l'encre. Ce qui était logique, puisque les cachets étaient tamponnés à la main et qu'il était impossible d'appliquer à chaque fois une pression uniforme, selon un angle uniforme, avec une quantité uniforme d'encre. Mais la variation sur chaque cachet était identique – les barres d'annulation sur le timbre s'estompaient exactement au même endroit, le cercle autour de la date et du nom du bureau de poste comportait exactement la même légère tache irrégulière, le *P* de chaque Paia ressemblait plus à un *F*. Seule la date, sur chaque cachet, était différente.

Il supposa qu'une sorte d'image graphique prédessinée avait servi pour le timbre et que les dates avaient ensuite été changées individuellement à l'aide de Photoshop. Les cartes postales, en d'autres mots, n'avaient jamais été postées depuis Hawaï. Elles étaient censées faire croire à Candace que son ex-mari était très loin quand le harcèlement avait commencé. Sinon, elle aurait aussitôt soupçonné qui se cachait derrière tout ça.

— C'est son ex-mari, déclara Wyatt. Chip est l'ex-mari de Candace.

Jonathan fronça les sourcils.

— Non. Je crois qu'il s'appelle Brady. Ou Brandon. Un truc comme ça.

Wyatt appela Candace et tomba sur sa messagerie vocale. Il lui envoya un SMS :

Appelle-moi. Important.

Il composa le numéro de Dallas.

— Quoi ? dit-elle. Elle ne veut pas te parler, Wyatt.

— Candace est encore chez toi ?

— Elle ne veut parler à personne. Elle a éteint son portable.

— Dallas, insista Wyatt. Tiffany. Est-ce qu'elle est chez toi, en ce moment ? Donne-lui le téléphone. Il faut que je lui parle.

Le ton de Wyatt retint enfin l'attention de Dallas.

— Qu'est-ce qui se passe ? demanda-t-elle. Ouais, elle est là, mais je suis en bas chez Ink of Roses pour un cours. Je les accompagne, Lily et elle, à l'aéroport dans deux heures.

— Ne fais pas ça. Elle n'est pas obligée de partir maintenant.

Wyatt empila de nouveau les cartes postales dans la boîte à chaussures.

— Peu importe. Je viens chez toi.

— Qu'est-ce qu'il se passe ?

— On se voit chez toi.

Jonathan secouait la tête. Il désigna la boîte à chaussures remplie de cartes postales que Wyatt avait fourrée sous son bras.

— Oh ! tu ne peux pas les prendre, mec. C'est pas cool.

— C'est bon, répondit Wyatt. Je les apporte à Candace.

Il sortit par la porte de devant, pas par l'arrière. Wyatt était sûr à quatre-vingt-quinze pour cent qu'il n'avait pas été suivi en venant au Land Run, mais il voulait être certain à cent pour cent qu'il ne le serait pas quand il quitterait l'endroit. Il coupa par le parking de l'atelier de carrosserie et remonta à pied jusqu'au coin de la rue. Il tourna une première fois à droite puis une seconde et déboucha au bout du pâté de maisons où se trouvait l'entrepôt de Lyle Finn. Il surveilla les alentours pendant une minute pour vérifier qu'il n'y avait personne, puis il se dirigea rapidement vers sa voiture.

Il rejoignit l'I-40 et sortit au premier échangeur. Pas de filature – Wyatt en était sûr à cent pour cent. Il prit la direction de Plaza District, où habitait Dallas, empruntant des rues qui le firent passer devant les vieilles demeures de Heritage Hills et de Mesta Park.

Wyatt ne voulait pas appeler la police, pas avant d'être capable de leur fournir des informations solides sur l'endroit où se trouvait Chip – ou plutôt Brandon. Il réfléchit une seconde puis il composa son numéro.

— Monsieur Rivers ? Bonjour !

— Bonjour, Chip. J'ai des nouvelles pour vous. Au sujet de votre affaire.

— Vraiment ? Mais je pensais... C'est génial, monsieur Rivers !

La performance était exceptionnelle. Wyatt ne put réprimer un frisson. Ce type était encore meilleur que lui dans ce domaine. Ça donnait à réfléchir.

— Je vous avais dit que je ne pouvais plus travailler pour vous, mais j'ai eu du temps libre ce matin. Je m'en voulais de vous laisser tomber. Alors je suis passé au salon où votre femme travaille.

Tout cela était vrai. Pourquoi prendre des risques ?

Chip laissa un temps de silence. Un temps délicieusement calculé.

— Vous avez vu quoi, monsieur Rivers ?

— Je ne peux pas en parler maintenant. Vous pouvez me retrouver plus tard cet après-midi ? Je dois boucler l'autre affaire sur laquelle j'enquête. En fait, il faut que j'y mette un terme, pour être plus précis. C'est fini.

— Bien sûr, monsieur Rivers. Dites-moi où et quand.

— Je viens chez vous. À 15 heures. Envoyez-moi votre adresse.

Wyatt raccrocha sans attendre la réponse. C'était ce à quoi Chip se serait attendu. Il attendit. Une minute. Une autre. Enfin, son téléphone carillonna, signalant un SMS. Une adresse sur Penn, un numéro d'appartement.

On se voit laba merci beaucoup.

Wyatt était presque arrivé à l'appartement de Dallas. Il essaya de nouveau d'appeler Candace. Cette fois, elle répondit.

— Je t'en prie, soupira-t-elle. N'insiste pas, d'accord ?

— Je sais qui c'est. Je sais qui te fait vivre tout ça.

— Qui ?

— Ton ex-mari.

Le silence dura si longtemps que Wyatt craignit de l'avoir perdue.

— Candace ?

— Il est ici ? Brandon est à Oklahoma City ?

— Je vais t'expliquer. Je suis presque arrivé.

À l'heure du déjeuner, Plaza District grouillait de monde. Wyatt ne trouva aucune place de stationnement dans la rue.

— Il faut qu'on appelle la police, dit-elle.

Il y avait quelque chose dans la voix de Candace, comme une écorchure qu'il n'avait jamais entendue.

— C'est un sale type.

— Je sais. Je sais, tu peux me croire, répondit-il.

Un SUV gris métallisé libéra une place juste devant le salon de tatouage au-dessus duquel vivait Dallas mais – manque de chance – seulement après le passage de Wyatt. Il roula lentement pendant quelques dizaines de mètres encore, puis renonça à l'idée de se garer sur la 16e Rue et s'engagea dans la suivante.

— J'ai son adresse, poursuivit-il. Et je sais à quelle heure il y sera cet après-midi. On donnera toutes ces infos à la police.

— Wyatt…

— J'arrive.

Il se gara le long du trottoir et lança un regard dans son rétroviseur pour s'assurer qu'il ne bloquait pas une entrée de parking. Le SUV gris métallisé qui avait libéré la place derrière lui était en train de s'engager dans la petite rue. Wyatt eut un millième de seconde pour le remarquer, pour comprendre, avant que le véhicule accélère, tourne et emboutisse la portière conducteur de son Altima. L'impact fit exploser l'airbag latéral, le projetant sur le côté. Sa ceinture de sécurité le ramena violemment en arrière, lui donnant l'impression que sa tête s'était détachée de son cou. Il ne voyait plus rien – tout devint noir, puis d'un blanc aveuglant, puis noir à nouveau.

Il entendit la portière passager de sa voiture s'ouvrir. Il ne savait pas combien de temps s'était écoulé. Quelques secondes ou bien des heures. Chip se pencha à l'intérieur, le sourire aux lèvres.

— Oh ! mon Dieu, monsieur Rivers ! Vous allez bien ? Je vais appeler une ambulance.

Wyatt sentit sa main palper ses jambes, son torse.

— Qu'est-ce que tu fous ? dit-il. Salopard.

— Je ne suis pas stupide, vous savez. J'ai compris que vous mentiez au téléphone. Pas tout de suite, mais assez rapidement.

Chip mit la main sur son portable, dans la poche intérieure de sa veste.

— Je vais récupérer ça, si vous le voulez bien.

Le bras gauche de Wyatt était coincé entre le panneau écrasé de la portière et le siège. Il tenta de détacher sa ceinture de sécurité de sa main droite bandée. Chip lui attrapa le poignet et lui cogna la main contre le volant. Wyatt sentit les points de suture sauter et la douleur irradier dans sa main.

— Et je me suis dit que vous viendriez peut-être ici, poursuivit Chip. C'était juste un mauvais timing pour vous, monsieur Rivers, non ? Le mauvais endroit au mauvais moment. Sans rancune, d'accord ? Même si vous m'avez poignardé avec un stylo.

— Brandon…

— J'ai dû courir pour arriver au Chipotle avant vous. Pour que vous ne me voyiez pas boiter.

Wyatt luttait contre le vertige. Il avait l'impression d'être encore en mouvement, comme s'il n'avait jamais cessé de bouger, comme s'il était piégé pour l'éternité dans l'instant où le SUV l'avait percuté.

— Tu ne vas pas t'en sortir comme ça, Brandon. La police est au courant.

Chip leva un couteau devant les yeux de Wyatt. Un couteau de chasse avec une lame de treize centimètres, élargie et superbement facettée, l'extrémité pointue comme une meringue joyeusement fouettée. Le fil de la lame paraissait assez aiguisé pour trancher sans même toucher.

Chip inclina le couteau vers la lumière en admirant la façon dont le métal miroitant paraissait liquide, incolore.

— Tout va bien, dit-il. Encore deux petites minutes, et ce sera terminé. Je me fiche de ce qui se passera ensuite.

— Non, répliqua Wyatt. Je sais que tu ne veux pas faire de mal à Candace. Ni à ta fille.

Chip acquiesça.

— Vous avez raison. C'est pour ça que ça me rend aussi triste.

— Alors pourquoi ?

Wyatt devait continuer de le faire parler.

— Pourquoi leur faire du mal si tu n'en as pas envie ?

— C'est une bonne question. J'aimerais avoir le temps de vous expliquer.

— Prends tout le temps dont tu as besoin.

— Vous essayez de me retenir, monsieur Rivers, n'est-ce pas ? Vous êtes malin !

— Pourquoi leur faire du mal si tu n'en as pas envie ?

— Parce qu'une famille devrait vivre heureuse ensemble, pas séparée.

— Tu veux dire que tu ne veux pas qu'elles soient heureuses sans toi ?

— Comme ça, tout le monde sera content, répondit Chip en se redressant pour sortir de la voiture.

Wyatt abattit sa main ensanglantée au milieu du volant et le klaxon se mit à hurler. Chip se pencha de nouveau dans l'habitacle, à moitié dedans, à moitié dehors. Le couteau fila comme un éclair vers Wyatt qui se contorsionna vers la gauche. La lame ricocha sur sa clavicule avant de s'enfoncer doucement à la jonction du sternum et de l'épaule. D'abord, il n'eut pas mal. Puis il ressentit toute la douleur de l'humanité concentrée en cet endroit. Il eut l'impression d'être sous l'eau. Le monde entier parut se déformer et onduler.

Avant que Chip puisse extraire le couteau et frapper une deuxième fois, Wyatt crocheta son bras droit autour de son cou et le tira d'un coup vers lui. Parvenant enfin à libérer son bras gauche, il appuya de nouveau sur le klaxon, avec son coude.

Chip se débattait, mais Wyatt tenait bon. Le klaxon hurlait sans discontinuer. Toute expression avait disparu du visage de Chip. Il était tellement proche que Wyatt put sentir l'odeur de bonbon dans son haleine.

Chip le frappa une première fois à la tête avec son autre main. Puis une seconde. Wyatt eut l'impression de chuter dans le temps et l'espace. Il sentit Chip libérer son bras. Il sentit la lame sortir de sa chair. Chip, toujours sans expression, leva de nouveau le couteau.

Une ombre traversa le tableau de bord. Wyatt vit Candace surgir derrière son ex-mari, saisir la portière passager et la lui claquer sur les jambes de toutes ses forces. Chip grogna de douleur et de surprise. Il se retourna et Candace claqua de nouveau la portière.

— Salope, dit-il.

Le couteau pivota en même temps que lui, la lame paraissant fondre quand la lumière du pare-brise la toucha. Wyatt lui saisit la main et orienta le couteau vers l'avant, puis vers le bas. Chip se retourna vers lui au même instant, et la lame s'enfouit profondément, presque jusqu'à la garde, dans le creux à la base de sa gorge. Sa bouche s'entrouvrit, resta vide un instant puis, le suivant, se remplit de sang, une tasse sur le point de déborder. Son visage demeura inexpressif.

Wyatt essaya de lui lâcher la main mais il n'y parvint pas. Il n'en avait pas la force. La lumière commençait à faiblir. Il fut surpris de découvrir que cela se passait vraiment ainsi. Il sentit les pulsations réticentes de son cœur. Tel un vieux montant une volée de marches en ronchonnant. *J'en ai marre de tout ce cirque. C'est la dernière fois.* Wyatt crut entendre une voix, des voix, mais trop lointaines pour comprendre ce qu'elles disaient. La lumière continua de baisser. Elle prenait son temps, vicieuse. Les voix se turent, la douleur se calma. Il ne resta finalement que le noir, le silence, et l'odeur chaude et cuivrée du sang de tous les autres.

Julianna

CHAPITRE 27

Le type qu'elle avait recousu considéra son cupcake comme si quelqu'un l'avait glissé sur son assiette pendant qu'il regardait ailleurs.

— Mon oncle a arrêté de boire et a rejoint les Alcooliques Anonymes le jour qui a suivi l'attentat à la bombe du centre-ville, dit-il. Sa femme était censée se trouver au Murrah Building ce matin-là, mais elle n'y était pas.

Julianna songea à leur cousine Mercy, qui vivait à Tulsa. Mercy était la fille de la sœur de leur père, elle avait dix ans de plus que Genevieve et quinze de plus que Julianna. Elles ne la voyaient qu'une fois par an, au réveillon de Noël, quand elle venait rendre visite à des amis et à la famille à Oklahoma City et qu'elle se vantait devant eux d'une année supplémentaire de sobriété. Genevieve disait que Mercy choisissait pile le réveillon de Noël pour être certaine de jeter un froid.

— Notre cousine était aux Alcooliques Anonymes. Ma sœur aimait bien se moquer de leurs slogans. Au lieu de « Vivre mieux et vivre Dieu », elle disait : « Vis mieux, mon vieux ! »

Et chaque fois que Mercy prêchait la nécessité de vivre au fil des jours, Genevieve se mettait à chanter à tue-tête le générique stupide et entraînant de la sitcom du même nom. Cela mettait Mercy hors d'elle.

— Bonne journée, dit le type.

Quand Julianna leva les yeux, un temps trop tard comme d'habitude, il s'éloignait déjà.

— Vous aussi.

Tu te rappelles cet agent de sécurité dans la résidence, Genni ? Celui qui avait essayé de nous faire sortir de la piscine ? Il était si jeune. Probablement à peine plus âgé que toi, mais il se la racontait. Tu te rappelles son T-shirt ? Oh mon Dieu. Comment j'ai pu oublier ça ? Un T-shirt bleu foncé avec un badge doré qui n'était qu'une décalcomanie. Il nous a appelées « mesdames ». Il a dit : « Mesdames, la piscine est fermée. Vous enfreignez le règlement. » Oh ! Genni. Tu adorais les types qui se la racontaient.

« Tu n'as pas envie d'enfreindre le règlement toi aussi ? lui avait demandé Genevieve. Tu sais que ça te démange. »

La plupart des piscines étaient équipées de lumières. D'un hublot à la lueur verte sous le plongeoir. Cette piscine n'en avait pas, ou bien l'ampoule avait grillé. Aux yeux du bébé agent de sécurité, Genevieve et Julianna n'étaient que deux têtes flottant sur l'eau sombre. Il ne pouvait pas voir qu'elles portaient des maillots de bain. Elles auraient tout aussi bien pu être nues.

« Mesdames, je ne vous le signalerai pas deux fois », leur avait-il signalé une seconde fois.

Puis il s'était tourné et s'était enfui. Genevieve avait souri, inspiré et disparu sous l'eau. Il s'était mis à pleuvoir.

Sur le chemin de la maison, après le passage de la tornade, après avoir récupéré ou pas leurs vêtements mouillés près de la piscine, Genevieve avait ordonné à Julianna de fermer la boîte à gants et de ne pas toucher à ses cassettes avec ses sales pattes.

« Je ne te le signalerai pas deux fois », avait-elle dit.

Julianna partit du café. Elle s'arrêta pour caresser la tête d'un vieux et aimable chien croisé pitbull, attaché à une des rambardes en acier de la terrasse. Elle avait toujours en tête cette stupide musique de générique de feuilleton. *Au fil des jours.*

Elle essaya de se rappeler les autres slogans des Alcooliques Anonymes avec lesquels Mercy avait torturé Genevieve. « Tout doux. » « La gratitude est une attitude. » Mais il fallait reconnaître à Mercy que les Alcooliques Anonymes l'avaient aidée à arrêter de boire et à reprendre sa vie en main. « Des ténèbres vient la lumière. » « Les choses importantes d'abord. »

Julianna se leva si vite que le vieux pitbull glapit de surprise et se redressa lui aussi d'un coup.

« Les choses importantes d'abord. »

C'est ce que Genevieve avait répondu à Crowley quand il lui avait demandé si elle voulait entrer dans sa caravane.

— Les choses importantes d'abord, dit Julianna à haute voix.

Elle songea au journal de Genevieve. Pourquoi n'avait-elle pas arrêté d'écrire dedans une fois que leur mère avait cessé de fouiner ? Pourquoi avait-elle soigneusement décrit les défis d'apprentissage d'une langue étrangère et noté aussi scrupuleusement tous les cours auxquels elle avait assisté ?

Sans fanfare, sans le gémissement bas d'une sirène antitornade, sans éclair, Julianna comprit que Genevieve était allée aux réunions des Alcooliques Anonymes. Quand Crowley lui avait proposé de venir s'amuser avec lui, elle l'avait éconduit. *Les choses importantes d'abord*, c'était de rester sobre.

Cette hypothèse était tellement improbable que Julianna ne l'avait jamais envisagée. Mais cela expliquait le journal. Ces derniers mois, Genevieve consignait scrupuleusement ses jours de sobriété. Être sobre, pour elle, c'était bien une langue étrangère.

Les cours de l'École Technique Professionnelle Francis Tuttle des Langues Extrêmement Difficiles, c'étaient les réunions des Alcooliques Anonymes auxquelles elle assistait. Deux à trois fois par semaine, pendant tout le mois d'août et le mois de septembre. Et la vieille préceptrice chinoise, la préceptrice particulière, cela avait dû être sa… comment ils appelaient ça ? Sa marraine. La personne qu'on pouvait appeler à n'importe quelle heure du jour ou de la nuit si on pensait qu'on était sur le point de déraper.

Julianna caressa une dernière fois l'aimable pitbull et s'avança à pas lents sur le trottoir. Elle comprenait pourquoi Genevieve avait caché son engagement à leur mère. Cette dernière pensait que les Alcooliques Anonymes étaient bons pour les gens faibles et égoïstes, qui reportaient la responsabilité de leurs problèmes sur les autres et se servaient du programme comme un moyen d'effacer leurs ardoises et de recommencer à mal se comporter.

Genevieve ne lui avait rien dit non plus à elle, sa petite sœur de douze ans, qui était trop jeune pour comprendre. Elle pensait qu'elle ne se rendait pas compte de son problème de boisson et de drogue. Et elle voulait que cela continue ainsi.

Les phrases codées du journal n'étaient pas destinées à leur mère. Elles étaient pour Julianna.

Les policiers n'avaient pas enquêté sur un possible lien aux Alcooliques Anonymes. Ils n'avaient jamais été au courant.

Le cœur de Julianna se mit à battre. De plus en plus vite, prisonnier de son propre élan. Elle se mit à courir vers le parking derrière le café. Le type dont elle avait recousu la main avait dit que son oncle était aux Alcooliques Anonymes depuis longtemps. Son oncle serait peut-être en mesure de mettre Julianna en contact avec des gens ayant suivi le programme dans les années 1980.

Quand elle arriva sur le parking, le gars était déjà parti. Julianna ne se rappelait pas son nom. L'hôpital aurait ses coordonnées mais elle avait coupé ce pont, malheureusement.

Elle sortit son téléphone. Connaissait-elle quelqu'un aux AA ? Savait-elle seulement si elle connaissait quelqu'un qui était aux AA ? Julianna n'avait jamais vu DeMars toucher à une goutte d'alcool – il demandait toujours de la limonade ou du Pepsi. Voilà encore un pont qu'elle avait coupé : c'était sa spécialité. La cousine Mercy avait déménagé en Floride, ou peut-être en Arizona. Julianna avait depuis longtemps perdu contact.

Elle fit une recherche sur Google pour *Alcooliques Anonymes OKC*. C'était aussi simple que ça : un lien ouvrit une page où elle pouvait consulter la liste des réunions ouvertes ou fermées, par ville et par date. Elle sélectionna « Oklahoma City », « lundi » et cliqua sur SOUMETTRE.

L'écran se remplit de résultats. Julianna les fit défiler. Plus bas. Et encore plus bas. Elle fut surprise qu'il y ait autant de réunions, des dizaines et des dizaines rien que pour le jour même, seulement à Oklahoma City.

« Mon Dieu, donne-moi le courage de changer ce que je suis capable de changer », disait leur cousine Mercy.

Mon Dieu, disait Genevieve, *j'accepterai ce que tu peux changer, mais pas de la petite monnaie, s'il te plaît.*

Julianna compta onze endroits où les diverses réunions – le Gros Livre, Étude des Étapes, Réflexions de Bill – se tenaient à différentes heures de la journée. Elle écarta la partie sud de la ville : Genevieve n'aurait jamais pris le risque de tomber sur une amie de leur mère. Ce qui laissait six lieux au nord du centre-ville. L'un d'eux, le MacArthur Club, n'était pas très loin du Sonic, sur Meridian, où Genevieve avait travaillé quand elle était au lycée.

Julianna décida de s'y rendre en premier. Une réunion sur le Gros Livre finissait dans un quart d'heure.

Elle traversa la ville en voiture. Le Sonic avait été remplacé, probablement des années plus tôt, par un restaurant méditerranéen chic. Le MacArthur Club, situé à un peu plus d'un kilomètre à l'ouest, sur la 63e Rue nord-ouest, entre deux centres commerciaux, était un bâtiment anonyme et ordinaire qu'on aurait pu prendre, si jamais on le remarquait, pour un service de cartes grises ou des bureaux de compagnie d'assurances. Quand Julianna arriva sur le parking, des gens commençaient à sortir du bâtiment. Des hommes, des femmes, jeunes, vieux. Ils allumaient des cigarettes et, rejetant la tête en arrière, soufflaient de grands soupirs gris de soulagement dans le ciel.

Des groupes se formèrent. On entendait des éclats de rire. Julianna sortit de sa voiture et s'approcha d'un homme qui se tenait à l'écart et examinait le bout de sa cigarette avant et après chaque bouffée qu'il tirait. Julianna lui donnait la cinquantaine, peut-être plus.

— Excusez-moi, dit-elle.

Il lui tendit son paquet de Camel.

— Sers-toi.

— Non merci. Je me demandais si je pouvais vous poser une question.

— Pose toujours.

Julianna lui montra le portrait de Genevieve qu'elle avait sur son téléphone, le scan d'une photo que leur mère avait prise pour ses dix-sept ans. Genevieve, sur le point de souffler les bougies sur le gâteau, adressait un regard à Julianna, hors cadre. Elle allait éclater de rire à quelque chose que Julianna venait de dire ou de faire. Julianna ne se rappelait pas quoi.

— Vous reconnaissez cette fille ? demanda-t-elle.

Le type tira une nouvelle taffe, examina le bout de sa Camel, puis regarda Julianna au lieu de la photo.

— Je t'ai vue à l'intérieur ?

— Non.

— Je me disais bien.

— C'est ma sœur.

— On appelle ça les Alcooliques *Anonymes*, dit-il, mais avec un sourire. C'est tout l'intérêt.

— Elle a disparu il y a vingt-six ans, quelques mois après que cette photo a été prise. Elle était aux Alcooliques Anonymes. Cela ne faisait pas longtemps qu'elle venait aux réunions. J'essaie de trouver quelqu'un qui l'aurait connue.

Il jeta un regard à la photo. Ses yeux s'attardèrent cette fois-ci. Il secoua la tête.

— C'était avant mon époque. Cela ne fait que dix-sept ans que je suis sobre. Attends.

Il s'approcha du groupe de fumeurs le plus proche. Au bout d'une minute, il revint en compagnie de deux hommes d'un certain âge, élégants, en blazer en tweed et pantalon à carreaux. Les deux hommes, au même visage étroit et lugubre, à la même moustache à la Clark Gable, auraient pu être jumeaux. Ils tenaient d'ailleurs leurs cigarettes de la même manière, entre la première et la deuxième phalange.

— Voilà Chester et Lawrence. J'ai expliqué ce que tu cherchais. Ils peuvent peut-être t'aider.

L'homme s'éloigna avec un petit signe de tête. Julianna montra la photo de Genevieve aux jumeaux. Ils sortirent chacun une paire de lunettes de lecture à monture dorée, qu'ils chaussèrent.

— Oh ! fit celui qui s'appelait Chester. Bien sûr.

— Bien sûr, renchérit Lawrence.

Julianna sentit quelque chose céder en elle – un *pop* infime mais sonore, comme la pointe d'une mine de plomb qui casse quand on appuie trop fort.

— Vous vous souvenez d'elle ? demanda-t-elle.

— Oui, répondit Chester. Bien sûr. Je ne crois pas avoir jamais su comment elle s'appelait. Et toi ?

— Moi non plus, répondit Lawrence. Non. On échangeait de temps à autre un bonjour cordial. Au moment du café.

— Et c'est tout. On ne faisait que se croiser. Elle est venue aux réunions pendant un mois ou deux.

— Pas plus. Elle avait l'air charmante, pourtant. N'est-ce pas ?

— Elle l'était. Tout simplement charmante.

Les deux hommes se penchèrent au-dessus de l'écran du téléphone de Julianna. Ils ne souriaient pas, mais ils ne paraissaient plus aussi lugubres.

— Elle s'appelait Genevieve, dit Julianna.

Il était plus que surprenant que deux hommes âgés qui avaient côtoyé Genevieve vingt-six ans plus tôt, et aussi brièvement – deux hommes probablement homosexuels ! –, se souviennent encore d'elle. Mais elle était comme ça. Ceux qui la croisaient ne l'oubliaient pas.

— Geneviève, dit Lawrence en prononçant le nom à la française.

Julianna elle aussi avait fait ça, de temps en temps, pour taquiner sa sœur.

Chester leva les yeux.

— Vous dites que votre sœur a... qu'elle a disparu ? C'est terrible.

— Il y aurait d'autres personnes qui pourraient l'avoir connue ? demanda Julianna.

Les deux hommes ôtèrent leurs lunettes et se dévisagèrent.

— C'était Howard B. ?

— Je crois que oui.

— Il me semble aussi que c'était lui.

— Howard B. C'était son parrain.

Le cœur de Julianna battait de nouveau à tout rompre. Chester – ou peut-être était-ce Lawrence, Julianna ne suivait plus – tira une bouffée de sa Parliament et soupira. Il se tourna vers elle, de nouveau lugubre.

— Howard B. était le parrain de votre sœur dans le programme.

L'autre homme tira une bouffée de sa Parliament et soupira également.

— Howard B.

Julianna voulait savoir quel était le sens de leurs soupirs.

— Howard B. était un abruti. Un con. Je suis désolé, mais c'est la vérité.

— Oui. Il était comme ça. Il était avocat, et je ne sous-entends pas que tous les avocats sont des abrutis.

— Mais Howard B. en était un, c'est certain. Toujours assommant, jamais concis.

— Avec un certain charme malgré tout. Pour être juste. Il était associé dans un des gros cabinets du centre-ville, si je me souviens bien.

— Un certain charme selon les jours. Bien que je n'aie jamais compris pourquoi quelqu'un le choisirait délibérément comme parrain. Je suppose que c'est lui qui choisissait, tu ne crois pas ?

— Oui. Il fallait se plier à sa volonté. Il pouvait se montrer très insistant.

Il n'était pas difficile pour Julianna d'imaginer pourquoi Howard B., pourquoi un homme tel que lui, aurait choisi Genevieve.

— Il était, dit-elle. Vous n'arrêtez pas d'en parler au passé.

Les jumeaux parurent légèrement, tristement surpris de se rendre compte qu'elle était encore là.

— Il est mort il y a quelques années. Cinq ou six ans ?

— Cinq ou six, je crois.

— Vous devriez parler à Pauline. Sa femme. Je crois qu'elle est encore en vie. N'est-ce pas ?

— Bien sûr. Je le crois bien. Aux dernières nouvelles.

Chester et Lawrence avaient oublié, ou n'avaient jamais connu, le nom de famille de Howard B. Julianna se rendit à l'annexe la plus proche de la bibliothèque municipale, à Warr Acres, et expliqua à la bibliothécaire à la réception ce qu'elle cherchait. Le visage de la bibliothécaire s'éclaira : c'était le moment fort de sa journée. Elle se mit à cliquer avec sa souris avant même que Julianna ait eu fini ses explications. Cinq minutes plus tard, elle avait trouvé une notice nécrologique imprimée dans le *Daily Oklahoman* du 31 mars 2006.

Howard Nell Bridwell, 65 ans, éminent avocat d'Oklahoma City.

Diplômé de la Northwest Classen Class de 1959, président de la fraternité Pi Kappa Alpha à l'université du Texas. Il avait passé son doctorat en 1966, après quoi il était revenu à Oklahoma City, avait réussi l'examen du barreau et rejoint le cabinet Kirkland & Nash. Il était devenu associé majoritaire du cabinet en 1984 et l'était resté jusqu'à sa mort.

Père dévoué, époux aimant. Son épouse, Pauline, lui avait survécu. Deux filles, un fils, quatre petits-enfants.

Pas de photo du défunt.

La bibliothécaire adressa un grand sourire à Julianna, comme pour lui dire : *Est-ce que je peux encore vous être utile ?*

— Vous pourriez me trouver les coordonnées de sa veuve ? demanda Julianna.

La bibliothécaire parut déçue, comme si la tâche était indigne d'elle. Mais elle se tourna vers son ordinateur et trouva rapidement le numéro de téléphone de Pauline Bridwell, ainsi qu'une adresse. Julianna entra les informations dans son téléphone et remercia la bibliothécaire.

Pauline Bridwell vivait près de Western, dans une des rues de Nichols Hills où les maisons étaient chères mais plus anciennes, plus petites et aux lignes moins agressives – elles évoquaient des foyers, pas des propriétés. Elle ouvrit la porte vêtue d'un jean et d'un gilet en laine trop large, avec des gants de jardinage.

Julianna ne savait pas à quoi elle s'était attendue. Des perles ? La veuve de Howard Bridwell avait plus de soixante-dix ans et paraissait s'en moquer éperdument. Son visage était ridé, ses cheveux d'un gris argenté naturel.

Elle adressa un sourire chaleureux à Julianna.

— Désolée. J'étais derrière avec mes pensées.

— Pauline Bridwell ?

— Oui, répondit-elle en ôtant ses gants de jardinage. En quoi puis-je vous aider ?

Julianna s'efforça de se détacher de l'instant, d'elle-même. La plus grande erreur de Pandore n'avait pas été d'ouvrir la boîte, mais de refermer brutalement le couvercle avant que le dernier élément puisse s'en échapper.

C'était la malédiction que Julianna n'aurait pas souhaité à son pire ennemi : *Tu espéreras toujours.*

— Votre mari, Howard, était le parrain de ma sœur aux Alcooliques Anonymes.

— Oh ?

— Il y a très longtemps.

— Howard s'est beaucoup investi dans l'organisation jusqu'à sa mort. Je crois qu'il a dû parrainer des douzaines de personnes. Il voulait rendre ce qu'il avait reçu. Il disait toujours que sa vie avait commencé le jour où il avait rejoint les Alcooliques Anonymes. Vous savez qu'il est mort, n'est-ce pas ?

Elle lui toucha le bras comme si c'était elle qui pourrait avoir besoin d'être consolée.

Julianna hocha la tête.

— Ma sœur s'appelait Genevieve, Genevieve Rosales. Votre mari a été son parrain pendant l'été 1986. Vous la connaissiez ? Est-ce que votre mari a déjà mentionné son nom ?

— Genevieve, dit Pauline Bridwell avant de réfléchir. Je ne pense pas. En tout cas, ce nom ne me dit rien. J'assistais aux réunions Al-Anon à cette époque, mais pas aussi régulièrement que Howard aux siennes. Je n'ai connu que très peu des personnes qu'il a parrainées au fil des années.

— Je peux vous montrer une photo de ma sœur ?

— Bien sûr.

Julianna sortit son téléphone. Pauline Bridwell examina la photo de Genevieve, prise le jour de ses dix-sept ans.

— Je suis désolée, je crains de ne pas la reconnaître. Je peux vous demander la raison de ces questions ?

De nouveau ce sourire chaleureux. Cette main tendue, consolatrice.

Pourquoi ? Voyait-elle que Julianna était perdue ? La douleur dans ses yeux était-elle à ce point évidente ?

— Peu importe. Merci de m'avoir accordé un moment.

Elle retourna vers sa voiture. À la moitié du chemin dallé, pourtant, elle s'arrêta. Elle n'était pas certaine de savoir pourquoi. Un sixième sens, un frisson subit dans le vent. Ou c'était peut-être le son de la voix de Genevieve.

Juli, waouh, elle ment encore mieux que toi.

Elle se retourna et vit Pauline Bridwell debout sur le pas de la porte, en train de la regarder. Son sourire avait disparu, et son visage – à l'instant même où Julianna s'était retournée et avant que la femme ne referme la porte – avait l'air d'avoir vieilli de mille ans.

Julianna remonta le chemin. Elle actionna la sonnette. Comme il n'y eut pas de réponse, cette fois, elle contourna la maison. Le portillon menant au jardin à l'arrière n'était pas verrouillé.

À genoux près d'un massif de fleurs ambre et auburn, Pauline Bridwell poignardait la terre à l'aide d'une bêche. Elle ne leva pas les yeux quand Julianna approcha.

— Est-ce que votre mari l'a tuée ?

La femme marqua une pause pour tamponner la sueur sur son front du revers de son gant. Elle refusait toujours de la regarder.

— C'était un accident, dit-elle.

— Un accident.

— Il a dit que c'était un accident.

Malgré la tête qui lui tournait, Julianna conserva son calme. Le jardin de Pauline Bridwell baignait dans une lumière surnaturelle – le soleil bas, les feuilles dont la couleur changeait, l'herbe qui se décolorait en un pâle doré.

— Que s'est-il passé, selon lui ?

Pauline Bridwell mit doucement une plante dans le trou qu'elle avait creusé.

— Elle lui a téléphoné, ce soir-là. Les personnes dont il était le parrain appelaient à n'importe quelle heure du jour et de la nuit. Et Howard y allait. Il laissait tout en plan et il y allait.

Son ton était factuel, mais elle poignardait la terre tellement fort que la bêche lui glissa de la main.

— Howard lui a demandé de le retrouver sur le parking, près de l'entrée de la foire. Ils se sont assis dans sa voiture et ont discuté. Howard aimait parler aux gens qu'il parrainait du noir qui précède l'aube. Il aimait leur dire que ce qui importe dans la vie, c'est de progresser, et pas d'être parfait. Savez-vous combien de personnes il a aidées pendant toutes ces années ?

Julianna comprenait désormais pourquoi Genevieve avait quitté la caravane de Crowley si vite après son arrivée – pourquoi elle n'était pas restée pour se défoncer avec lui. La tentation l'avait attirée là-bas mais, au dernier moment, elle avait décidé de faire demi-tour. Elle avait décidé de trouver une cabine téléphonique et d'appeler la seule personne qui pouvait l'aider à rester sobre.

— Elle voulait qu'il la raccompagne chez elle, dit la femme. Il y a eu un accident et elle n'avait pas mis sa ceinture de sécurité. Elle s'est cogné la tête.

Et voilà où se nichait le mensonge, celui que Pauline Bridwell avait choisi de croire, vingt-six ans plus tôt.

— Pourquoi aurait-elle voulu qu'il la raccompagne ? demanda Julianna. Sa voiture était là-bas. *J'étais* là-bas.

Pauline Bridwell continuait de faire des trous dans la terre. Comme si elle n'avait pas entendu la question.

— Elle s'est cogné la tête, et Howard a paniqué. Il ne savait pas quoi faire. Il ne pouvait pas la conduire à l'hôpital, parce qu'elle… parce qu'il était déjà trop tard. Trente ou quarante minutes après avoir quitté la maison, il m'a appelée en pleurant. Il m'a dit qu'il y avait eu un accident.

Que s'était-il réellement passé ? Julianna pouvait le deviner. Le parrain de Genevieve l'avait persuadée de monter dans sa voiture. Il lui avait fait des avances et elle avait résisté. De rage, il l'avait peut-être frappée. Sa tête aurait heurté la vitre pendant la bagarre et une artère de son cerveau aurait éclaté. Vue comme ça, sa mort avait bel et bien été un accident. Ou alors, cela faisait des semaines que son parrain avait prévu de la violer et de la tuer et il avait attendu l'occasion idéale pour passer à l'acte, pour plonger son regard dans le sien tandis que la vie la quittait.

Julianna comprit qu'elle n'avait pas envie ou besoin de savoir ce qui s'était réellement passé au cours de ces dernières minutes. Elle n'avait pas envie ou besoin de savoir ce que le parrain de Genevieve avait fait pour cacher son corps. Ou ce que sa femme lui avait dit de faire avec.

Pauline Bridwell posa la bêche et leva enfin le visage vers elle. Ses yeux flamboyaient.

— On ne pouvait pas appeler la police, dit-elle. Howard avait une carrière, une réputation. Une famille. Pourquoi jeter tout ça par la fenêtre ? Est-ce que cela l'aurait ramenée à la vie ?

Julianna se demanda si la femme à genoux devant elle croyait vraiment à ce qu'elle disait, si la ligne de la mâchoire de Pauline Bridwell tremblait de provocation ou bien de honte.

Elle n'avait pas envie ni besoin de savoir cela non plus.

Pendant toutes ces années, elle en avait voulu à Genevieve de l'avoir abandonnée. À présent, elle imaginait sa sœur dans la partie sombre de l'allée centrale de la foire, ce soir-là, près de la caravane de Crowley, ressentant une attraction à laquelle il avait dû être presque impossible de résister.

Mais elle avait bel et bien résisté, Julianna le savait aujourd'hui. Genevieve s'était détournée, s'était éloignée et avait appelé son parrain des Alcooliques Anonymes.

Pourquoi ? Quelle force contraire avait été à ce moment-là encore plus puissante que la tentation ? Était-ce peut-être parce qu'elle pensait à Julianna, seule et effrayée sur le trottoir devant l'arène de rodéo, attendant que sa sœur revienne la chercher ?

Julianna entendit de nouveau la voix de Genevieve, elle riait.

Bien sûr que c'était pour toi, imbécile. Pour qui d'autre cela aurait-il pu être ?

Pauline Bridwell avait penché la tête. Julianna n'entendit pas ce qu'elle lui disait.

— Quoi ?

— C'était un homme faible.

— D'accord, dit Julianna avant de se diriger vers sa voiture.

Wyatt

CHAPITRE 28

Wyatt rêvait qu'il se trouvait dans une vieille maison, la lumière était sombre et l'air poussiéreux. Il fouillait des armoires, des commodes et des placards, faisant le tri dans ce qui semblait être un siècle de vieilles affaires sans valeur. Des réveils cassés, des napperons jaunis, des presse-papiers en verre ébréchés. Il devait être en train de rêver, mais il ne parvenait pas vraiment à s'en convaincre. *C'est un rêve*, pensait-il, puis il secouait la tête. *Non, c'est réel.*

Un va-et-vient, encore et encore, Wyatt débattant avec lui-même et respirant de la poussière, ouvrant encore un autre tiroir rempli de bougies à moitié fondues ou de cadres sans photos. C'était le rêve le moins agréable au monde.

Quand Wyatt se réveilla, un grand Noir assis dans un fauteuil près de son lit feuilletait un livre de coloriage des princesses Disney.

Je rêve encore, se dit Wyatt.

Complètement.

— Monsieur le détective privé ! dit le grand Noir. Monsieur le détective privé du club VIP !

Marron et sucré. Qu'est-ce qui était marron et sucré ? De quoi les filles raffolaient-elles ? Wyatt faillit presque se rendormir.

— Fudge, dit-il.

Il avait la bouche sèche. Sa bouche était comme les restes calcinés d'un terrible brasier.

— Salut, Fudge.

— T'es à l'hôpital, dit Fudge. On t'a filé de la drogue. Mais grave.

Wyatt opina de la tête. L'effort le fit défaillir.

— Je sais.

— Un peu que tu sais.

Fudge lui présenta son poing pour lui faire un check. Wyatt ressentit une pointe de panique. Il ne se rappelait pas ce qui s'était passé après avoir poignardé Chip. Chip était en vie. Il n'avait pas changé d'expression. Chip avait-il extrait le couteau de sa gorge ? Avait-il réussi à se retourner et à attraper le bras de Candace, pour finir ce qu'il avait eu l'intention de faire ?

— Candace, dit Wyatt.

— Elle a été là presque tout le temps. Avec Lily, dit Fudge en levant le livre de coloriage en guise de preuve. Elle est retournée au Land Run, puisque le médecin a dit que tu allais bien. Elle m'a dit de te transmettre qu'elle a une fichue salle de concert à faire tourner.

Wyatt, souriant, sombrait de nouveau. Un infirmier entra dans la chambre. Il vérifia sa perfusion. Il vérifia le pansement sur sa main, le pansement sur le haut de son torse, le pansement sur sa clavicule, puis il lui tendit un gobelet rempli de glaçons. Wyatt mit un glaçon dans sa bouche et le laissa fondre.

— Depuis quand je suis ici ? demanda-t-il.

— Vous demandez ça à chaque fois que vous vous réveillez, répondit l'infirmier.

L'infirmier avait une grosse moustache en guidon de vélo. Il ressemblait plus à un shérif armé, plus à un Wyatt, que Wyatt lui-même.

— C'est vrai ?

— C'est vrai, confirma Fudge. Ça fait presque deux jours maintenant.

Le médecin entra. Une femme.

— Bonjour, monsieur Rivers. Comment vous sentez-vous ?

— Aussi bien que possible, répondit Wyatt. Étant donné les circonstances.

Elle sourit en consultant son dossier.

— Voilà ce qu'il en est, monsieur Rivers.

Elle parla d'hémorragie et de l'artère sous-clavière, de la veine sous-clavière et de l'espace très étroit entre la veine et l'artère, de la différence entre les commotions cérébrales de degré un et de degré deux. L'essentiel, d'après ce que Wyatt comprit, c'était qu'il avait eu de la chance. Pour un type qui avait été embouti par un SUV et poignardé dans le haut du torse, il avait eu de la chance.

Wyatt se rappelait désormais s'être réveillé et avoir demandé à l'infirmier depuis combien de temps il était là. Il se rappelait Candace assise à côté du lit. Dans la lumière du soleil, dans le clair de lune. Il se rappelait Lily qui l'observait avec gravité, sa petite main posée sur la sienne. Et… Gavin. Gavin ? Oui, Gavin. Assis dans le fauteuil, remuant avec gêne. À moins que Wyatt l'ait rêvé.

Le médecin expliquait à présent quelque chose au sujet de la probabilité, à tout point de vue, d'une guérison complète et réussie. Et puis elle mentionna quelque chose concernant une carte de crédit.

— Elle est dans mon portefeuille, répondit-il.

Le médecin leva la tête du dossier de Wyatt. Elle jeta un regard à l'infirmier.

— Je crois que vous n'avez pas compris, monsieur Rivers, dit le médecin.

Elle lui expliqua qu'un bon Samaritain qui avait bénéficié d'un entraînement militaire avait su fermer la blessure au couteau sur son torse avec le bord d'une carte de crédit. Ce qui lui avait probablement sauvé la vie.

Une carte de crédit, pensa Wyatt. *Dingue.* La vie était ainsi, pleine de surprises. Elle ne prenait pas une ride.

— Donc voilà quelle est la situation. On devrait pouvoir vous laisser sortir demain.

— Un gamin de la campagne d'Oklahoma obtient une bourse pour étudier à Harvard, commença Wyatt.

Le médecin et l'infirmier, sur le point de sortir de la chambre, marquèrent une pause.

— Le premier jour sur le campus, le gamin d'Oklahoma s'approche d'un étudiant plus âgé. Et le gamin de la campagne dit : « Excuse-moi, tu peux me dire où se trouve la bibliothèque, vieux ? » L'autre étudiant lève le nez et répond : « Monsieur, ici à Harvard, on ne s'appelle pas "vieux". »

Le médecin et l'infirmier attendaient. Fudge attendait. Wyatt glissa un autre glaçon dans sa bouche.

— Alors le gamin d'Oklahoma dit : « D'accord, tu peux me dire où se trouve la bibliothèque, connard ? »

Quand il se réveilla de nouveau, un type était assis dans le fauteuil que Fudge avait occupé. Il portait une veste en velours et des bottes de cow-boy, son expression était lasse. Pas difficile pour un détective de comprendre que le type était détective.

Wyatt raconta toute l'affaire depuis le début. *Presque* toute l'affaire. Il ne mentionna pas le moment où il avait frappé Jeff Eddy au visage à l'aide d'une citrouille. Il ne mentionna pas non plus la liaison de Jeff Eddy ni qu'il se servait de cette information pour qu'Eddy fiche la paix à Candace. Le détective ne voulait rien savoir de tout cela. Wyatt lui rendait même service en se taisant.

Le détective hocha la tête tout le long du récit, en prenant des notes. Il ne posa que quelques questions pour bien consolider la chronologie des faits. Wyatt eut l'impression que le détective avait déjà appris par Candace la plupart des choses qu'il lui racontait.

Wyatt ne minimisa pas le fait qu'il avait été stupide de ne pas découvrir plus tôt que Chip était le harceleur de Candace et son ex-mari. Le détective refusa, quoi qu'il en soit, de donner son avis sur le sujet.

— Pourquoi avez-vous klaxonné pendant l'agression ? demanda-t-il. Pour attirer l'attention ?

— Je voulais qu'elle s'enfuie, répondit Wyatt. Candace. J'espérais qu'elle entendrait et qu'elle s'enfuirait avec Lily.

Le détective le nota dans son carnet.

— Cette petite dame, c'est un sacré numéro, dit-il d'un ton admiratif.

— Et lui ? demanda Wyatt. L'ex-mari ?

Il ne voulait pas entendre la réponse. Il la connaissait déjà. Wyatt avait tué un homme, un être humain. Le pire des êtres humains. Il n'avait pas vraiment eu le choix. Mais c'était la vérité. Il devrait vivre avec ça le restant de ses jours.

— Il est décédé, répondit l'enquêteur.

— Est-ce que je vais être poursuivi ?

L'enquêteur ferma son carnet de notes et se leva.

— Pour quel motif ? demanda-t-il.

Il lui adressa un hochement de tête – de respect ? de pitié ? – avant de sortir.

Wyatt dormit. Il rêva de la vieille maison remplie de bazar sans valeur. Quand il se réveilla, il faisait nuit. Candace était assise dans le fauteuil près du lit.

— Pas trop tôt, dit-elle.

— Mieux vaut tard que jamais.

— Je suppose, répondit-elle en bâillant.

— Rentre chez toi.

— L'abruti en kilt m'a apporté un gode en argile de sa fabrication.

— Il trouve ça très blessant que les gens appellent ça ainsi.

— Il m'a dit que c'était pour s'excuser. Une offrande pour enterrer la hache de guerre.

— Rentre chez toi. Quelle heure est-il ? Comment va Lily ?

— Je lui ai dit que tu avais eu un accident de voiture. Je ne lui ai pas raconté le reste.

Wyatt hocha la tête.

— Parfois, l'honnêteté partielle est la meilleure politique.

— Elle avait peur que tu meures et que tu te transformes en fantôme.

— Vous ne vous débarrasseriez jamais de moi.

— Ah.

Wyatt se réveilla le lendemain matin, la tête plus claire. L'infirmier avec la moustache en guidon de vélo lui détacha sa perfusion et son moniteur cardiaque sous l'œil de Gavin, assis dans le fauteuil.

— Je vais payer pour ça jusqu'à la fin de mes jours, n'est-ce pas ? demanda-t-il.

— Maintenant que tu le dis..., répondit Wyatt.

Une aide-soignante lui rendit son téléphone, son portefeuille et sa montre. Elle lui proposa un sac en plastique rempli des vêtements imbibés de sang et des chaussures qu'il avait portés quand il avait été amené à l'hôpital. Il déclina poliment.

— On doit poser la question, précisa-t-elle. C'est le règlement.

Gavin avait apporté des vêtements neufs, une chemise à manches longues avec une sorte d'imprimé navajo et un pantalon en toile, l'étiquette de Dillard encore attachée aux deux vêtements. Des baskets blanches New Balance. Wyatt savait que nécessité faisait loi.

Il dut prendre son temps pour s'habiller, se sentant comme un bouchon ballotté sur une mer de douleur. Sa poitrine, sa tête, sa main, ses côtes. En bonus, il avait légèrement la nausée.

La pharmacie du hall de l'hôpital lui délivra divers anti-inflammatoires, antibiotiques et antalgiques. Gavin l'attendait devant. Il l'aida à s'installer sur le siège passager de la Lincoln Town Car qu'il avait louée.

— J'ai mangé un steak hier soir, dit Gavin alors qu'ils s'engageaient sur Lake Hefner Parkway.

— Dis-m'en plus, rétorqua Wyatt. Je t'en supplie.

Gavin lui lança un regard irrité.

— L'histoire drôle, dit-il. Ta blague débile au sujet des deux gars qui mangent un steak à Oklahoma.

— À New York. Ils mangent un steak à New York. C'est tout l'intérêt de l'histoire.

Ils se garèrent sur le parking du Marriott. *Home, sweet home.*

— Je t'ai réservé un vol retour demain matin, l'informa Gavin. J'ai pensé qu'une bonne nuit de sommeil te ferait du bien.

— Merci.

— Appelle-moi si tu as besoin de quoi que ce soit.

— Un câlin ?

— Très drôle.

Wyatt prit l'ascenseur jusqu'à sa chambre. Il commanda des œufs au service d'étage et en mangea quelques bouchées afin de se sentir moins coupable avant d'ouvrir la première mignonnette de Jack Daniel's du minibar – qui le fit se sentir moins coupable avant d'ouvrir la deuxième.

Il ôta les vêtements qui ne lui allaient pas et grimpa sur le lit. Maintenant qu'il voulait dormir, il n'y arrivait pas. Il sentait toujours la lame du couteau de chasse glisser en lui. Encore. Et encore. Et chaque fois, la sensation le surprenait.

Pour se distraire, il songea à la nuit de cette tornade lointaine, en août 1986, ce petit souvenir oublié sur lequel il avait trébuché au café. Il le gardait pour une occasion spéciale. C'en était une, non ? Les détails étaient tellement précis, tellement neufs. C'était l'unique souvenir de cet été qui n'en soit pas encore un – Wyatt était toujours *là-bas*, son doigt crocheté dans l'étiquette de son blazer, les gouttes d'eau s'écrasant sur son visage.

Il tenta de remonter le temps à tâtons, dans la galerie commerciale et dans le cinéma. Seulement quelques minutes avant qu'il sorte dans le vent et la pluie, seulement quelques minutes avant que l'éclair illumine le ciel et qu'il observe l'entonnoir de la tornade se tortiller tel un serpent sur la route. Il avait dû dire au revoir à O'Malley. Il avait dû dire au revoir à Melody. Theresa n'était déjà plus là, mais peut-être qu'une légère trace de son parfum flottait encore dans le hall. Voilà un moment que Wyatt aurait aimé revivre.

Ce nouveau souvenir, pourtant, comme tous les autres, n'était qu'un fragment brisé de l'ensemble – le bord s'effritait quand il y mettait le pied, s'effondrait sous lui. Il se tenait en dehors de la galerie commerciale, les gouttes de pluie s'écrasaient sur son visage, mais il ne parvenait pas à retrouver ce qui avait été bon.

Les sirènes se turent. Les gouttes de pluie s'écrasaient sur son visage. Elles se transformaient déjà en photocopies de gouttes de pluie. Alors il essaya d'avancer, pas de revenir en arrière. Et ce bord de souvenir supporta son poids. Wyatt était *là-bas*, il rentrait chez lui en traversant la rue noire et mouillée, puis le parc derrière le cinéma. Il sentit l'odeur de la pelouse fraîchement tondue et entendit la stridulation assourdissante des cigales dans les arbres. Les nuages s'ouvrirent et les étoiles se déversèrent dans le ciel tels des confettis. Il reconnut la voiture garée dans la rue, une vieille Coccinelle Volkswagen noire qui appartenait au copain timbré de Bingham, Donald.

Si on avait une tendance existentialiste, si on croyait en un univers froid et indifférent, la preuve était là. Au lieu de lui offrir cinq précieuses minutes supplémentaires avec O'Malley ou Theresa, avec Melody, Grubb ou Karlene, la mémoire de Wyatt lui faisait cadeau de Pet Shop Boy.

— Salut, dit Donald quand Wyatt approcha.

— Salut.

Il ne ralentit pas. Il était fatigué. Il avait quelques pâtés de maisons à parcourir avant de pouvoir aller se coucher. Il ne tenait pas à entendre une autre des incontournables idées stupides de Donald pour se faire du fric.

— M. Bingham ne sortira pas avant au moins une heure, l'informa Wyatt.

— D'accord, répondit Donald.

Il se leva quand Wyatt passa devant lui.

— Hé, tu veux que je te dise l'idée que j'ai eue ? Écoute bien. Les films pornos suédois.

Wyatt ne plaignait pas M. Bingham d'avoir Pet Shop Boy comme seul ami au monde. On avait les amis qu'on méritait.

— Je dois rentrer, dit Wyatt.

— D'accord.

Donald s'arrêta. Wyatt continua de marcher.

— À plus, Donald, dit-il sans se retourner.

Et ce fut tout. Wyatt, dans le lit de sa chambre d'hôtel, avait atteint la frontière la plus éloignée du souvenir. Il ne se rappelait pas le reste du chemin à pied jusque chez lui. Ou, plus précisément, il se rappelait être rentré chez lui à pied une centaine d'autres fois, pas une fois en particulier.

Le dernier endroit où Wyatt pouvait vraiment être, c'était *là-bas* sur l'aire de jeux, accélérant le pas pour s'éloigner de Donald. La stridulation des cigales, les étoiles tels des confettis, la rue mouillée et noire après la pluie. Il ne s'était pas demandé ce que Donald faisait tout seul dans le parc en face du cinéma, à 23 heures. De toute évidence, il attendait que M. Bingham finisse de travailler. Pour quelle autre raison se serait-il trouvé là ?

Pour quelle autre raison, en cette nuit d'août, une semaine avant les meurtres, Donald aurait-il été seul dans le parc en face du cinéma ?

Wyatt vit Donald assis au bout de la balançoire à bascule – perché là, grand et maigrelet, comme une sorte d'oiseau qui ne vole pas –, hors de portée de la faible lumière projetée par le lampadaire.

Salut.

Salut.

M. Bingham ne sortira pas avant au moins une heure.

D'accord.

Il faisait trop chaud dans sa chambre. Chaque respiration lui demandait un effort. Repoussant les draps d'un coup, il posa les pieds par terre. Il se leva, trop vite. La température monta encore dans la chambre. Les rideaux étaient grands ouverts, et le ciel au-dehors était bleu, lumineux et vide. Il se dirigea vers le thermostat sur le mur et baissa la température à 15 degrés.

Donald n'attendait pas que M. Bingham sorte du travail – il surveillait le cinéma. Assis sur la balançoire à bascule, il chronométrait les habitudes des ouvreurs et des agents de la sécurité de la galerie commerciale.

Et Donald avait accès aux clés de M. Bingham. Il était son seul ami. Il y avait plus accès que n'importe qui.

M. Bingham avait renvoyé Wyatt chez lui plus tôt. C'était la première fois. La direction ne lui avait demandé que le matin même de réduire les heures de week-end. Donald ne s'était donc pas attendu à voir Wyatt traverser le parc dans sa direction.

Pet Shop Boy. Le complice qui avait donné des doubles des clés aux tueurs. Qui avait surveillé le cinéma pour eux.

Wyatt eut l'impression de s'être fracassé contre une porte vitrée dont il n'avait pas remarqué la présence, le monde autour de lui se brisant en mille fragments de lumière vive et clignotante.

Quel était le nom de famille de Donald ? Wyatt essaya de se souvenir. Il savait qu'il le connaissait. À un moment de sa vie, il l'avait su. Comment s'appelait-il ?

Appuyant son front contre le mur près du thermostat, Wyatt laissa son esprit divaguer. Il visualisa l'animalerie au premier étage de la galerie. Les lampes des vivariums pour les reptiles chauffaient. Au travail, Donald portait une blouse blanche qui lui donnait l'air d'un pharmacien. Les manches étaient trop courtes pour ses longs bras. À côté de l'animalerie, il y avait une boutique qui vendait des pipes et des tabacs de luxe. Encore à côté, il y avait deux boutiques vides et puis le bar juste au-dessus du cinéma.

Wyatt flottait. Un nom le percuta. *Furst*. C'était ça. *Donald Furst*. Son père lui avait donné le même prénom que lui. Donald aimait bien se présenter en disant « Furst le Second[1] ».

D'après O'Malley, les chances que Donald se trouve une femme qui accepterait de se reproduire avec lui étaient minces. Alors il l'appelait parfois Furst le Dernier.

Wyatt se dirigea vers le bureau et ouvrit son ordinateur portable. Un Donald David Furst Jr habitait sur Penn Avenue, juste après la 122e Rue nord-ouest, à huit kilomètres à peine de sa chambre d'hôtel.

Il s'habilla. Avec ses propres vêtements cette fois-ci, une chemise bleu clair et un costume anthracite, des chaussures à lacets en

1. Se prononce *First* qui signifie « le premier » en anglais.

cuir. Il ne pensait plus à la douleur. L'employée de la réception envoya le groom héler un des taxis qui rôdaient autour de l'hôtel.

La résidence sur Penn Avenue consistait en un ensemble anonyme et vétuste de boîtes à un étage peintes d'un vert crayeux, avec des gouttières rouillées et des feuilles mortes prises dans le lierre. Wyatt avait déjà vécu dans des endroits pareils, quand il arrivait dans une nouvelle ville, avant de trouver une maison à acheter. Une résidence comme celle-ci était juste assez agréable – avec sa grille en fer forgé autour de la propriété, une injure au paysage – pour qu'on puisse se convaincre que c'était assez agréable. La plupart de ses voisins avaient été des hommes célibataires d'âge moyen qui paraissaient avoir tout perdu dans leur divorce. Ils allaient et venaient sans faire de bruit, à des heures étranges du jour et de la nuit.

Wyatt demanda au chauffeur de taxi de l'attendre, peu importe le temps que ça lui prendrait. Il y avait une petite piscine entre deux immeubles, mais ce n'était pas une de ces résidences dans lesquelles lui et les autres se faufilaient après le travail. L'endroit était bien trop au nord, trop déprimant.

Il trouva le 219, un appartement au premier étage, et sonna. Il n'avait prévu aucun plan au cas où Donald Furst Jr ne vivrait plus là, ne serait pas chez lui, ou pas celui qu'il cherchait. Il se concentrait seulement sur chacune de ses respirations, inspirer et expirer, tranquillement.

Donald ouvrit la porte. *Pet Shop Boy.* Vingt-six ans plus tard, Wyatt le reconnut aussitôt. La posture voûtée du grand gamin gauche, les dents trop grandes pour sa bouche, les taches de rousseur – il s'en souvint en les voyant.

Donald avait mal vieilli. Il était encore plus maigre qu'avant, cadavérique, les pommettes creusées et, sous toutes ces taches de rousseur, un teint maladif, couleur d'eau de vaisselle sale. Il lui manquait une incisive. Il rappela à Wyatt un des zombies en décomposition de l'armée d'Halloween de Lyle Finn.

Donald portait un pantalon et une chemise déboutonnée. Ni chaussures ni chaussettes.

— Je peux vous aider ? demanda-t-il.

— Je suis Michael Oliver, répondit Wyatt. Du Pheasant Run.

Le bruit de la télé dans l'appartement d'à côté traversait les minces cloisons. La juge Judy. Elle sermonnait un pauvre gars. Donald hocha la tête. Il ne paraissait pas surpris de le voir.

— Oh ! bien sûr, dit-il. Je ne t'ai pas reconnu. Heinz ?

— C'est ça.

— Entre.

Donald rentra dans l'appartement en traînant les pieds. Il dut baisser la tête sous le lustre dans l'entrée dont le verre givré était moucheté d'insectes morts. Wyatt le suivit. Dans le salon, il y avait un canapé apparemment tout neuf et rien d'autre – pas de meubles, pas de téléviseur, rien sur les murs. Contre une paroi était appuyée une pancarte en plaque de mousse noir et jaune annonçant VIDANGE 22,90 $!

Donald s'assit sur le canapé. Wyatt resta debout.

— Tu viens juste d'emménager ? demanda-t-il.

Donald lui adressa un regard vide.

— Non.

Wyatt s'approcha du mur et tapa dessus.

— Baissez le putain de son de votre télé ! hurla-t-il.

La juge Judy continua de sermonner.

— Il n'est pas chez lui, dit Donald. Il n'est jamais chez lui.

Wyatt avait apporté ses nouveaux antalgiques, il les avait dans la poche de son costume, ainsi que trois mignonnettes d'alcool. Du gin. Il avala deux comprimés et les fit passer avec l'alcool.

— Pourquoi tu as une pancarte pour une vidange ?

— Je travaille là-bas. En quelque sorte. C'est mon job.

— Tu sais pourquoi je suis là ?

— Non.

— Tu as vraiment une sale gueule, Donald. Tu es malade ?

Donald éclata de rire, un son qui évoquait des branches dénudées frottant contre le toit en hiver. Wyatt lui proposa la deuxième mignonnette de gin. Donald secoua la tête. Son rire s'était transformé en pleurs mais le son était à peu près le même – d'autres branches sur un autre toit.

— Dis-moi ce qui s'est passé, dit Wyatt.

— Il n'était pas censé y avoir de victimes.

— Dis-moi ce qui s'est passé.

— C'était juste censé être moi et l'autre type. Dale. Il paraissait réglo. Mais le soir où tout a mal tourné, il a débarqué de nulle part avec ses deux potes. Il a dit que ses gars voulaient être dans le coup. C'était juste censé être Dale et moi, ce soir-là. C'était le plan. On allait foutre la trouille à Tim et empocher le pactole. Ça devait être rapide et facile. Il n'était pas censé y avoir de victimes.

Qui était Tim ? Wyatt comprit que c'était le prénom de M. Bingham. Et *Dale*. Dale Earl Barrett, le tueur au visage caché sous un collant.

Wyatt ne ressentait encore rien. C'était comme se tenir dans le désert, à contempler calmement l'éclair d'une explosion au loin en attendant que l'onde de choc roule à travers la plaine, qu'elle l'atteigne, le fauche et l'emporte.

Il entra dans la salle à manger. Pas de meubles non plus. Dans la cuisine, il trouva une seule chaise pliante en métal. Il la rapporta dans le salon et s'assit en face de Donald.

— Reprends depuis le début, dit Wyatt. Comment tu as connu Dale ?

— Au bar. Il avait l'habitude de venir boire des coups là-bas. Le petit bar à l'étage dans la galerie, tu te rappelles ?

Wyatt acquiesça. Le bar au-dessus du cinéma, où dix places gratuites équivalaient à une bouteille d'alcool bas de gamme, quand un barman acceptait de faire affaire avec O'Malley.

— Dale était un dur, dit Donald. Ça se voyait. Mais il avait l'air réglo.

— C'était ton idée de braquer le cinéma ?

— Si c'était mon idée ? Non. Non ! C'était pas mal d'argent, malgré tout. C'était pas mal d'argent parce que c'était la fin du week-end. La recette des deux soirs, vendredi et samedi. C'était censé se passer comme sur des roulettes.

— C'est toi qui le dis.

— Mais dès qu'on s'est retrouvés pour venir en voiture, Dale a débarqué avec ses deux potes. C'étaient des cinglés. Ils tripaient, je ne sais pas à quoi. Peut-être à la poussière d'ange ou un truc dans le genre. J'ai eu un mauvais pressentiment. Alors je me suis… je me suis barré. Voilà tout.

Wyatt, par habitude, avait sorti son carnet de notes. Il le referma et rangea son stylo.

— C'est pour cette raison qu'il n'y avait que deux masques en caoutchouc, dit-il. C'est pour cette raison que le troisième gars a dû mettre un collant pour cacher son visage.

Donald hocha la tête.

— Je n'avais que deux masques. Un pour moi et un pour Dale. Mais alors ses deux potes ont débarqué et je me suis barré. Je voulais même me barrer avant. J'avais un mauvais pressentiment au sujet de Dale aussi. Tout ça nous échappait.

— Comment ça ?

— D'abord, on n'était pas censés avoir une arme, et ensuite oui. Ensuite, ça a été deux armes. Et puis Dale s'est pointé avec ses gars, et je me suis barré. Dale a dit qu'il s'en fichait. Il a dit que j'étais mouillé maintenant. Il a dit que j'étais dans le coup, que je le veuille ou non.

Donald s'était remis à pleurer.

— Le lendemain, j'ai vu ce qui s'était passé dans le journal, dit-il. Tu n'as pas idée à quel point ma vie est merdique depuis. Chaque matin, je me réveille.

Wyatt attendit le reste de la phrase, mais il n'y eut pas de « et » ni de « mais ». Ce fut tout : « *Chaque matin, je me réveille.* »

Wyatt ne sentait toujours rien. Il ne haïssait pas Donald. Il n'éprouvait pas de pitié pour lui. Il voulait simplement savoir, après toutes ces années, pourquoi il avait été le seul laissé en vie dans la cabine de projection, ce soir-là.

— Donald, pourquoi ont-ils tué tout le monde sauf moi ?

Donald continua de pleurer. Wyatt rapprocha la chaise pliante de quelques centimètres. L'onde de choc ne l'avait pas encore atteint. Il ne savait pas ce qui allait se passer – ou bien ce qu'il ferait quand ça se produirait.

— Donald.

— Quoi ?

— Regarde-moi. Pourquoi ont-ils tué tout le monde sauf moi ?

Donald leva enfin les yeux. Il s'essuya le nez avec la manche de sa chemise. Elle était déjà sale. Il secoua la tête.

— Je ne sais pas.

— Tu dois bien savoir.

— Je ne sais pas, Heinz. Je te le jure. Ils n'étaient pas censés faire de mal à qui que ce soit ! Dale avait juré ! On ne fait de mal à personne !

Il secoua de nouveau la tête. Sa grosse tête, son cou maigre. Tellement maigre que Wyatt s'imagina le saisir d'une seule main, le serrer lentement, jusqu'à ce qu'il n'y ait plus rien.

Il rapprocha la chaise de quelques centimètres supplémentaires.

— Réfléchis. Qu'est-ce qu'ils ont dit ? Est-ce que l'un d'entre eux me connaissait ?

— Non. Je n'en sais rien. Je sais que Dale n'est jamais venu au cinéma. Avant ce soir-là, je veux dire. Il a dit… il a dit que c'était plus sûr comme ça. Il a dit qu'il était prudent.

Wyatt faisait trop jeune pour qu'on croie qu'il avait dix-huit ans, de sorte qu'il n'avait jamais mis les pieds dans le bar du premier. Mais avait-il croisé le chemin de Dale dans les escaliers roulants de la galerie ? Dans le parking ?

Avaient-ils échangé quelques mots ? Quels mots ?

— Est-ce que tu les as entendus dire quelque chose, Donald ? Le moindre détail pourrait être important. Pourquoi tuer tout le monde sauf moi ?

Donald s'essuya de nouveau le nez. Il se mordit la lèvre inférieure. Il semblait faire de véritables efforts pour se rappeler.

Wyatt attendit. Donald se remit à pleurer.

— Je ne sais pas, Heinz. Je ne sais vraiment pas.

Wyatt se leva. Il rapporta la chaise pliante dans la cuisine et ouvrit le réfrigérateur. À l'intérieur, il y avait quelques canettes de Coors Light et un paquet à moitié vide de saucisson cuit. Il retourna dans le salon. Donald l'observait.

— Tu vas me dénoncer ? demanda-t-il.

Wyatt n'aurait su dire s'il avait l'air plein d'espoir ou désespéré.

— Ferme-la, dit-il.

— J'aurais dû me livrer aux flics. Mais je ne savais pas – après que la police a tué Dale et ses potes cinglés, j'ai pensé que…

— Ferme-la.

Wyatt pouvait le dénoncer, mais quel intérêt cela aurait-il ? « *Chaque matin, je me réveille.* » Il n'avait pas de mal à croire

Donald quand ce dernier disait à quel point sa vie avait été merdique ces vingt-six dernières années.

Il ressentit un étrange engourdissement. Il ne haïssait toujours pas Donald. Il n'éprouvait toujours pas de pitié. Il ressentait seulement une profonde et vide indifférence.

— Je suis vraiment désolé, Heinz. Je suis vraiment désolé. Je le jure. J'ai essayé de tout arrêter quand Dale et les autres se sont mis en route. Tu te rappelles que j'ai essayé de l'avertir.

— Si je me rappelle ? demanda Wyatt sans savoir de quoi parlait Donald. Si je me rappelle quoi ?

— Tu as répondu au téléphone quand j'ai appelé ! J'appelais pour l'avertir ! Mais je n'ai pas pu. Dale disait que j'étais dans le coup désormais, que je le veuille ou non. Un des amis de Dale, celui qui était vraiment cinglé, il a dit que j'étais un homme mort si j'en parlais à quelqu'un. Ils savaient où je vivais. Quand je me suis barré, quand je suis retourné à ma voiture, j'ai pensé qu'ils allaient me descendre.

Wyatt repensa au passé. Le soir des meurtres, le téléphone du hall avait sonné juste après le début de la séance de 22 heures. Wyatt avait répondu.

« Le Pheasant Run ?

— Qui est-ce ? »

Wyatt avait reconnu la voix. Il s'était demandé pourquoi Donald appelait M. Bingham sur le téléphone du hall et pas sur celui du bureau, comme d'habitude.

« C'est Heinz », avait répondu Wyatt, juste avant que M. Bingham bondisse pour lui arracher le combiné.

M. Bingham essayait toujours de les prendre en flagrant délit d'utilisation des téléphones payants du hall pour leurs appels personnels, mais les rôles étaient inversés ce soir-là – l'appel personnel lui était destiné.

« C'est votre ami, avait dit Wyatt à M. Bingham en insistant bien. Pet Shop Boy. »

— J'allais le prévenir mais je n'ai pas pu, répétait Donald. Je suis vraiment désolé. Il n'était pas censé y avoir de victimes.

« Il n'était pas censé y avoir de victimes. »

Wyatt essaya de deviner combien de fois, au fil des années, Donald se l'était répété. Pas suffisamment, apparemment.

— Pourquoi tu n'as pas appelé sur le téléphone du bureau ? demanda Wyatt.

Donald leva son visage d'entre ses mains. Confus.

— Quoi ?

Wyatt se fichait un peu de savoir pourquoi Donald avait appelé sur le téléphone du hall et pas sur celui du bureau. Mais il savait que Donald serait au moins capable de répondre à cette question.

— Quand tu as téléphoné à M. Bingham pour le prévenir. Pourquoi tu ne l'as pas appelé dans son bureau ?

Donald avait l'air encore plus confus maintenant.

— Je n'appelais pas Tim, dit-il. J'appelais O'Malley.

Wyatt ne comprit pas.

— O'Malley ? Comment ça ?

— Pour le prévenir ! Pour lui dire que ça avait dérapé ! Je lui avais déjà dit, plusieurs fois, mais il répétait toujours : « T'en fais pas, tout est sous contrôle. » Il disait qu'on pouvait faire confiance à Dale. Mais il n'était pas au courant pour les deux potes cinglés ! O'Malley ne connaissait que Dale, tu vois ? Il ne savait pas que les autres se pointeraient.

Le cerveau de Wyatt se déconnecta – la machinerie figée, tous les volants d'inertie et les courroies pétrifiés. Le temps d'une seconde, il plana simplement, s'élançant en silence du bord d'une falaise dans le grand vide bleu.

— Tu es en train de dire… Putain, mais qu'est-ce que tu racontes ? demanda-t-il.

— O'Malley voulait qu'il y ait deux braqueurs, Dale et moi, expliqua Donald. Avec les masques en caoutchouc. Il disait que s'il n'y avait que moi, juste une personne, ça ferait pas assez dur à cuire.

Wyatt se rappela ce que Donald avait dit plus tôt : « On allait foutre la trouille à Tim et empocher le pactole. » Il avait cru que le « on » englobait Donald et Dale Earl Barrett.

Wyatt glissait, planait – rien au-dessus, rien en dessous de lui.

— Tu es en train de me dire qu'O'Malley était dans le coup ? Tu mens.

— Je ne mens pas ! Je le jure ! C'était son idée !

Donald se ratatina sur le canapé. Wyatt prit conscience qu'il était debout, au-dessus de lui, les poings tellement serrés qu'ils pulsaient.

— Tu mens, répéta-t-il. C'est ridicule. Pourquoi O'Malley aurait-il fait un truc pareil ?

— Je n'en sais rien. J'en sais vraiment rien. Tout ce qu'il m'a dit, c'est que ce serait marrant. Il a dit qu'on foutrait la trouille à Tim et qu'on se ferait du pognon.

— Non. O'Malley n'aurait jamais fait un truc pareil.

— Je sais qu'il était un peu de mauvais poil, cet été-là. À la fin de la saison.

— Quoi ?

Wyatt était désormais certain que Donald mentait. O'Malley n'était jamais de mauvais poil.

— Pourquoi était-il de mauvais poil ?

Donald haussa les épaules.

— Il ne me parlait pas de ce genre de trucs. Je sais juste qu'il disait qu'on foutrait la trouille à Tim et qu'on ramasserait le pactole.

— Non. Impossible qu'O'Malley... Ils l'ont *tué*. Ils lui ont fait sauter la cervelle. S'il était dans le coup, alors pourquoi...

— Je ne sais pas. Il n'était pas censé y avoir...

Wyatt saisit Donald par le col de sa chemise et le souleva du canapé. Donald ne pesait rien. Quand il le poussa contre le mur, malgré tout, le mur trembla et la pancarte Midas en panneau de mousse s'abattit sur la moquette.

— Écoute-moi bien, dit-il. Je sais que tu mens, Donald. Tu essaies d'alléger ta conscience à propos de ce qui s'est passé. Tu essaies de sauver l'infime partie d'âme minable qui te reste. Je peux comprendre, mais si tu n'arrêtes pas de mentir tout de suite...

— D'accord ! s'exclama Donald. C'est vrai. Je suis désolé. Je mens. C'était moi. C'était mon idée, depuis le début.

Les yeux écarquillés, il scrutait le visage de Wyatt. Il se forçait à sourire.

Wyatt le tenait toujours par le col. Le tissu comprimait la chair de Donald, l'obligeant à relever le menton.

— C'était ton idée à toi, n'est-ce pas ? Pas celle d'O'Malley.

— Non. Je veux dire oui.

Wyatt connaissait O'Malley. Il le connaissait comme un frère. Il était impossible qu'il ait pu concevoir un plan aussi dingue, aussi imprudent, aussi dangereux.

Mais Donald n'aurait pas été non plus capable de le concevoir seul. Cet imbécile de Pet Shop Boy ? Non. Le cerveau derrière le braquage avait dû être Dale Earl Barrett. C'était son plan et il avait recruté Donald pour l'aider à le réaliser.

Mais pourquoi aurait-il fait ça ? Dale Earl Barrett était un ancien détenu aguerri. Pourquoi aurait-il fait appel à quelqu'un comme Donald pour l'aider à braquer le cinéma ?

Dale savait-il que Donald était ami avec M. Bingham ? Savait-il que Donald pouvait accéder facilement aux clés ? Savait-il qu'il n'était pas très malin, plutôt facile à manipuler, toujours à essayer de trouver de quoi financer sa prochaine aventure timbrée ?

O'Malley, lui, le savait.

— Je ne respire pas bien, signala Donald.

Wyatt relâcha son col. Donald se laissa retomber sur le canapé.

« On allait foutre la trouille à Tim et empocher le pactole. »

Donald n'avait aucune raison de foutre la trouille à son unique ami au monde. C'était O'Malley qui pensait que M. Bingham était un connard prétentieux, et qui cherchait toujours le moyen de – comment disait-il ? – « pigeonner et embobiner le Petit Bonnet ».

— Tu mens, Donald.

— Oui. Je le jure.

Wyatt songea à cette nuit à la piscine, quelques semaines avant les meurtres, quand Theresa avait fait le poirier sous l'eau et qu'O'Malley avait suggéré d'inverser le judas de M. Bingham.

Quand un homme masqué avait frappé à la porte de son bureau, le soir des crimes, M. Bingham n'avait pas pu voir qui était là. Il avait dû supposer qu'il s'agissait de Grubb, Melody ou Karlene. Il avait dû déverrouiller la porte et ouvrir.

— J'aurais préféré qu'ils me tuent, dit Donald. J'aurais préféré qu'ils me tirent une balle dans le dos quand je me suis barré. Je suis vraiment désolé.

Wyatt ne répondit pas. Il ramassa la pancarte Midas et la remit d'aplomb contre le mur.

— À plus, Donald, dit-il avant de se diriger vers la porte.

Wyatt demanda au chauffeur de taxi de rouler vers l'ouest sur Memorial Road en laissant la ville derrière eux. Puis vers l'est, au-delà du parc d'attractions Frontier City. De là, vers le sud-ouest jusqu'à la première église chrétienne au bord de Crown Heights, un vaisseau spatial blanc géant en forme d'œuf, construit dans les années 1950 et connu à une époque sous le nom d'Église de Demain.

Le chauffeur de taxi ne protesta pas. Le compteur tournait. Il faisait une bonne journée.

Le Fairlawn Cemetery se trouvait à quelques pâtés de maisons de l'Église de Demain, sur Western Avenue. Wyatt repéra un jardinier à la longue barbe couleur charbon. Une salopette en jean, le dos courbé, les yeux plissés.

— Salut, lança le jardinier.

— Je cherche l'homme qui a tué l'homme qui a tué Jesse James, dit Wyatt.

Le jardinier se servit du manche de son râteau pour lui indiquer la direction. Au bout de dix minutes de recherche, Wyatt localisa la simple pierre marquant la tombe. Qui mentionnait, comme prévu :

EDWARD O'KELLEY
1858-1904
L'HOMME QUI A TUÉ
L'HOMME QUI A TUÉ JESSIE JAMES

Il leva les yeux. Oui, il en était quasi certain. Ils avaient joué au frisbee en pleine nuit près de cet endroit.

La tombe d'O'Malley était de l'autre côté du cimetière. À mi-chemin, Wyatt décréta que c'était trop loin. Il était essoufflé, la tête lui tournait. Il s'assit sur un banc sous un gainier du Canada et avala deux autres analgésiques.

Il essaya d'imaginer comment cela avait pu se passer. O'Malley montant au bar pour troquer des places de cinéma gratuites contre de l'alcool, entamant la discussion avec le type au bout du comptoir. Il n'aurait pas été impressionné par quelqu'un comme

Dale Earl Barrett. Rien n'impressionnait O'Malley. Il aurait même été intrigué.

Il avait déjà l'idée du braquage. Mais il n'était pas satisfait. Un seul braqueur, Pet Shop Boy, ça ne faisait pas assez dur, pas assez théâtral, ça ne faisait pas assez de *bruit*. Quand il avait rencontré Dale Earl Barrett, il avait flairé l'occasion de monter le volume d'un cran.

Il était comme ça, O'Malley. C'était pour ça que tout le monde l'aimait. Il montait toujours le volume.

Le jardinier du cimetière passa devant Wyatt.

— Vous avez trouvé ? demanda-t-il.

— Oui.

Le jardinier hocha la tête et s'éloigna.

Wyatt ôta sa veste. Le soleil était agréable. Le soleil et les analgésiques.

Il pensait savoir pourquoi O'Malley n'avait pas joué lui-même le rôle du deuxième braqueur. Parce que, bien sûr, il était trop intelligent pour ça. O'Malley, qui avait imaginé d'innombrables moyens de chaparder des bonbons à la buvette et des places de cinéma gratuites sans se faire prendre. Qui avait élaboré tout un stratagème pour subtiliser des places et rendre des talons préalablement déchirés, afin de pouvoir revendre les places intactes et empocher les espèces.

Si quelque chose tournait mal au cours du braquage, il aurait un alibi à toute épreuve. Donald porterait le chapeau et lui nierait tout.

Wyatt songea au jour où ils étaient allés faire du ski nautique sur le lac DirtyBird. O'Malley mettant les gaz sur le bateau si près du rivage que Wyatt avait senti les raclements sous la coque et vu la ligne d'horizon commencer à pencher.

Ensuite, personne ne s'était rappelé comment verrouiller l'attache-remorque, si bien qu'ils étaient rentrés de Norman avec l'attelage reposant de manière précaire sur la boule. Cela avait bien fonctionné sur l'autoroute mais, une fois en ville, chaque bosse, chaque trou faisait bondir l'attelage. Le bateau se déportait vers le bas-côté, manquant plusieurs fois de peu une voiture. O'Malley, rigolard, s'était mis à rouler volontairement sur les bosses et les trous.

O'Malley.

Wyatt avait survécu à un coup de couteau dans la poitrine. Il avait survécu à un massacre. Il ne savait pas s'il serait capable de survivre à ça. Il ne savait pas s'il en avait envie.

O'Malley avait paru surpris quand la porte de la réserve s'était ouverte d'un coup, quand les tueurs les avaient conduits jusque dans la cabine de projection. Rien de tout ça ne faisait partie du plan. Wyatt comprit qu'O'Malley avait lancé cette nouvelle habitude de se réunir dans la réserve pour trinquer à la fin du service afin que le reste de l'équipe et lui soient à l'écart au moment où les braqueurs iraient frapper au bureau de Bingham.

O'Malley avait dû se demander pourquoi il y avait trois braqueurs et pas deux, et pourquoi l'un d'entre eux n'était pas le grand et maigrelet Pet Shop Boy. Mais il avait malgré tout joué le jeu. Il n'avait compris que trop tard ce qui allait se passer, quand tout le monde s'était retrouvé aligné par terre dans la cabine, les mains attachées dans le dos. C'était à ce moment-là qu'il avait essayé de se retourner et de s'asseoir.

« Attendez une minute », avait-il dit.

O'Malley croyait vraiment que ses belles paroles pouvaient le sortir de toutes les situations. Ça avait toujours marché.

« Écoutez. »

Plus tôt ce soir-là, O'Malley s'était trouvé près de Wyatt quand Donald avait appelé sur le téléphone payant du hall.

Et si M. Bingham ne lui avait pas arraché le combiné des mains ? Et si Wyatt avait tendu le téléphone à O'Malley et que Donald avait pu l'avertir au sujet des amis de Dale ? Cette soirée aurait-elle fini autrement ?

Wyatt en doutait. Il connaissait O'Malley – qui l'avait connu aussi bien que lui ? –, et il savait que ce dernier aurait dit à Donald de se calmer, que tout se passerait bien. Pas la peine de flipper ! Parce que trois braqueurs, c'est mieux que deux, non ? Il devait déjà imaginer la tête de M. Bingham.

Qui avait connu O'Malley aussi bien que Wyatt ? Mais il ne l'avait probablement pas connu du tout.

Le jardinier du cimetière repassa en musardant.

— Tout va bien ? demanda-t-il.

— Parfaitement bien, merci.

Était-ce pour cette raison que Wyatt était encore en vie ? Les braqueurs l'avaient-ils confondu avec O'Malley ? Était-ce O'Malley qui était censé survivre, et pas lui ?

Ça ne pouvait pas être ça. Dale Earl Barrett connaissait bien O'Malley. Ils avaient planifié le braquage ensemble. Dans la cabine de projection, c'était Dale Earl Barrett qui avait demandé à O'Malley de la fermer. Lui qui avait posé le canon de son arme sur sa tempe.

Le soleil, le gin et les analgésiques – Wyatt se sentait léger, transparent. Quand le jardinier repasserait, la fois suivante, il remarquerait peut-être une ombre étrange sur le banc du cimetière, et rien de plus.

Il comprit qu'il n'y avait aucune réponse. Et il n'y en aurait jamais. Il y avait des réponses, mais pas les bonnes. Il pouvait choisir de l'accepter ou pas.

« Pourquoi moi ? » avait-il demandé à Theresa ce jour-là, alors qu'ils étaient assis sur le capot de sa vieille Skylark jaune à regarder le soleil se coucher, les couleurs tourbillonner et rouler au milieu des nuages.

Parce que.

Julianna

CHAPITRE 29

Le soleil était de sortie, c'était un bel après-midi de novembre. Mais plus frais que ce qu'on aurait pu penser, surtout quand on ne bougeait pas, quand on restait immobile sur une colline, avec juste quelques arbres pour bloquer le vent. Julianna avait laissé sa veste en cuir chez elle. Elle le regrettait.

Ariel n'avait pas de veste non plus, ni même de pull. Elle portait un haut rouge scintillant avec un décolleté dans le dos. On aurait dit qu'elle s'était arrêtée chez Forever 21 avant une soirée à Vegas.

— Je ne sais pas où sont les girafes, dit Ariel. On ne peut pas compter sur ces saloperies. Je te jure, parfois elles s'approchent jusqu'à la clôture, assez près pour qu'on puisse sentir leur souffle. C'est tellement mimi.

— Tu n'as pas froid ? demanda Julianna.

— Tu es à l'ombre. Tu as choisi de te mettre sous le seul arbre à des kilomètres à la ronde.

Julianna se rendit compte que c'était vrai. Elle avança au soleil.

— Viens, dit Ariel. Je sais où on peut aller.

Elle la conduisit en bas de la colline, au-delà des rails du train miniature. Elles s'engagèrent dans une large allée qui tournait autour de l'enclos des rhinocéros.

Julianna n'était pas allée au zoo d'Oklahoma City depuis un voyage scolaire. Elle était alors assez grande pour se rappeler la fosse en béton, juste après l'entrée principale. Dans la fosse, une imitation de navire de pirates échoué grouillait de petits singes. Les singes escaladaient le mât et se balançaient aux cordages. Ils faisaient caca devant les visiteurs, ce qui faisait rire les enfants.

— Voilà, dit Ariel. On pourra se réchauffer là-dedans.

Elles entrèrent dans un bâtiment à l'atmosphère humide et âcre. De l'autre côté de cloisons en plexiglas allant du sol au plafond, une famille de gorilles somnolait au soleil.

Julianna s'assit sur le rebord courant le long des fenêtres. Elle observa une maman gorille s'occuper de son bébé. Plus loin, un énorme vieux mâle argenté, assis dos à la fenêtre, ignorait un gamin qui martelait le verre pour attirer son attention.

— J'adore leurs yeux, pas toi ? demanda Ariel. Ils sont tellement beaux. Mais ils me font aussi un peu flipper, on dirait vraiment des yeux humains. J'aime que le nom scientifique des gorilles soit *Gorilla gorilla*.

— Ah bon ?

Du bout du doigt, Ariel dessina un cœur sur le verre entre le gorille et elle.

— Julianna, pourquoi tu m'as appelée ?

— Quoi ?

— Je croyais que tu allais continuer de m'éviter. Tu es très douée pour ça.

— C'est vrai.

— Alors pourquoi tu m'as appelée, finalement ?

Julianna réfléchit à la question. Elle ne savait pas comment y répondre. Pendant tant d'années, elle ne s'était souciée que d'une vie qui n'était déjà plus. Ici, maintenant, elle avait décidé de se soucier de l'ici et du maintenant.

— Parce que je savais que tu ne me laisserais pas en paix tant que je ne t'aurais pas rappelée, répondit-elle. Je savais que j'étais fichue.

— Exactement ! s'exclama Ariel.

— Hé ! Hé ! Hé ! criait le gamin en tapant contre la vitre.

Il était trop grand pour faire ce genre de choses – il avait dans les six ou sept ans. Sa mère, derrière lui, était tout sourire.

— Alors, quoi de neuf ? demanda Julianna. Tu as eu un nouveau PET scan ?

Ariel acquiesça.

— Je suis positive. Ce n'est pas une drôle de manière de le dire ? Positive au scanner ? Cette fois, ce sont mes abrutis d'ovaires.

Julianna la dévisagea.

— Ce n'est pas un résultat définitif.

— Ça craint quand même.

— Oui.

L'énorme dos argenté se leva soudain. C'était aussi impressionnant que de regarder une montagne se dresser de la croûte terrestre.

— Hé ! Hé ! Hé ! Hé !

Le dos argenté décocha un regard méprisant au gamin qui tapait sur la vitre puis se dirigea vers Julianna. Il s'assit juste en face d'elle, tellement près qu'elle voyait le grain fin du cuir de son front.

Le grand singe se pencha en avant, plongeant son regard dans celui de Julianna, et grogna.

Putain de gosse, sembla-t-il lui dire.

Julianna et Ariel éclatèrent de rire.

— Il est amoureux ! s'exclama Ariel.

Les yeux du dos argenté, de fait, étaient beaux et humains. Mais Julianna ne savait pas si ce qui les rendait beaux était nécessairement ce qui les rendait également humains.

— Moi aussi, dit Julianna.

— Il doit préférer les brunes aux blondes.

— Ne sois pas jalouse. Tu es plus jolie que moi.

— Certainement pas.

— Tu as raison, admit Julianna.

Ariel gloussa.

— Connasse.

Le gamin et sa mère, les seules autres personnes dans le bâtiment, s'en allèrent. Le bébé gorille, sur les genoux de sa mère, affichait une expression béate. Un mâle adolescent décida de faire un salto, apparemment juste pour s'amuser.

— Je t'avais dit que ce serait génial, non ? demanda Ariel.

— C'est vrai, en convint Julianna.

Les rayons du soleil rebondirent sur les murs de roche rose de l'enclos des gorilles avant de se répandre sur elle. La température était parfaite. Les narines du dos argenté s'écartaient très légèrement chaque fois qu'il inspirait.

— Tu veux en parler ? demanda Julianna.

— De mes abrutis d'ovaires ? Pas vraiment.

— Parce qu'on peut.

— J'ai juste envie de rester assise ici un moment. Tu vois ?

— D'accord.

— Et puis peut-être d'aller prendre un chocolat chaud ou autre chose.

Elle lui lança un regard.

— Allons-y, dit Julianna.

Wyatt

CHAPITRE 30

L'agent de la sécurité à l'aéroport se montra minutieux tout en s'excusant.

— Désolé, monsieur, disait-il chaque fois que Wyatt grimaçait.

— N'ai-je pas mentionné avoir eu un accident de voiture il y a moins d'une semaine ?

— Si, monsieur.

— Ai-je mentionné que j'ai même été reconnu cliniquement mort à un moment ?

— C'est vrai ?

Mais le regard de l'agent disait : *Tu me racontes des bobards.*

— Allez-vous au moins m'inviter à dîner ? demanda Wyatt.

L'agent de sécurité de l'aéroport avait certainement entendu cette réplique une centaine de fois. Il ôta ses gants en latex.

— C'est fini, monsieur, dit-il. Je vous souhaite un bon vol.

Wyatt reprit ses effets personnels et sa sacoche d'ordinateur. Son oncle, qui avait passé la sécurité sans déclencher aucune alarme, l'attendait sous l'écran géant suspendu affichant la liste des vols au départ d'Oklahoma City. Wyatt aimait bien cet écran, un nouvel équipement de l'aéroport. Cela lui faisait penser au tableau de destinations d'une gare dans un vieux film en noir et blanc.

— Je te le répète, lui dit son oncle.

— Tu viens seulement pour une visite, dit Wyatt.

— Je ne m'installe pas là-bas.

— Ce n'est qu'une visite. On voit si Las Vegas te réussit et on avisera à partir de là.

— J'aime cet endroit, Mikey. J'ai passé toute ma vie ici, à Oklahoma City.

Wyatt pouvait en dire autant.

— C'est pour cette raison que tu as besoin d'un changement de décor, oncle Pete. Des danseuses de revue. Des crooners à la voix de velours. Et je te décris seulement l'endroit où je vais faire mes détartrages.

Son oncle eut un petit rire.

Après avoir atterri à McCarran, à la zone de retrait des bagages, Wyatt reconnut un type qui attendait sa valise au tapis roulant voisin. Bledsoe, son vieux pote, dont l'avenir prometteur au Mirage en tant que vice-président senior des ventes et du marketing avait été tué dans l'œuf. Bledsoe ne portait pas son habituel costume de luxe mais un bermuda et une chemise hawaïenne. Il avait l'air reposé, détendu. À son bras, il y avait une petite blonde à frange qui riait.

Voyez-vous ça ! pensa Wyatt. Peut-être que la perte de son boulot de rêve s'était révélée la meilleure chose qui lui soit arrivée. Sa vie avait peut-être été bouleversée exactement au bon moment, exactement comme il le fallait. Il s'était peut-être débarrassé de son addiction aux méthamphétamines et avait redécouvert sa passion pour… peu importe, pourvu que ce soit la passion qu'il avait oublié avoir.

Peut-être. Pourquoi pas ?

Wyatt avait évidemment raconté des bobards à l'agent de sécurité de l'aéroport. Il n'avait pas été déclaré cliniquement mort, pas même une seconde. Mais il aimait bien penser que c'était arrivé. Il aimait penser qu'une fin ouvrait parfois la voie à un commencement.

Ça aussi, c'étaient peut-être des conneries. Mais c'était une philosophie à laquelle il pensait pouvoir adhérer. Il était prêt à tenter le coup.

Son oncle regardait un groupe d'hôtesses de l'air en uniforme passer en marchant de façon synchronisée. Les portes teintées du terminal s'ouvrirent et les hôtesses disparurent dans la lumière vive et dure du désert.

Son oncle se tourna vers lui. Il paraissait à la fois résigné et résolu.

— Et maintenant ? demanda-t-il.

Wyatt n'était pas vraiment sûr de la réponse. Rien. Quelque chose. N'importe quoi. Qui sait ?

Il saisit le sac à roulettes de son oncle.

— Il n'y a qu'un seul moyen de savoir.

O'Malley

Août 1986

Si O'Malley arrivait à ses fins, le temps passerait le virage et repartirait du début. Un nouveau tour, comme des chevaux galopant sur une piste. Le temps dessinerait des ronds autour de lui. Quel monde merveilleux ce serait.

Au lieu de quoi, il se tenait là, abandonné, enveloppé dans la poussière de sa propre vie. À presque dix-neuf ans. Approchant de la fin d'un autre été.

Le destin se montrait-il cruel ?

En effet.

Rien qu'il ait pu rêver dans sa philosophie n'avait préparé O'Malley à l'éventualité qu'il puisse passer le reste de sa vie au cinéma le Pheasant Run, à Oklahoma City. Ni Rousseau ni Hobbes n'avaient sonné l'alarme. Les Clash étaient restés silencieux sur ce sujet.

Pour être honnête, il n'avait fait que survoler Rousseau et Hobbes. Il aurait peut-être dû les lire plus attentivement.

Karlene partait dans quelques semaines. Tate et les autres aussi. Et qui restait ? Bingham. Bingham et O'Malley, ensemble jusqu'au bout.

Theresa n'était déjà plus là.

Même Grubb allait à la fac. Grubb ! O'Malley ne s'était pas donné la peine de postuler où que ce soit. Ses résultats étaient exécrables. Il avait manqué les cours pendant quatre ans, il avait séché des examens. Par principe, une façon de lutter contre l'hégémonie bornée du système public d'éducation. C'était ce qu'il s'était dit à l'époque. Aujourd'hui, il regrettait de s'être écouté avec autant d'attention.

Il n'avait pas d'argent de toute façon. Pas d'économies. Rien. Sa tante lui disait qu'il fallait qu'il commence à payer un loyer ou bien qu'il se trouve un endroit à lui.

Elle devenait de plus en plus folle. Quelques semaines plus tôt, O'Malley s'était réveillé imbibé de la taille jusqu'aux pieds d'alcool à brûler. Sa tante lui avait fait cuire un œuf dur et lui avait demandé pourquoi il dégageait une drôle d'odeur.

Il était 11 heures, et il avait encore une heure devant lui avant d'aller travailler. Il s'arrêta chez Rainbow pour troquer le nouvel album de Nick Cave contre des places de cinéma. Il partagea ses réflexions sur la nature du temps avec le type bizarre mais sympa, aux cheveux longs, qui tenait de temps en temps la caisse. Le type portait un T-shirt des Cramps et une jupe écossaise. O'Malley n'était pas du genre à demander pourquoi.

— Tu vois où je veux en venir avec cette analogie ? dit O'Malley.

— « Comme des chevaux galopant sur une piste ? »

Le type bizarre et sympa hocha la tête et écrivit un truc au stylo-bille sur son pouce.

— Les sabots du temps. Je vais utiliser ça, vieux.

Le type bizarre et sympa avait monté un groupe de rock. C'était ce qu'il disait. Il était à l'affût de paroles.

— C'est gratuit, dit O'Malley. Tu me citeras dans tes mémoires.

Il lui donna la place de cinéma. Le type bizarre et sympa accepta la place, mais en secouant la tête d'un air lugubre.

— C'est la dernière fois, mec. Désolé.

— Comment ça ? demanda O'Malley.

— À partir de maintenant, faudra me payer en espèces. Décision du patron.

— Sans dec ?

— Ben ouais. Sans dec.

Comme le type se sentait mal, il ajouta une carte promo MARS NEEDS GUITARS ! Puis O'Malley se rendit en voiture chez Sonic, sur May Avenue. Il avait quitté la maison à 10 h 30. Il était presque midi. Il était tout près de fêter ses dix-neuf ans, tout près de la fin d'un autre été.

Il était content que Theresa et Heinz soient ensemble. Il les aimait bien tous les deux. Il avait envie qu'ils soient heureux.

Hier, Bingham l'avait convoqué dans son bureau. O'Malley s'était assis, avait croisé les jambes. Il avait lissé les revers de son blazer.

« En quoi puis-je vous aider, monsieur Bingham ? »

O'Malley devinait trois raisons, peut-être quatre, pour lesquelles il pourrait avoir des problèmes. Une partie de lui espérait que Bingham avait fini par rassembler tout son courage pour le virer. Une grande partie de lui espérait cela.

« J'ai besoin d'un adjoint », dit Bingham.

Il dut répéter.

Les sabots du temps.

« Réfléchis. »

Jamais, eut envie de répondre O'Malley. Mais il se tut.

« J'étais exactement comme toi autrefois », dit Bingham.

Va te faire foutre, eut envie de répondre O'Malley. *Ce n'est pas vrai.*

Chez Sonic, son moral remonta un peu quand il jeta un coup d'œil à la serveuse. C'était la première fois qu'il la voyait. Elle était incandescente, avec des bandeaux de cheveux sombres encadrant son visage telles des parenthèses.

— Tu es nouvelle ici, lança-t-il.

— Quel sens de l'observation.

Son moral remonta encore un peu. Son cœur s'emballa. Il n'aurait su dire pourquoi exactement, mais cette fille lui redonnait foi en l'avenir.

— J'ai été envoyé ici pour observer les indigènes, dit-il.

— Je n'en fais pas partie.

— Non. Je sais. Je peux même affirmer que tu ne resteras pas longtemps dans ce monde.

Elle comprit ce qu'il entendait par là et éclata de rire.

— Mon Dieu, dit-elle. J'espère bien.

— J'ai lu un truc à propos d'un festival en Thaïlande. Une fois par an, en novembre, pendant la pleine lune, les gens fabriquent des lampions en papier et ils y mettent le feu. Les lampions s'élèvent lentement dans la nuit. Je suis certain que l'effet doit être transcendant.

— « Emmène-moi à l'aéroport », dit-elle. « Mets-moi dans un avion. »

La deuxième chanson préférée des Ramones d'O'Malley. « I Wanna Be Sedated. »

— « Vite, vite, vite, avant que je devienne cinglé », enchaîna-t-il.

Quand il retourna déjeuner là-bas le lendemain, la fille n'était plus là. Le serveur habituel d'O'Malley ne connaissait pas son nom et lui expliqua qu'elle ne faisait qu'un remplacement.

Elle travaillait d'habitude dans un autre Sonic. Il y en avait pas mal à Oklahoma City, éparpillés dans la ville. Le serveur habituel ne savait pas de quel restaurant il s'agissait.

C'est bien ma veine, pensa O'Malley.

Genevieve

Septembre 1986

Peut-être que dire non aux drogues devenait plus simple avec la pratique, pensa Genevieve en tournant le dos au forain sexy et en s'éloignant. Au moins, ça ne pouvait pas être plus difficile. Cette pensée lui remonta le moral, croyez-le ou non.

Elle trouva le téléphone qu'elle connaissait près de la porte sud et y inséra une pièce poisseuse.

— Je suis là dans cinq minutes, répondit Howard.

— Non, dit Genevieve. Je n'ai pas besoin que tu viennes. Je voulais juste appeler et faire le point.

— C'est à ça que sert un parrain, Genevieve.

— Il faut que je rentre, Howard.

— Ne bouge pas. J'arrive dans cinq minutes.

Pouah. Genevieve savait que ça ne servait à rien de discuter avec lui. Il était comme un chien avec son os. Howard le disait lui-même.

— On se retrouve sur le parking, dit-elle.

Elle ne voulait pas que Julianna les voie et se mette à poser des questions. Si leur mère découvrait qu'elle avait rejoint les

Alcooliques Anonymes, ça confirmerait à quel point sa fille à la ramasse était réellement à la ramasse.

— J'arrive, répondit-il.

Genevieve raccrocha. Howard habitait à dix minutes du champ de foire, dans une de ces grosses baraques de Mesta Park. Elle resterait cinq minutes dans sa voiture pour qu'il puisse débiter son truc de parrain. Mais ça irait, ça ne ferait qu'un quart d'heure en tout. Elle n'était partie que depuis dix minutes. Il ne faisait même pas encore vraiment nuit.

En attendant Howard, Genevieve se rapprocha de l'arène de rodéo afin de pouvoir surveiller Julianna.

Elle regarda sa petite sœur manger une barbe à papa et ne put s'empêcher de sourire. Genevieve avait besoin des Alcooliques Anonymes. Elle avait besoin des réunions, des slogans et du parrain, des étapes pour se réinventer. Vraiment. Mais ce sans quoi elle ne pouvait pas vivre, ce dont elle avait besoin par-dessus tout, c'était de la petite crétine assise sur ce trottoir, qui déchirait méticuleusement les dernières volutes pastel sur son cône en papier.

La barbe à papa était rose. Julianna avait dû choisir cette couleur parce qu'elle allait avec sa nouvelle peluche. Genevieve avait la ferme intention de se payer sa tête pendant tout le trajet retour.

Remerciements

J'ai reçu beaucoup d'aide dans l'écriture de ce roman, à commencer par celle de mon formidable agent, Richard Parks, et de Trish Daly, ma formidable éditrice chez William Morrow. Mon cousin Steve Harrigan, qui a lu un premier jet des premiers chapitres, m'a donné un coup de pouce essentiel en m'encourageant juste au moment où j'en avais besoin. Sarah Klingenberg a accepté de répondre à mes questions à n'importe quelle heure du jour et de la nuit.

Je remercie également Liate Stehlik, Carla Parker, Danielle Bartlett, Joanne Minutillo, Maureen Sugden et toutes les équipes de William Morrow et HarperCollins pour leurs compétences et leur travail.

Le meilleur aspect de la vie d'un auteur de polars, c'est que l'on entre dans une véritable communauté. Je veux donc remercier tous les écrivains, lecteurs, critiques, blogueurs, chargés de marketing et libraires, dont les conseils et les encouragements n'ont pas de prix. J'ai une dette particulière envers Jon et Ruth Jordan, Jen Forbus, Sean Chercover, Marcus Sakey, Timothy Hallinan, Bud Elder et Dana Kaye.

Tant d'autres personnes se sont montrées incroyablement généreuses en temps et en amitié. Mes remerciements particuliers à la famille Sanchez-Westenberg, la famille Shuford, Thomas Cooney, Rosemary Graham, Julie Chappell, Hank Jones, Lisa Lawrence, Mary Stroemel Hauk, Christine Hieger Carter, Becky Westerlund, Chris Borders, Bob Bledsoe, Adam Klingenberg, Jake Klingenberg, Sam Klingenberg, Lauren Klingenberg, Squire et Hannah Babcock, Roxanne et Matt Robertson, Rosa Standiford et Elva Aldaz.

Mes collègues et étudiants de l'université d'Oklahoma et du programme Red Earth MFA d'Oklahoma City se sont révélés une source constante de joie et d'inspiration. Ce sont les meilleurs et j'ai de la chance d'avoir pu travailler avec eux.

Et je ne dirai jamais assez combien je suis incroyablement heureux d'avoir deux sœurs comme Ellen Berney et Kate Klingenberg.

Enfin, et c'est le plus important, je tiens à remercier ma femme, Christine. C'est la lectrice pour laquelle j'écris, et elle le restera toujours.

Composé et édité par HarperCollins France.

Achevé d'imprimer en septembre 2021.

FIRMIN-DIDOT

à Mesnil-sur-l'Estrée (Eure)

Dépôt légal : octobre 2021.

Pour limiter l'empreinte environnementale de ses livres, HarperCollins France s'engage à n'utiliser que du papier fabriqué à partir de bois provenant de forêts gérées durablement et de manière responsable.

Imprimé en France